RICK RIORDAN

EL MARTILLO DE THOR

Rick Riordan es el autor de la serie de libros para niños Percy Jackson, bestseller número uno de *The New York Times*, así como la galardonada serie de misterio Tres Navarre para adultos. Durante quince años, Riordan enseñó inglés e historia en escuelas secundarias en San Francisco y Texas. Actualmente vive en Boston con su esposa y sus hijos.

...DAN

MAGNUS CHASE

y los DIOSES de ASGARD

II

EL MARTILLO DE THOR

Traducción de Ignacio Gómez Calvo

Vintage Español
Una división de Penguin Random House LLC
Nueva York

Para J. R. R. Tolkien,
quien me descubrió el mundo de la mitología nórdica

1

¿Podrías hacer el favor de no matar
a mi cabra?

Lección aprendida: si quedas con una valquiria para tomar café, te tocará cargar con la cuenta y con un muerto.

Hacía casi seis semanas que no veía a Samirah al-Abbas, así que cuando me llamó por sorpresa y me dijo que teníamos que hablar de un asunto de vida o muerte, acepté enseguida.

(Técnicamente, ya estoy muerto, y eso significa que las cuestiones de vida o muerte no me afectan, pero Sam parecía preocupada.)

Ella todavía no había aparecido cuando llegué al Thinking Cup, en Newbury Street. El local estaba abarrotado como siempre, de modo que me puse a la cola. Unos segundos más tarde, Sam entró volando —en sentido literal— por encima de las cabezas de los clientes del café.

Nadie se inmutó. Los simples mortales no están capacitados para procesar la magia, y es una suerte, porque si no los bostonianos se pasarían la mayor parte del tiempo huyendo despavoridos de gigantes, trolls, ogros y einherjar con hachas de guerra y cafés con leche.

Sam aterrizó a mi lado vestida con su uniforme escolar: zapatillas blancas, pantalón caqui y camiseta de manga larga azul marino con el emblema de la Academia King. Llevaba el pelo tapado con un hiyab verde y un hacha colgada de su cinturón. Estaba seguro de que el hacha no era parte de su vestimenta reglamentaria.

A pesar de lo mucho que me alegraba de verla, me fijé en que tenía más ojeras de lo habitual. Se balanceaba de un lado a otro.

—Hola —dije—. Se te ve fatal.

—Yo también me alegro de verte, Magnus.

—No, o sea... no me refiero a «fatal» en plan «diferente de lo normal», sino en plan «agotada».

—¿Quieres que te traiga una pala para seguir hurgando un poco más?

Levanté las manos en señal de rendición.

—¿Dónde has estado el último mes y medio?

A Sam se le tensaron los hombros.

—Este semestre he estado muy liada. Cuando salgo del instituto, doy clases particulares. Y luego, como bien recordarás, me dedico a recoger almas de muertos y dirigir misiones de alto secreto para Odín.

—Los chicos de hoy día tenéis unas agendas muy apretadas.

—Y además... doy clases de vuelo.

—¿Clases de vuelo? —Avanzamos despacio en la cola—. ¿Para pilotar aviones?

Sabía que el objetivo de Sam era convertirse algún día en piloto profesional, pero no me había enterado de que estaba recibiendo clases.

—¿Te puedes matricular con dieciséis años?

A Sam le brillaron los ojos de emoción.

—Mis abuelos nunca habrían podido permitírselo, pero los Fadlan tienen un amigo que dirige una escuela de vuelo. Y al final convencieron a Jid y Bibi...

—Ah. —Sonreí—. Así que las clases son un regalo de Amir.

Sam se sonrojó. Es la única adolescente que conozco que tiene un prometido, y es enternecedor ver que se ruboriza cuando habla de Amir Fadlan.

—Las clases fueron todo un detalle... —Suspiró melancólicamente—. Pero ya está bien. No te he traído aquí para hablar de mi agenda. Tenemos que ver a un confidente.

—¿Un confidente?

—Podría ser la oportunidad que he estado esperando. Si la información es buena...

El teléfono de Sam vibró. Ella lo sacó del bolsillo, miró la pantalla y soltó un juramento.

—Me tengo que ir.

—Pero si acabas de llegar.

—Cosas de valquirias. Un posible código tres-ocho-uno: muerte heroica en curso.

—Te lo estás inventando.

—No, es verdad.

—Entonces, ¿qué? Cuando alguien cree que la va a palmar, ¿te manda un mensaje que dice: «¡Me muero! ¡Necesito a una valquiria lo antes posible!», y un montón de emoticonos de caras tristes?

—Creo recordar que llevé tu alma al Valhalla y no me mandaste ningún mensaje.

—Pero yo soy especial.

—Busca una mesa en la terraza —dijo ella—. Reúnete con mi confidente. Volveré lo antes posible.

—Ni siquiera sé cómo es ese confidente.

—Lo reconocerás cuando lo veas —aseguró Sam—. Sé valiente. Y píllame un bollo.

Salió volando del café cual supermusulmana y dejó que yo pagara la cuenta.

Pedí dos cafés grandes y dos bollos y encontré una mesa en la terraza.

La primavera había llegado pronto a Boston. Todavía había restos de nieve sucia pegada a las aceras como placa dental, pero los cerezos lucían capullos blancos y rojos. En los escaparates de las tiendas de lujo había expuesta ropa color pastel con estampados de flores. Los turistas paseaban disfrutando del sol.

Sentado cómodamente en la terraza con mis vaqueros, mi camiseta y mi cazadora vaquera recién lavados, me di cuenta de que esa sería la primera primavera en tres años en la que viviría bajo techo.

En marzo del año pasado rebuscaba en los contenedores de basura, dormía bajo un puente del jardín público y andaba con mis colegas Hearth y Blitz, evitando a los polis y tratando de seguir con vida.

Y un buen día, hacía dos meses, morí luchando contra un gigante de fuego y luego me desperté en el Hotel Valhalla convertido en uno de los guerreros einherji de Odín.

Ahora tenía ropa limpia, me duchaba a diario, dormía en una cómoda cama todas las noches y podía sentarme a la mesa de ese café y comer algo que había pagado, sin preocuparme por cuándo me echarían los empleados.

Desde que había resucitado, me había acostumbrado a muchas cosas raras. Había viajado por los nueve mundos y había conocido a dioses nórdicos, elfos, enanos y un montón de monstruos con nombres impronunciables. Había conseguido una espada mágica que ahora llevaba colgada del cuello en forma de piedra rúnica. Incluso había mantenido una conversación flipante con mi prima Annabeth sobre los dioses griegos que vivían en Nueva York y que le hacían la vida imposible. Al parecer, Norteamérica estaba invadida por dioses antiguos. Teníamos una plaga a gran escala.

Había aprendido a aceptar todo eso.

Pero ¿estar otra vez en Boston un bonito día de primavera como un chico mortal cualquiera?

Eso me resultaba extraño.

Escudriñé a la multitud de peatones, buscando al confidente de Sam. «Lo reconocerás cuando lo veas», me había asegurado ella. Me preguntaba de qué información dispondría ese tipo y por qué Sam la consideraba de vida o muerte.

Fijé la mirada en una tienda al final de la manzana. Sobre la puerta, el letrero de latón y plata todavía brillaba orgullosamente: «LO MEJOR DE BLITZEN», pero la tienda tenía las persianas bajadas. El cristal de la puerta estaba empapelado por dentro, y tenía un mensaje garabateado apresuradamente con rotulador rojo: «Cerrado por reformas. ¡Volveremos pronto!».

Había albergado la esperanza de preguntarle a Sam por el asunto. No tenía ni idea de por qué mi viejo amigo Blitz había desaparecido tan repentinamente. Hacía unas semanas había pasado por delante de la tienda y la había encontrado cerrada. Desde entonces no había tenido noticias de Blitzen ni de Hearthstone, y eso no era propio de ellos.

Me quedé tan absorto pensando en el tema que casi no vi al confidente hasta que lo tuve justo encima. Sam estaba en lo cierto: destacaba bastante. Uno no ve una cabra con gabardina todos los días.

Llevaba un sombrero de copa baja encajado entre sus cuernos enroscados, unas gafas de sol apoyadas en el hocico y una gabardina que se le enredaba entre las patas traseras.

A pesar de su ingenioso disfraz, la reconocí. Había matado y me había comido a esa cabra en otro mundo, y eso era una experiencia que no se olvidaba.

—Otis —dije.

—Chisss —dijo él—. Voy de incógnito. Llámame... Otis.

—No estoy seguro de que eso sea ir de incógnito, pero vale.

Otis, alias Otis, se subió a la silla que le había reservado a Sam. Se sentó sobre las patas traseras y puso las pezuñas delanteras en la mesa.

—¿Dónde está la valquiria? ¿También va de incógnito?

Miró dentro de la bolsa del pastelito más cercano como si Sam pudiera estar escondida dentro.

—Samirah ha tenido que ir a recoger un alma —le expliqué—. Volverá pronto.

—Debe de estar bien tener un objetivo en la vida. —Otis suspiró—. Bueno, gracias por la comida...

—No es para...

Agarró de repente la bolsa del bollo de Sam y empezó a comérsela, con papel incluido.

En la mesa de al lado, una pareja mayor miraba a mi amigo caprino y sonreía. Tal vez sus sentidos mortales lo percibían como si fuese un niño adorable o un perro gracioso.

—Bueno... —Me costaba mirar cómo devoraba el pastelito y

esparcía migas por las solapas de su gabardina—. ¿Tenías algo que contarnos?

Otis eructó.

—Es sobre mi amo.

—¿Thor?

Se sobresaltó.

—Sí, él.

Si yo trabajase para el dios del trueno, también me habría sobresaltado al oír el nombre de Thor. Otis y su hermano Marvin tiraban del carro del dios y le proporcionaban un suministro interminable de carne de cabra. Cada noche, Thor los mataba y se los comía de cena, y cada mañana los resucitaba. Por ese motivo debéis ir a la universidad, chicos: para que cuando os hagáis mayores no tengáis que aceptar un trabajo de cabra mágica.

—Por fin tengo una pista —dijo Otis— sobre cierto objeto que le ha desaparecido a mi amo.

—¿Te refieres a su mar...?

—¡No lo digas en voz alta! —me advirtió—. Pero sí, su «mar».

Me retrotraje al mes de enero, cuando había conocido al dios del trueno. Buenos momentos en torno a la fogata escuchándole tirarse pedos, hablar de sus series de televisión favoritas, tirarse pedos, quejarse de su martillo desaparecido, que utilizaba para matar gigantes y ver sus series favoritas, y tirarse más pedos.

—¿Sigue desaparecido? —pregunté.

Otis repiqueteó con las pezuñas delanteras sobre la mesa.

—Bueno, oficialmente no, claro. Si los gigantes supieran con certeza que Thor no tiene lo que tú ya sabes, invadirían los mundos de los mortales, lo destruirían todo y me daría un bajón terrible. Pero, extraoficialmente..., sí. Hemos estado buscando durante meses sin suerte. Los enemigos de mi amo son cada vez más atrevidos. Perciben debilidad. Le he contado a mi psicólogo que me recuerda cuando era una cría y estaba en el redil, y los abusones se dedicaban a ponerme a prueba. —Sus ojos amarillos de pupilas hendidas adoptaron una mirada distante—. Creo que fue entonces cuando empecé a sufrir estrés traumático.

A partir de ese momento debería haber pasado las siguientes horas hablando con él de sus sentimientos, pero me porté como una persona terrible y simplemente dije: «Lo siento», y cambié de tema.

—Otis, la última vez que te vimos, le dimos a Thor un bonito bastón de hierro para que lo usara como arma de repuesto. No está precisamente indefenso.

—Pero el bastón no es tan bueno como el... «mar». No inspira el mismo temor a los gigantes. Además, mi amo se pone de mal humor cuando intenta ver sus series en el bastón. La pantalla es diminuta, y la resolución terrible. No me gusta cuando Thor se pone de mal humor. Me cuesta encontrar mi espacio feliz.

Muchas de las cosas que decía no tenían sentido: por qué tendría Thor tantos problemas para localizar su martillo, cómo podía haber ocultado su pérdida a los gigantes durante tanto tiempo y qué era eso de que Otis, la cabra, tenía un espacio feliz.

—Así que Thor necesita nuestra ayuda —aventuré.

—No oficialmente.

—Claro que no. Todos tendremos que llevar gabardinas y gafas.

—Es una idea magnífica —dijo Otis—. En fin, le dije a la valquiria que la mantendría al tanto, ya que es la encargada de..., ya sabes, las misiones especiales de Odín. Esta es la primera pista buena que he conseguido sobre la ubicación de cierto objeto. Mi fuente es fiable. Una cabra que va al mismo psiquiatra que yo oyó una conversación en su corral.

—¿Quieres que sigamos una pista basada en unos cotilleos de corral que te contaron en la sala de espera de tu psiquiatra?

—Eso sería estupendo. —Se inclinó tanto hacia delante que temí que se cayera de la silla—. Pero tendréis que tener cuidado.

Tuve que hacer un gran esfuerzo para no reír. Había jugado a atrapar una bola de lava con unos gigantes de fuego. Había sobrevolado las azoteas de Boston arrastrado por un águila. Había sacado a la Serpiente del Mundo de la bahía de Massachusetts y vencido al lobo Fenrir con un ovillo de hilo. Y ahora esa cabra me decía que tuviera cuidado.

—Bueno, ¿y dónde está el «mar»? —pregunté—. ¿En Jotunheim? ¿En Niflheim? ¿En Cuescodethorheim?

—Estás de guasa. —Las gafas de sol de Otis se ladearon sobre su hocico—. Pero el «mar» está en otro lugar peligroso. Está en Provincetown.

—Provincetown —repetí—. En el extremo de Cabo Cod.

Me acordaba vagamente del sitio. Mi madre me había llevado allí un fin de semana de verano cuando tenía unos ocho años. Recordaba playas, caramelos, sándwiches de langosta y un montón de galerías de arte. Lo más peligroso que me había encontrado había sido una gaviota con diarrea.

Otis bajó la voz.

—Hay un túmulo en Provincetown..., el túmulo de un espectro.

—¿Te refieres a un montón de cosas desordenadas?

—No, no. Eso es un cúmulo. Un túmulo... —La cabra se estremeció—. Un túmulo es la tumba de un tumulario, un poderoso no muerto al que le gusta coleccionar armas mágicas. Perdona, me cuesta hablar de esas criaturas. Me recuerdan a mi padre.

Eso planteaba otra serie de preguntas sobre la infancia de Otis, pero decidí dejárselas a su psicólogo.

—¿Hay muchas guaridas de vikingos no muertos en Provincetown? —pregunté.

—Solo una, que yo sepa. Pero con esa basta. Si cierto objeto está allí, será difícil de recuperar: estará bajo tierra y protegido por magia poderosa. Necesitarás a tus amigos: el enano y el elfo.

Habría sido una noticia genial si hubiera tenido la más mínima idea de dónde estaban mis amigos. Esperaba que Sam supiera más que yo.

—¿Por qué no va Thor a ver ese túmulo él mismo? —pregunté—. Espera..., a ver si lo adivino. Porque no quiere llamar la atención. O quiere que tengamos la oportunidad de ser unos héroes. O es un trabajo demasiado duro, y él tiene que ponerse al día con unas series.

—A decir verdad —reconoció Otis—, la nueva temporada de *Jessica Jones* acaba de empezar.

«La cabra no tiene la culpa —me dije—. No se merece un puñetazo.»

—Está bien. Cuando Sam llegue, hablaremos de estrategias.

—No sé si debería quedarme a esperarla contigo. —Se lamió una miga de la solapa—. Debería habértelo dicho antes, pero alguien... o algo... me ha estado vigilando.

Se me erizó el vello de la nuca.

—¿Crees que te ha seguido hasta aquí?

—No estoy seguro —contestó—. Con suerte, mi disfraz lo habrá despistado.

«Genial», pensé.

Escudriñé la calle, pero no vi a ningún merodeador.

—¿Has visto bien a ese alguien/algo?

—No. Pero Thor tiene toda clase de enemigos que querrían impedir que recuperásemos su... su «mar». Y no querrían que yo compartiese información contigo, sobre todo la última parte. Tienes que avisar a Samirah de que...

¡Zas!

Viviendo en el Valhalla, estaba acostumbrado a que aparecieran armas letales de la nada, pero aun así me sorprendió ver de repente salir un hacha del pecho peludo de Otis.

Me lancé a través de la mesa para ayudarle. Como hijo de Frey, dios de la fertilidad y la salud, puedo obrar una magia curativa de urgencia bastante alucinante si dispongo del tiempo suficiente. Pero en cuanto toqué a Otis, percibí que era demasiado tarde. El hacha le había perforado el corazón.

—Vaya por los dioses. —Otis escupió sangre—. Ahora... me... moriré.

La cabeza le colgó hacia atrás. Su sombrero se fue rodando a través de la acera. La señora sentada detrás de nosotros gritó como si acabara de percatarse de que Otis no era un adorable perrito. En realidad, era una cabra muerta.

Escudriñé las azoteas del otro lado de la calle. A juzgar por el ángulo del hacha, debían de haberla lanzado desde allí arriba..., sí. Por un momento, atisbé un movimiento cuando el agresor se agachaba: una figura vestida de negro con una suerte de yelmo metálico.

Adiós al café relajado. Tiré del colgante mágico que pendía de una cadena alrededor de mi cuello y eché a correr tras el asesino de cabras.

2

La típica escena de persecución
por las azoteas con espadas parlantes y ninjas

Debería presentaros a mi espada.

Jack, esta es la peña. Peña, os presento a Jack.

Su verdadero nombre es *Sumarbrander*, la Espada del Verano, pero prefiere que la llamen Jack por varios motivos. Cuando a Jack le apetece roncar, que es la mayor parte del tiempo, se queda colgada de una cadena alrededor de mi cuello en forma de colgante con la inscripción de *fehu*, la runa de Frey:

ᚠ

Cuando necesito su ayuda, se transforma en espada y mata cosas. A veces lo hace mientras yo la empuño. Otras lo hace mientras vuela sola y canta crispantes canciones pop. Así de mágica es.

Mientras yo cruzaba Newbury Street, Jack cobró forma en mi mano. Su hoja —setenta y cinco centímetros de acero de hueso forjado con doble filo— tenía grabadas unas runas y empezaron a parpadear en distintos colores, como ocurría siempre que hablaba.

—¿Qué pasa? —preguntó—. ¿A quién vamos a matar?

Jack asegura que no escucha mis conversaciones cuando adopta forma de colgante. Dice que normalmente tiene los auriculares puestos. Yo no me lo creo, porque no tiene auriculares. Ni orejas.

—Perseguimos asesino —le espeté, esquivando un taxi—. Matado cabra.

—Vale —dijo Jack—. Lo de siempre, entonces.

Salté por el lateral del edificio de la Editorial Pearson. Me había pasado los dos últimos meses aprendiendo a utilizar mis poderes de einherji, de modo que llegué de un salto a un saliente situado tres pisos por encima de la entrada principal sin problemas, y eso que llevaba la espada en la mano. Luego trepé saltando de alféizares a cornisas por la fachada de mármol blanco, echando mano del Hulk que llevo dentro hasta que llegué a lo alto.

En el otro lado de la azotea, una oscura figura bípeda desaparecía tras una hilera de chimeneas. El asesino de cabras parecía humanoide, un dato que descartaba la posibilidad de un homicidio de cabra perpetrado por otra cabra, pero conocía lo bastante bien los nueve mundos para saber que «humanoide» no equivalía a «humano». Podía ser un elfo, un enano, un gigante pequeño o incluso un dios asesino. («Por favor, que no sea un dios asesino», pensé.)

Cuando llegué a las chimeneas, mi presa había saltado a la azotea del edificio de al lado. Puede que no parezca impresionante, pero el edificio era una mansión de piedra rojiza situada a quince metros al otro lado de un pequeño aparcamiento. El asesino de cabras ni siquiera tuvo la decencia de romperse los tobillos tras el impacto. Dio una voltereta sobre el alquitrán, se levantó y siguió corriendo. A continuación, saltó otra vez a través de Newbury Street y aterrizó en el campanario de la iglesia de la Alianza.

—Odio a ese tío —dije.

—¿Cómo sabes que es un tío? —preguntó Jack.

La espada era bastante aguda. (Lo siento, siempre caigo en ese juego de palabras.) La ropa negra holgada y el yelmo de guerra del asesino de cabras hacían imposible adivinar su género, pero decidí seguir pensando en él como varón. No sé por qué. Supongo que la idea de un tío que asesinaba cabras me daba más rabia.

Retrocedí, tomé carrerilla y salté hacia la iglesia.

Me gustaría decir que caí en el campanario, esposé al asesino y anuncié: «¡Quedas detenido por asesinato de ganado!».

Sin embargo, la iglesia de la Alianza tiene unas preciosas vidrieras de colores hechas por Tiffany en la década de 1890. En el lado izquierdo del presbiterio, una ventana tiene ahora un gran agujero en la parte superior. Culpa mía.

Caí en el tejado inclinado de la iglesia, resbalé hacia atrás y me agarré al canalón con la mano derecha. Unas punzadas de dolor me subieron por las uñas. Me quedé colgado de la cornisa agitando las piernas y di una patada a la bonita vidriera de colores justo a la altura del Niño Jesús.

Por otro lado, balancearme precariamente del tejado me salvó la vida. Mientras lo hacía, un hacha pasó volando desde arriba y me cortó los botones de la cazadora vaquera. Un centímetro más cerca, y me habría abierto el pecho.

—¡Eh! —grité.

Suelo quejarme cuando la gente intenta matarme. Cierto, en el Valhalla los einherjar nos matamos continuamente y resucitamos a tiempo para la cena. Pero fuera del Valhalla era muy fácil matarme. Si moría en Boston, no tendría una segunda oportunidad cósmica.

El asesino de cabras me miró desde la parte más alta del tejado. Gracias a los dioses, parecía haberse quedado sin hachas, pero, por desgracia, todavía le quedaba una espada. Las mallas y la túnica que llevaba eran de piel negra, y una cota de malla manchada de hollín le colgaba del pecho. Su yelmo de hierro negro tenía un velo de malla alrededor de la base —que en el mundo vikingo llamamos «gola»— que le tapaba completamente el cuello y la garganta. Sus facciones quedaban ocultas por una visera cuya forma hacía que pareciera un lobo gruñendo.

Un lobo, cómo no. En los nueve mundos, a todo quisqui le gustaban los lobos. Tenían escudos de lobos, cascos de lobos, salvapantallas de lobos, pijamas de lobos y fiestas de cumpleaños de temática lobuna.

A mí, en cambio, no me gustaban tanto.

—Acepta un consejo, Magnus Chase. —El asesino gorjeó y moduló la voz hasta que pasó de un tono de soprano a uno de barítono, como si hubiera sido tratada con una máquina de efectos de sonido—. No vayas a Provincetown.

Los dedos de mi mano izquierda apretaron la empuñadura de la espada.

—Jack, haz lo que sabes hacer.

—¿Estás seguro? —preguntó Jack.

El asesino siseó. Por algún motivo, la gente acostumbra a sorprenderse cuando se entera de que mi espada sabe hablar.

—Lo que quiero decir —continuó Jack— es que ya sé que ese tío ha matado a Otis, pero es que todo el mundo mata a Otis. Su trabajo consiste en que lo maten.

—¡Tú córtale la cabeza o lo que sea! —grité.

El asesino, que no era idiota, se volvió y huyó.

—¡A por él! —ordené a mi espada.

—¿Por qué siempre me toca a mí hacer todo el trabajo duro? —se quejó Jack.

—¡Porque yo estoy aquí colgado y a ti no te pueden matar!

—Que tengas razón no hace que mole más.

La lancé a lo alto y desapareció girando en espiral. Voló tras el asesino de cabras mientras cantaba su propia versión de «Shake It Off». (No he logrado convencerla de que el verso del estribillo no dice «La trucha cae en la red, red, red, red, red».)

Aun teniendo la mano izquierda libre, tardé unos segundos en subir a la azotea. En algún lugar al norte, un ruido metálico de espadas resonó en los edificios de ladrillo. Corrí en esa dirección, salté por encima de las torres de la iglesia y me lancé a través de Berkeley Street. Reboté de azotea en azotea hasta que oí a Jack gritar a lo lejos:

—¡Ay!

La mayoría de la gente no entraría en combate para comprobar el bienestar de su espada, pero yo sí lo hice. En la esquina de Boylston Street, trepé con dificultad por el lado de un garaje, llegué al nivel de la azotea y encontré a Jack luchando para salvar su... bueno, ya que no su vida, como mínimo su dignidad.

Jack solía jactarse de que era la espada más afilada de los nueve mundos. Podía atravesar cualquier cosa y luchar contra una docena de enemigos a la vez. Yo solía creerla porque la había visto cargarse a gigantes del tamaño de rascacielos con mis propios ojos. Sin embargo, al asesino de cabras no le estaba costando nada hacerla retroceder por la azotea. Puede que fuera menudo, pero era fuerte y rápido. Su espada de hierro oscura echaba chispas al entrechocar con la mía, y cada vez que las dos espadas chocaban, Jack gritaba:

—¡Ay! ¡Ay!

No sabía si corría peligro real, pero tenía que ayudarla. Como no contaba con más armas y no me apetecía luchar con las manos vacías, corrí hasta la farola más cercana y la arranqué del cemento.

Dicho así, parece que lo hiciera para fardar, pero, sinceramente, no era el caso. El poste era el objeto más parecido a un arma que encontré a mano, salvo un Lexus aparcado, y no era lo bastante fuerte para empuñar un automóvil de lujo.

Arremetí contra el asesino de cabras con mi lámpara de seis metros como una lanza de justa. Ese detalle captó su atención. Cuando se volvió hacia mí, Jack atacó y le hizo un corte profundo en el muslo. El asesino de cabras gruñó y se tambaleó.

Era mi oportunidad. Podría haberlo liquidado. Pero cuando estaba a tres metros, un aullido lejano hendió el aire y me detuvo en seco.

«Jo, Magnus —estaréis pensando—, solo fue un aullido lejano. ¿Cuál es el problema?»

Puede que ya haya dicho que no me gustan los lobos. Cuando tenía catorce años, dos lobos con brillantes ojos azules mataron a mi madre. Mi reciente encontronazo con Fenrir no había contribuido a potenciar mi aprecio por la especie.

Ese aullido en concreto era sin duda de un lobo. Venía de algún lugar al otro lado del parque de Common, reverberando en las torres de pisos, y me heló la sangre en las venas cual freón. Era el mismo sonido que había oído la noche de la muerte de mi madre: ávido y triunfal, el grito de un monstruo que había encontrado a su presa.

La farola me resbaló de la mano e hizo un gran estruendo contra el asfalto.

Jack se acercó a mí flotando.

—Señor, ¿seguimos luchando contra ese tío o qué?

El asesino retrocedió dando traspiés. La piel negra de sus mallas estaba manchada de sangre.

—Así empieza. —Su voz sonaba todavía más confusa—. Ten cuidado, Magnus. Si vas a Provincetown, favorecerás a tu enemigo.

Me quedé mirando la feroz visera. Me sentí como si volviera a tener catorce años, solo en el callejón de detrás de mi casa la noche de la muerte de mi madre. Recordaba haber mirado la escalera de incendios por la que acababa de bajar y haber oído a los lobos aullar en nuestra sala de estar. Entonces las llamas estallaron en las ventanas.

—¿Quién... quién eres? —logré preguntar.

El asesino dejó escapar una risa gutural.

—Eso no importa, la pregunta es: ¿estás dispuesto a perder a tus amigos? Si no lo estás, deberías dejar que el martillo de Thor siga perdido.

Retrocedió hasta el borde de la azotea y se tiró.

Corrí hasta la cornisa justo cuando una bandada de palomas ascendió en tropel, se elevó en una nube gris azulada y se alejó sobrevolando el bosque de chimeneas de Back Bay. Abajo, ni movimiento, ni cadáver, ni rastro del asesino.

Jack flotaba a mi lado.

—Podría haberlo matado. Me has pillado desprevenida. No me ha dado tiempo a hacer mis estiramientos.

—Las espadas no hacen estiramientos —dije.

—¡Oh, perdone usted, señor experto en técnicas de calentamiento!

Una pluma de paloma descendió dando vueltas hasta la cornisa y se quedó pegada en una mancha de sangre del asesino. Recogí la pequeña pluma y observé cómo el líquido rojo la empapaba.

—Y ahora, ¿qué? —preguntó Jack—. ¿Y qué ha sido ese aullido de lobo?

Noté como si me cayese agua helada por las trompas de Eustaquio y me dejase un sabor frío y amargo en la boca.

—No lo sé —respondí—. Fuera lo que fuese, ha parado.

—¿Vamos a ver qué es?

—¡No! Quiero decir... que no vale la pena porque, cuando averiguásemos de dónde procedía el sonido, ya sería demasiado tarde. Además...

Observé la pluma de paloma manchada de sangre. Me preguntaba cómo el asesino de cabras había desaparecido sin dejar rastro y qué sabría del martillo desaparecido de Thor. Su voz distorsionada reverberaba en mi mente: «¿Estás dispuesto a perder a tus amigos?».

El asesino tenía algo que me había parecido muy raro... y al mismo tiempo muy familiar.

—Tenemos que volver con Sam.

Agarré la empuñadura de Jack, y me invadió el cansancio.

El inconveniente de tener una espada que lucha sola es que en cuanto vuelve a mi mano, yo pago el precio. Noté que los cardenales iban extendiéndose por mis brazos: uno por cada golpe que Jack había recibido. Me temblaban las piernas como si hubiera estado dando zancadas toda la mañana. Se me hizo un nudo en la garganta: la vergüenza de Jack por haberse dejado arrinconar por el asesino.

—Eh —le dije—, por lo menos le has herido. Es más de lo que yo he hecho.

—Sí, bueno... —parecía avergonzada. Sabía que no le gustaba compartir las cosas malas conmigo—. Tal vez deberías descansar un poco, señor. No estás en condiciones...

—Estoy bien. Gracias, Jack. Has estado bien.

Le ordené mentalmente que volviera a adoptar la forma de colgante y acto seguido enganché la piedra rúnica a mi cuello.

Jack tenía razón con respecto a una cosa: necesitaba descansar. Tenía ganas de subir a aquel bonito Lexus y echar una siesta, pero si el asesino decidía volver al Thinking Cup y pillaba a Sam desprevenida...

Salté de azotea en azotea con la esperanza de no llegar demasiado tarde.

3

Mis amigos me protegen no diciéndome ni pío. Gracias, amigos

Cuando volví al café, Sam estaba al lado del cadáver de Otis.

Los clientes entraban y salían del Thinking Cup describiendo un amplio arco alrededor de la cabra muerta. No parecían alarmados. Quizá veían a Otis como a un sintecho mareado. Algunos de mis mejores amigos eran sintechos mareados. Sabía lo bien que ahuyentaban a la gente.

Sam me miró frunciendo el ceño. Debajo de su ojo izquierdo había un nuevo cardenal anaranjado.

—¿Por qué está nuestro confidente muerto?

—Es una larga historia —dije—. ¿Quién te ha pegado?

—Es otra larga historia.

—Sam...

Ella rechazó mi preocupación con un gesto de la mano.

—Estoy bien. Dime que no has matado a Otis porque se comió mi bollo.

—No. Pero si se hubiera comido el mío...

—Ja, ja. ¿Qué ha pasado?

Seguía preocupado por su ojo, pero le expliqué lo ocurrido con el asesino de cabras lo mejor que pude. Mientras tanto, la silueta de Otis empezó a disolverse y se deshizo en volutas de vapor blanco como el hielo seco. Pronto no quedaban de él más que la gabardina, las gafas y el sombrero, además del hacha que lo había matado.

Sam recogió el arma del asesino. La hoja no era más grande que un teléfono móvil, pero el filo parecía agudo. El metal oscuro tenía grabadas unas runas negras como el hollín.

—Hierro forjado por gigantes —dijo—. Hechizado. Está equilibrada a la perfección. Es un arma valiosa.

—Qué bien. No me gustaría que hubieran matado a Otis con un arma chapucera.

Sam no me hizo caso. Se le daba muy bien.

—¿Dices que el asesino llevaba un yelmo de lobo?

—Eso reduce los sospechosos a la mitad de malos de los nueve mundos. —Señalé la chaqueta vacía de Otis—. ¿Adónde ha ido su cuerpo?

—¿El de Otis? No le pasará nada. Las criaturas mágicas se forman a partir de la niebla del Ginnungagap. Cuando mueren, sus cuerpos acaban deshaciéndose otra vez en esa niebla. Otis volverá a cobrar forma cerca de su amo, con suerte a tiempo para que Thor lo mate para la cena.

Me pareció un extraño deseo, pero no más extraño que la mañana que yo había vivido. Antes de que se me doblasen las rodillas, me senté y bebí un sorbo de mi café ya frío.

—El asesino de cabras sabía que el martillo ha desaparecido —dije—. Me dijo que si íbamos a Provincetown favoreceríamos a nuestro enemigo. No creerás que se refería a...

—¿Loki? —Sam se sentó frente a mí y dejó el hacha en la mesa—. Estoy segura de que está implicado de alguna forma. Siempre lo está.

Entendía perfectamente su amargura. No le gustaba hablar del dios del engaño y las malas artes porque, aparte de ser malvado, también era su padre.

—¿Has tenido noticias de él últimamente? —pregunté.

—Solo unos cuantos sueños. —Giró su taza de café hacia un lado y hacia el otro como si fuera el disco de una caja fuerte—. Susurros, advertencias... Sobre todo se ha interesado por... Da igual. No es nada.

—Pues a mí no me lo parece.

Sam tenía una mirada tan intensa y ardiente como los troncos de una chimenea justo antes de encenderse.

—Mi padre intenta arruinar mi vida personal —me explicó—. Nada nuevo. Quiere tenerme distraída. Mis abuelos, Amir... —Se le quebró la voz—. Podré con ello. No tiene nada que ver con el problema del martillo.

—¿Estás segura?

Su expresión me dijo que dejara de incordiarla. En el pasado, cuando me ponía pesado con algo, me estampaba contra una pared y me apretaba la garganta con el brazo. El hecho de que todavía no me hubiera ahogado hasta dejarme inconsciente era señal de que nuestra amistad se estaba estrechando.

—En fin, Loki no puede ser el asesino —concluyó—. No sabría manejar un hacha de esa forma.

—¿Por qué no? Ya sé que está encadenado en una cárcel de máxima seguridad asgardiana por asesinato o lo que sea, pero no parece que tenga problemas para aparecer delante de mis narices cuando le da la gana.

—Mi padre puede proyectar su imagen o aparecer en un sueño. Concentrándose mucho, por un tiempo limitado, incluso puede emitir suficiente energía para adoptar una forma física.

—Como cuando salió con tu madre.

Sam volvió a demostrar el afecto que me tenía no partiéndome la crisma. Estábamos celebrando una fiesta de exaltación de la amistad en el Thinking Cup.

—Sí —asintió—. Puede escapar de su encarcelamiento de esas maneras, pero no puede manifestarse de una forma lo bastante sólida como para manejar armas mágicas. Los dioses se aseguraron de eso cuando hechizaron sus ataduras. Si pudiera coger una espada encantada, podría liberarse.

Supuse que eso tenía algún sentido dentro de la absurda lógica de la mitología nórdica. Me imaginé a Loki despatarrado en una cueva, con las manos y los pies atados con unas cuerdas hechas —¡puaj!, me costaba solo pensarlo— con los intestinos de sus hijos asesinados, tal como habían ordenado los dioses. Supuestamente, también habían colocado una serpiente sobre la cabeza de Loki para que le echase gotas de veneno en la cara por toda la eternidad. La justicia asgardiana no se caracterizaba por su clemencia.

—Aun así, el asesino de cabras podría trabajar para tu padre —dije—. Podría ser un gigante. Podría ser...

—Podría ser cualquiera —me interrumpió Sam—. Por cómo describes su forma de luchar y de moverse, parece un einherji. Puede que incluso una valquiria.

Se me revolvió el estómago. Me lo imaginé rodando por el suelo y yendo a parar al lado del sombrero de Otis.

—Alguien del Valhalla. ¿Por qué querría alguien...?

—No lo sé —me interrumpió—. Sea quien sea, no quiere que sigamos esa pista para localizar el martillo de Thor. Pero no veo que tengamos otra opción. Tenemos que actuar rápido.

—¿Por qué tanta prisa? El martillo lleva meses desaparecido. Los gigantes todavía no han atacado.

Algo en sus ojos me recordó las redes de pesca de la diosa marina Ran, la forma en que se arremolinaban entre las olas y revolvían a los espíritus ahogados. No era un recuerdo alegre.

—Magnus, los acontecimientos se están precipitando. En mis últimas misiones en Jotunheim... Los gigantes están inquietos. Han invocado potentes glamures para ocultar lo que traman, pero estoy convencida de que hay ejércitos enteros avanzando. Se están preparando para la invasión.

—¿Invasión... dónde?

La brisa hizo ondear el hiyab alrededor de su cara.

—Aquí. Y si vienen a destruir Midgard...

Me invadió un escalofrío a pesar del cálido sol. Sam me había explicado que Boston se encontraba en el nexo de Yggdrasil, el Árbol de los Mundos. Era el lugar más fácil para moverse por los nueve mundos. Me imaginé las sombras de los gigantes posándose sobre Newbury Street y el suelo sacudiéndose bajo sus botas con suelas de hierro del tamaño de tanques de combate.

—Lo único que los frena —continuó— es su miedo a Thor. Ha

sido así durante siglos. No emprenderán una invasión a gran escala a menos que estén completamente seguros de que él es vulnerable. Pero cada vez son más audaces. Están empezando a sospechar que ha llegado el momento...

—Thor solo es uno de los dioses —dije—. ¿Y Odín? ¿O Tyr? ¿O mi padre, Frey? ¿No pueden luchar ellos contra los gigantes?

Tan pronto como acabé de hacer la pregunta, me di cuenta de lo absurdo de mi sugerencia. Odín era impredecible. Cuando aparecía, mostraba más interés por hacer presentaciones motivacionales en PowerPoint que por luchar. No había coincidido nunca con Tyr, el dios de la valentía y la defensa personal. En cuanto a Frey..., mi padre era el dios del verano y la fertilidad. Si querías que brotasen flores, que crecieran cosechas o que un corte hecho con un papel se curase, era el dios indicado. Pero desde luego no lo era para ahuyentar a las hordas de Jotunheim.

—Tenemos que detener la invasión antes de que se produzca —dijo Sam—. Para eso tenemos que encontrar el martillo *Mjolnir*. ¿Estás seguro de que Otis dijo que fuéramos a Provincetown?

—Sí. A un túmulo. ¿Es peligroso?

—En una escala del uno al diez, yo le daría veintimuchos. Necesitaremos a Hearthstone y Blitzen.

A pesar de las circunstancias, la posibilidad de ver a mis viejos colegas me levantó el ánimo.

—¿Sabes dónde están?

Sam titubeó.

—Sé cómo ponerme en contacto con ellos. Han estado escondidos en uno de los refugios de Mimir.

Traté de asimilar esa información. Mimir, el dios incorpóreo que cambiaba tragos de la fuente del conocimiento por años de servidumbre, que había mandado a Blitz y Hearth que me vigilasen cuando vivía en la calle porque era «importante para el destino de los mundos», que dirigía un tinglado de pachinko que operaba en los nueve mundos y otras empresas turbias..., tenía una colección de refugios. Me preguntaba cuánto les cobraba de alquiler a mis amigos.

31

—¿Por qué están escondidos Blitz y Hearth?

—Prefiero que te lo expliquen ellos. No querían que te preocupases.

Tenía tan poca gracia que reí.

—¿Desaparecieron sin decir nada porque no querían que me preocupase?

—Mira, Magnus, necesitas tiempo para entrenarte, para adaptarte al Valhalla y acostumbrarte a tus poderes de einherji. Hearthstone y Blitzen vieron un mal augurio en las runas. Han estado tomando precauciones ocultándose. Pero para esta misión...

—Un mal augurio. Sam, el asesino dijo que debía estar dispuesto a perder a mis amigos.

—Lo sé. —Cogió su café. Le temblaban los dedos—. Tendremos cuidado. Pero para ir al túmulo, la magia rúnica y la habilidad subterránea podrían ser cruciales. Necesitaremos a Hearth y Blitz. Contactaré con ellos esta tarde. Te prometo que entonces te pondré al tanto de todo.

—¿Es que hay más?

De repente, me sentí como si hubiera estado sentado a la mesa de los niños en una celebración familiar durante las últimas seis semanas. Me había perdido todas las conversaciones importantes de los adultos. No me gustaba la mesa de los niños.

—No hace falta que me protejas, Sam —dije—. Ya estoy muerto. Soy un puñetero guerrero de Odín que vive en el Valhalla. Déjame ayudarte.

—Me ayudarás —prometió ella—. Pero necesitabas tiempo de adiestramiento, Magnus. Cuando fuimos a buscar la Espada del Verano, tuvimos suerte. Pero para lo que nos espera, necesitarás toda tu destreza.

Su tono de miedo me hizo temblar.

Yo no consideraba que hubiéramos tenido suerte al recuperar la Espada del Verano. Habíamos estado a punto de morir en múltiples ocasiones. Tres de nuestros compañeros habían sacrificado sus vidas. Habíamos conseguido impedir por los pelos que el lobo Fenrir y una horda de gigantes de fuego arrasaran los nueve

mundos. Si eso era tener suerte, no quería saber lo que era no te-
nerla.

Sam alargó la mano a través de la mesa. Cogió mi bollo de naranja y arándanos y mordisqueó el borde. La cobertura era del mismo
color que su ojo magullado.

—Debo volver al instituto. No puedo faltar a otra clase de física.
Y esta tarde tengo que resolver unos asuntos en casa.

Recordé que había dicho que Loki intentaba arruinar su vida
personal, y también recordé el asomo de duda que había mostrado
cuando había pronunciado el nombre de Amir.

—¿Puedo ayudarte en algo? Podría pasar por El Faláfel de Fadlan
para hablar con Amir, por ejemplo.

—¡No! —Se sonrojó—. No, te lo agradezco, pero definitivamente no. No.

—Pues no entonces.

—Sé que tus intenciones son buenas, Magnus. Tengo muchas
cosas que hacer, pero puedo con todo. Te veré esta noche en el banquete por el... —Su expresión se avinagró—. Ya sabes, el recién
llegado.

Se refería al alma que había ido a recoger. Como responsable
suya, Sam tendría que estar presente en el banquete nocturno para
presentar al einherji más nuevo.

Observé el cardenal de debajo de su ojo, y caí en la cuenta de una
cosa.

—El alma que has recogido, el nuevo einherji, ¿te ha dado un
puñetazo?

Frunció el entrecejo.

—Es complicado.

Había conocido a algunos einherjar violentos, pero a ninguno
que osara dar un puñetazo a una valquiria. Era una conducta suicida,
incluso para alguien que ya estaba muerto.

—¿Qué clase de idiota...? Un momento. ¿Tiene algo que ver
con el aullido de lobo que he oído al otro lado del parque de Common?

Sus ojos castaño oscuro ardían; casi quemaban.

—Lo sabrás en el banquete. —Se levantó y recogió el hacha del asesino—. Y ahora vuelve al Valhalla. Esta noche tendrás el placer de conocer a... —Hizo una pausa, meditando las palabras—. Mi hermano.

4

Un guepardo me atropella

A la hora de elegir una vida después de la muerte, es importante tener en cuenta el lugar.

Puede que las vidas de ultratumba en las afueras, en sitios como Fólkvangr y Niflheim, ofrezcan un coste de vida más bajo, pero la entrada de Midgard al Valhalla se encuentra en el centro mismo de la ciudad, en Beacon Street, enfrente del parque de Common. ¡A un paseo de las mejores tiendas y restaurantes, y a menos de un minuto de la estación de metro de Park Street!

Sí, el Valhalla. El paraíso que satisface todas tus necesidades de vikingo.

(Perdón. Le dije a la dirección del hotel que les haría publicidad encubierta. El caso es que era bastante fácil volver a casa.)

Después de comprar una bolsa de granos de café recubiertos de chocolate en la cafetería, crucé el jardín público y pasé por mi antiguo lugar de acampada debajo del puente peatonal. Había un par de tíos canosos sentados en un nido formado por sacos de dormir, compartiendo restos de cubos de basura con un pequeño rat terrier.

—Hola, chicos. —Les di la gabardina y el sombrero de Otis, junto con todo el dinero mortal que llevaba encima: unos veinticuatro pavos—. Que tengáis buen día.

Los tipos se quedaron demasiado sorprendidos para contestar.

Seguí andando, sintiéndome como si tuviera un hacha sobresaliéndome del esternón.

Tenía la suerte de vivir rodeado de lujos solo porque un gigante de fuego me había matado hacía dos meses. Mientras tanto, esos tipos y su perro comían de los cubos de basura. No era justo.

Deseé poder juntar a todos los sintechos de Boston y decirles: «Hay una mansión aquí al lado con miles de cómodas habitaciones y comida gratis para siempre. ¡Seguidme!».

Pero no daría resultado.

No podías llevar mortales al Valhalla. Ni siquiera podías morirte a propósito para entrar. Tu muerte tenía que ser un acto desinteresado y no planeado, y tenías que confiar en que hubiera una valquiria que la presenciara.

Por supuesto, eso hacía que el Valhalla fuera mejor que las torres que se estaban levantando por todo el centro. La mayoría de ellas también estaban llenas de pisos de lujo vacíos: resplandecientes cuartas o quintas residencias para multimillonarios. Para entrar no necesitabas morir de forma valiente; solo un montón de pasta. Si los gigantes invadían realmente Boston, tal vez los convenciera para que pisotearan estratégicamente algunas de esas torres.

Por fin llegué a la fachada del Hotel Valhalla. Por fuera, parecía una mansión de piedra blanca y gris de ocho pisos; un inmueble superlujoso más en una hilera de residencias urbanas de estilo colonial. La única diferencia era que el jardín del hotel estaba totalmente rodeado por un muro de piedra caliza de cuatro metros y medio de alto sin entrada: la primera de muchas defensas para impedir que los que no eran einherjar entrasen sin autorización.

Salté por encima del muro al bosquecillo de Glasir.

Un par de valquirias flotaban entre las ramas del abedul blanco, recogiendo su follaje de oro de veinticuatro quilates. Me saludaron con la mano, pero no me paré a charlar. Subí los escalones de la entrada y abrí la pesada puerta de dos hojas.

En el vestíbulo de tamaño catedralicio se desarrollaba la escena habitual. Delante de la chimenea encendida, jóvenes einherjar pasaban el rato jugando a juegos de tablero o simplemente se *relahacha-*

ban (que es como relajarse, solo que con hachas de combate). Otros einherjar cubiertos con mullidos albornoces verdes del hotel se perseguían unos a otros alrededor de las toscas columnas del recibidor jugando al escondite. Sus risas resonaban en el alto techo, en cuyas vigas brillaban las puntas de miles de lanzas clavadas.

Eché un vistazo a la recepción preguntándome si el misterioso hermano de Sam estaría registrándose. La única persona que había era el gerente, Helgi, que miraba con el ceño fruncido la pantalla de su ordenador. Le habían arrancado una manga de su traje verde, le habían mesado mechones de su barba de dimensiones épicas y su pelo parecía más que nunca un águila muerta.

—No te acerques —me advirtió una voz familiar.

Hunding, el botones, se aproximó furtivamente a mí, con su cara colorada y verrugosa llena de arañazos recientes. Su barba, al igual que la de Helgi, parecía haberse quedado enganchada en una desplumadora de pollos.

— El jefe está de mal humor —dijo—. Es capaz de arrearte con un palo.

—Tú tampoco pareces muy contento —observé—. ¿Qué ha pasado?

A Hunding le tembló la barba de la ira.

—Nuestro último huésped.

—¿El hermano de Samirah?

—Pfff, si quieres llamarlo así. No sé en qué estaba pensando Sam cuando decidió traer a ese monstruo al Valhalla.

—¿Monstruo?

Me acordé de X, el medio troll al que Samirah había dejado entrar en el Valhalla. Había recibido muchas críticas por ello, aunque luego X había resultado ser Odín disfrazado. (Una larga historia.)

—¿Quieres decir que el recién llegado es un monstruo de verdad, como Fenrir o...?

—Peor, en mi opinión. —Hunding se quitó un mechón de barba de la chapa identificativa de su uniforme—. Ese maldito argr casi me arranca la cara cuando ha visto su habitación. Y encima no me ha dado una propina en condiciones...

—¡Botones! —gritó el gerente desde la recepción—. ¡Deja de confraternizar y ven aquí! ¡Tienes que limpiarles los dientes con hilo dental a los dragones!

Miré a Hunding.

—¿Te hace limpiarles los dientes a los dragones con hilo dental?

El pobre suspiró.

—Se tarda una eternidad. Me tengo que ir.

—Eh, toma. —Le di la bolsa de granos de café recubiertos de chocolate que había comprado en el Thinking Cup—. Aguanta.

Al viejo vikingo se le pusieron los ojos llorosos.

—Eres un buen muchacho, Magnus Chase. Te achucharía hasta matarte...

—¡¡Botones!! —volvió a gritar Helgi.

—¡Ya voy! ¡Un momento!

Hunding se fue corriendo a la recepción, cosa que me libró de morir achuchado.

A pesar de lo desanimado que me sentía, por lo menos no tenía el trabajo de Hunding. El pobre había llegado al Valhalla y había sido esclavizado por Helgi, su archienemigo cuando era mortal. Supuse que necesitaba un poco de chocolate de vez en cuando. Además, su amistad me había resultado muy valiosa en varias ocasiones porque conocía el hotel mejor que nadie y estaba al tanto de todos los cotilleos jugosos.

Me dirigí a los ascensores preguntándome qué era un argr y por qué Sam llevaría uno al Valhalla. Pero sobre todo me preguntaba si me daría tiempo a comer y echar una siesta antes de la batalla de esa tarde. Era importante estar bien alimentado y descansado para morir en combate.

En los pasillos, unos cuantos einherjar me miraron de reojo, pero pasaron de mí. Sí, yo había rescatado la Espada del Verano y había vencido al lobo Fenrir, pero la mayoría de mis compañeros me veía como el chico que había provocado la muerte de tres valquirias y había estado a punto de iniciar el Ragnarok. El hecho de que fuese hijo de Frey, el dios Vanir del verano, no contribuía a mejorar su opinión sobre mí. Normalmente, en el Valhalla no había hijos de

Frey. Yo no era lo bastante guay para salir con los chicos populares: los hijos de dioses de la guerra como Thor, Tyr y Odín.

Sí, en el Valhalla había pandillas como en la escuela secundaria. Pero mientras que la secundaria *parecía* durar una eternidad, el Valhalla duraba realmente una eternidad. Los únicos einherjar que me aceptaban de verdad eran mis compañeros de la planta diecinueve, y estaba deseando volver con ellos.

En el ascensor, la música ligera vikinga no ayudó a mejorar mi humor. Las preguntas se agolpaban en mi mente: ¿Quién había matado a Otis? ¿De qué había querido advertirme la cabra? ¿Quién era el hermano de Sam? ¿De qué se ocultaban Blitz y Hearth? ¿Y quién en su sano juicio querría grabar «Fly Me to the Moon» en nórdico antiguo?

La puerta del ascensor se abrió en la planta diecinueve. Salí e inmediatamente un animal grande me dio un golpe de refilón. Se movía tan rápido que solo distinguí una mancha color canela y negra antes de que doblase una esquina y desapareciera. Entonces me fijé en los agujeros que el animal me había hecho en las zapatillas al pasar corriendo por encima. Pequeños géiseres de dolor brotaron de la parte superior de mis pies.

—Ay —dije tardíamente.

—¡Parad a ese guepardo!

Thomas Jefferson, Jr. apareció corriendo por el pasillo con su bayoneta preparada, seguido de cerca por mis otros compañeros de planta: Mallory Keen y Medionacido Gunderson. Los tres se detuvieron dando traspiés delante de mí, jadeantes y sudorosos.

—¿Lo has visto? —preguntó T. J.—. ¿Adónde ha ido?

—Esto... —Señalé a la derecha—. ¿Por qué tenemos un guepardo?

—No ha sido idea nuestra, créeme. —T. J. se echó el rifle al hombro. Como siempre, llevaba su uniforme azul del ejército de la Unión, con la chaqueta desabotonada encima de una camiseta verde del Hotel Valhalla—. A nuestro nuevo compañero no le hace gracia estar aquí.

—Nuevo compañero —repetí—. Un guepardo. Te refieres... al alma que Sam ha traído. Un hijo de Loki. ¿Es transformista?

—Entre otras cosas —dijo Medionacido Gunderson. Al ser un berserker, tenía el físico del yeti y solo llevaba puestos unos bombachos de piel. Unos tatuajes rúnicos cubrían su enorme torso. Golpeó el suelo con su hacha de combate—. ¡Ese meinfretr por poco me rompe la cara!

Desde que me había mudado al Valhalla, había aprendido una cantidad impresionante de tacos en nórdico antiguo. *Meinfretr* se traducía más o menos como «pedoapestoso», y, naturalmente, era el peor tipo de pedo.

Mallory envainó sus dos puñales.

—Medionacido, no te vendría mal que te rompieran la cara de vez en cuando. —Su acento irlandés era más marcado cuando se enfadaba. Con su cabello pelirrojo y sus mejillas sonrosadas, podría haber pasado por una gigante de fuego pequeña, solo que los gigantes de fuego no eran tan intimidantes—. ¡Me preocupa más que ese demonio destruya el hotel! ¿Has visto cómo ha dejado la habitación de X?

—¿Ha invadido la antigua habitación de X? —pregunté.

—Y la ha hecho pedazos. —Mallory formó una V con sus dedos y los movió rápidamente debajo de su barbilla en la dirección en que había huido el guepardo. La señorita Keen era irlandesa, de modo que la V no significaba «paz» ni «victoria», sino algo mucho más grosero—. Hemos ido a darle la bienvenida y hemos encontrado la habitación hecha unos zorros. ¡Qué poco respeto!

Me acordé de mi primer día en el Valhalla. Había lanzado un sofá al otro lado de la sala de estar y había atravesado la pared del cuarto de baño con el puño.

—Bueno..., adaptarse puede ser difícil.

T. J. negó con la cabeza.

—Ya. Pero lo de ese chico es demasiado. Ha intentado matarnos cuando nos ha visto. Ha dicho unas cosas...

—Insultos de primera —concedió Medionacido—. Lo reconozco. Pero en mi vida he visto a una persona causar tantos desperfectos...Ven a echar un vistazo, Magnus. Es mejor que lo veas con tus propios ojos.

Me llevaron a la antigua habitación de X. Nunca había estado dentro, pero la puerta estaba ahora abierta de par en par. El interior parecía haber sido redecorado por un huracán de categoría cinco.

—Santa Frigg.

Tuve que pasar por encima de un montón de muebles rotos para entrar en el recibidor.

La distribución era muy similar a la de mi habitación: cuatro secciones cuadradas que sobresalían de un atrio central como un gigantesco signo de suma. El recibidor había sido antes un área de descanso con un sofá, estanterías, una televisión y una chimenea. Ahora era una zona catastrófica. La chimenea era lo único que seguía intacto, y la repisa estaba llena de muescas como si nuestro nuevo vecino la hubiera emprendido con ella armado con una espada.

Por lo que podía ver, el dormitorio, la cocina y el cuarto de baño habían recibido un trato parecido. Aturdido, me dirigí al atrio.

Al igual que el mío, tenía un gran árbol en el centro. Las ramas más bajas se extendían a través del techo de la habitación, entrelazándose con las vigas, y las más altas se perdían en un cielo azul despejado. Mis pies se hundieron en hierba verde. La brisa que venía de arriba olía a laurel de montaña, una especie de aroma a zumo de uva. Había estado en varias habitaciones de mis amigos, pero ninguna tenía un atrio al aire libre.

—¿Era así cuando X la ocupaba? —pregunté.

Mallory resopló.

—Qué va. El atrio de X era una piscina grande: una fuente termal natural. Aquí siempre hacía calor, había humedad y olía a azufre como el sobaco de un troll.

—Echo de menos a X. —Medionacido suspiró—. Pero, sí, todo esto es completamente nuevo. Cada habitación se adapta al estilo de su dueño.

Me preguntaba qué significaba que mi atrio fuera idéntico al del recién llegado. No me hacía gracia compartir estilo con un sanguinario gato montés que era hijo de Loki y pisoteaba los pies de la gente.

En el borde del atrio había otro montón de ruinas. Una estantería había sido volcada y la hierba estaba llena de cuencos y vasijas de cerámica, algunos esmaltados de vivos colores y otros de barro sin cocer.

Me arrodillé y recogí la base de una maceta rota.

—¿Creéis que el Chico Guepardo ha hecho todo esto?

—Sí. —T. J. señaló con su bayoneta—. En la cocina también hay un horno y un torno de alfarero.

—Material de buena calidad —dijo Medionacido—. El jarrón que me lanzó a la cara era precioso y letal. Como la señorita Keen.

La cara de Mallory pasó del rojo de una fresa al naranja de un chile habanero.

—Eres idiota.

Era su forma de expresar el afecto que le profesaba a su novio.

Di la vuelta al tiesto y vi que en la base estaban grabadas las iniciales A. F. No quería especular sobre su posible significado. Debajo de las dos letras había un sello decorativo: dos serpientes enroscadas formando una compleja ese, con las colas enrolladas alrededor de las cabezas.

Se me entumecieron las puntas de los dedos. Solté el tiesto y cogí otra maceta rota; las mismas iniciales en la parte de abajo, el mismo sello serpentino.

—Es un símbolo de Loki —anunció Medionacido—. Flexibilidad, cambio, astucia.

Me zumbaban los oídos. Había visto ese símbolo antes..., hacía poco, en mi habitación.

—¿Có... cómo lo sabes?

Medionacido hinchó su pecho ya de por sí hinchado.

—Ya te he dicho que he invertido bien mi tiempo en el Valhalla. Tengo un doctorado en literatura germánica.

—Que solo saca a colación varias veces al día —añadió Mallory.

—Eh, chicos —gritó T. J. desde el dormitorio.

Clavó su bayoneta en un montón de ropa y levantó un vestido de seda sin mangas verde oscuro.

—Qué pijo —dijo Mallory—. Un Stella McCartney.

Medionacido frunció el ceño.

—¿Cómo puedes estar segura?

—He invertido bien mi tiempo en el Valhalla. —Hizo una imitación decente de la voz ronca de su novio—. Tengo un doctorado en moda.

—Cierra el pico, mujer —murmuró él.

—Y fijaos en esto.

T. J. levantó una chaqueta de frac, también verde oscuro, con las solapas rosa.

Reconozco que tenía el cerebro embotado. Solo podía pensar en el símbolo de Loki que aparecía en los cacharros de cerámica y en dónde lo había visto. El torbellino de ropa de la habitación no me decía nada: vaqueros, faldas, chaquetas, corbatas y vestidos de fiesta, la mayoría en tonos rosa y verde.

—¿Cuántas personas viven aquí? —pregunté—. ¿Tiene una hermana?

Medionacido resopló.

—¿Se lo explicas tú o se lo explico yo, T. J.?

«FUUUUUUM.» El sonido de un cuerno de carnero resonó por el pasillo.

—Hora de comer —anunció T. J.—. Ya hablaremos luego.

Mis amigos se dirigieron a la puerta. Yo me quedé agachado junto al montón de pedazos de cerámica mirando las iniciales A. F. y las serpientes entrelazadas.

—¿Magnus? —gritó T. J.—. ¿Vienes?

Había perdido el apetito. Y también las ganas de echar una siesta. La adrenalina me corría por el organismo como una nota aguda en una guitarra eléctrica.

—Adelantaos vosotros, chicos. —Mis dedos se cerraron en torno al tiesto roto con el símbolo de Loki—. Tengo que ver una cosa.

5

Mi espada tiene más vida social que yo

Menos mal que no fui a comer.

Normalmente el bufet se disputaba a muerte, y con lo distraído que estaba, habría acabado empalado con un pincho de *fondue* antes de llenarme el plato.

La mayoría de las actividades del Valhalla se hacían a muerte: jugar al Scrabble, hacer *rafting*, comer tortitas, jugar al cróquet... (Consejo: no juegues nunca al cróquet vikingo.)

Llegué a mi habitación y respiré hondo varias veces. Casi esperaba que estuviera tan destrozada como la de A. F., como si debido al parecido de nuestras habitaciones, la mía debiera desordenarse en solidaridad. En cambio, estaba tal como la había dejado, solo que más limpia.

Nunca había visto al personal de limpieza. Siempre conseguían ordenar la habitación cuando yo no estaba. Hacían la cama tanto si había dormido en ella como si no. Fregaban el cuarto de baño, aunque yo acabara de hacerlo. Me planchaban y doblaban la ropa limpia, aunque tenía cuidado de no dejar nunca la ropa tirada. En serio, ¿quién plancha y almidona la ropa interior?

Ya me sentía bastante mal teniendo esa habitación enorme para mí solo, así que saber que unas señoras de la limpieza iban recogiendo detrás de mí no hacía más que empeorar mi sentimiento de culpabilidad. Mi madre me había educado para que limpiase lo que ensuciaba. Aun así, por mucho que intentaba hacerlo allí, el personal del hotel entraba todos los días y lo desinfectaba todo sin piedad.

Además me dejaban regalos. Eso me molestaba todavía más que la ropa interior almidonada.

Me acerqué a la chimenea. La primera vez que me alojé allí, había una foto sobre la repisa: una instantánea de mi madre y yo cuando tenía ocho años, posando en la cima del monte Washington. Desde entonces habían aparecido más fotos: algunas que recordaba de la infancia y otras que no había visto nunca. No sabía dónde las encontraban los empleados del hotel. Tal vez a medida que la habitación se adaptaba a mí, las fotos aparecían del cosmos. Tal vez el Valhalla tenía una copia de seguridad de la vida de cada einherji en iCloud.

En una fotografía aparecía mi prima Annabeth en una montaña, con el Golden Gate y San Francisco de fondo. El cabello rubio le ondeaba a un lado de la cara y sus ojos grises brillaban como si alguien acabara de contarle un chiste.

Al mirarla me ponía contento porque ella era de la familia. También me ponía nervioso porque me recordaba continuamente nuestra última conversación.

Según Annabeth, nuestra familia, los Chase, tenían algún tipo de atractivo especial para los dioses antiguos. Tal vez se debía a nuestras encantadoras personalidades. Tal vez se debía a la marca de champú que usábamos. La madre de Annabeth, la diosa griega Atenea, se había enamorado de su padre, Frederick. Mi padre, Frey, se había enamorado de mi madre, Natalie. Si mañana alguien viniera y me dijera —¡sorpresa!— que los dioses aztecas estaban vivitos y coleando en Houston y que mi prima segunda era nieta de Quetzalcóatl, le creería a pies juntillas. Luego me precipitaría gritando por el abismo del Ginnungagap.

Tal como Annabeth lo veía, todos los mitos antiguos eran ciertos. Se nutrían de la memoria y la fe humanas: docenas de panteones mohosos que seguían compitiendo unos con otros como en la antigüedad. Mientras sus historias sobreviviesen, los dioses sobrevivirían. Y las historias eran casi imposibles de eliminar.

Mi prima me había prometido que hablaríamos del tema más adelante. De momento, no habíamos tenido la oportunidad. Antes de volver a Manhattan, me había avisado de que casi nunca hablaba por móvil porque era peligroso para los semidioses (aunque yo no había detectado ningún problema). Intentaba no preocuparme por su silencio absoluto desde enero. Aun así, me preguntaba qué podía estar pasando en terreno griego y romano.

Moví la mano sobre la repisa hacia la siguiente foto.

Esa era más difícil de mirar. Mi madre y sus dos hermanos, todos con veintitantos años, aparecían sentados en los escalones de la casa de piedra caliza rojiza de la familia. Mamá estaba como yo la recordaba: pelo corto, sonrisa contagiosa, pecas, vaqueros raídos y camisa a cuadros. Si se hubiera podido conectar un generador a su alegría de vivir, se habría podido abastecer de electricidad a la ciudad de Boston entera.

Sentado a su lado estaba mi tío Frederick, el padre de Annabeth. Llevaba una chaqueta de punto demasiado grande por encima de una camisa y unos pantalones beige remangados hasta la mitad de la pantorrilla. Sostenía una maqueta de un biplano de la Primera Guerra Mundial en una mano y sonreía como un idiota.

En el escalón superior, detrás de ellos, con las manos apoyadas en sus hombros, estaba sentado el hermano mayor, Randolph. Aparentaba unos veinticinco, aunque era una de esas personas que nacieron para ser viejas. Su pelo rapado era tan rubio que pasaba por canoso. Su cara grande y redonda y su constitución corpulenta le daban más aire de segurata de discoteca que de estudiante de posgrado de una prestigiosa universidad. A pesar de su sonrisa, tenía unos ojos penetrantes y una postura cauta. Parecía que en cualquier momento fuera a atacar al fotógrafo, quitarle la cámara y pisotearla.

Mi madre me había repetido muchas veces: «No vayas con Randolph. No te fíes de él». Ella lo había evitado durante años y se había negado a llevarme a la mansión familiar de Back Bay.

Cuando había cumplido dieciséis años, Randolph me había encontrado de todas formas. Me había hablado de mi padre divino y guiado hasta la Espada del Verano, y luego no había tardado en conseguir que yo muriese.

Eso hacía que me resistiese a volver a ver al bueno del tío Randolph, aunque Annabeth creía que debía concederle el beneficio de la duda.

«Es de la familia, Magnus —me dijo antes de partir a Nueva York—. No podemos fallar a la familia.»

Una parte de mí pensaba que tenía razón. La otra pensaba que Randolph era peligroso. No me fiaba de él ni un pelo.

«Jo, Magnus —estaréis pensando—, qué duro eres. Es tu tío. Solo porque tu madre lo odiaba, pasó de ti casi toda tu vida y luego consiguió que la palmases, ¿no te fías de él?»

Sí, lo sé. Estaba siendo poco razonable.

El caso es que lo que más me preocupaba del tío Randolph no era nuestro pasado. Era la forma en que la foto de los tres hermanos había cambiado desde la semana anterior. En algún momento, no sé cuándo, había aparecido una nueva marca en la mejilla de Randolph: un símbolo tenue como una mancha de agua. Y ahora sabía lo que significaba.

Levanté el tiesto que había cogido de la habitación de A. F. para mirar de nuevo las iniciales grabadas en barro y el sello de las dos serpientes entrelazadas. Era sin duda el mismo dibujo.

Alguien había marcado la cara de mi tío con el símbolo de Loki.

Me quedé mirando la marca de la serpiente durante un largo rato, tratando de encontrarle algún sentido.

Deseé poder hablar con Hearthstone, mi experto en runas y símbolos. O con Blitzen, que entendía de objetos mágicos. Deseé que Sam estuviera allí, porque si me estaba volviendo loco y teniendo visiones, ella sería la primera que me daría un guantazo para hacerme entrar en razón.

Como no tenía a ninguno de ellos para hablar, me quité el colgante e invoqué a mi espada.

—¡Hola, señor! —Jack dio una voltereta en el aire, mientras sus runas emitían destellos azules y rojos. Nada como una iluminación discotequera cuando quieres mantener una conversación seria—. Me alegro de que me hayas despertado. Esta tarde tengo una cita con una lanza que está buenísima, y si faltase... me apuñalaría a mí mismo, tío.

—Jack —dije—, preferiría no enterarme de tus citas con otras armas mágicas.

—Vamos. ¡Tienes que salir más! Si quieres acompañarme, te puedo buscar un buen plan. Esa lanza tiene una amiga...

—Jack.

—Está bien. —Suspiró, y al hacerlo su hoja emitió un brillo de un bonito tono añil. Seguro que a las lanzas les resultaba muy atractivo—. Bueno, ¿qué pasa? Espero que no haya que luchar contra más ninjas.

Le enseñé la marca con forma de serpiente del trozo de cerámica.

—¿Sabes algo sobre este símbolo?

Se acercó flotando.

—Sí, claro. Es una de las marcas de Loki. No tengo un doctorado en literatura germánica ni nada por el estilo, pero creo que representa, ya sabes, lo serpentino.

Empezaba a preguntarme si invocar a Jack había sido buena idea.

—Pues nuestro nuevo vecino del otro lado del pasillo hace cerámica. Y cada pieza tiene grabado esto en la parte de abajo.

—Bueno, supongo que debe ser hijo de Loki.

—Ya lo sé. Pero ¿por qué presumiría de ello? A Sam no le gusta que se mencione a su padre. Y ese tío pone el símbolo de Loki en todas sus obras.

—Sobre gustos no hay nada escrito —dijo Jack—. Una vez conocí a una daga arrojadiza con una empuñadura acrílica verde. ¿Te lo puedes imaginar?

Cogí la foto de los tres hermanos Chase.

—El caso es que la semana pasada el mismo símbolo apareció en la cara de mi tío. ¿Se te ocurre por qué?

Jack plantó la punta de su hoja en la alfombra de la sala de estar. Se inclinó hacia delante hasta que su empuñadura estuvo a dos centímetros de la foto. Tal vez se estaba quedando corto de vista. (¿Corto de empuñadura?)

—¿Quieres mi opinión?

—Sí.

—Me parece bastante raro.

Esperé a que dijera algo más, pero no se extendió más en sus explicaciones.

—Vale —dije—. ¿No crees que puede haber una relación entre..., no sé, la aparición de otro hijo de Loki en el Valhalla, esta extraña marca en la cara de Randolph y el hecho de que de repente, después de un par de meses de tranquilidad, tengamos que buscar el martillo de Thor para impedir una invasión?

—Dicho así —contestó Jack—, tienes razón, es muy raro. Pero Loki aparece continuamente en sitios extraños. Y el martillo de Thor... —Vibró sin moverse de sitio como si estuviera temblando o conteniendo la risa—. *Mjolnir* siempre se extravía. En serio, Thor tiene que pegarse ese martillo a la cara con cinta adhesiva.

Dudaba que pudiera quitarme esa imagen en breve de la cabeza.

—¿Cómo puede perderlo Thor tan fácilmente? ¿Cómo pueden robárselo? Creía que *Mjolnir* era tan pesado que nadie más podía cogerlo.

—Un error común —dijo Jack—. Olvídate de todo ese rollo de las pelis de que solo el elegido puede sostenerlo. El martillo es pesado, pero si juntas a suficientes gigantes, pueden levantarlo sin problemas. Aunque es verdad que para manejarlo (lanzarlo correctamente, volver a atraparlo, invocar rayos con él) hace falta destreza. He perdido la cuenta de las veces que Thor se ha dormido en un bosque y unos gigantes bromistas se han acercado con una excavadora y le han robado el martillo sin que se enterara. Eso sí, la mayoría de las veces lo recupera rápido, mata a los bromistas y vive feliz para siempre.

—Pero esta vez no.

Jack se bamboleó de un lado a otro, su versión de un encogimiento de hombros.

—Supongo que es importante recuperar a *Mjolnir*. El martillo es poderoso. Inspira temor a los gigantes. Aplasta ejércitos enteros. Impide que las fuerzas del mal destruyan el universo y todo eso. Personalmente, siempre me ha parecido bastante pelma. Se pasa la mayor parte del tiempo sin hacer nada. No dice palabra. Y no se te ocurra invitarlo al karaoke en el Nuclear Rainbow. Qué desastre. Me tocó cantar las dos partes de «Love Never Felt So Good».

Me preguntaba si la hoja de Jack estaba lo bastante afilada para cortar el exceso de información que me estaba dando. Supuse que no.

—Una última pregunta —dije—. Medionacido ha dicho que el nuevo hijo de Loki es un argr. ¿Tienes idea...?

—¡Me encantan los argr! —Jack dio una voltereta alborozado y estuvo a punto de rebanarme la nariz—. ¡Por las fruslerías de Frey! ¿Tenemos a un argr al otro lado del pasillo? Qué buena noticia.

—Entonces...

—Una vez estábamos en Midgard, Frey, un par de elfos y yo. Debían de ser las tres de la mañana, y un argr se nos acercó... —Jack rio a carcajadas, con sus runas brillando en modo *Fiebre del sábado noche*—. Qué pasada. ¡Fue una noche memorable!

—Pero ¿exactamente qué...?

Alguien llamó a la puerta. T. J. asomó la cabeza.

—Perdona por molestarte, Magnus... Eh, Jack, ¿qué pasa?

—¡T. J.! —dijo mi espada—. ¿Te has recuperado de lo de anoche?

Fruncí el ceño.

—¿Anoche fuisteis de fiesta?

—Oh, señor, señor —me reprendió Jack—, tienes que salir con nosotros. No sabrás lo que es pasártelo bien hasta que hayas ido de discotecas con una bayoneta de la guerra de Secesión.

T. J. se aclaró la garganta.

—En fin, venía a buscarte, Magnus. La batalla está a punto de empezar.

Busqué un reloj y entonces me acordé de que no tenía ninguno.

—¿No es demasiado pronto?

—Es jueves —me recordó T. J.

Solté un juramento. Los jueves eran especiales. Y complicados. Los odiaba.

—Voy a por mi equipo.

—Otra cosa —añadió T. J.—, los cuervos del hotel han localizado a nuestro nuevo compañero de planta. He pensado que deberíamos ir con él. Lo van a llevar a la batalla... tanto si quiere como si no.

6

Me pirra la sopa de comadreja

Los jueves significaban dragones. Y eso significaba muertes más dolorosas de lo habitual.

Habría llevado a Jack, pero 1) consideraba las batallas de entrenamiento indignas de él y 2) tenía una cita importante con un arma de asta.

Cuando T. J. y yo llegamos al campo de batalla, el combate ya había empezado. Los ejércitos entraron en tropel en el patio interior del hotel: una zona de matanza y destrucción lo bastante grande para ser un país soberano, con bosques, prados, ríos, montañas y pueblos falsos. Por los cuatro lados, elevándose en el brumoso cielo blanco fluorescente, gradas de balcones bordeados de oro dominaban el campo. Las catapultas lanzaban proyectiles en llamas a los guerreros desde los niveles superiores como serpentinas letales.

El estruendo de los cuernos resonaba a través de los bosques. Columnas de humo se elevaban de las chozas incendiadas. Los einherjar se adentraban en el río, luchando a caballo, riendo al tiempo que se mataban.

Y como era jueves, una docena de grandes dragones se habían unido a la masacre.

Los einherjar mayores los llamaban *lindworms*. A mí no me parecía un nombre temible. Sin embargo, los lindworms tenían el tamaño y la longitud de un tráiler de dieciocho ruedas. Solo tenían dos patas delanteras, con unas alas marrones curtidas similares a las de los murciélagos, pero eran demasiado pequeñas para permitirles volar. Principalmente se arrastraban por el suelo y de vez en cuando aleteaban, saltaban y se abalanzaban sobre sus presas.

De lejos, con sus pieles marrones, verdes y ocres, parecían una manada furiosa de gigantescas serpientes patosas y carnívoras. Pero, creedme, de cerca eran chungos.

¿El objetivo de la batalla del jueves? Seguir con vida lo máximo posible mientras los dragones se esforzaban por impedírnoslo. (*Spoiler*: los dragones siempre ganaban.)

Mallory y Medionacido nos esperaban en el linde del campo. Él le estaba ajustando las correas de la armadura a ella.

—Lo estás haciendo mal —gruñó Mallory—. Las aprietas demasiado en los hombros.

—Me he puesto armaduras durante siglos.

—¿Cuándo? Siempre entras en combate a pecho descubierto.

—¿Tienes alguna queja? —preguntó él.

Ella se ruborizó.

—Cállate.

—¡Ah, mira, ahí están Magnus y T. J.! —Medionacido me dio una palmada en el hombro y me disloqué varias articulaciones—. ¡La planta diecinueve ha llegado!

Técnicamente, eso no era cierto. La planta diecinueve tenía casi cien residentes, pero nuestro pasillo en concreto —nuestro barrio dentro del barrio— estaba compuesto por nosotros cuatro. Además, claro, del huésped más reciente...

—¿Dónde está el guepardo? —preguntó T. J.

Justo en ese momento, un cuervo nos bombardeó. Lanzó un saco de arpillera a mis pies y se posó cerca, aleteando y graznando airadamente. El saco se movió. Un animal largo y flaco salió retorciéndose: era una comadreja marrón y blanca.

La comadreja bufó. El cuervo graznó. Yo no hablaba el idioma de los cuervos, pero estaba seguro de que estaba diciéndole a la comadreja: «Pórtate bien o te arranco los ojos a picotazos».

T. J. apuntó al animal con su rifle.

—Cuando el regimiento Cincuenta y Cuatro de Massachusetts marchaba hacia Darien, Georgia, solíamos disparar a las comadrejas y preparar sopa con ellas, ¿sabéis? Estaba muy rica. ¿Creéis que debería preparar mi vieja receta, chicos?

La comadreja se transformó. Había oído tantas veces que el nuevo miembro era un monstruo que casi esperaba que se convirtiera en un cadáver viviente como la diosa Hel o una versión en miniatura de la serpiente marina Jormungandr. En cambio, el animal se convirtió en un adolescente normal, larguirucho y desgarbado, con un remolino de pelo teñido de verde, negro en las raíces, como una mata de malas hierbas arrancadas de un jardín.

El pelaje marrón y blanco de la comadreja se transformó en ropa verde y rosa: unas maltrechas zapatillas de caña alta rosa, un estrecho pantalón de pana verde lima, un chaleco de rombos rosa y verde sobre una camiseta blanca y un jersey de cachemir rosa atado alrededor de la cintura como una falda escocesa. El conjunto me recordó el atuendo multicolor de un bufón o la coloración de un animal venenoso que advierte al mundo: «Ponme a prueba y morirás».

Cuando el recién llegado alzó la vista, me quedé sin respiración. Era la cara de Loki, solo que más joven: la misma sonrisa sardónica y las mismas facciones marcadas, el mismo atractivo sobrenatural, pero sin los labios llenos de cicatrices ni las quemaduras de ácido en la nariz. Y aquellos ojos: uno marrón oscuro y el otro ámbar claro. Me había olvidado de la palabra para referirse a los iris de distinto color. Mi madre los habría llamado «ojos de David Bowie». A mí me parecían totalmente inquietantes.

Lo más raro de todo era que estaba bastante seguro de que había visto antes a ese chico.

Sí, lo sé. Estaréis pensando que un chico así destacaría. ¿Cómo no podía recordar exactamente dónde habíamos coincidido? Pero cuando vives en la calle, la gente con pinta rara es normal. Solo la gente normal te parece extraña.

El chico dedicó una perfecta sonrisa blanca a T. J., aunque sus ojos no transmitían ninguna calidez.

—Apunta con el rifle a otra parte o te lo pondré en el cuello por pajarita.

Algo me decía que no era una amenaza hecha a la ligera. Era posible que supiera realmente cómo hacer el nudo de una pajarita, un conocimiento arcano que daba bastante miedo.

T. J. rio. También bajó el rifle.

—No tuvimos ocasión de presentarnos antes, cuando intentaste matarnos. Yo soy Thomas Jefferson, Jr. Estos son Mallory Keen, Medionacido Gunderson y Magnus Chase.

El recién llegado se limitó a mirarnos fijamente. Finalmente, el cuervo emitió un graznido de irritación.

—Sí, sí —le dijo el chico al pájaro—. Ya le he dicho que me he tranquilizado. Veo que, en efecto, no me han enredado; así que todo va bien.

—¡Cruaaac!

El chico suspiró.

—Está bien, me presentaré. Soy Alex Fierro. Mucho gusto. Señor Cuervo, ya puede marcharse. Prometo no matarlos a menos que no me quede más remedio.

El ave erizó las plumas. Me miró mal, en plan: «Ahora es tu problema, colega». Acto seguido se fue volando.

Medionacido sonrió.

—¡Pues asunto resuelto! ¡Ahora que has prometido no matarnos, vamos a matar a otra gente!

Mallory se cruzó de brazos.

—El chico ni siquiera tiene un arma.

—La chica —la corrigió Alex.

—¿Qué? —preguntó Mallory.

—Soy una chica, a menos que os diga lo contrario.

—Pero...

—¡El chico es una chica! —terció T. J.—. O sea, la chica es una chica. —Se frotó el cuello como si temiera que le hiciera una pajarita con el rifle—. ¡A la batalla!

Alex se puso en pie.

Reconozco que me había quedado mirándola fijamente porque,

de repente, la vi completamente diferente, como cuando miras un dibujo de manchas de tinta y solo ves la parte negra y luego tu cerebro invierte repentinamente la imagen y ves que la parte blanca forma un dibujo distinto, aunque en la lámina no ha cambiado nada. Así era Alex Fierro, solo que en color rosa y verde. Hacía un segundo me había parecido clarísimamente un chico. Ahora era clarísimamente una chica.

—¿Qué? —preguntó.

—Nada —mentí.

Encima de nosotros, más cuervos empezaron a dar vueltas, graznando en tono acusador.

—Será mejor que nos pongamos en marcha —dijo Medionacido—. A los cuervos no les gustan los vagos en el campo de batalla.

Mallory desenvainó sus cuchillos y se volvió hacia Alex.

—Vamos, cielo. A ver lo que sabes hacer.

7

¿Habéis padecido tú o algún ser querido tuyo a los lindworms?

Entramos en combate como una familia feliz.

Bueno, si pasamos por alto el hecho de que T. J. me agarró del brazo y me susurró:

—Vigílala, ¿de acuerdo? No quiero que me ataquen por detrás.

De modo que me quedé el último con Alex Fierro.

Avanzamos hacia el interior abriéndonos camino cuidadosamente a través de un campo de cadáveres, a los que vería más tarde vivos a la hora de cenar. Podría haber hecho unas fotos bastante divertidas, pero se recomendaba encarecidamente no llevar teléfonos con cámara al campo de batalla. Ya sabéis cómo son esas cosas. Alguien te hace una foto muerto en una postura embarazosa, recibe muchas visitas en Instagram y luego se burlan de ti durante siglos.

Medionacido y Mallory nos abrieron paso a cuchilladas a través de un grupo de berserkers. T. J. disparó a Charlie Flannigan a la cabeza. A Charlie le parece graciosísimo que le disparen a la cabeza. No me preguntéis por qué.

Esquivamos una descarga de bolas de alquitrán en llamas lanzadas desde las catapultas de los balcones. Libramos un breve combate con espadas con Lou el Grande, de la planta 401: un tío genial, pero siempre quiere morir decapitado. Y es difícil, porque mide casi dos metros quince. Siempre busca a Medionacido Gunderson en el campo de batalla porque es uno de los pocos einherjar lo bastante alto como para cortarle la cabeza.

De algún modo, llegamos al linde del bosque sin que ningún lindworm nos pisotease. T. J., Mallory y Medionacido se desplegaron por delante y nos llevaron hasta las sombras de los árboles.

Avancé con cautela a través de la maleza, con el escudo levantado, notando que la espada de combate reglamentaria me pesaba en la mano izquierda. No estaba ni de lejos tan bien equilibrada ni era tan letal como Jack, pero era mucho menos habladora. A mi lado, Alex avanzaba sin prisa, aparentemente indiferente al hecho de tener las manos vacías y ser el blanco más llamativo del grupo.

Al cabo de un rato, me cansé del silencio.

—Yo te he visto antes —le dije—. ¿Has estado en el albergue juvenil de Winter Street?

Ella se sorbió la nariz.

—Odiaba ese sitio.

—Sí. Yo viví en la calle dos años.

Arqueó la ceja, y eso hizo que su ojo izquierdo color ámbar pareciera más claro y más frío.

—¿Crees que eso nos convierte en amigos?

Todo en su postura decía: «Apártate de mí. Ódiame o haz lo que te dé la gana. Me da igual mientras me dejes en paz».

Pero yo soy una persona terca. En las calles, mucha gente sin techo se había mostrado agresiva conmigo y me había rechazado. No se fiaban de nadie. ¿Por qué iban a hacerlo? Sin embargo, eso no hacía más que afianzar mi empeño en conocerlos. Los solitarios normalmente tenían las mejores historias. Eran los más interesantes y los que más sabían de supervivencia.

Sam al-Abbas debía de haber tenido algún motivo para llevar a esa chica al Valhalla. No iba a dejar que Fierro se saliera con la suya porque tenía unos ojos llamativos, un chaleco impresionante y una tendencia a pegar a la gente.

—¿Qué quisiste decir antes? —pregunté—. Cuando dijiste...

—¿Que era una chica? Soy de género fluido y transgénero, idiota. Búscalo en internet si te hace falta; yo no estoy aquí para educarte.

—Yo no quería decir...

—Venga ya. He visto que te quedabas boquiabierto.

—Bueno, sí. Puede que por un segundo. Me he quedado sorprendido. Pero... —No sabía cómo seguir sin parecer más idiota.

La cuestión del género no era lo que me sorprendía. A un gran porcentaje de los jóvenes sin techo que había conocido les habían asignado un género al nacer, pero se identificaban con otro o consideraban que la distinción binaria de chico/chica no era aplicable a ellos. Terminaban en las calles porque —qué sorpresa— sus familias no los aceptaban. No hay mejor forma de demostrar el amor incondicional que echar a la calle a un hijo que no es heteronormativo para que pueda sufrir abusos, consumir droga, aumentar la ya elevada tasa de suicidios y estar en continuo peligro físico. ¡Gracias, mamá y papá!

Lo que me sorprendía era cómo había reaccionado yo, la rapidez con que la forma como la veía había cambiado, y las emociones que eso me había despertado. No estaba seguro de poder expresarlo con palabras sin ponerme tan rojo como el pelo de Mallory Keen.

—Lo... lo que quería gemir... decir... es que, cuando estabas hablando con el cuervo, dijiste que habías temido que te hubieran enredado. ¿A qué te referías?

Alex se quedó como si le hubiera ofrecido un gran trozo de roquefort.

—Tal vez exageré. No esperaba morir hoy ni que me recogiera una valquiria.

—Esa fue Sam. Es buena gente.

Negó con la cabeza.

—No se lo perdono. Llegué aquí y descubrí... Da igual. Estoy muerta. Soy inmortal. No envejeceré ni cambiaré nunca. Creía que eso significaba... —Se le quebró la voz—. No importa.

Yo estaba seguro de que sí importaba. Quería preguntarle por su vida en Midgard, por el motivo por el que tenía un atrio al aire libre como el mío en su habitación, por la cerámica, por la razón por la que ponía la marca de Loki al lado de sus iniciales en las obras que creaba. Me preguntaba si su llegada era una simple casualidad... o si tenía algo que ver con la marca que había aparecido en la cara del tío Randolph en la foto y la repentina necesidad de encontrar el martillo de Thor.

Por otra parte, sospechaba que, si intentaba preguntarle todas esas cosas, se transformaría en un gorila y me arrancaría la cara.

Afortunadamente, me libré de ese destino cuando un lindworm aterrizó delante de nosotros.

El monstruo se precipitó del cielo agitando sus ridículas alas y rugiendo como un oso pardo con un amplificador de cien vatios. Los árboles crujieron y se astillaron bajo su peso cuando aterrizó en medio de nosotros.

—¡Awrggg! —gritó Medionacido, que en nórdico antiguo quería decir «¡Ostras, un dragón!», justo antes de que el lindworn lo lanzara por los aires. A juzgar por el arco que describió, Medionacido terminaría en la planta veintinueve, cosa que sorprendería a quien estuviera tranquilamente en su balcón.

T. J. disparó con su rifle. Del pecho del dragón brotó humo, pero el disparo no le causó ningún daño. Mallory gritó un juramento en gaélico y atacó.

El lindworm no le hizo caso y se volvió hacia mí.

Debería decir que los lindworms son feos. Como si Freddy Krueger y un zombi de *The Walking Dead* tuvieran un hijo: ese tipo de fealdad. Sus caras no tienen carne ni piel, solo un caparazón de hueso y tendones descubiertos, colmillos relucientes y cuencas oculares hundidas. Cuando el monstruo abrió las fauces, pude ver hasta el fondo de su garganta de color carne podrida.

Alex se agachó, buscando con las manos algo en su cinturón.

—Esto no es bueno.

—¡No me digas! —Tenía la mano tan sudada que apenas podía sostener la espada—. Tú ve por la derecha. Yo iré por la izquierda. Lo flanquearemos...

—No, me refiero a que no es un dragón cualquiera. Es Grimwolf, uno de los worms antiguos.

Contemplé las oscuras cuencas oculares del monstruo. Efectivamente, parecía más grande que la mayoría de los lindworms contra
los que había luchado, pero yo solía estar demasiado ocupado esti-
rando la pata para preguntarle a un dragón su edad o su nombre.

—¿Cómo lo sabes? —pregunté—. ¿Y por qué llamaría alguien a
un dragón Grimwolf?

El lindworm silbó y llenó el aire de un olor a neumáticos que-
mados. Al parecer era susceptible a los comentarios sobre su nombre.

Mallory le lanzó estocadas a las patas; cuanto menos caso le hacía
el lindworm, más airadamente chillaba ella.

—¿Vais a ayudarme o vais a quedaros ahí dándole al palique?
—nos gritó.

T. J. acuchilló al monstruo con su bayoneta. La punta rebotó en
las costillas de la criatura. Como buen soldado, retrocedió y volvió a
intentarlo.

Alex sacó una especie de cordón de las presillas de su cinturón:
un alambre de acero sin brillo cuyo grosor no superaba el de la cuerda de una cometa, con unos sencillos tacos de madera en cada punta a modo de asideros.

—Grimwolf es uno de los dragones que viven en las raíces de
Yggdrasil. No debería estar aquí. Nadie estaría lo bastante loco
para... —Palideció, y su expresión se endureció como si se hubiera
vuelto de hueso de lindworm—. Lo ha enviado porque sabe que
estoy aquí.

—¿A quién te refieres? —pregunté.

—Distráelo —ordenó. Saltó al árbol más cercano y empezó a
trepar.

Sin necesidad de transformarse en gorila, podía moverse como si
lo fuera.

Respiré entrecortadamente.

—Que lo distraiga. Claro.

El dragón intentó morder a Alex y arrancó varias ramas del árbol,
pero ella se movía rápido y subió a toda prisa por el tronco. No obs-
tante, una dentellada o dos más, y se convertiría en aperitivo de
lindworm. Mientras tanto, Mallory y T. J. seguían lanzando estocadas

a las patas y la barriga de la criatura, pero no estaban logrando convencer al dragón de que se los comiera.

«Solo es una batalla de entrenamiento —me dije—. ¡Ataca, Magnus! ¡Mátate como un profesional!»

Esa era la finalidad del combate diario: aprender a luchar contra cualquier enemigo y superar el miedo a la muerte, porque el día del Ragnarok necesitaríamos toda la destreza y el valor que pudiéramos reunir.

Entonces, ¿por qué dudé?

En primer lugar, se me da mucho mejor curar que luchar. Ah, y huir; eso también se me da muy bien. Además, morir atacando es duro, aunque sepas que no será permanente; sobre todo si tu muerte acarrea mucho dolor.

El dragón intentó morder otra vez a Alex y no alcanzó sus zapatillas por un par de centímetros.

No soportaba morirme, pero soportaba aún menos ver morir a mis compañeros, así que grité: «¡Frey!», y arremetí contra el lindworm.

Tuve la mala suerte de que Grimwolf centró su atención en mí. Poseo un don mágico para sacar la agresividad que los monstruos antiguos llevan dentro.

Mallory se apartó de mí dando traspiés y lanzó uno de sus cuchillos a la cabeza del dragón. T. J. también retrocedió gritando:

—¡Todo tuyo, colega!

Como palabras de aliento antes de una muerte espantosa, esas fueron una birria.

Levanté el escudo y la espada como en la demostración que habían hecho los amables instructores de Vikingo 101. La boca del dragón se abrió mucho y dejó a la vista varias filas de dientes adicionales, por si la fila exterior no me mataba suficiente.

Con el rabillo del ojo vi a Alex balanceándose en la copa del árbol: un bulto rosa y verde listo para saltar. Me di cuenta de lo que planeaba: quería caer sobre el pescuezo del dragón. Era un plan tan estúpido que me hizo sentir mejor con respecto a mi estúpida forma de morir.

La bestia atacó y yo moví la espada hacia arriba con la esperanza de empalar su paladar.

En lugar de eso, un súbito dolor me cegó. La cara me ardía como si me la hubieran empapado con quitamanchas industrial, y se me doblaron las rodillas, cosa que probablemente me salvó la vida, pues el dragón mordió el aire donde mi cabeza había estado un milisegundo antes.

A mi izquierda, Mallory gritó:

—¡Levántate, idiota!

Traté de aliviar el dolor parpadeando, pero no hizo más que empeorar. Las ventanas de la nariz se me llenaron del hedor a la carne quemada.

Grimwolf recuperó el equilibrio, gruñendo irritado.

Dentro de mi cabeza, una voz familiar dijo: «Venga, amigo mío. ¡No te resistas!».

Empecé a ver doble. Aun así veía el bosque, el dragón que se cernía sobre mí y una figura menuda rosa y verde que saltaba hacia el monstruo desde la copa de un árbol. Pero había otro plano de realidad: una escena vaporosa y blanca que trataba de abrirse paso a fuego a través de mis córneas. Yo estaba arrodillado en el estudio del tío Randolph, en la mansión de la familia Chase en Back Bay. Ante mí se hallaba alguien mucho peor que un lindworm; era Loki, el dios del mal.

Me sonrió. «Aquí estamos. ¡Qué bien!»

Al mismo tiempo, el dragón Grimwolf volvió a atacar abriendo sus fauces para devorarme entero.

8

Me salvo de una muerte segura siendo asesinado

Nunca había estado en dos sitios al mismo tiempo. Decidí que no me gustaba.

En medio del dolor, era vagamente consciente de la pelea del bosque: Grimwolf estaba a punto de partirme por la mitad de un bocado cuando de repente su cabeza dio una sacudida hacia arriba; Alex estaba montada a horcajadas en su pescuezo, tirando con tal fuerza del cordón con el que le había rodeado el cuello que la criatura se revolvía y sacaba su negra lengua bífida.

T. J. y Mallory se acercaron corriendo por delante de mí y actuaron como escudo. Gritaron a Grimwolf agitando sus armas y tratando de hacerle retroceder.

Yo quería ayudarles. Quería levantarme o al menos apartarme rodando por el suelo. Pero estaba paralizado, de rodillas, atrapado entre el Valhalla y el estudio de mi tío Randolph.

«¡Te lo dije, Randolph! —La voz de Loki me arrastró más a la visión—. ¿Lo ves? La sangre tira. ¡Tenemos un vínculo firme!»

La escena brumosa y blanca se vio a todo color. Yo estaba arrodillado en la alfombra oriental delante de la mesa de mi tío, sudando en un cuadrado de luz del sol teñida de verde por el efecto de la vidriera de colores. La habitación olía a cera para madera con aroma a limón y a carne quemada. Estaba seguro de que el segundo olor venía de mi cara.

Delante de mí estaba Loki, con su cabello despeinado del color del follaje otoñal, su rostro de delicadas facciones desfigurado por quemaduras de ácido en la nariz y los pómulos, y cicatrices de sutura alrededor de los labios.

Sonrió y extendió los brazos alborozado. «¿Qué te parece mi ropa?»

Llevaba un esmoquin verde esmeralda con una camisa granate con volantes, una pajarita de cachemir y una faja a juego (si se podía decir que alguna de las prendas que llevaba hacía juego). De la manga izquierda de la chaqueta colgaba una etiqueta.

Yo no podía hablar. No podía vomitar, a pesar de lo mucho que lo deseaba. Ni siquiera podía ofrecerle una consulta gratuita en Lo Mejor de Blitzen.

«¿No? —La expresión de Loki se agrió—. Te lo dije, Randolph. ¡Deberías haberme comprado también el amarillo canario!»

Un sonido estrangulado brotó de mi garganta.

—Magnus —dijo la voz del tío Randolph—, no le escuches...

Loki estiró la mano, con las puntas de los dedos echando humo. No me tocó, pero el dolor de mi cara se triplicó, como si alguien me estuviera marcando con un hierro candente. Quería desplomarme, suplicarle que parase, pero no podía moverme.

Me di cuenta de que lo estaba viendo todo a través de los ojos de mi tío. Estaba habitando su cuerpo, sintiendo lo que él experimentaba. Loki estaba utilizando a Randolph como una suerte de teléfono alimentado por sufrimiento para contactar conmigo.

El dolor disminuyó, pero el peso adicional de mi tío me envolvía como un traje de submarinista de plomo. Los pulmones me hacían ruido. Notaba las rodillas cansadas y doloridas. No me gustaba ser un viejo.

«Venga, Randolph —dijo Loki en tono de reprimenda—, pórtate bien. Te pido disculpas por tu tío, Magnus. ¿Por dónde iba? ¡Ah, sí! ¡Tu invitación!»

Entretanto, en el Valhalla, seguía paralizado en el campo de batalla mientras el dragón Grimwolf se tambaleaba de acá para allá, echando abajo franjas enteras de bosque. Una pata del lindworm alcanzó a Mallory Keen y la pisoteó. T. J. gritó y agitó los trozos de su rifle ahora roto, tratando de llamar la atención del monstruo. Alex Fierro consiguió mantenerse en el pescuezo del dragón, apretando el cordón mientras Grimwolf se agitaba de un lado a otro.

«¡Una boda! —anunció Loki alegremente. Mostró una invitación verde, la dobló y la metió en el bolsillo de la camisa de Randolph—. ¡Dentro de cinco días! Perdona por avisar con tan poca antelación, pero espero que vengas, sobre todo porque tú tienes que traer a la novia y la dote. De lo contrario, guerra, invasión, Ragnarok, etc. ¡Una boda será mucho más divertida! A ver, ¿cuánto te ha contado Samirah?»

Me empezó a apretar el cráneo hasta que noté que el cerebro me iba a salir por la cavidad sinusal. Un grito desgarrado escapó de mis labios, pero no estaba seguro de si era mío o del tío Randolph.

—¿Qué le pasa a Magnus? —gritó Alex desde el pescuezo del dragón.

T. J. se me acercó corriendo.

—¡No lo sé! ¡La cabeza le echa humo! Eso es malo, ¿no?

—¡Coge su espada! —Alex apretó más el cordón e hizo que goteara sangre negra por el cuello del dragón—. ¡Prepárate!

«Vaya, hombre. —Loki dio un golpecito en la nariz que compartíamos el tío Randolph y yo. La presión de mi cabeza disminuyó y pasó de un sufrimiento terrible a una tortura moderada—. Samirah no te ha dicho nada. La pobrecilla está avergonzada, supongo. ¡Lo entiendo! A mí también me cuesta entregar a mi hija favorita. ¡Crecen tan rápido!»

Intenté hablar. Quería decir: «¡Lárgate! ¡Eres despreciable! ¡Sal de mi cabeza y deja a Samirah en paz!».

Lo que me salió fue: «Aaaaaah».

«No hace falta que me des las gracias —dijo Loki—. Ninguno de nosotros quiere que el Ragnarok empiece ya, ¿verdad? ¡Y yo soy el único que puede ayudarte! No ha sido una negociación fácil, pero puedo ser muy persuasivo. El martillo a cambio de la novia. Una oferta única. Te daré más detalles cuando consigas la dote.»

—¡Ahora! —gritó Alex.

Tiró del cable tan fuerte que el dragón arqueó el lomo y separó las secciones de piel blindada que protegían su barriga. T. J. arremetió y clavó mi espada de entrenamiento en un punto blando situado debajo del corazón de Grimwolf. Luego se apartó rodando por el suelo mientras el monstruo se desplomaba con todo su peso y se empalaba en la espada. Alex saltó del pescuezo del lindworm con su garrote manchado de sangre colgando de la mano.

«¿La voz que he oído era de Alex? —Loki frunció su labio con cicatrices—. Ella no está invitada a la boda. Lo estropeará todo. De hecho —sus ojos brillaron con picardía—, dale un regalito de mi parte, ¿quieres?»

Noté en los pulmones una presión aún peor que cuando era un niño asmático. Mi cuerpo empezó a sobrecalentarse; estaba sufriendo tanto que parecía que mis órganos se estuviesen deshaciendo en moléculas y la piel me brillase y echase humo. Loki estaba quemando mi cerebro, llenándome de recuerdos fugaces que no eran míos: siglos enteros de ira y deseo de venganza.

Intenté expulsarlo de mi cabeza. Intenté respirar.

Alex Fierro se acercó a mí frunciendo el ceño. Su cara y la de Loki se fundieron.

—Tu amigo va a explotar —dijo Alex, como si fuera lo más normal del mundo.

T. J. se secó la frente.

—¿A qué te refieres exactamente con «explotar»?

—Me refiero a que Loki está canalizando su poder a través de él. Es excesivo. Magnus estallará y destruirá este patio.

Apreté los dientes. Logré pronunciar una palabra:

—Corred.

—No servirá de nada —me dijo Alex—. No te preocupes, tengo una solución.

Dio un paso adelante y me rodeó tranquilamente el cuello con el alambre.

Logré pronunciar otra palabra:

—Espera.

—Es la única forma de sacarlo de tu cabeza.

Sus ojos de color marrón y ámbar eran indescifrables. Me guiñó el ojo... o tal vez fue Loki, cuya cara brillaba debajo de la piel de la chica.

«Hasta pronto, Magnus», dijo el dios.

Alex tiró de las dos puntas de su garrote y apagó mi vida.

9

Nunca te des un baño de espuma con un dios decapitado

Que alguien me explique por qué tengo que soñar cuando estoy muerto, por favor.

Allí estaba yo, flotando en la oscuridad de la inexistencia, a mi bola, tratando de superar el hecho de que acababa de ser decapitado, cuando me sumí en unas extrañas y vívidas pesadillas. Qué rabia.

Me encontraba en un yate de diez metros en medio de una tempestad. La cubierta se balanceaba. Las olas rompían por encima de la proa. Cortinas de lluvia gris se estrellaban contra las ventanas de la timonera.

En la silla del capitán estaba sentado el tío Randolph, agarrando con una mano el timón y aferrando con la otra los auriculares de la radio. De su chubasquero amarillo caían gotas que formaban charcos alrededor de sus pies y su cabeza afeitada relucía con el agua salada. Delante de él, los monitores del tablero de mandos solo mostraban interferencias.

—¡Socorro! —gritaba a los auriculares como si fueran un perro terco empeñado en no hacer un truco—. Socorro, maldita sea. ¡Socorro!

En el banco de detrás había una mujer y dos niñas acurrucadas. Yo no las había conocido en vida, pero las reconocí por las fotografías del despacho de Randolph. Tal vez porque acababa de estar dentro de su cabeza, pude extraer sus nombres de los recuerdos de mi tío; se trataba de Caroline, su mujer, y de sus hijas Aubrey y Emma.

Caroline estaba sentada en medio, con el pelo castaño oscuro pegado a la cara y los brazos sobre los hombros de sus hijas.

—Todo saldrá bien —les dijo a las chicas.

Miró a Randolph lanzándole una silenciosa acusación: «¿Por qué nos has hecho esto?».

Aubrey, la más pequeña, poseía el cabello rubio ondulado de la familia Chase. Tenía la cabeza agachada y una expresión de profunda concentración. Sostenía una maqueta del yate en su regazo y trataba de mantener el juguete nivelado a pesar de las olas de casi cinco metros que sacudían la timonera, como si con ello pudiera ayudar a su padre.

Emma no estaba tan tranquila. Debía de tener unos diez años, y tenía el pelo oscuro como su madre y unos ojos tristes y cansados como los de su padre. De algún modo, supe que era a ella a la que el viaje le había hecho más ilusión. Había insistido en participar en la gran aventura de su padre: su búsqueda de una espada vikinga perdida que podía demostrar sus teorías. ¡Papá sería un héroe! Randolph no había sido capaz de decirle que no.

Sin embargo, ahora Emma temblaba de miedo. El leve olor a orina me indicó que su vejiga no estaba soportando la tensión. A cada cabeceo del barco, chillaba y aferraba un colgante contra su pecho: una piedra rúnica que Randolph le había regalado en su último cumpleaños. No podía ver el símbolo, pero sabía cuál era:

$$\diamond$$

Othala: «herencia». Randolph veía a Emma como su sucesora, la próxima gran historiadora-arqueóloga de la familia.

—Os llevaré a casa.

La voz de mi tío se quebró de desesperación.

Se había mostrado muy seguro de sus planes y muy tranquilo con respecto al clima. Harían una cómoda travesía desde el puerto. Él había hecho una investigación extraordinariamente minuciosa. Sabía que la Espada del Verano debía de estar en el fondo de la bahía de Massachusetts. Se imaginaba haciendo una rápida inmersión. Los antiguos dioses de Asgard bendecirían su empresa. Sacaría la espada a la superficie y levantaría su hoja a la luz del sol por primera vez en mil años. Su familia estaría allí para presenciar su triunfo.

Y, sin embargo, allí estaban, atrapados en una extraña tempestad mientras su yate zozobraba como el juguete en el regazo de Aubrey.

El barco se balanceó hacia estribor. Emma gritó.

Una barrera de agua me tragó.

Salí a la superficie en otro sueño. Mi cabeza subía y bajaba en una bañera llena que olía a jabón de fresa y toallitas húmedas. A mi derecha flotaba un alegre patito de goma con los ojos borrados. A mi izquierda flotaba la no tan alegre cabeza del dios Mimir. En su barba se arremolinaban algas y pececillos muertos. Echaba espuma por los ojos, los oídos y la nariz.

—Hacedme caso —su voz resonaba en el cuarto de baño alicatado—, tenéis que ir. Y no solo porque yo sea vuestro jefe. El destino lo exige.

No se dirigía a mí. Al lado de la bañera, sentado en un bonito inodoro de porcelana color aguacate, estaba mi amigo Hearthstone, con los hombros caídos y expresión abatida. Llevaba su cazadora y sus pantalones de cuero negros habituales, una camisa blanca almidonada y una bufanda a lunares que parecía cortada de una alfombra del juego *Twister*. Su pelo rubio de punta era casi tan pálido como su cara.

Hearth gesticuló en lengua de signos tan rápido y tan enfadado que solo pude distinguir unas palabras: «Demasiado peligroso... muerte... proteger a ese idiota».

Señaló a Blitzen, que estaba apoyado contra el lavabo con los brazos cruzados. El enano estaba tan elegante como siempre, con un traje de tres piezas color nuez que hacía juego con su tono de piel, una pajarita negra como su barba y un sombrero a lo Frank Sinatra que redondeaba su imagen.

—Tenemos que ir —insistió Blitz—. El chaval nos necesita.

Yo quería decirles lo mucho que los echaba de menos, lo mucho que deseaba verlos, pero también que no debían arriesgar sus vidas por mí. Lamentablemente, cuando abrí la boca, lo único que salió fue un pez de colores que se meneó frenéticamente hasta liberarse.

Caí de bruces contra las burbujas. Cuando volví a salir a la superficie, el sueño había cambiado.

Seguía siendo una cabeza incorpórea, pero ahora flotaba en un gran tarro abierto lleno de pepinillos y vinagre. Me costaba ver a través del líquido verduzco y el cristal curvo, pero parecía que estaba en un bar. Unos letreros de neón con logotipos de bebidas brillaban en las paredes. En los taburetes había sentadas unas enormes figuras borrosas encorvadas. Las risas y las conversaciones formaban ondas en la salmuera.

Yo no pasaba mucho tiempo en bares. Desde luego no pasaba mucho tiempo mirando uno a través de un asqueroso tarro de pepinillos. Pero había algo en ese sitio que me resultaba familiar: la disposición de las mesas, la ventana de cristal biselado con dibujos de rombos de la pared de enfrente, hasta el colgador de copas de vino suspendidas encima de mí como lámparas colgantes.

Una nueva figura entró en mi campo de visión: era una mujer todavía más grande que los clientes y vestida toda de blanco.

—¡¡Fuera!! —Tenía una voz áspera y entrecortada, como si se dedicara a hacer gárgaras con gasolina en su tiempo libre—. ¡¡Todos fuera!! ¡Quiero hablar con mi hermano!

La clientela se dispersó quejándose mucho. El bar se quedó en silencio; el único sonido que se oía era el de una televisión instalada al otro lado del local; una retransmisión deportiva en la que un comentarista decía: «Oh, ¿has visto eso, Bill? ¡Se le ha salido la cabeza!».

Me tomé ese comentario como algo personal.

Alguien más se movió al fondo de la barra; era una figura tan oscura y tan grande que en principio me pareció una sombra.

—Es mi bar. —Su voz era la de un barítono grave y húmeda. Si una morsa pudiera hablar, sonaría así—. ¿Por qué siempre echas a mis amigos?

—¿Amigos? —gritó la mujer—. ¡Son tus súbditos, Thrym, no tus amigos! ¡Empieza a portarte como un rey!

—¡Soy un rey! —dijo el hombre—. ¡Voy a destruir Midgard!

—Ja. Me lo creeré cuando lo vea. Si fueras un rey de verdad, habrías utilizado el martillo en lugar de esconderlo y no saber qué hacer durante meses. Y desde luego no se lo cambiarías a ese inútil...

—¡Es una alianza, Thrynga! —contestó el hombre a gritos. Dudaba que ese tal Thrym fuera realmente una morsa, pero me lo imaginé dando saltitos con una aleta y con otra, y con los bigotes erizados—. Tú no entiendes lo importante que es. Necesito aliados para conquistar el mundo de los humanos. Cuando me haya casado con Samirah al-Abbas...

«Glup...»

No era mi intención, pero en cuanto oí el nombre de Samirah, grité dentro del tarro de pepinillos, y una burbuja enorme rompió la superficie del grasiento líquido verde.

—¿Qué ha sido eso? —preguntó Thrym.

La figura blanca de Thrynga se cernió sobre mí.

—Ha venido del bote de pepinillos.

Lo dijo como si fuera el título de una película de terror.

—¡Pues mátalo! —le ordenó él.

La mujer cogió un taburete, golpeó el tarro con él y me lanzó contra la pared. Me quedé en el suelo en medio de un charco de pepinillos y cristales rotos.

Me desperté en mi cama respirando con dificultad y me llevé rápidamente las manos al cuello.

Gracias a Frey, tenía otra vez la cabeza pegada al cuerpo. Las fosas nasales todavía me escocían del olor a pepinillos y jabón con aroma a fresa.

Traté de analizar lo que acababa de pasar: qué partes eran reales y qué partes eran sueños. El dragón Grimwolf. Alex Fierro y su garrote. Loki abriéndose paso a fuego en mi cabeza y utilizando al tío Randolph para llegar hasta mí. Su advertencia sobre una boda que se celebraría dentro de cinco días.

Todo eso había ocurrido realmente.

Por desgracia, mis sueños parecían igual de reales. Había estado con Randolph en su barco el día que su familia había fallecido. Sus recuerdos se enredaban ahora con los míos. Su sufrimiento pesaba sobre mi pecho como un bloque de acero: la pérdida de Caroline, Aubrey y Emma me resultaba tan dolorosa como la muerte de mi madre. Peor, en cierto sentido, porque mi tío no había cerrado la herida. Seguía sufriendo cada hora del día.

Del resto de las visiones, que Hearthstone y Blitzen acudieran en mi ayuda debería haberme alegrado, pero me acordé de los frenéticos gestos de Hearth: «Demasiado peligroso. Muerte».

Y la escena del tarro de pepinillos. ¿Qué Helheim era eso? Los misteriosos hermanos, Thrym y Thrynga... Estaba dispuesto a apostar cincuenta monedas de oro rojo y una cena en un restaurante de faláfeles a que eran gigantes. El que se llamaba Thrym tenía el martillo de Thor y pensaba cambiarlo por —tragué bilis con sabor a pepinillo— Sam.

«Tú tienes que traer a la novia y la dote —había dicho Loki—. Una alianza. Una oferta única.»

Debía de haberse vuelto loco. ¿Quería «ayudarnos» a conseguir el martillo de Thor casando a Samirah?

¿Por qué no me había dicho Sam nada de eso?

«La pobrecilla está avergonzada», había dicho Loki.

Me acordé del tono de urgencia de Sam cuando habíamos hablado en la cafetería y de cómo le habían temblado los dedos al coger la taza de café. No me extrañaba que necesitara encontrar el martillo tan desesperadamente. No lo quería para salvar el mundo de la invasión y blablablá. Siempre estábamos salvando el mundo. Lo que quería era impedir su acuerdo matrimonial.

Pero ¿por qué pensaba que tenía que cumplir un trato tan estúpido? Loki no tenía ningún derecho a decirle lo que tenía que hacer. Ella estaba prometida con Amir. Lo quería. Yo estaba dispuesto a reunir a un ejército de einherjar, elfos mágicos y enanos bien vestidos e incendiar Jotunheim antes que dejar que coaccionasen a mi amiga.

En cualquier caso, tenía que volver a hablar con ella, y pronto.

Me levanté de la cama con dificultad. Todavía tenía las rodillas achacosas y doloridas como las de Randolph, aunque sabía que todo estaba en mi cabeza. Me acerqué cojeando al armario, deseando tener el bastón de mi tío.

Me vestí y cogí el teléfono de la cocina.

En la pantalla ponía 19.02. Era demasiado tarde para el banquete nocturno del Valhalla.

Nunca había tardado tanto en resucitar después de morir en combate. Yo solía ser uno de los primeros en renacer. Recordé a Alex Fierro alzarse por encima de mí y cortarme tranquilamente la cabeza con su garrote.

Consulté mis mensajes. Seguía sin tener noticias de Annabeth. No debería haberme extrañado, pero no perdía la esperanza. Necesitaba con urgencia saber qué pensaba mi prima, y necesitaba su inteligencia y que me dijera que podría hacerme cargo de todas las cosas raras.

La puerta de la habitación se abrió de golpe. Tres cuervos entraron volando, giraron en espiral alrededor de mi cabeza y se posaron en la rama más baja del árbol del atrio. Me miraron como solo los cuervos pueden mirar, como si no fuera digno de servirles de cena.

—Ya sé que voy tarde —les dije—. Acabo de despertarme.

—¡Cruac!

—¡Cruac!

—¡Cruac!

La traducción más probable:

—¡Vamos!

—¡Muévete!

—¡Idiota!

Samirah estaría en el banquete. Tal vez pudiera hablar con ella.

Cogí mi cadena y me la puse por encima de la cabeza. El colgante de la piedra rúnica tenía un tacto reconfortante contra mi clavícula, como si Jack intentara tranquilizarme. O puede que simplemente estuviera de buen humor después de una cita agradable con una bonita lanza. Fuera como fuese, me alegraba contar otra vez con él.

Me daba la impresión de que durante los próximos cinco días no utilizaría una espada de entrenamiento. Las cosas estaban a punto de requerir la presencia de Jack.

10

La fiesta hawaiana vikinga más incómoda de la historia

Por si el jueves del dragón no hubiera sido suficiente, esa noche también se celebraba una verbena temática en el salón de banquetes: una fiesta hawaiana.

Uf.

Entendía que la dirección necesitara mantener el interés de los huéspedes, sobre todo de los guerreros que llevaban esperando allí el día del fin del mundo desde la Edad Media. Aun así, una fiesta hawaiana me parecía una apropiación cultural un poco improcedente. (Los vikingos eran conocidos por apropiarse de otras culturas. También por saquear y quemar dichas culturas.) Además, ver a miles de einherjar con camisas hawaianas y guirnaldas de flores era como recibir el impacto de una granada de pintura fluorescente entre los ojos.

El salón de banquetes estaba lleno hasta la bandera: cientos de mesas dispuestas como asientos de un estadio, orientadas hacia el patio central, donde un árbol del tamaño de un pabellón deportivo extendía sus ramas a través del inmenso techo abovedado. Cerca de sus raíces, dando vueltas en un asador, se hallaba nuestra cena habitual: el cadáver de Saehrimnir, el animal de los banquetes, que esa noche llevaba un bonito collar de orquídeas. En la boca tenía metida una piña del tamaño de Wisconsin.

Las valquirias volaban de un lado a otro a través del salón, llenando jarras, sirviendo comida y evitando prender fuego a sus faldas de paja con las antorchas tiki que parpadeaban en los pasillos.

—¡Magnus! —gritó T.J., haciéndome señas para que me acercase.

Tenía el rifle apoyado junto a él, con la culata rota reparada con cinta adhesiva.

No teníamos mesas asignadas. Eso nos habría privado de la diversión de tener que pelearnos por los mejores sitios. Esa noche mis compañeros de planta habían conseguido un sitio estupendo en la tercera grada, a unas cuantas filas de la mesa de los thanes.

—¡Aquí está nuestro dormilón! —Medionacido sonrió; tenía los dientes manchados de Saehrimnir asado—. ¡Alicarl, amigo mío!

Mallory le dio un codazo.

—Se dice *aloha*, tarugo. —Me miró poniendo los ojos en blanco—. Alicarl quiere decir «gordo» en nórdico, como bien sabe Medionacido.

—¡Casi! —dijo él, y golpeó con su copa para llamar la atención de las valquirias—. ¡Un poco de hidromiel y carne para mi amigo! Me senté entre Mallory y T.J. y al cabo de unos pocos minutos ya tenía una jarra fría de hidromiel y un plato caliente de Saehrimnir con salsa y galletas. A pesar de las cosas raras que había vivido ese día, tenía un apetito enorme: resucitar siempre me daba hambre. Hinqué el diente a la comida.

Sentado a la mesa de los thanes se hallaba el habitual grupo de muertos famosos. Reconocí a Jim Bowie, Crispus Attucks y Ernie Pyle, que habían muerto valientemente en combate, junto con Helgi, el gerente del hotel, y otros vikingos de la antigüedad. El trono central de Odín estaba vacío, como siempre. Supuestamente, Sam recibía órdenes del Padre de Todos de vez en cuando, pero Odín no había aparecido en persona desde el final de nuestra misión en enero. Debía de estar trabajando en su nuevo libro —*¡Cinco días para tu mejor Ragnarok!*— y la presentación en PowerPoint que lo acompañaría.

A la izquierda de los thanes estaba la mesa de honor. Esa noche estaba ocupada solo por dos personas: Alex Fierro y su madrina valquiria, Samirah al-Abbas. Eso significaba que, durante las últimas veinticuatro horas, en los nueve mundos solo Alex había tenido una muerte digna del Valhalla.

Eso no era forzosamente algo fuera de lo normal. Cada noche la cifra oscilaba entre cero y doce nuevas incorporaciones. Aun así, no podía quitarme de encima la sensación de que hoy nadie más había muerto valientemente porque no querían compartir mesa con Alex. Dos guardias valquirias permanecían detrás de ella como si estuvieran listas para impedir un intento de fuga.

El lenguaje corporal de Sam era muy rígido. Yo estaba demasiado lejos para oír, pero me imaginé que su conversación con Alex debía de ser algo así:

Sam: «Qué incómodo».

Alex: «Qué incómodo, qué incómodo».

Sam (asintiendo con la cabeza): «Qué incómodo, qué incómodo, qué incómodo».

A mi lado, T. J. apartó su plato vacío.

—Menudo combate el de hoy. Nunca había visto a alguien hacer eso —trazó una línea a través de su cuello— tan rápido y con tanta frialdad.

Resistí el deseo de tocarme la garganta.

—Es la primera vez que me decapitan.

—No es divertido, ¿verdad? —dijo Mallory—. ¿Qué te pasaba cuando te pusiste a echar humo y parecía que ibas a explotar?

Hacía tiempo que conocía a mis compañeros de planta. Confiaba en ellos como si fueran de mi familia... y por «familia» me refiero a Annabeth, no al tío Randolph. Se lo conté todo: Loki con su horrible esmoquin verde invitándome a una boda; los sueños con mi tío, Hearth y Blitz, y los hermanos gigantes del bar.

—¿Thrym? —Medionacido Gunderson se quitó restos de galleta de la barba—. Conozco ese nombre de las leyendas antiguas. Era uno de los reyes gigantes de la tierra, pero no puede ser el mismo. A ese Thrym lo mataron hace siglos.

Pensé en Otis, la cabra que supuestamente podía volver a cobrar forma a partir de la niebla del Ginnungagap.

—¿Los gigantes no resucitan?

Medionacido rio.

—No que yo sepa. Probablemente sea otro Thrym. Es un nombre común. Aun así, si tiene el martillo de Thor...

—No deberíamos dar la noticia de que ha desaparecido —dije.

—Desde luego —gruñó Mallory—. Dices que ese gigante piensa casarse con... —su dedo se desvió en dirección a Samirah—. ¿Sam está al tanto de ese plan?

—Tengo que preguntárselo —dije—. En cualquier caso, tenemos cinco días. Entonces, si ese gigante no consigue a su novia...

—Se abalanzará sobre el telégrafo —dijo T. J.— y les dirá al resto de gigantes que tiene el martillo de Thor. Y entonces invadirán Midgard.

Decidí no recordarle a T. J. que ya nadie utilizaba telégrafos.

Medionacido cogió su cuchillo para la carne y empezó a limpiarse los dientes.

—No entiendo por qué ese gigante Thrym ha esperado tanto. Si ha tenido el martillo durante meses, ¿por qué no nos han atacado todavía?

Yo no sabía la respuesta, pero me imaginé que guardaba relación con Loki. Como siempre, estaría susurrando al oído a la gente, manipulando los acontecimientos entre bambalinas. Fuera lo que fuese lo que Loki buscaba de esa extraña transacción matrimonial, estaba seguro de una cosa: no quería recuperar el martillo de Thor porque fuese un tío legal.

Miré a Alex Fierro, que estaba al otro lado del salón. Me acordé de lo que había dicho en el campo de batalla cuando nos habíamos enfrentado a Grimwolf: «Lo ha enviado porque sabe que estoy aquí».

Mallory me dio un codazo.

—Estás pensando lo mismo que yo, ¿verdad? No puede ser casualidad que Alex Fierro haya llegado en medio de todo esto. ¿Crees que Loki la ha enviado?

Me sentí como si el pez de colores volviera a bajarme por la garganta.

—¿Cómo ha conseguido Loki que alguien se convierta en einherji?

—Oh, amigo mío...—T. J. sacudió la cabeza. La combinación de su camisa hawaiana con estampado de flores y su chaqueta del ejército de la Unión le daba un aire de detective de *Hawai 5.0: 1862*—. ¿Cómo ha podido Loki soltar un lindworm mayor en el Valhalla? ¿Cómo pudo ayudar a los soldados confederados a ganar la primera batalla de Bull Run?

—¿Que Loki hizo qué?

—Lo que quiero decir es que Loki puede hacer muchas cosas —dijo T. J.—. No lo subestimes nunca.

Era un buen consejo. Aun así, mirando a Alex Fierro, me costaba creer que fuera una espía. Temible y peligrosa, sí. Un grano en el trasero, sin duda. Pero ¿que trabajase para su padre...?

—¿No elegiría Loki a alguien que... se integrase un poco más? —pregunté—. Además, cuando Loki estuvo en mi cabeza, me dijo que no llevase a Alex a la boda. Dijo que ella lo estropearía todo.

—Psicología inversa —propuso Medionacido, quien seguía pasándose el cuchillo entre los dientes.

Mallory resopló.

—¿Qué sabrás tú de psicología, zoquete?

—¡O psicología inversa inversa inversa! —Medionacido arqueó sus cejas pobladas—. Loki es muy astuto.

Su novia le lanzó una patata cocida.

—Solo digo que hay que vigilar a Alex Fierro. Después de matar al lindworm...

—Con una ayudita mía —añadió T. J.

—... desapareció en el bosque. Dejó que T. J. y yo nos buscásemos la vida. Entonces el resto de dragones se nos echaron encima...

—Y nos mataron —dijo T. J.—. Sí, fue un poco raro...

Medionacido gruñó.

—Fierro es hija de Loki, y una argr. No puedes fiarte de un argr en combate.

Mallory le dio un manotazo en el brazo.

—Tu actitud es más ofensiva que tu olor.

—¡A mí tu ofensa me parece ofensiva! —protestó él—. Los argr no son guerreros. ¡Solo quería decir eso!

—Vale, ¿qué es un argr? —pregunté—. La primera vez que lo dijisteis pensé que era un monstruo. Luego pensé que a lo mejor era una palabra para referirse a un pirata, en plan alguien que grita «argh». ¿Significa una persona transgénero o algo así?

—Literalmente, significa «poco viril» —explicó Mallory—. Es un insulto terrible entre los grandes vikingos rústicos como este. —Hincó el dedo a Medionacido en el pecho.

—Bah —dijo él—. Solo es ofensivo si llamas argr a alguien que no lo es. La gente de género fluido no es ninguna novedad, Magnus. Hay muchos argrs entre los nórdicos. Tienen su función. Algunos de los mejores sacerdotes y hechiceros eran... —Describió círculos en el aire con su cuchillo para la carne—. Ya sabes.

Mallory me miró frunciendo el entrecejo.

—Mi novio es un neandertal.

—¡En absoluto! —dijo él—. Soy un hombre moderno y progresista del año ochocientos sesenta y cinco de la era común. Habla con otros einherjar del año setecientos, ellos no tienen una mentalidad tan abierta con esas cosas.

T. J. bebió un sorbo de hidromiel con la mirada fija a lo lejos.

—Durante la guerra tuvimos a un explorador de la tribu lenape. Se hacía llamar «Madre William».

—¡Qué nombre de guerra más espantoso! —se quejó Medionacido—. ¿Quién temblaría aterrorizado ante alguien que se llama Madre William?

T. J. se encogió de hombros.

—Reconozco que la mayoría de nosotros no sabíamos qué pensar de él. Su identidad parecía cambiar de un día a otro. Decía que tenía dos espíritus en el cuerpo, uno masculino y otro femenino. Pero, os lo aseguro, era un gran explorador. Nos salvó de una emboscada durante la marcha por Georgia.

Observé cómo Alex cenaba, cogiendo con cuidado trozos de zanahoria y patata de su plato. Resultaba difícil creer que hacía unas pocas horas esos mismos dedos delicados habían matado a un dragón con un alambre y a mí me habían cortado la cabeza.

Medionacido se inclinó hacia mí.

—No debes avergonzarte de sentirte atraído por ella, Magnus.

Se me atragantó un trozo de carne.

—¿Qué? No, no estaba...

—¿Mirando? —Mi amigo sonrió—. Los sacerdotes de Frey eran muy abiertos, ¿sabes? Durante la fiesta de la cosecha, solían ponerse vestidos y hacían unos bailes increíbles...

—Me estás tomando el pelo —dije.

—No. —Rio entre dientes—. Una vez, en Upsala, conocí a un precioso...

Un sonido de cuernos que reverberó por el salón interrumpió su anécdota.

Helgi se levantó en la mesa de los thanes. Desde esa mañana, se había arreglado la chaqueta del traje y se había recortado la barba, pero ahora llevaba un casco de guerra enorme, probablemente para ocultar los desperfectos que Alex Fierro había causado en su peinado de águila muerta.

—¡Einherjar! —tronó su voz—. Esta noche solo se ha unido a nosotros un guerrero caído, pero me han dicho que la historia de su muerte es impresionante. —Miró a Samirah al-Abbas con expresión ceñuda como diciendo: «Más vale que lo sea»—. ¡Levántate, Alex Fierro, y deslúmbranos con tus gloriosas hazañas!

11

¿Qué tiene que hacer uno para recibir una ovación con todo el mundo de pie?

No parecía que a Alex le entusiasmase tener que deslumbrarnos.

Se levantó tirando de su chaleco y escudriñó a la multitud como si retase a todos y cada uno de los guerreros en duelo.

—¡Alex, hijo de Loki! —empezó a decir Helgi.

—Hija —le corrigió Alex—. A menos que le diga lo contrario, soy «hija».

Al final de la mesa de los thanes, Jim Bowie tosió sobre su copa de hidromiel.

—¿Qué pasa ahora?

Ernie Pyle murmuró algo a Bowie al oído. Juntaron las cabezas. Pyle sacó su libreta de periodista y un bolígrafo. Parecía que estaba haciendo un diagrama a Bowie.

El rostro de Helgi se crispó.

—Como desees, hija de Loki...

—Y no se sienta en la obligación de mencionar a mi padre —añadió Alex—. No me cae muy bien.

Unas cuantas risas nerviosas recorrieron la sala. Al lado de Alex, Samirah apretó los puños como si calentase los músculos para estrangular a alguien. Dudaba que se hubiera molestado por lo que había dicho Alex, ya que a ella tampoco le caía bien Loki. Pero si por algún motivo los thanes decidían que Alex no era digna del Valhalla,

Sam podría ser expulsada de las valquirias y desterrada a Midgard. Yo lo sabía porque era lo que había pasado cuando me había presentado a mí.

—Muy bien, persona que es hija de algún padre. —Helgi empleó un tono seco como la cuenca ocular vacía de Odín—. ¡Contemplemos tus proezas por cortesía de Valquiria Visión!

Los vikingos modernos y su tecnología punta... Alrededor del tronco del árbol Laeradr se encendieron unas enormes pantallas holográficas y empezaron a verse imágenes tomadas con la cámara corporal de Samirah.

Era una experta en trigonometría, cálculo y aviación, de modo que cabía pensar que sabría manejar una cámara. Pues no. Siempre se olvidaba de cuándo encenderla y cuándo apagarla. La mitad de las veces, sus vídeos salían torcidos porque había sujetado mal la cámara. En ocasiones grababa misiones enteras en las que la cámara solo mostraba los agujeros de su nariz.

Esa noche la calidad del vídeo era buena, pero Sam había empezado a grabar demasiado pronto. Hora: 7.03. Contemplamos una imagen de la sala de estar de sus abuelos; un espacio pequeño, pero ordenado con una mesita baja para el café y dos sofás de ante. Encima de la chimenea había colgado un fragmento de caligrafía árabe enmarcada (un remolino de tinta dorada en pergamino blanco) y sobre la repisa se hallaban expuestas orgullosamente fotos de Sam posando con un avión de juguete cuando era niña, en el campo de fútbol cuando cursaba secundaria y sosteniendo un trofeo grande en el bachillerato.

En cuanto se dio cuenta de que el vídeo había empezado, Sam reprimió un grito, pero no podía hacer nada para detenerlo.

La cámara hizo una panorámica a la izquierda y enfocó un comedor en el que estaban sentadas tres personas mayores bebiendo té en unas bonitas tazas con el borde dorado. Conocía a uno de ellos: Abdel Fadlan, el dueño de El Faláfel de Fadlan. Su mata de pelo canoso y aquel traje azul hecho a medida eran inconfundibles. Los otros dos debían de ser los abuelos de Sam, Jid y Bibi. Jid se parecía a Santa Claus o a Ernest Hemingway: fornido y de cara redonda, con una barba blanca como la nieve y muchas arrugas de sonreír, aunque ese día tenía el ceño fruncido. Llevaba un traje gris que probablemente le sentaba bien hacía veinte años y con diez kilos menos. Bibi llevaba un vestido rojo y dorado bordado elegantemente y un hiyab a juego. Permanecía sentada en una postura perfecta, como la realeza, mientras servía té a su invitado, el señor Fadlan.

Por el ángulo de la cámara, deduje que Samirah estaba sentada en una silla entre los dos sofás. A unos tres metros, delante de la chimenea, Amir Fadlan se paseaba agitado, deslizando las manos por su pelo moreno brillante. Estaba tan elegante como siempre con unos vaqueros estrechos, una camiseta blanca y un chaleco a la moda, pero su habitual sonrisa natural había desaparecido. Tenía una expresión de dolor, como si alguien le hubiera partido el corazón.

—No lo entiendo, Sam —dijo—. ¡Yo te quiero!

Todos los comensales del salón prorrumpieron en un «¡Ooooh!».

—¡Callaos! —les espetó Samirah, cosa que solo les hizo reír.

Advertí que estaba haciendo un gran esfuerzo de voluntad para no llorar.

El vídeo avanzó rápidamente. Vi a Sam emprendiendo el vuelo para reunirse conmigo en el Thinking Cup mientras recibía un mensaje en el móvil por un posible código 381.

Se fue volando del café y cruzó el parque a toda velocidad hacia Downtown Crossing.

Descendió girando en espiral y se quedó flotando sobre un callejón sin salida entre dos teatros ruinosos. Yo sabía exactamente dónde estaba, a la vuelta de la esquina de un albergue para indigentes. A los yonquis les gustaba chutarse heroína en ese callejón, lo que lo convertía en un lugar ideal para que te diesen una paliza, te robasen o te matasen.

En el momento en que ella llegó, también era un lugar ideal para ser atacado por feroces lobos brillantes.

Tres animales grandes habían arrinconado contra el muro del fondo a un sintecho canoso. Lo único que se interponía entre él y una muerte segura era un carrito de supermercado lleno de latas para reciclar.

La comida se me apelmazó en la barriga. Los lobos me traían demasiados recuerdos del asesinato de mi madre. Aunque no hubieran tenido el tamaño de caballos adultos, habría sabido que eran lobos de Midgard corrientes. Una niebla azul fosforescente se pegaba a su pelaje y proyectaba ondas de luz como las de un acuario sobre los muros de ladrillo. Tenían unas caras muy expresivas, con ojos de aspecto humano y labios burlones. Eran hijos de Fenrir. Se paseaban de un lado a otro, gruñendo y olfateando el aire, gozando del olor a miedo procedente de su presa.

—¡Atrás! —gritó el anciano con voz ronca, empujando su carrito hacia los animales—. ¡Os he dicho que no lo quiero! ¡No creo en eso!

En el salón de banquetes, los einherjar reunidos murmuraron con desaprobación.

Había oído historias de semidioses modernos —hijos e hijas de dioses o diosas nórdicos— que se negaban a aceptar su destino. Volvían la espalda a las cosas extrañas de los nueve mundos. En lugar de luchar cuando aparecían monstruos, huían y se escondían. Algunos tenían sobrados motivos para creer que estaban locos. Tomaban medicamentos. Visitaban hospitales. Otros se volvían alcohólicos o yonquis o acababan en las calles. Ese tío debía de ser uno ellos.

Detecté lástima e indignación en el salón de banquetes. Ese anciano podría haberse pasado la vida entera huyendo, pero ahora estaba atrapado. En lugar de ir al Valhalla convertido en un héroe, moriría como un cobarde e iría a la fría tierra de Hel: el peor destino que un einherji podía imaginar.

Entonces, en la entrada del callejón, alguien gritó:

—¡Eh!

Alex Fierro había llegado. Tenía los pies separados y los puños apoyados en la cintura como Supergirl, si Supergirl tuviera el pelo verde y llevara un chaleco rosa y verde.

Seguramente pasaría por allí cerca y habría oído al anciano gritar o a los lobos gruñir. No tenía motivos para intervenir. Los lobos estaban tan centrados en su presa que no habrían reparado en ella si no les hubiera gritado.

Y, sin embargo, cargó contra los animales, se transformó mientras avanzaba y entró en combate convertida un pastor alemán.

A pesar de la diferencia de tamaño, consiguió derribar al lobo más grande y le clavó los colmillos en el pescuezo. El animal se retorció y gruñó, pero Alex se apartó de un salto antes de que pudiera contraatacar. Mientras el lobo herido se tambaleaba, los otros dos la atacaron.

Con la rapidez con que fluye el agua, volvió a adoptar forma humana y arremetió con su alambre utilizándolo como látigo. Con un solo movimiento, uno de los lobos perdió la cabeza.

—¡Uuuh! —gritó el público en señal de reconocimiento.

Antes de que ella pudiera volver a atacar, el otro lobo la derribó. Los dos rodaron por el callejón. Alex se convirtió otra vez en pastor alemán, arañó y mordió, pero no estaba a la altura de su rival.

—Transfórmate en algo más grande —me sorprendí murmurando. Pero, por el motivo que fuera, Alex no lo hizo.

Siempre me habían gustado los perros; más de lo que me gustaba la mayoría de la gente, y desde luego más que los lobos. Resultaba difícil contemplar cómo el lobo la emprendía con el pastor alemán, arremetía contra su hocico y su garganta y le manchaba el pelaje de sangre. Finalmente, Alex consiguió cambiar de forma, se convirtió en una lagartija y escapó correteando de debajo de su agresor, para transformarse de nuevo en humana a cierta distancia, con la ropa hecha jirones y la cara convertida en un espectáculo dantesco de cortes y mordeduras.

Por desgracia, el primer lobo se había recuperado y aulló airadamente; un sonido que resonó a través del valle y rebotó en los edificios circundantes. Caí en la cuenta de que era el mismo aullido que había oído al otro lado de la ciudad mientras luchaba contra el asesino de cabras.

Los dos lobos que quedaban avanzaron uno al lado del otro hacia Alex, con sus ojos azules lanzando destellos de odio.

Ella se puso a manosear el jersey que tenía atado a la cintura. Lo llevaba por un motivo claro: ocultar el cuchillo de caza que tenía en el cinturón. Desenvainó el arma y la lanzó hacia el indigente.

—¡Ayúdeme! —gritó—. ¡Luche!

El cuchillo se deslizó sobre el asfalto. El anciano retrocedió, interponiendo el carrito de la compra entre él y la refriega.

Los lobos se abalanzaron sobre Alex.

Finalmente ella intentó transformarse en algo más grande —tal vez un búfalo o un oso, era difícil saberlo—, pero supongo que no tuvo suficientes fuerzas. Adoptó otra vez forma humana mientras los lobos la derribaban.

Luchó con ferocidad rodeando el cuello de un lobo con el garrote y dando patadas al otro, pero los animales la superaban y había perdido mucha sangre. Consiguió estrangular al lobo más grande, que se desplomó y la aplastó. El último animal la agarró por la garganta. Ella trató de estrangularlo con las manos, pero se le estaba nublando la vista.

El anciano cogió el cuchillo demasiado tarde, se dirigió lentamente al último lobo y, lanzando un grito de horror, le clavó la hoja en el lomo.

El monstruo cayó muerto.

El hombre se apartó de la escena: tres lobos muertos, cuyo pelaje todavía brillaba en tenues nubes de color azul fluorescente; Alex Fierro, exhalando sus últimos estertores, rodeada de un charco de sangre que se extendía alrededor de ella como un halo.

El viejo soltó el cuchillo y se fue corriendo y sollozando.

La cámara se acercó a medida que Samirah al-Abbas descendía hacia la guerrera abatida. Sam le tendió la mano. Un reluciente espíritu dorado se elevó flotando del maltrecho cuerpo de Alex Fierro, frunciendo el ceño ante la inesperada invocación.

El vídeo se oscureció. No se vio a Alex discutiendo con Sam, pegándole un puñetazo en el ojo ni sembrando el caos cuando por fin llegó al Valhalla. Quizá a la cámara se le agotó la batería. O quizá Sam terminó a propósito el vídeo en ese punto para que Alex pareciera más heroica.

El salón de banquetes se quedó en un silencio absoluto interrumpido únicamente por el crujido de las antorchas tiki. Entonces los einherjar prorrumpieron en aplausos.

Los thanes se pusieron en pie. Jim Bowie se secó una lágrima del ojo. Ernie Pyle se sonó la nariz. Hasta Helgi, que parecía muy enfadado hacía unos pocos minutos, lloró abiertamente mientras aplaudía a Alex Fierro.

Samirah miró a su alrededor, visiblemente sorprendida por la reacción.

Alex podría haber sido una estatua. Su mirada permanecía fija en la zona oscura donde había estado la pantalla de vídeo, como si pudiera rebobinar su muerte por pura fuerza de voluntad.

Cuando la ovación se calmó, Helgi alzó su copa.

—Alex Fierro, luchaste en gran desventaja, sin pensar en tu propia seguridad, para salvar a un hombre más débil. ¡Le ofreciste a ese hombre un arma, una oportunidad de redimirse en combate y llegar al Valhalla! Semejante valentía y honor en una hija de Loki es... es verdaderamente excepcional.

Parecía que Sam quisiera compartir unas palabras con Helgi, pero la interrumpió otra ronda de aplausos.

—Es cierto —continuó Helgi— que hemos aprendido a no juzgar a los hijos de Loki con demasiada severidad. Hace poco Samirah al-Abbas fue acusada de un comportamiento impropio de una valquiria, y la perdonamos. ¡He aquí una nueva prueba de nuestra sabiduría!

Más aplausos. Los thanes asentían con la cabeza y se daban palmaditas en la espalda como diciendo: «¡Sí, qué pasada! ¡Somos realmente sabios y abiertos de mente! ¡Nos merecemos unas galletas!».

—¡Y no solo eso —añadió Helgi—, sino que tal heroísmo viene de una argr! —Sonrió a los demás thanes para compartir su asombro—. No sé qué decir. En verdad, Alex Fierro, has superado lo que esperaríamos de alguien de tu clase. ¡Por Alex Fierro! —brindó—. ¡Por la muerte sangrienta!

—¡¡Muerte sangrienta!! —gritó la multitud.

Nadie más que yo pareció fijarse en lo fuerte que Alex apretaba los puños ni en la mirada de odio que dirigía a los thanes. Creo que no apreciaba algunas de las palabras que había pronunciado el gerente.

Helgi no se molestó en llamar a una vala, o una vidente, para descifrar el destino de Alex en las runas como hizo cuando yo llegué al Valhalla. Debía de figurarse que los thanes ya sabían que Fierro haría grandes cosas cuando todos galopásemos hacia la muerte en el Ragnarok.

Los einherjar tenían muchas ganas de fiesta. Reían y se peleaban y pedían más hidromiel. Las valquirias iban de un lado a otro con sus faldas de paja y sus guirnaldas de colores, llenando jarras tan rápido como podían. Los músicos atacaron unas canciones de baile nórdicas que sonaban a *death metal* acústico tocado por gatos salvajes.

Para mí, dos cosas empañaban el ánimo festivo.

En primer lugar, Mallory Keen se volvió hacia mí.

—¿Sigues pensando que Alex es una einherji legítima? Si Loki quisiera infiltrar a un espía en el Valhalla, no podría haber organizado una presentación mejor...

La idea me hizo sentir como si estuviera otra vez en el barco de Randolph, zarandeado entre olas de casi cinco metros. Quería concederle a Alex el beneficio de la duda. Sam me había dicho que era imposible entrar en el Valhalla con engaños. Por otra parte, desde que me había convertido en einherji, me enfrentaba a lo imposible en el desayuno, la comida y la cena.

Lo segundo que ocurrió fue que vislumbré un movimiento encima de mí. Miré al techo, esperando ver a una valquiria volando en lo alto o a uno de los animales que vivían en el árbol Laeradr. En cambio, treinta metros más arriba, casi perdida en la penumbra, una figura negra se hallaba reclinada en la horcadura de una rama, aplaudiendo despacio mientras observaba nuestra celebración. En la cabeza llevaba un yelmo de acero con la cara de un lobo.

Antes de que pudiera decir: «Eh, mirad, hay un asesino de cabras en el árbol», parpadeé y desapareció. Del lugar donde había estado sentado cayó una hoja que aterrizó en mi copa de hidromiel.

12

Samirah y Magnus sentados en un árbol ¡hablando!

Mientras la multitud salía en tropel del salón, vi que Samirah se iba volando.

—¡Eh! —grité, pero no podría haberme oído de ninguna forma debido a lo escandalosos eran los einherjar.

Me quité el colgante e invoqué a Jack.

—Persigue a Sam, ¿quieres? Dile que tengo que hablar con ella.

—Puedo hacer algo mejor —dijo Jack—. Agárrate.

—Hala. ¿Puedes llevarme?

—Si es un vuelo corto, sí.

—¿Por qué no me lo has dicho antes?

—¡Claro que te lo comenté! Además, está en el manual de usuario.

—Tú no tienes manual de usuario, Jack.

—Tú agárrate. Claro que cuando vuelvas a transformarme en colgante, te sentirás...

—Como si hubiera cargado conmigo mismo por los aires —aventuré—. Y me desmayaré o algo así... Está bien. Vamos.

Volar en Jack Air no tenía nada de grácil. No parecía un superhéroe ni una valquiria. Parecía un tío colgado de la empuñadura de una espada que salió disparada hacia el cielo, con el trasero apretado y las piernas bamboleándose como locas. Perdí una zapatilla por encima de la vigésima grada. Estuve a punto de despeñarme un par de veces. Por lo demás, sí, una gran experiencia.

Cuando nos situamos a escasa distancia de Sam, grité:

—¡A tu izquierda!

Ella se volvió flotando en el aire.

—Magnus, ¿qué estás...? Ah, hola, Jack.

—¿Qué pasa, leona? ¿Podemos posarnos en alguna parte? Este tío pesa.

Aterrizamos en una rama próxima. Le conté a Sam que había visto al asesino de cabras acechando en Laeradr, y se fue zumbando a avisar a las valquirias. Unos cinco minutos más tarde volvió, justo a tiempo para interrumpir la versión de «Hands to Myself» cantada por Jack.

—Qué mal rollo —dijo Sam.

—Lo sé —asentí—. Jack no puede cantar canciones de Selena Gomez.

—No, me refiero al asesino —contestó ella—. Ha desaparecido. Tenemos a todo el personal del hotel sobre aviso, pero... —se encogió de hombros—, no está por ninguna parte.

—¿Puedo terminar ya la canción? —preguntó Jack.

—¡No! —dijimos Sam y yo.

Estuve a punto de decirle a Jack que volviese a adoptar la forma de colgante. Entonces me acordé de que si lo hacía, seguramente yo perdería el conocimiento durante doce horas.

Sam se posó en la rama de al lado.

Mucho más abajo, los últimos comensales de la cena salían del salón. Mis amigos de la planta diecinueve, T. J., Mallory y Medionacido, rodeaban a Alex Fierro y la guiaban. Desde allí era difícil saber si se trataba de un séquito de colegas que le daban la enhorabuena o de una marcha forzada para garantizar que ella no mataba a alguien.

Sam siguió mi mirada.

—Sé que tienes dudas sobre ella, pero se merece estar aquí, Magnus. Murió de una forma... Estoy tan segura de su heroísmo como lo estuve del tuyo.

Como yo nunca había estado seguro de mi heroísmo, su comentario no me tranquilizó.

—¿Qué tal el ojo?

Se tocó el cardenal.

—No es nada. Alex perdió los papeles. He tardado un tiempo en entenderlo, pero cuando coges a alguien de la mano y lo llevas al Valhalla, vislumbras su alma.

—¿Te pasó eso conmigo?

—En tu caso no había mucho que ver. Ahí dentro está muy oscuro.

—¡Muy buena! —dijo Jack.

—¿Existe alguna runa para que los dos os calléis? — pregunté.

—El caso —continuó Sam— es que Alex estaba enfadada y asustada. Después de dejarla empecé a comprender el motivo. Es una persona de género fluido. Creía que si se convertía en einherji se quedaría atrapada para siempre en un género y no soportaba la idea.

—Ah —dije, que era una forma abreviada de decir: «Lo pillo, pero en realidad no lo pillo».

Yo había estado atrapado en un género toda mi vida y nunca me había molestado. Me pregunté lo que supondría para Alex. La única analogía que se me ocurría no era muy buena. Mi profesora de segundo, la señorita Mengler (alias, señorita Monguer), me había obligado a escribir con la mano derecha sabiendo que yo era zurdo. De hecho, me había sujetado la mano izquierda con cinta adhesiva al pupitre. Mi madre había estallado cuando se había enterado, pero todavía me acordaba de la sensación de pánico que había experimentado al verme obligado a escribir de una forma tan antinatural porque la señorita Mengler había insistido: «Esta es la forma normal de escribir, Magnus. Deja de quejarte. Ya te acostumbrarás».

Sam dejó escapar un suspiro.

—Reconozco que no tengo mucha experiencia con...

Jack se puso firme de un brinco.

—¿Argr? ¡Oh, son geniales! Recuerdo una vez que Frey y yo...

—Jack... —dije.

Sus runas se tiñeron de un magenta apagado.

—Vale, me quedaré aquí bien quietecito como un objeto inanimado.

El comentario arrancó una risa a Sam. Se había destapado el pelo, como solía hacer en el Valhalla. Me había dicho que consideraba el hotel su segundo hogar, y a los einherjar y las valquirias parte de su familia, de modo que no sentía la necesidad de llevar hiyab allí. Los rizos morenos le caían sobre los hombros, y el pañuelo de seda verde le colgaba del cuello y brillaba como si tratase de activar su camuflaje mágico. Resultaba un poco perturbador, ya que de vez en cuando parecía que sus hombros y su cuello desapareciesen.

—¿Te incomoda Alex Fierro? —pregunté—. Quiero decir si te incomoda que sea transgénero. Como eres religiosa y eso...

Arqueó una ceja.

—Como soy «religiosa y eso», me incomodan muchas cosas de este sitio. —Señaló a nuestro alrededor—. Tuve que hacer un poco de ejercicio de conciencia cuando me enteré de que mi padre era..., ya sabes, Loki. Sigo sin aceptar la idea de que los dioses nórdicos sean dioses. Solo son seres poderosos. Algunos son los pesados de mis familiares. Pero no son más que creaciones de Alá, el único dios, como lo somos tú y yo.

—Te acuerdas de que soy ateo, ¿verdad?

Ella resopló.

—Parece el principio de un chiste, ¿verdad? «Un ateo y una musulmana entran en el más allá pagano...» En fin, el hecho de que Alex sea transgénero es el menor de mis problemas. Me preocupa más su... relación con nuestro padre.

Recorrió la línea de la vida en la palma de su mano.

—Alex cambia de forma muy a menudo. No se da cuenta de lo peligroso que es depender del poder de Loki. No puedes darle más influencia de la que ya tiene.

Fruncí el entrecejo. Samirah me había dicho algo parecido antes —que no le gustaba transformarse porque no quería volverse como su padre—, pero yo no lo entendía. Personalmente, si pudiera transformarme, me convertiría en oso polar cada dos minutos y me dedicaría a asustar a la gente.

—¿A qué influencia te refieres?

Ella no me miró a los ojos.

—Olvídalo. No me has perseguido para hablar de Alex Fierro, ¿verdad?

—Cierto.

Le expliqué lo que había ocurrido en el campo de batalla: el dragón y la irrupción de Loki en mi cabeza vestido con un desagradable esmoquin para invitarme a una boda. Luego le conté que había soñado que ella se iba a casar con un gigante con voz de morsa llamado Thrym que regentaba un bar y que servía los pepinillos más apestosos de Jotunheim.

Jack tampoco sabía algunas de esas cosas y, pese a haber prometido que permanecería inanimado, dejó escapar gritos ahogados y chilló: «¿Estás de coña?» en los momentos adecuados y también en algunos inadecuados.

Cuando hube terminado, Sam se quedó callada. Una brisa fría pasó entre nosotros como una fuga de freón de un aire acondicionado.

Abajo había llegado el personal de limpieza. Unos cuervos recogían los platos y las copas mientras que manadas de lobos se comían las sobras y limpiaban el suelo lamiéndolo. En el Valhalla nos desvivíamos por la higiene.

—Quería contártelo —dijo Sam finalmente—. Todo ha sido muy rápido. Simplemente, me ha caído encima.

Se secó una lágrima de la mejilla. Nunca la había visto llorar. Quería consolarla —darle un abrazo, acariciarle la mano o lo que fuese—, pero ella evitaba el contacto físico, aunque yo fuera parte de su familia del Valhalla.

—Así es como Loki está arruinando tu vida personal —deduje—. ¿Ha venido a ver a tus abuelos? ¿A Amir?

—Les ha dado invitaciones. —Sam metió la mano en un bolsillo y me la dio: cursivas doradas sobre cartulina verde, como la que Loki había metido en el bolsillo del tío Randolph.

El incomparable Loki

y otra gente

les invitan a celebrar con ellos

la unión de

Samirah al-Abbas bint Loki

y

Thrym, hijo de Thrym, hijo de Thrym

CUÁNDO:

Dentro de cinco días

DÓNDE:

Ya se lo notificaremos

POR QUÉ:

Porque es mejor que el fin del mundo

Se agradecen los regalos

Después de la ceremonia habrá baile

y sacrificios paganos salvajes

Alcé la vista.

—¿Sacrificios paganos salvajes?

—Te puedes imaginar cómo les ha sentado a mis abuelos.

Volví a estudiar la invitación. La parte del «cuándo» centelleaba, y el «cinco» estaba borrándose y convirtiéndose en un «cuatro». En la parte del «dónde» también lucía un brillo holográfico, como si con el tiempo pudiera convertirse en una dirección concreta.

—¿No podrías decirles a tus abuelos que es una broma?

—No cuando mi padre la ha entregado personalmente.

—Ah.

Visualicé a Loki sentado a la mesa de los Al-Abbas, bebiendo té de una de sus bonitas tazas doradas. Me imaginé la cara de Santa Claus de Jid poniéndose más y más roja, y a Bibi haciendo todo lo posible por mantener su pose regia mientras salía humo de debajo de su hiyab.

—Loki se lo ha contado todo —dijo Sam—. Cómo conoció a mi madre, cómo yo me convertí en valquiria; todo. Les ha dicho que ellos no tenían derecho a concertarme un matrimonio porque él es mi padre y ya me ha concertado uno.

Jack tembló en mi mano.

—Mirándolo por el lado bueno —dijo—, es una invitación muy bonita.

—Jack... —dije.

—Vale. Inanimado.

—Por favor, dime que tus abuelos no han aceptado —rogué—. No pueden esperar que aceptes casarte con un gigante.

—No saben qué pensar. —Sam volvió a coger la invitación. Se la quedó mirando como si esperase que estallase en llamas—. Habían tenido sus sospechas sobre la relación de mi madre. Como te dije, mi familia ha estado en contacto con los dioses nórdicos durante generaciones. Los dioses sienten una... una atracción por mi clan.

—Bienvenida al club —murmuré.

—Pero Jid y Bibi no tenían ni idea de ello, hasta que Loki apareció y les soltó el bombazo. Lo que más les dolió fue que les hubiera ocultado mi vida de valquiria. —Otra lágrima recorrió la base de su nariz—. Y Amir...

—El vídeo que hemos visto en Valquiria Visión —aventuré—. Él y su padre fueron a tu casa esta mañana, y tú intentaste explicárselo.

Ella asintió con la cabeza, toqueteando la esquina de la invitación.

—El señor Fadlan no entiende lo que pasa, solo que hay un desacuerdo. Pero Amir... Esta tarde hemos vuelto a hablar, y le... le he contado la verdad. Todo. Y le he prometido que jamás aceptaré ese absurdo matrimonio con Thrym. Pero no sé si él me escucha a estas alturas. Debe de creer que me he vuelto loca...

—Ya lo averiguaremos —le prometí—. De ninguna manera te van a obligar a casarte con un gigante.

—Tú no conoces a Loki como yo, Magnus. Puede arruinarme la

vida. Ya ha empezado a hacerlo. Tiene formas de... —vaciló—. El caso es que ha decidido que él es el único que puede negociar para conseguir el martillo de Thor. No se me ocurre qué quiere sacar del trato, pero no puede ser bueno. La única forma de detenerlo es encontrar el martillo primero.

—Entonces lo encontraremos —dije—. Sabemos que ese tal Thrym lo tiene. Vamos a por él. O, aún mejor, contémoselo a Thor y que se encargue él de recuperarlo.

Jack vibró y brilló sobre mis rodillas.

—No será tan fácil, señor. Aunque lograseis encontrar la fortaleza de Thrym, no sería tan tonto de guardar allí el martillo de Thor. Es un gigante de la tierra. Podría haberlo enterrado en cualquier parte.

—El túmulo del espectro —dijo Sam.

—En Provincetown —añadí—. ¿Sigues pensando que es lo mejor que podemos hacer? ¿Aunque el asesino de cabras que nos persigue diga que es una trampa?

Sam miró más allá de mí. Parecía que estuviera observando el horizonte, imaginándose un hongo nuclear que se elevaba de la bomba atómica que Loki había lanzado sobre su futuro.

—Tengo que intentarlo, Magnus. El túmulo del espectro. A primera hora de la mañana.

Detestaba esa idea. Por desgracia, no se me ocurría ninguna mejor.

—Está bien. ¿Has contactado con Hearth y Blitz?

—Se reunirán con nosotros en Cabo Cod. —Se levantó y estrujó la invitación de boda. Antes de que yo pudiera objetar que tal vez la necesitásemos, se la lanzó a los cuervos y los lobos—. Te veré después del desayuno. Y trae chaqueta. Será una mañana fría para volar.

13

Tranquilo, solo es una profecía mortal sin importancia

Efectivamente, cuando Jack recuperó la forma de colgante, perdí el conocimiento durante doce horas.

Por la mañana me desperté con los brazos y las piernas doloridos; me sentía como si hubiera pasado la noche entera agitándome en el aire con un einherji colgado del tobillo.

La ausencia de Alex Fierro en el desayuno resultó llamativa, aunque T. J. me aseguró que le había pasado una nota por debajo de la puerta de su habitación en la que le explicaba dónde estaba la cafetería de la planta diecinueve.

—Seguirá dormida —dijo—. Tuvo un primer día intenso.

—A menos que sea ese mosquito de ahí. —Medionacido señaló un insecto que correteaba sobre el salero—. ¿Eres tú, Fierro?

El mosquito no dijo nada.

Mis amigos prometieron que permanecerían muy atentos y que harían lo que fuera necesario para impedir que Loki celebrase la boda relámpago dentro de cinco (ahora cuatro) días.

—También vigilaremos a Fierro —prometió Mallory, mirando el mosquito con el ceño fruncido.

Solo me dio tiempo a engullir una rosquilla antes de que Sam llegase y me llevase a las cuadras situadas sobre la sala de ejercicio de la planta 422.

Cuando dijo: «Vamos a volar», no supe a qué se refería.

Las valquirias podían volar perfectamente sin ayuda. Eran lo bastante fuertes para cargar como mínimo con una persona, de modo que quizá pensaba meterme en un bolso grande y llevarme a Cabo Cod.

O a lo mejor con «volar» había querido decir: «Vamos a tirarnos por un precipicio y a morir». Dedicábamos mucho tiempo a esa actividad.

Ese día se refería a volar a caballo. No tenía claro por qué las valquirias tenían caballos voladores. Probablemente porque tenían un aspecto molón. Además, nadie quería entrar en combate montado en un lindworm, agitándose y dando botes como un vaquero a lomos de una serpiente.

Sam ensilló el corcel blanco. Se montó en su lomo y me subió detrás de ella, y acto seguido salimos galopando por las puertas de la cuadra, rumbo al cielo de Boston.

Ella tenía razón con respecto al frío. Pero eso no me molestaba, lo que sí resultaba un incordio era que el fuerte viento hacía ondear su hiyab y este se me metía continuamente en la boca. Y como los hiyabs representan la modestia y la piedad, dudaba que Sam quisiera que el suyo pareciera haber sido masticado.

—¿Cuánto falta? —pregunté.

Ella miró atrás. El cardenal de debajo de su ojo se había desvanecido, pero todavía parecía distraída y agotada. Me preguntaba si había dormido algo.

—Ya falta poco —dijo—. Agárrate.

Había volado con ella las veces suficientes como para tomarme en serio esa advertencia. Apreté las rodillas contra la caja torácica del caballo y rodeé la cintura de Sam con las manos. Mientras nos precipitábamos a través de las nubes, es posible que gritase: «¡Meinfretr!».

Mi trasero se volvió ingrávido en la silla de montar. Para vuestra información, no me gusta tener un trasero ingrávido. Me preguntaba si Sam pilotaba el avión de la misma forma, y si era así, a cuántos instructores de vuelo había provocado un paro cardíaco.

Salimos de las nubes. Ante nosotros, Cabo Cod se extendía hasta el horizonte: un paréntesis verde y dorado en medio de un mar azul. Justo debajo, el extremo norte de la península formaba una curva poco pronunciada alrededor del puerto de Provincetown. En la bahía había unos cuantos barcos de vela desperdigados, pero la primavera estaba poco avanzada para que hubiera muchos visitantes.

Sam nos niveló a unos ciento cincuenta metros de altura y recorrió la costa, sobrevolando dunas y pantanos, y siguiendo el arco de Commercial Street con sus casitas grises con tejados de tablillas y sus viviendas con reminiscencias victorianas pintadas de vivos colores. Casi todas las tiendas estaban cerradas, y las calles vacías.

—Estoy reconociendo el terreno —me dijo.

—¿Asegurándote de que detrás del taller de tatuaje Mooncusser no se esconde un ejército de gigantes?

—O trolls marinos, o tumularios, o mi padre, o...

—Sí, ya lo pillo.

Finalmente, ladeó el caballo a la izquierda, en dirección a una torre de piedra gris que se elevaba imponente en una colina a las afueras de la ciudad. La estructura de granito, de unos setenta y cinco metros de alto, tenía en la parte superior un torreón que le daba el aspecto de castillo de cuento. Recordaba vagamente haber visto la torre cuando había visitado la ciudad de niño, pero a mi madre le interesaba más caminar por las dunas y pasear por las playas.

—¿Qué es ese sitio? —pregunté.

—Nuestro destino. —Una leve sonrisa tiró de las comisuras de su boca—. La primera vez que la vi creí que era el minarete de una mezquita. Se parece bastante.

—Pero ¿no lo es?

Ella rio.

—No. Es un monumento dedicado a los peregrinos. Desembarcaron aquí antes de trasladarse a Plymouth. Los musulmanes también llevan mucho tiempo en Estados Unidos. Una de mis amigas de la mezquita tiene un antepasado, Yusuf ben Ali, que sirvió con George Washington durante la revolución de Estados Unidos. —Se interrumpió—. Perdona, no querías una clase de historia. En fin, no hemos venido aquí por la torre. Hemos venido por lo que hay debajo.

Me temía que no se refería a la tienda de regalos.

Volamos alrededor del monumento, escudriñando el claro situado al pie de la construcción. Justo delante de la entrada de la torre, sentados en el muro de contención de piedra y columpiando los pies como si estuvieran aburridos, se hallaban mis dos seres favoritos de otros mundos.

—¡Blitz! ¡Hearth! —grité.

Hearth estaba sordo, de modo que llamarlo a gritos no sirvió de gran cosa, pero Blitzen le dio un codazo y nos señaló con el dedo. Los dos saltaron del saliente y nos saludaron con entusiasmo agitando las manos mientras nuestro caballo aterrizaba.

—¡Chaval!

Blitzen vino trotando hacia mí.

Se le podría haber confundido con el fantasma de un explorador tropical. Un velo de gasa blanca caía del borde de su salacot y le cubría hasta los hombros. La gasa estaba diseñada especialmente para no dejar pasar la luz del sol, que convierte a los enanos en piedra. También se había puesto unos guantes de piel para protegerse las manos. Por lo demás, llevaba el mismo conjunto que había visto en el sueño: un traje de tres piezas color nuez con una pajarita negra, unos elegantes zapatos de piel puntiagudos y un pañuelo naranja chillón para poner una nota de clase en su atuendo, que sin duda era de lo más adecuado para ir de excursión a la tumba de un no muerto.

Se abalanzó sobre mí y me dio un abrazo; a punto estuvo de perder el salacot. Su colonia olía a pétalos de rosa.

—¡Martillos y yunques, cuánto me alegro de verte!

Hearthstone se acercó corriendo después, sonriendo ligeramente y agitando las palmas de las dos manos en el gesto de la lengua de signos para decir: «¡Yupi!». Para él, eso era el equivalente a un fan eufórico chillando.

Llevaba su chaqueta y sus pantalones de cuero negros habituales, con su bufanda a lunares alrededor del cuello. Tenía la cara tan pálida como de costumbre, con los ojos siempre tristes y el pelo rubio platino de punta, pero había engordado un poco en las últimas semanas. Tenía un aspecto más saludable, al menos para un humano. Tal vez habían pedido muchas pizzas a domicilio mientras estaban escondidos en el refugio de Mimir.

—Chicos. —Le di a Hearth un abrazo—. ¡Estáis igualitos que cuando os vi en el cuarto de baño!

Desde luego no fue la frase más adecuada para un reencuentro.

Di marcha atrás y les expliqué lo que había pasado: los sueños raros, la realidad aún más rara, Loki en mi cabeza, mi cabeza en un tarro de pepinillos, la cabeza de Mimir en la bañera, etc.

—Sí —asintió Blitzen—. Al capo le encanta aparecer en la bañera. Una noche me dio tal susto que por poco pierdo el pijama de malla.

—Puedo vivir sin esa imagen —dije—. Además, tenemos que hablar del tema de la comunicación. Desaparecisteis sin decirme nada.

—Esa era la idea, chico.

Se lo tradujo a Hearth a la lengua de signos: se tocó la frente con el meñique y luego señaló a Hearth con dos dedos. «Idea. Suya.» La hache a modo de signo del nombre de Hearthstone.

Este gruñó irritado. «Para salvarte, bobo. Díselo a Magnus», contestó con gestos. Hizo una eme como signo de mi nombre: un puño con tres dedos rodeando el pulgar.

Blitzen suspiró.

—El elfo exagera, como siempre. Me asustó y me hizo irme corriendo de la ciudad. Pero ya me he tranquilizado. ¡Solo era una profecía mortal sin importancia!

Sam desenredó su mochila de las alforjas del caballo. Acarició el hocico del animal y señaló al cielo, y el corcel blanco alzó el vuelo hacia las nubes.

—Blitzen —dijo volviéndose hacia él—, eres consciente de que no existen las profecías mortales sin importancia, ¿verdad?

—¡No pasa nada! —Blitzen nos dedicó una sonrisa de seguridad. A través de la gasa, parecía un fantasma un poco más contento—. Hace unas semanas, Hearthstone volvió de su clase de magia rúnica con Odín. Estaba deseando adivinarme el futuro. Así que echó las runas y..., bueno, el resultado no fue muy bueno.

«¿Que no fue muy bueno? —Hearthstone pataleó—. Blitzen. Baño de sangre. Imposible de evitar. Antes de O-S-T-A-R-A.»

—Eso es —dijo Blitzen—. Eso es lo que leyó en las runas. Pero...

—¿Qué es Ostara? —pregunté.

—El primer día de la primavera —contestó Sam—. Que es dentro de... cuatro días.

—El mismo día de tu supuesta boda.

—Créeme —dijo ella amargamente—, no fue idea mía.

—Entonces, ¿se supone que Blitzen va a morir antes? —El estómago empezó a subirme a la garganta—. ¿Un baño de sangre imposible de evitar?

Hearthstone asintió con la cabeza enfáticamente. «Él no debería estar aquí.»

—Estoy de acuerdo —dije—. Es demasiado peligroso.

—¡Chicos! —Blitzen trató de soltar una risita cordial—. Hearthstone es nuevo en la adivinación del futuro. ¡A lo mejor lo interpretó mal! «Baño de sangre» podría ser en realidad «baño de sales». Un baño de sales imposible de evitar. ¡Esa sí que sería una buena profecía!

El elfo estiró las manos como si quisiera estrangular al enano, un gesto que no necesitaba traducción.

—Además —continuó Blitz—, si aquí hay una tumba, estará bajo tierra. ¡Necesitáis a un enano!

Hearth se puso a hacer gestos airados frenéticamente, pero Samirah intervino.

—Blitz tiene razón —dijo, y tradujo el mensaje chocando los puños con los índices estirados.

Tras conocer a Hearthstone, había aprendido la lengua de signos en el tiempo libre que le quedaba cuando no recogía almas, obtenía matrículas de honor y pilotaba aviones.

—Esto es demasiado importante —nos recordó—. No os pediría que me ayudarais si no lo fuera. Tenemos que encontrar el martillo de Thor antes del primer día de primavera, o serán destruidos mundos enteros. O... tendré que casarme con un gigante.

«Tiene que haber otra forma —dijo Hearth con signos—. Ni siquiera sabemos si el martillo está aquí.»

—Colega. —Blitz cogió las manos del elfo, lo que fue un bonito gesto, pero también un poco grosero, porque hacer eso a alguien que se comunica con la lengua de signos es algo así como poner una mordaza a un hablante—. Sé que estás preocupado, pero no pasará nada.

Se volvió hacia mí.

—Además, a pesar de lo mucho que quiero a este elfo, me estaba volviendo loco en ese refugio. Prefiero morir aquí, siendo útil a mis amigos, a seguir viendo la tele, comiendo pizza y esperando a que la cabeza de Mimir aparezca en la bañera. Y no te imaginas cómo ronca Hearthstone.

El elfo liberó sus manos de un tirón. «No estás haciendo señas, pero sé leer los labios, ¿recuerdas?»

—Hearth —dijo Sam—, por favor.

Sam y Hearth mantuvieron un duelo de miradas tan intenso que noté cómo se formaban cristales de hielo en el aire. Nunca había visto enfrentados a esos dos, y no quería estar en medio. Estuve tentado de invocar a Jack y pedirle que cantara una canción de Beyoncé para ofrecerles un enemigo común.

Por fin el elfo dijo por señas: «Si le pasa algo...».

«Yo asumo la responsabilidad», esbozó mudamente con los labios Sam.

—Yo también sé leer los labios —dijo Blitzen—. Y puedo asumir la responsabilidad. —Se frotó las manos con impaciencia—. Venga, vamos a buscar la entrada de ese túmulo, ¿vale? ¡Hace meses que no desentierro el poder malicioso de un no muerto!

14

Por mí puedes llorar un río de lágrimas.
Un momento... Mejor que no

Como en los viejos tiempos, nos adentrábamos juntos en lo desconocido, buscando armas mágicas desaparecidas y arriesgándonos a sufrir una muerte dolorosa. ¡Cuánto había echado de menos a mis colegas! Habíamos rodeado media base de la torre cuando Blitzen dijo:

—¡Ajá!

Se arrodilló y deslizó las puntas de sus dedos enguantados por una grieta de los adoquines. A mí no me parecía distinta de los otros miles de grietas de la piedra, pero a él parecía gustarle esa en concreto.

Me miró sonriendo.

—¿Lo ves, chico? Nunca habrías encontrado esto sin un enano. Habríais deambulado por ahí eternamente, buscando la entrada a la tumba, y...

—¿Esa grieta es la entrada?

—Es la «llave» de la entrada, sí. Pero de todos modos necesitaremos magia para entrar. Hearth, hazme el favor de echar un vistazo, ¿quieres?

El elfo se agachó a su lado. Asintió con la cabeza y acto seguido trazó con el dedo una runa en el suelo. Enseguida, una sección de adoquinado de un metro cuadrado se volatilizó y dejó a la vista un hueco que bajaba todo recto. Lamentablemente, dio la casualidad de que los cuatro estábamos encima de ese metro cuadrado cuando se volatilizó.

Caímos a la oscuridad acompañados de bastantes gritos, casi todos de un servidor.

La buena noticia es que cuando aterrizamos no me rompí ningún hueso. La mala, que Hearthstone sí.

Oí un chasquido seguido de un gruñido del elfo, e inmediatamente supe lo que había pasado.

No digo que los elfos sean delicados. En algunos aspectos, Hearth era el tío más duro que conocía. Pero de vez en cuando me daban ganas de arroparlo con mantas y ponerle una pegatina con la palabra «frágil» en la frente.

—Ánimo, tío —le dije, un comentario inútil considerando que él no podía verme en la oscuridad.

Encontré su pierna y rápidamente localicé la fractura. Hearth dejó escapar un grito ahogado e intentó arrancarme la piel de las manos a arañazos.

—¿Qué pasa? —preguntó Blitz—. ¿De quién es este codo?

—Es mío —contestó Sam—. ¿Estáis todos bien?

—Hearth se ha roto el tobillo —dije—. Tengo que curárselo. Vosotros dos vigilad.

—¡No se ve nada! —se quejó Blitz.

—Eres un enano. —Sam sacó el hacha de su cinturón, un sonido que yo conocía perfectamente—. Creía que donde mejor os manejáis es bajo tierra.

—¡Y así es! —dijo él—. A ser posible, en un sitio subterráneo bien iluminado y decorado con gusto.

A juzgar por el eco de nuestras voces, estábamos en una estancia de piedra grande. No había luz, de modo que supuse que el hueco por el que habíamos caído se había cerrado encima de nosotros.

Otro dato positivo era que no nos habían atacado... todavía.

Encontré la mano de Hearth y tracé unas letras en su palma para que no se asustase: «CURARTE. NO TE MUEVAS».

A continuación puse las dos manos en su tobillo roto.

Invoqué el poder de Frey. De mi pecho brotó un calor que se extendió por mis brazos. Mis dedos emitieron una tenue luz dorada e hicieron que la oscuridad menguase. Noté que los huesos del tobillo de Hearthstone se soldaban, la hinchazón disminuía y su circulación volvía a la normalidad.

El elfo dejó escapar un largo suspiro y dijo con señas: «Gracias».

Le apreté la rodilla.

—De nada, tío.

—Magnus —dijo Blitz con voz ronca—, deberías mirar a tu alrededor.

Uno de los efectos secundarios de mi poder curativo era que resplandecía temporalmente. No me refiero a que tuviese un aspecto saludable. Resplandecía de verdad. De día apenas se notaba, pero allí, en una estancia subterránea a oscuras, parecía una lamparilla humana. Por desgracia, eso significaba que podía ver lo que había a nuestro alrededor.

Estábamos en medio de una cueva abovedada, como una gigantesca colmena tallada en piedra. En el vértice del techo, a unos seis metros de altura, no se veía rastro del hueco por el que habíamos caído. Alrededor de la circunferencia que formaban las paredes, en nichos del tamaño de armarios, había hombres momificados con ropa descompuesta que sujetaban firmemente con sus dedos curtidos las empuñaduras de espadas corroídas. No vi ninguna salida.

—Perfecto —dije—. Van a despertarse, ¿verdad? Esos diez tíos...

—Doce —me corrigió Sam.

—Doce tíos con espadas grandes —confirmé.

Cerré la mano en torno a la piedra rúnica que llevaba por colgante. O Jack estaba temblando, o era yo quien temblaba. Decidí que debía de ser él.

—Podrían ser horribles cadáveres inanimados —dijo Blitz—. Sed positivos.

Hearthstone chasqueó los dedos para llamarnos la atención. Señaló el sarcófago que se encontraba de pie en el centro de la estancia.

Yo ya me había fijado en él —era difícil no ver la gran caja de hierro—, pero había hecho como si no existiera con la esperanza de que desapareciera. En la parte delantera tenía grabadas imágenes vikingas: lobos, serpientes e inscripciones rúnicas alrededor de un dibujo central de un hombre con barba armado con una gran espada.

No tenía ni idea de lo que hacía un ataúd como ese en Cabo Cod. Estaba seguro de que los peregrinos no lo habían llevado en el *Mayflower*.

Sam nos hizo señas para que no nos moviésemos. Se elevó del suelo y flotó alrededor del sarcófago con el hacha en ristre.

—También hay inscripciones en la parte de atrás —informó—. Este sarcófago es antiguo. No veo señales de que haya sido abierto hace poco, pero puede que Thrym haya escondido el martillo dentro.

—Propongo una cosa —dijo Blitzen—. No lo comprobemos.

Lo miré.

—¿Esa es tu opinión de experto?

—Mira, chaval, esta tumba apesta a poder antiguo. Fue construida hace mucho más de mil años, mucho antes de que los exploradores vikingos llegaran a Norteamérica.

—¿Cómo lo sabes?

—Por las marcas de la roca. Sé cuándo se talló una cueva con la misma facilidad con la que puedo calcular la antigüedad de una camisa por el desgaste de los hilos.

A mí no me parecía muy fácil. Claro que yo no tenía un título en diseño de moda enanil.

—Así que es una tumba vikinga construida antes de que los vikingos llegaran —dije—. Pero... ¿cómo es posible?

«Se movió», dijo Hearth por señas.

—¿Cómo puede moverse una tumba?

Blitzen se quitó el salacot. La red de gasa dejó un remolino en su pelo, por lo demás perfecto.

—En los nueve mundos, las cosas se mueven continuamente, chaval. Estamos conectados por el Árbol de los Mundos. Sus ramas se balancean. Crecen nuevas ramas. Las raíces se hacen más profundas. Este sitio se ha desplazado de donde fue construido. Probablemente porque... está imbuido de poder maligno.

Sam aterrizó a nuestro lado.

—No me hace mucha gracia el poder maligno.

Hearth señaló el suelo delante del sarcófago. Yo no me había fijado, pero alrededor de la base había un tenue círculo de runas grabado en la piedra.

«K-E-N-N-I-N-G», deletreó con los dedos.

—¿Qué es eso? —pregunté.

Samirah se acercó un poco más a la inscripción poco a poco.

—Un kenning es un apodo vikingo.

—¿En plan: «Eh, Kenning. ¿Qué tal?»?

—No —dijo Sam, en aquel tono con el que parecía que te estuviera amenazando con pegarte por tonto—. Es una forma de referirse a alguien con una descripción en vez de por su nombre. Como si, en lugar de Blitzen, dijera «Entendido en Ropa», o en lugar de Hearthstone, «Señor de las Runas».

Hearth asintió con la cabeza. «Podéis llamarme Señor de las Runas.»

Sam miró la inscripción del suelo entornando los ojos.

—¿Podrías acercarte un poco más con tu luz, Magnus?

—Oye, no soy tu linterna —dije, pero, aun así, me dirigí al ataúd.

—Aquí pone «Río de Sangre» —anunció Sam—. Y el kenning se repite alrededor de toda la tumba.

—¿Sabes leer nórdico antiguo? —pregunté.

—El nórdico antiguo está tirado. Si quieres algo difícil, prueba a aprender árabe.

—Río de Sangre. —La rosquilla que había desayunado empezó a pesarme en el estómago—. ¿No os hace pensar en algo así como «un baño de sangre imposible de evitar»? No me gusta.

Incluso sin la gasa, Blitz tenía un aspecto un poco gris.

—Probablemente... sea una coincidencia. Aun así, me gustaría señalar que no hay salidas en la cueva. Mis sentidos enaniles me dicen que estas paredes son sólidas por todos lados. Hemos caído en una trampa cargada. La única forma de salir es hacerla saltar.

—Tus sentidos enaniles están empezando a no gustarme —dije.

—A mí me pasa igual, chaval.

Hearthstone lanzó una mirada asesina a Blitzen. «Tú quisiste venir aquí. Y ahora, ¿qué? ¿Rompemos el círculo del kenning? ¿Abrimos el ataúd?»

Sam volvió a arreglarse el hiyab.

—Si hay un tumulario en esta tumba, estará dentro de ese sarcófago. Además, es el sitio más seguro para esconder un arma mágica, como el martillo de un dios.

—Necesito una segunda opinión.

Me quité el colgante.

Jack cobró vida en mi mano.

—¡Hola, chicos! Oooh, ¿una tumba imbuida de poder maligno? ¡Mola!

—¿Percibes el martillo de Thor cerca de aquí?

Jack vibró concentrado.

—Es difícil estar seguro. Hay algo poderoso en esa caja. ¿Un arma? ¿Un arma mágica? ¿Podemos abrirla? ¡Por favor, por favor! ¡Qué emoción!

Resistí las ganas de darle un guantazo en la empuñadura; no habría conseguido más que hacerme daño.

—¿Has oído alguna vez que un gigante de la tierra haya colaborado con un tumulario? ¿Por ejemplo, dejándole usar su tumba como una caja de seguridad?

—Sería raro —reconoció Jack—. Normalmente, los gigantes de la tierra entierran sus cosas en..., ya sabes, la tierra. En las profundidades de la tierra.

Me volví hacia Sam.

—Entonces, ¿por qué Otis nos mandaría aquí? ¿Y por qué es una buena idea?

Echó un vistazo a la cueva como si tratase de decidir detrás de cuál de las doce momias esconderse.

—Mira, tal vez Otis se equivocó. Tal vez... tal vez esto ha sido una misión inútil, pero...

—¡Pero aquí estamos! —dijo Jack—. Venga ya, chicos. ¡Yo os protegeré! Además, no soporto ver un regalo sin abrir. ¡Por lo menos dejadme sacudir el ataúd para adivinar lo que hay dentro!

Hearthstone hizo un gesto como si cortase con una mano contra la palma de la otra. «Basta.»

Sacó un saquito de piel del bolsillo interior de su cazadora: su colección de piedras rúnicas. Extrajo una que yo ya había visto:

ᛞ

—Es *dagaz* —dije—. En el Valhalla la usamos para abrir puertas. ¿Estás seguro...?

La expresión de Hearth hizo que me detuviera. No necesitaba la lengua de signos para expresar cómo se sentía. Lamentaba que estuviéramos en esa trampa. No soportaba poner a Blitzen en peligro. Pero allí estábamos. Lo habíamos llevado porque entendía de magia. El elfo quería acabar de una vez.

—Magnus —dijo Sam—, deberías apartarte.

Hice lo que me dijo y me situé delante de Blitzen, por si el Río de Sangre brotaba del ataúd en plan samurái e iba directo a por el enano más cercano.

Hearth se arrodilló. Tocó la inscripción con la runa de dagaz e inmediatamente el kenning Río de Sangre se encendió como un anillo de pólvora. El elfo retrocedió mientras la tapa de hierro del sarcófago salía volando, pasaba como un rayo delante de mí y se estampaba contra la pared. Ante nosotros se hallaba un rey momificado con una corona de plata y una armadura del mismo metal, sujetando firmemente entre las manos una espada envainada.

—Abróchense los cinturones —murmuré.

Naturalmente, el cadáver abrió los ojos.

15

Todos los que estén a favor de matar a Magnus que digan «sí», por favor

Con la mayoría de los zombis, uno no espera mantener una conversación.

Yo creía que el rey momia diría: «¡¡Arrr!!». O, como mucho: «¡Cerebros!». Y que luego empezaría a matarnos.

No estaba preparado para oír: «¡Gracias, mortales! ¡Estoy en deuda con vosotros!».

El zombi salió de su ataúd —con paso ligeramente vacilante, ya que era un cadáver esquelético cuya armadura probablemente pesaba más que él— y se puso a bailar claqué con regocijo.

—¡Mil años en esa maldita caja, y por fin soy libre! ¡Jajajajaja!

Detrás de él, las paredes interiores del ataúd estaban surcadas de cientos de marcas con las que había llevado la cuenta de los años. Sin embargo, no había rastro del martillo de Thor, lo que significaba que el zombi había sido encerrado allí sin un medio decente de conectarse a Netflix.

Jack tembló de emoción.

—¿Has visto esa espada? ¡Está buenísima!

Yo no entendía 1) cómo podía saber que la espada era hembra ni 2) cómo podía saber que estaba buenísima. Pero no estaba seguro de querer respuestas a esos interrogantes.

Sam, Blitz y Hearth se apartaron poco a poco del zombi. La punta de Jack empezó a flotar hacia la espada, pero lo bajé al suelo y me apoyé en él. No quería que ofendiera a Don Zombi ni a su espada pasándose de atrevido.

—Ejem, hola —le dije al zombi—. Yo soy Magnus.

—¡Tienes un bonito brillo dorado!

—Gracias. ¿Cómo es que habla mi idioma?

—¿Lo hablo? —El rey ladeó su macabra cabeza. Tenía unos hilillos blancos pegados al mentón: telarañas o restos de barba, quizá. Sus ojos eran verdes, brillantes y totalmente humanos—. Puede que sea magia. Puede que estemos comunicándonos a nivel espiritual. En cualquier caso, gracias por liberarme. ¡Soy Gellir, príncipe de los daneses!

Blitzen se asomó por detrás de mí.

—¿Gellir? ¿Río de Sangre es su apodo?

La risa del príncipe sonó como una maraca llena de arena mojada.

—No, mi amigo enano. Río de Sangre es un kenning que obtuve gracias a mi arma, la espada *Skofnung*.

Clanc, clanc.

Hearth había dado marcha atrás, había chocado con la tapa del ataúd y se había caído encima. Se quedó en posición de cangrejo, con los ojos muy abiertos de sorpresa.

—¡Ah! —dijo Gellir—. Veo que vuestro elfo ha oído hablar de mi espada.

Jack dio una sacudida debajo de mi codo.

—Ejem, ¿señor? Yo también he oído hablar de ella. Es... una pasada. Es famosa.

—Un momento —dijo Sam—. Príncipe Gellir, ¿es posible que haya un... un martillo por aquí? Nos hemos enterado de que usted podría tener uno.

El zombi frunció el entrecejo, y eso hizo que se abrieran unas fisuras en su rostro curtido.

—¿Un martillo? No. ¿Por qué iba a querer un martillo cuando soy el Señorón del Espadón?

Los ojos de Sam se apagaron, o quizá simplemente mi brillo estaba empezando a atenuarse.

—¿Está seguro? —pregunté—. El Señorón del Espadón suena genial, pero también podría ser, no sé, el Caudillo del Martillo.

Gellir mantuvo la mirada fija en Sam. Su ceño se frunció más.

—Un momento. ¿Eres una mujer?

—Pues... sí, príncipe Gellir. Me llamo Samirah al-Abbas.

—La llamamos la Muchacha del Hacha —propuse.

—Te voy a hacer pupa —me susurró ella.

—Una mujer. —El zombi se acarició el mentón y se arrancó unas barbas de telarañas—. Es una lástima. No puedo desenvainar mi espada delante de una mujer.

—Oh, qué rollo —dijo Jack—. ¡Quiero conocer a *Skoffy*!

Hearthstone se puso en pie con dificultad. «Deberíamos irnos. Ahora. No dejar que el zombi desenvaine», dijo con signos.

—¿Qué hace vuestro elfo? —preguntó Gellir—. ¿Por qué hace esos gestos raros?

—Es la lengua de signos —respondí—. Él, ejem, no quiere que desenvaine su espada. Dice que deberíamos irnos.

—¡Pero yo no puedo permitir eso! ¡Debo mostraros mi agradecimiento! ¡Además, tengo que mataros!

Decididamente, mi brillo se estaba apagando. Cuando Jack habló, sus runas iluminaron la tumba con inquietantes destellos rojos.

—Oye, tío zombi. Normalmente, para demostrar el agradecimiento se manda una bonita tarjeta, no se dice: «Tengo que mataros».

—¡Oh, yo os estoy muy agradecido! —protestó Gellir—. Pero también soy un draugr, el jefe de este túmulo. Habéis entrado sin permiso. De modo que, cuando termine de daros las gracias como es debido, devoraré vuestra carne y engulliré vuestras almas. Pero, por desgracia, mi espada *Skofnung* tiene unas normas muy estrictas. No la puedo desenvainar a la luz del día ni en presencia de una mujer.

—Qué reglas más estúpidas —dijo Sam—. Quiero decir, qué reglas más lógicas. Entonces, ¿no puede matarnos?

—No —concedió Gellir—. Pero no os preocupéis. ¡Puedo hacer que os maten!

Dio tres golpecitos con la vaina de la espada contra el suelo. Ninguno de nosotros se sorprendió cuando los doce guerreros momificados salieron de los nichos de las paredes.

Los draugr no tenían ningún respeto por los tópicos de los zombis. No arrastraban los pies. No gemían de forma incoherente ni se comportaban como si estuvieran atontados, como correspondía a los auténticos zombis. Desenvainaron sus armas al unísono y se prepararon para cuando Gellir diera la orden de matar.

—Esto no es bueno —observó Jack, el señor de lo obvio—. No estoy seguro de que pueda cargarme a tantos sin que os maten. ¡Y no quiero quedar como un incompetente delante de esa espada tan macizorra!

—Prioridades, Jack —dije.

—¡Exacto! ¡Espero que tengas un plan que me haga quedar bien!

Sam nos brindó una nueva fuente de luz. En su mano libre apareció una lanza brillante: el arma de campo de las valquirias. Su fuerte luz blanca hizo que las caras de los zombis empezaran a echar humo.

Hearthstone levantó su saquito de piedras rúnicas y Blitzen se quitó rápidamente la pajarita, que, como toda su línea de ropa de primavera, estaba forrada de malla ultraflexible, y se envolvió el puño con ella, listo para aplastar caras de zombi.

No me gustaba nuestra proporción: cuatro contra trece. O cinco, si incluíamos a Jack como persona individual. Yo no lo incluía, porque eso significaba que tendría que tirar de mi propio peso.

Me preguntaba si podría invocar la Paz de Frey. Gracias a mi padre, un dios pacifista que no permitía luchar en sus santuarios, a veces podía desarmar a todos los presentes en un amplio radio a mi alrededor arrebatándoles las armas de las manos. Sin embargo, era mi última baza. Quedaría como un pedazo de idiota si lo intentaba en ese espacio cerrado y los zombis recogían sus armas y nos mataban.

Antes de que pudiera decidir qué impresionaría más a una espada macizorra, un zombi levantó la mano.

—¿Tenemos *quorum*?

El príncipe Gellir se desplomó como si se le hubiera desintegrado una vértebra.

—Arvid —dijo—, llevamos siglos encerrados en esta cueva. ¡Claro que tenemos *quorum*! ¡Estamos todos presentes porque no podemos irnos!

—Entonces propongo que abramos la sesión —dijo otro muerto.

—¡Por el amor de Thor! —se quejó Gellir—. Estamos aquí para masacrar a estos mortales, alimentarnos de su carne y arrebatarles las almas. Es evidente. Así tendremos fuerzas para escapar de nuestra tumba y causar estragos en Cabo Cod. ¿De verdad necesitamos...?

—Secundo la propuesta —gritó otro zombi.

El Señorón del Espadón se dio un manotazo en su esquelética frente.

—¡Está bien! ¿Todos a favor?

Los otros doce muertos levantaron la mano.

—Entonces se abre la masacre, digo, la sesión. —Gellir se volvió hacia mí, con los ojos brillantes de irritación—. Disculpa, pero en este grupo lo votamos todo. Es la tradición del Thing.

—¿Qué Thing?

—Ya sabes, el Thing —contestó él—. De la palabra *thingvellir*, que significa «campo de asamblea». El consejo electoral nórdico.

—Ah. —Sam dudó entre la mano del hacha y la de la lanza, como si no estuviera segura de cuál usar... o de si esa decisión exigiría una nueva moción—. He oído hablar del Thing. Era un sitio en el que los nórdicos antiguos se reunían para resolver disputas legales y tomar decisiones políticas. Sus sesiones inspiraron la idea del Parlamento.

—Sí, sí —asintió Gellir—. Bueno, el Parlamento inglés no fue responsabilidad mía. Pero cuando los peregrinos vinieron... —Señaló el techo con la barbilla—. Para entonces la tumba ya llevaba siglos aquí. Los peregrinos desembarcaron y acamparon encima de nosotros durante unas semanas. Debieron de percibir nuestra presencia de forma subconsciente. Me temo que inspiramos el Pacto del Mayflower, iniciamos todo ese asunto de los derechos y la democracia en Estados Unidos, blablablá.

—¿Puedo levantar el acta? —preguntó un zombi.

Gellir suspiró.

—Sinceramente, Dagfinn... Está bien, tú eres el secretario.

—Me encanta ser el secretario.

Dagfinn volvió a envainar su espada. Cogió un cuaderno y un bolígrafo de su cinturón, aunque no sabría deciros qué hacía un cadáver vikingo con material escolar.

—Pero... un momento —dijo Sam—. Si ha estado atrapado en esa caja, ¿cómo sabe lo que ha pasado fuera de la tumba?

Gellir puso sus bonitos ojos verdes en blanco.

—Poderes telepáticos. ¿Cómo si no? El caso es que desde que inspiramos a los peregrinos, mis doce escoltas se han vuelto unos orgullosos insoportables. Tenemos que hacerlo todo de acuerdo con las normas parlamentarias... o las normas thingamentarias. Pero no os preocupéis. Os mataremos pronto. Venga, presento una moción...

—Antes de eso —lo interrumpió otro zombi—, ¿hay algún asunto pendiente?

El príncipe cerró tan fuerte el puño que creí que se le desharía la mano.

—Knut, somos draugr del siglo VI. ¡Para nosotros todo son asuntos pendientes!

—Propongo que leamos el acta de la última sesión —dijo Arvid—. ¿Alguien me secunda?

Hearthstone levantó dos dedos, y con toda la razón. Cuanto más tiempo pasaran leyendo actas de antiguas matanzas, menos tiempo tendrían para matarnos en un futuro.

Dagfinn repasó su cuaderno. Las páginas se convirtieron en polvo entre sus dedos.

—En realidad, no tengo esa acta.

—¡Bueno, pues, avancemos...! —dijo Gellir.

—¡Un momento! —gritó Blitzen—. ¡Necesitamos una reseña oral! Quiero conocer su pasado: quiénes son, por qué todos estaban enterrados juntos y los nombres e historias de todas sus armas. Soy un enano. El legado histórico de las cosas es importante para mí, sobre todo si esas cosas van a matarme. Propongo que nos lo contéis todo.

—Secundo la moción —dijo Samirah—. ¿Todos a favor?

Todos los zombis levantaron la mano, incluido Gellir —supongo que por costumbre—, aunque luego se mostró muy enfadado consigo mismo. Jack salió disparado por los aires para hacer la votación unánime.

El príncipe se encogió de hombros e hizo que la armadura y los huesos le crujiesen.

—Nos estáis poniendo muy difícil la masacre, pero de acuerdo, os relataré nuestra historia. Descansen, caballeros.

Los otros zombis envainaron sus espadas. Algunos se sentaron en el suelo. Otros se apoyaron contra la pared y se cruzaron de brazos. Arvid y Knut cogieron unos ovillos y unas agujas de hacer punto de sus nichos y empezaron a tejer unos mitones.

—Yo soy Gellir —empezó a explicar el príncipe—, hijo de Thorkel, un príncipe de los daneses. Y esta —tocó su espada— es *Skofnung*, ¡el arma más famosa empuñada por un vikingo!

—Mejorando lo presente —murmuró Jack—. Pero *Skofnung* es un nombre muy sexy.

Yo no le llevé la contraria. Tampoco me gustaba la expresión de terror que lucía la cara de Hearthstone.

—¿Conoces esa espada, Hearth?

El elfo habló por señas con cautela, como si el aire pudiera quemarle los dedos.

«Primero perteneció al rey H-R-O-L-F. Fue forjada con las almas de sus doce seguidores, todos berserkers.»

—¿Qué dice? —preguntó Gellir—. Esos gestos de las manos son muy molestos.

Empecé a traducir, pero Blitzen me interrumpió gritando tan fuerte que a Arvid y Knut se les cayeron las agujas de hacer punto.

—¿Esa espada es...? —comenzó Blitz mirando a Hearthstone—. ¿La... la piedra... de tu casa...?

Yo no entendí nada, pero el elfo asintió con la cabeza.

«¿Lo entiendes ahora? —preguntó con gestos—. No deberíamos haber venido.»

Sam se volvió, y la luz de la lanza hizo que el polvo chisporrotease en el suelo.

—¿De qué habláis? ¿Qué piedra? ¿Y qué tiene que ver con el martillo de Thor?

—Disculpa —dijo Gellir—. Creo que estaba hablando yo. Si habéis venido buscando el martillo de Thor, me temo que alguien os ha informado muy mal.

—No nos queda más remedio que aguantarnos —les dije a mis amigos—. Voy a cargarme a cierta cabra.

—Ejem —continuó Gellir—. Como iba diciendo, la espada *Skofnung* fue creada por un rey llamado Hrolf. Sus doce berserkers sacrificaron sus vidas para que sus almas imbuyesen la espada de poder. —Miró furiosamente a sus hombres, dos de los cuales jugaban ahora a las cartas en un rincón—. En aquella época un príncipe podía encontrar buenos escoltas. En cualquier caso, un hombre llamado Eid robó la espada de la tumba de Hrolf. Eid se la dejó a mi padre, Thorkel, quien... se olvidó de devolverla. Mi padre murió en un naufragio, pero la espada fue arrastrada por las olas hasta la costa de Islandia. Yo la encontré y la utilicé en muchas gloriosas matanzas. Y ahora... ¡aquí estamos! Cuando morí en combate, *Skofnung* fue enterrada conmigo, junto con mis doce berserkers, como protección.

Dagfinn pasó una página de su cuaderno y siguió garabateando.

—«Como... protección.» ¿Puedo añadir que esperábamos ir al Valhalla? ¿Que nos maldijeron a quedarnos en esta tumba para siempre porque su espada era un bien robado y que detestamos nuestra vida de ultratumba?

—¡No! —le espetó el príncipe—. ¿Cuántas veces quieres que me disculpe?

Arvid alzó la vista de sus mitones a medio terminar.

—Propongo que Gellir se disculpe un millón de veces más. ¿Alguien me secunda?

—¡Basta! —gritó el Señorón del Espadón—. Tenemos invitados. No aireemos nuestras túnicas sucias, ¿de acuerdo? ¡Además, cuando matemos a estos mortales y devoremos sus almas, tendremos suficiente poder para salir de esta tumba! Estoy deseando ver Provincetown.

Me imaginé a trece vikingos zombis desfilando por Commercial Street, irrumpiendo en el café Wired Puppy y pidiendo expresos a punta de espada.

—¡Pero basta ya de asuntos antiguos! —continuó Gellir—. ¿Podemos presentar una moción para matar a estos intrusos?

—Secundo la propuesta. —Dagfinn sacudió su bolígrafo—. De todas formas, me he quedado sin tinta.

—¡No! —protestó Blitzen—. Necesitamos más debate. No sé los nombres de las otras armas. ¡Y esas agujas de hacer punto! ¡Háblenme de ellas!

—Eso está fuera de lugar —replicó Gellir.

—Propongo que nos acompañen a la salida más próxima —dije. El príncipe pateó el suelo.

—¡Eso también está fuera de lugar! ¡Exijo una votación!

Dagfinn me miró como pidiendo perdón.

—Es cosa del Thing. No lo entenderías.

Debería haber atacado enseguida, mientras estaban desprevenidos, pero me pareció poco democrático.

—¿Todos a favor? —gritó Gellir.

—¡Sí! —gritaron los vikingos muertos al unísono.

Se pusieron en pie, dejaron sus cartas y sus distintas labores de costura y desenvainaron otra vez las espadas.

16

Hearthstone desata al bovino
que lleva dentro

Jack decidió que ese era un momento ideal para darme una sesión de entrenamiento.

Pese a poder luchar perfectamente sin mí, estaba convencido de que yo debía aprender a empuñarlo y a pelear. Un rollo sobre ser digno y competente o no sé qué. El caso es que yo manejaba fatal la espada. Además, Jack siempre decidía entrenarme en las peores situaciones posibles.

—¡No dejes para mañana lo que puedas hacer hoy! —gritó, volviéndose pesado en mi mano y negándose a colaborar.

—¡Venga ya, tío! —Esquivé la primera espada que se dirigió a mi cabeza—. ¡Practiquemos luego con maniquíes o algo por el estilo!

—¡Échate a la izquierda! —gritó Jack—. ¡Tu otra izquierda! Hazme sentir orgulloso, señor. ¡*Skofnung* está mirando!

Estuve ligeramente tentado de morirme solo para hacerle pasar vergüenza delante de la otra espada. Pero como estaba fuera del Valhalla y mi muerte sería permanente, me pareció una decisión muy corta de miras.

Los zombis se acercaron en tropel.

El espacio reducido era nuestra única ventaja. Cada draugr estaba armado con una espada ancha, que requiere aproximadamente un metro y medio de espacio libre para blandirla de forma efectiva. ¿Doce berserkers muertos con espadas anchas rodeando a un grupo unido de defensores en una cueva pequeña? Me daba igual lo bien que se les diera formar *quorum*; no iban a poder masacrar al enemigo sin hacer pedazos también a sus compañeros.

El tumulto dio paso a un caos lleno de empujones, improperios y mal aliento zombi. Samirah clavó la lanza por debajo de la mandíbula de Arvid y la luz del arma quemó la cabeza del muerto viviente como una llama consumiendo papel higiénico.

Otro zombi dio una estocada a Blitzen en el pecho, pero su chaleco forrado de cota de malla dobló la hoja y mi amigo asestó un golpe en la barriga de su atacante con el puño envuelto en la pajarita y —con gran repugnancia de todos— acabó con la mano atrapada en la cavidad abdominal del tipo.

—¡Qué asco!

El enano empezó a tambalearse hacia atrás al tiempo que tiraba del zombi, balanceándolo como si fuera una torpe pareja de baile, y apartaba a golpes a los demás draugr.

Hearthstone ganó el premio a la mejor evolución en combate cuerpo a cuerpo. El elfo estampó en el suelo una piedra rúnica:

ᚾ

Inmediatamente quedó cubierto de luz dorada. Creció. Sus músculos se hincharon como si alguien le estuviera inflando la ropa. Sus ojos se inyectaron en sangre. Su pelo se extendió cargado de electricidad estática.

Agarró al zombi que tenía más cerca y lo lanzó al otro lado de la estancia. A continuación cogió a otro y, literalmente, lo partió por la mitad encima de su rodilla.

Como podréis imaginar, los demás zombis se apartaron del elfo demente y superhinchado.

—¿Qué runa es esa?

Agité sin querer a Jack a través de la parte superior del sarcófago de Gellir y le hice un techo corredizo.

Blitz liberó de un tirón su mano de su pareja de baile, que se desplomó en pedazos.

—*Uruz* —dijo Blitz—. La runa del buey.

Añadí en silencio la runa de uruz a mi lista de deseos para Navidad.

Mientras tanto, Samirah atravesaba a sus enemigos haciendo girar su lanza en una mano como un reluciente bastón mortal. A los zombis que conseguían evitar incendiarse los hacía picadillo con su hacha.

Jack seguía gritando consejos inútiles.

—¡Bloquea, Magnus! ¡Esquiva! ¡Maniobra de defensa Omega!

Yo estaba seguro de que tal cosa no existía. Las pocas veces que conseguía darle a un zombi, Jack lo hacía pedazos, pero dudaba que mis movimientos fueran lo bastante imponentes para conseguirle a Jack una cita con la espada.

Cuando empezó a verse claro que Gellir se estaba quedando sin escoltas, entró en combate él mismo dándome un porrazo con su espada envainada y gritando:

—¡Mortal malo! ¡Mortal malo!

Intenté defenderme, pero Jack se resistió. Probablemente le parecía poco caballeroso luchar contra una dama, sobre todo una que estaba atrapada en su funda. Así de chapado a la antigua estaba.

Finalmente, Gellir fue el único draugr que quedó. Sus escoltas yacían desparramados por el suelo en una espantosa colección de brazos, piernas, armas y material de costura.

El príncipe zombi retrocedió hacia su sarcófago, sujetando la espada *Skofnung* contra su pecho.

—Un momento. Cuestión de procedimiento. Propongo que aplacemos el combate hasta...

Hearthstone se opuso a su moción atacando al príncipe y arrancándole la cabeza. El cuerpo de Gellir se desplomó hacia delante, y nuestro elfo rabioso de esteroides empezó a pisotearlo, a darle patadas y a esparcir los restos secos hasta que no quedó más que *Skofnung*.

Hearthstone también empezó a darle patadas al arma.

—¡Detenlo! —gritó Jack.

Agarré el brazo de Hearth, sin duda el acto más valiente que había hecho ese día. Él se volvió contra mí, con los ojos encendidos de furia.

«Está muerto —dije por señas—. Ya puedes parar.»

Existían muchísimas posibilidades de que volviera a ser decapitado.

Entonces el elfo parpadeó. Sus ojos inyectados en sangre se despejaron. Sus músculos se desinflaron. Su pelo volvió a asentarse sobre su cuero cabelludo. Cayó redondo, pero Blitzen y yo estábamos cerca para cogerlo. Nos habíamos acostumbrado a sus desmayos posmágicos.

Sam clavó su lanza en el cadáver de Dagfinn y la dejó de pie como una gigantesca vara luminosa. Se paseó por la tumba soltando tacos entre dientes.

—Lo siento, chicos. Tantos peligros, tantos esfuerzos, y no hemos encontrado a *Mjolnir*.

—Eh, no pasa nada —dijo Jack—. ¡Hemos rescatado a *Skofnung* de su perverso amo! Estará muy agradecida. ¡Tenemos que llevárnosla!

Blitzen agitó su pañuelo naranja delante de la cara de Hearth, tratando de reanimarlo.

—Llevarnos esa espada sería una idea muy mala.

—¿Por qué? —pregunté—. ¿Y por qué Hearth se ha puesto tan raro cuando ha oído su nombre? ¿Has dicho algo sobre una piedra?

Blitz meció la cabeza de su amigo en su regazo como si tratase de protegerlo de nuestra conversación.

—Chaval, no sé quién nos envió aquí, pero era una trampa. Los draugr eran lo menos peligroso de esta cueva. Alguien quería que liberásemos esa espada.

—Tienes toda la razón —dijo una voz familiar.

Se me encogió el corazón. Delante del sarcófago de Gellir se encontraban los dos hombres que menos deseaba ver en los nueve mundos: Randolph y Loki. Detrás de ellos, el panel trasero del ataúd cortado se había convertido en una reluciente entrada. Al otro lado se hallaba el estudio de mi tío.

Los labios llenos de cicatrices de Loki se torcieron en una sonrisa.

—Has hecho un buen trabajo encontrando la dote, Magnus. ¡La espada es perfecta!

17

El tío Randolph pasa a engrosar mi lista negra ¡a lo grande!

Sam fue la que reaccionó más rápido. Agarró su lanza y arremetió contra su padre.

—No, querida.

Loki chasqueó los dedos y a Sam se le doblaron las piernas en el acto. Cayó al suelo de lado y permaneció inmóvil, con los ojos entrecerrados. Su lanza brillante se alejó de ella rodando sobre las piedras.

—¡Sam!

Fui tambaleándome hacia mi amiga, pero el tío Randolph me interceptó.

Su cuerpo voluminoso lo eclipsó todo. Me agarró por los hombros; su aliento era una combinación de clavo y pescado podrido.

—No, Magnus. —Se le quebró la voz del pánico—. No lo empeores.

—¿Empeorar?

Lo aparté de un empujón.

La ira bullía dentro de mí. Jack se volvió ligero en mi mano, listo para atacar. Al ver a Samirah inconsciente a los pies de su padre (oh, dioses, esperaba que solo estuviera inconsciente), me dieron ganas de aporrear a mi tío con la espada. Me dieron ganas de ponerme en plan uruz total con la cara de Loki.

«Dale una oportunidad a Randolph —susurró la voz de Annabeth en el fondo de mi mente—. Es de la familia.»

Vacilé... lo justo para reparar en el estado de mi tío.

Su traje gris estaba raído y manchado de ceniza, como si se hubiera arrastrado por una chimenea. Y su cara... Un horrible cráter de piel roja y marrón se extendía a través de su nariz, su pómulo izquierdo y su ceja: una quemadura apenas curada con forma de mano.

Me sentí como si un enano me hubiera atravesado la cavidad abdominal de un puñetazo. Me acordé de la marca de Loki que había aparecido en la mejilla de Randolph en la fotografía familiar. Pensé en el sueño que había tenido en el campo de batalla del Valhalla y recordé la intensa angustia que había experimentado en mi propia cara cuando el dios de la magia y el artificio se había comunicado conmigo utilizando a mi tío como medio. Era Loki quien le había hecho esa marca.

Miré fijamente al dios del engaño. Seguía llevando el ofensivo esmoquin verde que había lucido en la visión del campo de batalla, con su pajarita de cachemir ladeada. Sus ojos brillaban como si estuviera pensando: «Adelante. Mata a tu tío. Esto puede ser divertido».

Decidí no darle esa satisfacción.

—Nos engañaste para que viniéramos aquí —gruñí—. ¿Por qué, si podías cruzar el portal mágico del ataúd?

—¡Oh, no podíamos! —contestó—. No hasta que tú abriste el camino. Cuando lo hiciste... Tú y Randolph estáis conectados. ¿O no te habías dado cuenta? —Se dio unos golpecitos en un lado de la cara—. La sangre es algo poderoso. Puedo dar contigo en cualquier momento a través de él.

—A menos que te mate —repuse—. Apártate, Randolph.

Loki rio entre dientes.

—Ya has oído al chico, Randolph. Hazte a un lado.

Parecía que mi tío estuviera intentando tragarse una pastilla para caballos.

—Por favor, Loki. No lo hagas...

—¡Vaya! —El dios arqueó las cejas—. ¡Parece que quieras darme una orden! Pero no puede ser, ¿verdad? ¡Eso infringiría nuestro acuerdo!

Las palabras «nuestro acuerdo» hicieron estremecer a Randolph. Se apartó arrastrando los pies, mientras sus músculos faciales se crispaban alrededor de su nueva cicatriz.

Con el rabillo del ojo, vi que Blitzen ayudaba a Hearthstone a levantarse. Deseé que se alejasen y se mantuviesen a salvo. No quería que nadie más se interpusiera en el camino de Loki.

Sam seguía sin moverse.

Con el corazón golpeándome con fuerza contra las costillas, di un paso adelante.

—¿Qué le has hecho?

El dios miró a su hija.

—¿A quién? ¿A Samirah? Está bien. Solo he hecho que deje de respirar.

—¿Que has hecho qué?

Restó importancia a mi preocupación con un gesto de la mano.

—No de forma permanente, Magnus. Me gusta tratar a mis hijos con mano firme. Muchos padres modernos son demasiado tolerantes, ¿no crees?

—Los controla a todos —dijo mi tío con voz ronca.

Loki le lanzó una mirada de irritación.

—Recuérdame lo bien que tú ejerciste de padre, Randolph. Ah, es verdad. Tu familia está muerta, y tu única esperanza de volver a verlos soy yo.

Mi tío se replegó en sí mismo, avergonzado.

El dios de la mentira y el engaño se volvió otra vez hacia mí. Su sonrisa hizo que un escalofrío de asco me recorriera la columna.

—Verás, Magnus, mis hijos tienen poderes gracias a mí, así que, a cambio, deben doblegarse a mi voluntad cuando yo lo exijo. Es lo justo. Como ya he dicho, el vínculo sanguíneo de la familia es muy fuerte. Menos mal que me hiciste caso y dejaste a Alex en el Valhalla. ¡De lo contrario, tendríamos a dos hijas mías inconscientes!

Se frotó las manos.

—Bueno, ¿te gustaría ver más? Samirah siempre se niega a transformarse. Tal vez podría obligarla a que adoptase la forma de una gata para ti. O de un ualabí. Sería un ualabí muy mono.

El estómago se me revolvió de asco y amenazó con erupcionar. Por fin entendí la reticencia de mi amiga a transformarse.

«Cada vez que lo hago —me había dicho en una ocasión—, siento que mi padre intenta apoderarse de mí.»

No me extrañaba que tuviera miedo de que Loki la obligara a casarse con el gigante. No me extrañaba que estuviera preocupada por Alex Fierro, que se transformaba sin pensarlo dos veces.

¿Ejercían otros dioses ese tipo de poder sobre sus hijos? ¿Podía Frey...? No, no quería pensarlo.

—Déjala en paz.

Loki se encogió de hombros.

—Como desees. Solo la necesitaba fuera de servicio. Seguro que Gellir te ha dicho que la espada *Skofnung* no se puede desenvainar delante de una mujer. ¡Afortunadamente, las mujeres comatosas no cuentan! Date prisa, Randolph. Esta es la parte en la que desenfundas la espada.

Mi tío se lamió los labios.

—Tal vez sería mejor que...

Su voz degeneró en un grito gutural. Se dobló mientras le brotaba humo de la cicatriz de la mejilla y a mí me empezaba a arder la cara en solidaridad.

—¡Basta! —grité.

Mi tío dejó escapar un grito ahogado. Se levantó, con humo saliéndole de un lado de la nariz.

Loki rio.

—Randy, Randy, Randy. Estás ridículo. Venga, ya hemos pasado por esto antes. ¿Quieres que tu familia vuelva de Helheim? Exijo el pago completo por adelantado. Mientras lleves mi marca, harás lo que yo diga. No es tan difícil. —Señaló la espada *Skofnung*—. A por ella, chico. Y, Magnus, si tratas de interferir, puedo volver permanente el coma de Sam. Pero espero que no lo hagas; sería terriblemente inoportuno con su boda tan cerca.

Tenía ganas de partirlo por la mitad como a Hel. (Me refiero a su hija Hel, que tenía dos lados distintos.) Luego me dieron ganas de pegarlo y volver a partirlo por la mitad. No podía creer que en el pasado me hubiera parecido carismático y elocuente. Había llamado a mi tío «Randy». Eso solo ya exigía la pena de muerte.

Pero no sabía hasta qué punto Loki controlaba a Sam. ¿Realmente podía volverla cataléptica de forma permanente con solo pensarlo? También me preocupaba —más o menos— lo que pudiera pasarle a Randolph. El pobre idiota había firmado un trato diabólico con el dios transformista, pero entendía por qué lo había hecho. Me acordé de su esposa, Caroline, en el barco zozobrante; de Aubrey con su barco de juguete; y de Emma gritando mientras aferraba su herencia rúnica: el símbolo de todos los sueños que no llegaría a hacer realidad.

A mi izquierda, Hearthstone y Blitzen avanzaron poco a poco. El elfo se había recuperado lo bastante para andar por su propio pie y el enano sostenía una espada ancha que debía de haberle quitado a un zombi. Estiré la mano y los insté a quedarse atrás.

Randolph cogió la espada *Skofnung* y la desenvainó despacio: una hoja de frío hierro gris con doble filo. A lo largo de su surco central, unas runas emitían tenues destellos de todos los tonos azules existentes, del permafrost al azul de las venas.

Jack vibró.

—¡Oh... oh, qué pasada!

—Sí, y que lo digas —dijo Loki—. Si pudiera empuñar una espada, y no pudiera tener la Espada del Verano, elegiría a *Skofnung*.

—Puede que el tío sea malo —me susurró Jack—, pero tiene buen gusto.

—Lamentablemente —continuó el dios—, en mi actual estado, no estoy aquí realmente.

Blitzen gruñó.

—Esa espada no debería desenvainarse jamás.

Loki puso los ojos en blanco.

—¡Blitzen, hijo de Freya, te pones demasiado dramático cuando hay armas mágicas de por medio! ¡Yo no puedo empuñar la espada

Skofnung, pero los Chase descienden de los reyes nórdicos de la antigüedad! Son perfectos.

Me acordé de que Randolph me había dicho algo sobre el tema: que la familia Chase descendía de la antigua realeza sueca, blablablá. Pero lo sentía mucho, aunque eso nos diera derecho a empuñar espadas maléficas, no pensaba incluirlo en mi currículum.

«Demasiado peligroso. —Los gestos de Hearthstone eran lánguidos y débiles. Sus ojos rebosaban miedo—. Muerte. La profecía.»

—La profecía tiene sus rarezas —dijo el dios—. ¡Me gustan las rarezas! No se puede usar delante de mujeres. No se puede desenvainar a la luz del día. Solo puede utilizarla una persona de linaje noble. —Le dio un empujoncito a Randolph en el brazo—. Hasta este tío es apto. Además, cuando se desenvaina, no se puede volver a enfundar hasta que ha probado sangre.

Jack zumbó emitiendo un gemido metálico.

—No es justo. Es demasiado atractiva.

—Ya lo sé —dijo Loki—. Y la última rareza de la espada... Hearthstone, amigo mío, ¿te gustaría decírselo tú o lo hago yo?

El elfo se bamboleó. Agarró el hombro de Blitzen. No estaba seguro de si lo hacía para apoyarse o solo para asegurarse de que su amigo seguía allí.

Blitz levantó su espada ancha, que era casi tan alta como él.

—Loki, no le harás eso a Hearth. No te lo permitiré.

—¡Mi querido enano, agradezco que hayas encontrado la entrada de la tumba! Por supuesto, necesitaba que Hearthstone rompiera el sello mágico que rodeaba el sarcófago. Cada uno de vosotros habéis desempeñado bien vuestro papel, pero me temo que necesito un poco más de vosotros dos. Quieres ver a Samirah felizmente casada, ¿verdad?

—¿Con un gigante? —Blitzen resopló—. No.

—¡Pero es por una buena causa! ¡El regreso del martillo cómo-se-llame! Para eso necesito una dote en condiciones, y Thrym ha pedido *Skofnung*. Es un intercambio muy razonable. Pero el caso es que la espada no está completa sin la piedra. Las dos forman un lote.

—¿A qué te refieres? —pregunté—. ¿Qué piedra?

—La piedra *Skofnung*: ¡la piedra creada para afilar la hoja! —Con los pulgares y los dedos, Loki formó un círculo del tamaño aproximado de un plato de postre—. Más o menos así de grande, azul con motas grises. —Guiñó el ojo a Hearthstone—. ¿Te suena?

El elfo se quedó como si la bufanda le estuviera estrangulando.

—¿De qué habla? —pregunté a mi colega.

No me contestó.

El tío Randolph, que sujetaba la espada maldita con las dos manos, se tambaleó. La hoja de hierro se oscureció y empezaron a brotar volutas de vapor de hielo de sus bordes.

—Cada vez pesa más y está más fría —dijo con voz entrecortada.

—Entonces debemos darnos prisa. —Loki miró la figura inconsciente de Samirah—. Randolph, vamos a dar de comer a esa espada hambrienta, ¿vale?

—Ni hablar. —Levanté a Jack—. No quiero hacerte daño, tío, pero lo haré si me obligas.

Él dejó escapar un sollozo quebrado.

—Tú no lo entiendes, Magnus. No sabes lo que planea...

—¡Randolph, si quieres volver a ver a tu familia, ataca! —le ordenó Loki entre dientes.

Mi tío arremetió lanzando una estocada con la espada maldita... y me equivoqué por completo de objetivo.

Qué estupidez, Magnus. Qué estupidez más imperdonable.

Solo pensaba en Sam tumbada indefensa a los pies de su padre, en que tenía que defenderla. No pensaba en profecías ni en que todo lo que Loki hacía, incluso mirar de reojo a su hija, era una trampa.

Di un paso para interceptar el ataque de mi tío, pero él cargó justo por delante de mí y, lanzando un grito de horror, clavó la espada *Skofnung* en la barriga de Blitzen.

18

Tengo que aprender muchísimos más tacos en lengua de signos

Grité de rabia.

Lancé un mandoble con mi espada hacia arriba, y *Skofnung* salió volando de las manos de Randolph, junto con —¡puaj!, puede que prefieras saltarte esta parte— un par de cosas rosadas que parecían dedos.

Mi tío retrocedió dando traspiés, con el puño contra el pecho. *Skofnung* había caído al suelo con gran estruendo.

—Oh.

Blitzen abrió mucho los ojos. La espada le había atravesado limpiamente el chaleco de malla y la sangre se le escapaba entre los dedos.

Tropezó. Hearthstone lo atrapó y lo apartó de Randolph y de Loki.

Giré sobre mis talones para enfrentarme a aquel maldito dios. Levanté otra vez la hoja de Jack y atravesé de una estocada la cara de suficiencia de Loki, pero su silueta titiló como una proyección.

—¡Se dispone a batear! ¡Y falla! —Su divinidad sacudió la cabeza—. Los dos sabemos que no puedes hacerme daño, Magnus. ¡No estoy del todo aquí! Además, luchar no es tu fuerte. Si necesitas descargar tu ira con alguien, adelante, mata a Randolph, pero hazlo rápido. Tenemos muchas cosas de que hablar, y tu enano se está desangrando.

No podía respirar. Me sentía como si alguien estuviera vertiendo odio puro por mi garganta. Quería matar a mi propio tío. Quería destrozar esa tumba piedra a piedra. De repente entendí a Ratatosk, la ardilla de cuya boca solo salía malicia y que quería destruir el mismo árbol en el que vivía.

No fue fácil, pero contuve la ira. Salvar a Blitz era más importante que vengarme.

—Jack —dije—, vigila a estos meinfretrs. Si intentan hacer daño a Sam o llevarse a *Skofnung*, ponte en modo trituradora.

—De acuerdo. —Jack habló con una voz más grave de lo habitual, probablemente para impresionar a *Skofnung*—. ¡Protegeré a la espada macizorra con mi vida! Ah, y también a Sam.

Corrí junto a Blitzen.

—¡Eso es! —me aclamó Loki—. ¡Ese es el Magnus Chase que me gusta! Siempre pensando en los demás. ¡Siempre curando!

Puse las manos en la barriga de mi amigo y acto seguido miré a Hearthstone.

—¿Tienes alguna runa que pueda servir?

Negó con la cabeza. En sus ojos también ardía un odio ratatoskiano. Noté lo desesperado que estaba por hacer algo, lo que fuera, pero esa mañana ya había usado dos runas. Una más probablemente lo matase.

Blitzen tosió. Su cara adquirió el color de la masilla.

—Estoy... estoy bien, chicos. Solo necesito... un momento.

—Aguanta, Blitz.

Volví a invocar el poder de Frey. Se me calentaron las manos como la resistencia de una manta eléctrica y transmitieron calor a todas las células del cuerpo de mi colega. Reduje la velocidad de la circulación de su sangre y alivié su dolor, pero la herida propiamente dicha se negaba a curarse. Notaba cómo se me resistía, abriendo tejido y capilares más rápido de lo que yo podía repararlos, devorando a Blitz con un hambre maligna.

Me acordé de la profecía de Hearthstone: «Blitzen. Baño de sangre. Imposible de evitar».

Había sido culpa mía. Debería haberlo visto venir. Debería haber insistido en que Blitz se quedase en el refugio de Mimir comiendo pizza a domicilio. Debería haber hecho caso al estúpido asesino de cabras de Back Bay.

—Te pondrás bien —dije—. No me dejes.

A Blitzen se le estaba empezando a nublar la vista.

—Tengo... un costurero en el bolsillo del chaleco... por si sirve de algo.

Tenía ganas de llorar. Menos mal que Jack no seguía en mis manos, porque habría pillado un berrinche gordo a lo Kylo Ren.

Me puse de pie y me volví hacia Loki y Randolph. Debía de tener una expresión bastante aterradora porque mi tío dio marcha atrás hasta el nicho de un zombi, dejando un reguero de sangre de su mano herida. Seguramente habría podido curársela, pero ni siquiera sentí la tentación.

—¿Qué quieres, Loki? —pregunté—. ¿Cómo puedo ayudar a Blitzen?

El dios extendió los brazos.

—Me alegro mucho de que lo preguntes. ¡Afortunadamente, esas dos preguntas tienen la misma respuesta!

—La piedra —dijo Blitz con voz entrecortada—. Quiere... la piedra.

—¡Exacto! —convino Loki—. Verás, Magnus, las heridas de la espada *Skofnung* no se curan nunca. Siguen sangrando para siempre... o hasta la muerte, lo que llegue antes. La única forma de cerrar esa herida es con la piedra *Skofnung*. Por eso forman un lote tan importante.

Hearthstone se puso a soltar una retahíla de tacos en lengua de signos tan impresionante que habría sido una *performance* estupenda. Aunque no conocieras la lengua de signos, sus gestos expresaban su rabia mejor que cualquier grito.

—Madre mía —exclamó Loki—. ¡No me llamaban todas esas cosas desde mi último duelo de insultos con los Aesir! Lamento que te sientas así, mi amigo élfico, pero tú eres el único que puede conseguir la piedra. Sabes que es la única solución. ¡Más vale que vuelvas corriendo a casa!

—¿A casa? —Mi mente avanzaba a la velocidad del sirope frío—. ¿Te refieres... a Alfheim?

Blitzen gimió.

—No hagas ir a Hearth. No vale la pena, chaval.

Lancé una mirada asesina al tío Randolph, que estaba poniéndose cómodo en su nicho de zombi. Con el traje andrajoso y la cara llena de cicatrices, los ojos vidriosos y toda la sangre que había perdido, ya se había medio convertido en un no muerto.

—¿Qué busca Loki? —le pregunté—. ¿Qué tiene que ver esto con el martillo de Thor?

Él me dedicó la misma expresión de desolación que había exhibido en mi sueño, cuando se había vuelto hacia su familia a bordo del yate zarandeado por la tempestad y había dicho: «Os llevaré a casa».

—Magnus, lo... lo...

—¿Sientes? —aventuró Loki—. Sí, lo sientes mucho, Randolph. Ya lo sabemos. ¿De veras no ves la relación, Magnus? Tal vez tenga que hablar más claro. A veces me olvido de lo lentos que sois los mortales. Un... gigante... tiene... el... martillo.

Ilustró cada palabra con exagerados gestos en lengua de signos.

—Gigante... devuelve... martillo... a... cambio... de... Samirah. Intercambiamos... regalos... en... boda. Martillo... por... *S-K-O-F-N-U-N-G.*

—¡Basta! —gruñí.

—¿Lo entiendes ya? —Loki sacudió las manos—. Bien, porque se me están cansando los dedos. No puedo dar media dote, ¿verdad? Thrym no lo aceptará. Necesito la espada y la piedra. ¡Por suerte, tu amigo Hearthstone sabe exactamente dónde está la piedra!

—¿Por eso organizaste todo esto? ¿Por eso...?

Señalé a Blitz, que yacía en un charco rojo cada vez más extenso.

—Considéralo un incentivo —dijo el dios—. No estaba seguro de que me trajeses la piedra solo para la boda, pero sí que lo harás para salvar a tu amigo. Y te recuerdo que el fin de todo esto es ayudarte a recuperar ese estúpido martillo de cómo-se-llame. Todos salimos ganando. A menos, ya sabes, que tu enano muera. Son unas criaturas muy pequeñas y lastimosas. ¡Randolph, ven aquí!

Mi tío se dirigió a él arrastrando los pies como un perro que espera una paliza. No sentía mucho amor por él en ese momento, pero tampoco soportaba la forma en que Loki lo trataba. Recordé la conexión que había experimentado con él en mis sueños, cuando había sentido la pena abrumadora que lo impulsaba.

—Randolph —dije—, no tienes por qué obedecerle.

Me miró, y entendí lo equivocado que yo estaba. Cuando había clavado la espada a Blitzen, algo se había roto dentro de él. Se había enfangado tanto en ese trato perverso, había renunciado a tanto para recuperar a su esposa y sus hijas fallecidas, que ya no veía ninguna otra salida.

Loki señaló la espada *Skofnung*.

—Randolph, tráemela.

Las runas de Jack vibraron emitiendo un furioso brillo morado.

—Inténtalo, compadre, y perderás más que un par de dedos.

Mi tío titubeó, como acostumbra a hacer la gente cuando recibe amenazas de espadas brillantes que hablan.

La arrogante seguridad de Loki vaciló. Sus ojos se oscurecieron. Sus labios llenos de cicatrices se fruncieron. Vi lo desesperadamente que deseaba la espada. La necesitaba para algo mucho más importante que un regalo de boda.

Pisé la hoja de *Skofnung*.

—Jack tiene razón. Esta espada no va a ir a ninguna parte.

A Loki se le hincharon las venas del cuello como si le fueran a explotar. Temí que matase a Samirah y pintase las paredes con franjas abstractas de enano, elfo y einherji.

Lo miré fijamente de todas formas. No entendía su plan, pero estaba empezando a darme cuenta de que nos necesitaba vivos…, al menos de momento.

En el espacio de un nanosegundo, el dios recobró la compostura.

—Está bien, Magnus —dijo despreocupadamente—. Trae la espada y la piedra cuando traigas a la novia. Cuatro días. Ya te indicaré el lugar. Y consigue un esmoquin en condiciones. Vamos, Randolph. Rapidito.

Mi tío hizo una mueca.

Loki rio.

—Ah, perdona. —Movió el dedo meñique y el anular—. ¿Demasiado pronto?

Agarró la manga de mi tío y los dos salieron disparados hacia atrás por el portal del ataúd, como succionados por un avión de reacción en movimiento. El sarcófago implosionó detrás de ellos.

Sam se movió. Se incorporó bruscamente como si su despertador hubiera sonado y el hiyab se deslizó sobre su ojo derecho, de forma que le quedó como el parche de un pirata.

—¿Qué... qué pasa?

Me sentía demasiado aturdido para explicárselo. Estaba arrodillado al lado de Blitzen, haciendo lo que podía para mantenerlo estable. Me brillaban las manos, cargadas de suficiente poder de Frey para provocar una fusión nuclear, pero no servía de nada. Estaba perdiendo a mi amigo.

Los ojos de Hearth estaban llenos de lágrimas. Se sentó junto a Blitz, arrastrando su bufanda a topos por la sangre. De vez en cuando se golpeaba la frente con los dedos formando una uve: «Tonto. Tonto».

Sam proyectó su sombra sobre nosotros.

—¡No! No, no, no. ¿Qué ha pasado?

Hearthstone emprendió otra diatriba en lengua de signos: «¡Te lo dije! ¡Demasiado peligroso! Culpa tuya...».

—Colega... —Blitzen tiró débilmente de las manos del elfo—. No es culpa... de Sam. Ni tuya. Fue... idea mía.

Hearth sacudió la cabeza. «Valquiria tonta. Y yo también tonto. Debe de haber una forma de curarte.»

Me miró, desesperado por lograr un milagro.

Odiaba ser un curandero. Por las fruslerías de Frey, ojalá fuera un guerrero, o un transformista como Alex Fierro, o un tirador de runas como Hearthstone, o incluso un berserker como Medionacido, capaz de entrar en combate en ropa interior. Que las vidas de mis amigos dependieran de mis facultades, ver que la luz se apagaba de los ojos de Blitzen y saber que no había nada que pudiera hacer al respecto, era insoportable.

—Loki no nos ha dejado otra opción —dije—. Tenemos que encontrar la piedra *Skofnung*.

El elfo gruñó de impotencia. «Lo haría. Por Blitz. Pero no hay tiempo. Hay al menos un día de viaje. Él morirá.»

El enano trató de decir algo, pero ninguna palabra brotó de sus labios. La cabeza se le quedó colgando a un lado.

—¡No! —gritó Sam sollozando—. No, no puede morir. ¿Dónde está esa piedra? ¡Iré a buscarla yo misma!

Escudriñé la tumba, buscando ideas desesperadamente. Fijé la vista en la única fuente de luz de la caverna: la lanza de Samirah, tirada en el suelo.

Luz. «Luz del sol.»

Podía intentar obrar un último milagro: un milagro pobre y patético, pero era lo único que se me ocurría.

—Necesitamos más tiempo —dije—, así que haremos más tiempo. —No estaba seguro de que Blitzen siguiera lúcido, pero le apreté el hombro—. Te curaremos, colega. Te lo prometo.

Me levanté. Alcé la cara hacia el techo abovedado y me imaginé el sol en lo alto. Invoqué a mi padre, el dios del calor y la fertilidad, el dios de los seres vivos que atravesaban la tierra para llegar a la luz.

La tumba retumbó. Cayó polvo. Justo encima de mí, el techo abovedado se agrietó como una cáscara de huevo, y un haz de luz irregular hendió la oscuridad e iluminó el rostro de Blitzen.

Mientras yo miraba, uno de mis mejores amigos de los nueve mundos se volvió de piedra.

19

¿Debería ponerme nervioso
que la piloto esté rezando?

El aeropuerto de Provincetown era el sitio más deprimente en el que había estado en mi vida. Para ser justo, podía deberse a que iba acompañado de un enano petrificado, un elfo triste, una valquiria furiosa y una espada que no se callaba.

Sam había pedido un coche de Uber para que viniera a recogernos al monumento a los peregrinos. Me preguntaba si utilizaba esa empresa como medio alternativo para transportar almas al Valhalla. Hasta que llegamos al aeropuerto, apretujados en el asiento trasero de un Ford Focus familiar, no pude parar de tararear la «Cabalgata de las valquirias».

A mi lado, Jack acaparaba el cinturón de seguridad y me acribillaba a preguntas.

—¿Podemos volver a desenvainar a *Skofnung* solo un momento? Quiero saludarla.

—No, Jack. No se puede desenvainar a la luz del sol ni delante de mujeres. Además, si la desenfundáramos, tendría que matar a alguien.

—Sí, pero, aparte de eso, sería alucinante. —Suspiró, y las runas iluminaron su hoja—. Es tan guapa...

—Conviértete en colgante, por favor.

—¿Crees que le he gustado? No he dicho ninguna tontería, ¿verdad? Sé sincero.

Reprimí unos cuantos comentarios mordaces. Jack no tenía la culpa de que estuviéramos en ese aprieto. Aun así, me sentí aliviado cuando por fin lo convencí para que se transformase en colgante. Le dije que necesitaba descansar para estar guapo cuando desenvainásemos a *Skofnung*.

Cuando llegamos al aeropuerto, ayudé a Hearthstone a sacar a nuestro enano de granito del vehículo mientras Sam entraba en la terminal.

El aeropuerto propiamente dicho no era gran cosa: un barracón con una sola sala para las llegadas y las salidas, un par de bancos en la parte de delante y, detrás de una valla de seguridad, dos pistas de aterrizaje para aviones pequeños.

Sam no me había explicado qué hacíamos allí. Supuse que estaba utilizando sus contactos en el mundo de la aviación para conseguirnos un vuelo chárter a Boston. Evidentemente, ella no podía llevarnos a los cuatro con sus poderes, y Hearthstone no estaba en condiciones de lanzar más runas.

El elfo había dedicado la poca energía mágica que le quedaba a conseguir plástico con burbujas y cinta de embalar, utilizando una runa que parecía una X corriente. Tal vez era el antiguo símbolo vikingo de los materiales de empaquetado. Tal vez era la runa de Alfheim Exprés. Lo veía tan enfadado y abatido que no me atrevía a preguntárselo. Me limité a quedarme delante de la terminal, esperando a que Sam volviera, mientras Hearth envolvía con cuidado a su mejor amigo.

Habíamos llegado a una especie de tregua mientras esperábamos el coche. Hearth, Sam y yo teníamos los nervios a flor de piel, agobiados por la culpabilidad y el rencor, dispuestos a matar a cualquiera que nos tocase. Pero sabíamos que eso no iba a hacer ningún bien a Blitzen. Sin necesidad de hablarlo, habíamos acordado silenciosamente no chillar ni gritar ni pegarnos hasta más adelante. Ahora mismo teníamos que curar a un enano.

Sam salió por fin de la terminal. Debía de haber parado en el servicio, porque todavía tenía las manos y la cara húmedas.

—El Cessna está de camino —dijo.

—¿El avión de tu instructor?

Asintió con la cabeza.

—He tenido que rogarle y suplicarle, pero Barry es muy majo. Se da cuenta de que es una emergencia.

—¿Sabe lo de...?

Señalé a mi alrededor, refiriéndome tímidamente a los nueve mundos, los enanos petrificados, los guerreros no muertos, los dioses malvados y las demás cosas chungas de nuestras vidas.

—No. Y me gustaría que siguiera sin saber nada. No puedo pilotar aviones si mi instructor cree que desvarío.

Echó un vistazo al envoltorio de plástico con burbujas en el que estaba trabajando Hearthstone.

—¿Blitzen no ha sufrido cambios? ¿No ha empezado a... deshacerse?

Una babosa bajó por mi garganta.

—¿Deshacerse? Dime que eso no va a pasar, por favor.

—Espero que no. Pero a veces... —Sam cerró los ojos y se tomó un instante para serenarse—. A veces, después de unos días...

Como si necesitara un motivo para sentirme más culpable.

—Cuando encontremos la piedra *Skofnung*, existe una forma de despetrificar a Blitz, ¿verdad?

Era una pregunta que debería haber hecho antes de convertir a mi amigo en un trozo de granito, pero, eh, había estado sometido a mucha presión.

—Eso... eso espero —dijo ella.

Eso me hizo sentir mucho mejor.

Hearthstone nos miró. «¿Avión? Nos dejarás a Magnus y a mí. Tú no vendrás», le dijo a Sam con pequeños gestos airados.

Ella se puso nerviosa, pero levantó la mano junto a su cara, apuntando con el índice hacia el cielo. «Entiendo.»

El elfo continuó con la tarea de empaquetado de nuestro enano.

—Dale tiempo —le dije a Sam—. No ha sido culpa tuya.

Ella miró el suelo.

—Ojalá me lo creyese.

Yo quería preguntarle por el control que Loki ejercía sobre ella, decirle lo mucho que lo sentía, prometerle que hallaríamos una forma de luchar contra su padre. Pero pensé que era demasiado pronto para sacar todo eso a colación. Todavía estaba demasiado avergonzada.

—¿A qué se refería Hearthstone con lo de dejarnos? —pregunté.

—Te lo explicaré cuando estemos en el aire. —Sam sacó su teléfono y consultó la hora—. Es *zuhr*. Tenemos unos veinte minutos hasta que el avión aterrice. ¿Puedes venir un momento, Magnus?

Yo no sabía lo que significaba *zuhr*, pero la seguí hasta una pequeña zona cubierta de hierba en medio de una rotonda.

Samirah hurgó en su mochila. Sacó un trozo de tela azul doblada como un pañuelo enorme y la extendió sobre la hierba. «¿Vamos a hacer un pícnic?», fue lo primero que pensé.

Entonces me di cuenta de que estaba alineando la tela de manera que apuntase al sudeste.

—¿Es una alfombra de oración?

—Sí. Es la hora de las oraciones del mediodía. ¿Puedes vigilar por mí?

—Yo... espera. ¿Qué? —Me sentí como si estuviera dándome a un recién nacido y pidiéndome que cuidara de él. Durante todas las semanas que había convivido con Sam, nunca la había visto rezar. Creía que no lo hacía muy a menudo. Es lo que yo habría hecho en su lugar: realizar la menor actividad religiosa posible—. ¿Cómo puedes rezar en un momento así?

Ella rio sin muchas ganas.

—Más bien deberías preguntarme cómo no voy a rezar en un momento así. No me llevará mucho tiempo. Tú monta guardia por si... no sé, nos atacan unos trolls o algo por el estilo.

—¿Por qué nunca te he visto rezar antes?

Sam se encogió de hombros.

—Rezo todos los días. Cinco veces, como exige mi religión. Normalmente, busco un sitio tranquilo, aunque si estoy de viaje o en una situación peligrosa, a veces retraso la oración hasta que estoy segura de que no corro peligro. Es admisible.

—¿Como cuando estuvimos en Jotunheim?

Asintió con la cabeza.

—Es un buen ejemplo. Como ahora mismo no estamos en peligro, y como tú estás aquí, y como es la hora..., ¿te importa?

—Ejem..., no. O sea, sí, claro. Adelante.

Había estado en situaciones bastante surrealistas. Había visitado un bar de enanos. Había huido de una ardilla gigante por el árbol del universo. Había bajado al comedor de un gigante haciendo rapel por una cortina. Pero vigilar a Samirah al-Abbas mientras rezaba en el aparcamiento de un aeropuerto... era algo nuevo.

Se descalzó y luego se quedó muy quieta al pie de la alfombra, con las manos cogidas a la altura de la barriga y los ojos entornados. Susurró algo. Se llevó momentáneamente las manos a los oídos (el mismo gesto que se usa en la lengua de signos para decir «escucha atentamente») y a continuación empezó sus oraciones, una salmodia suave y cantarina en árabe que sonaba como si estuviera recitando un poema familiar o una canción de amor. Se inclinó, se irguió y se arrodilló con los pies por debajo del cuerpo, y pegó la frente a la tela.

No digo que me la quedase mirando. No me parecía bien husmear. Pero vigilé desde lo que consideré una distancia respetuosa.

Tengo que reconocer que sentía cierta fascinación. También puede que un poco de envidia. Después de todo lo que acababa de pasarle, después de que su malvado padre la controlara y la dejara inconsciente, parecía momentáneamente en paz. Se estaba creando su propia burbuja de tranquilidad.

Yo nunca rezaba porque no creía en un dios todopoderoso, pero deseé tener el mismo grado de fe que ella en algo.

La oración no duró mucho. Sam dobló la alfombra y se levantó.

—Gracias, Magnus.

Me encogí de hombros, sintiéndome todavía como un intruso.

—¿Mejor ahora?

Sonrió burlonamente.

—No es magia.

—Ya, pero... nosotros vemos magia a todas horas. ¿No te cuesta creer que hay algo más poderoso ahí fuera que todos los seres mágicos con los que tratamos, sobre todo si (y no te ofendas) el jefazo nunca interviene para echar una mano?

Sam guardó la alfombra de oración en su mochila.

—No intervenir, no entrometerse, no obligar... me parece más compasivo y más divino, ¿no crees?

Asentí con la cabeza.

—Buena observación.

No había visto llorar a Sam, pero tenía el rabillo de los ojos teñido de rosa. Me pregunté si lloraba de la misma forma que rezaba: en privado, apartándose a un sitio tranquilo para que no la viéramos.

Miró al cielo.

—Además, ¿quién dice que Alá no ayuda? —Señaló la reluciente silueta blanca de un avión que se acercaba—. Vamos a recibir a Barry.

¡Sorpresa! No solo acabamos con un avión y un piloto, sino también con el novio de Sam.

Sam cruzó corriendo la pista de aterrizaje cuando la puerta del avión se abrió. La primera persona que bajó por la escalera fue Amir Fadlan, con una cazadora de cuero marrón por encima de su camiseta de El Faláfel de Fadlan, el pelo engominado hacia atrás y unas gafas de sol con montura dorada sobre los ojos que le daban un aire a uno de esos aviadores de los anuncios de relojes Breitling.

Sam redujo el paso cuando lo vio, pero ya era demasiado tarde para esconderse. Se volvió para mirarme con una expresión de pánico y acto seguido fue a recibir a su prometido.

Yo no escuché la primera parte de su conversación. Estaba demasiado ocupado ayudando a Hearthstone a cargar con el enano de piedra hasta el avión. Sam y Amir estaban en el primer escalón, intercambiando gestos de irritación y expresiones de pena.

Cuando por fin llegué donde estaban, Amir se paseaba de un lado a otro como si estuviera ensayando un discurso.

—Ni siquiera debería estar aquí. Creía que estabas en peligro. Creía que era un asunto de vida o muerte. Creía... —Se detuvo en seco—. ¿Magnus?

Me miró fijamente como si yo acabara de caer del cielo, cosa que no era justa, porque hacía horas que no caía del cielo.

—Hola, tío —dije—. Hay un buen motivo para todo esto. O sea, un motivo muy bueno. O sea, que Samirah no ha hecho... nada que puedas pensar que ha hecho que esté mal. Porque no lo ha hecho.

Sam me fulminó con la mirada: «No estás ayudando nada».

Amir desvió la mirada a Hearthstone.

—A ti también te reconozco. Hace un par de meses, en el restaurante. El supuesto grupo de estudio de matemáticas de Sam... —Movió la cabeza con gesto de incredulidad—. ¿Así que tú eres el elfo del que Sam hablaba? Y Magnus... tú estás... estás muerto. Sam me dijo que llevó tu alma al Valhalla. Y el enano —se quedó mirando a Blitzen envuelto en plástico con burbujas—, ¿es una estatua?

—Temporalmente —dije—. Y es algo que tampoco ha sido culpa de Sam.

Amir soltó una de esas risas desquiciadas que uno nunca quiere oír: la clase de risa que hace pensar que en el cerebro se han abierto unas grietas que no desaparecerán por mucho que las pulas.

—No sé ni por dónde empezar. ¿Estás bien, Sam? ¿Estás... estás en peligro?

Las mejillas de Samirah se tiñeron del color de la salsa de arándanos.

—Es... complicado. Lo siento mucho, Amir. No esperaba...

—¿Que él estuviera aquí? —dijo una nueva voz—. No ha aceptado un no por respuesta.

En la puerta del avión había un hombre delgado de piel morena tan bien vestido que Blitzen habría llorado de alegría: vaqueros ceñidos color granate, camisa verde pastel, chaleco cruzado y botas de piel puntiagudas. En la tarjeta de identificación plastificada del piloto ponía «BARRY AL-JABBAR».

—Queridos —dijo Barry—, si vamos a seguir el plan de vuelo, deberíais subir a bordo. Tan pronto como repostemos, nos iremos. En cuanto a ti, Samirah... —Arqueó una ceja. Tenía los ojos dorados más cálidos que había visto en mi vida—. Perdóname por contárselo a Amir, pero cuando me llamaste me preocupé mucho y él es un buen amigo. No sé qué drama os traéis entre manos, ¡pero espero que lo arregléis! En cuanto él se enteró de que estabas en apuros, insistió en venir. Bueno… —ahuecó la mano, se la llevó a la boca y susurró—: Diremos que soy vuestra carabina, ¿vale? ¡Venga, todos a bordo!

Se dio la vuelta y volvió a desaparecer dentro del avión. Hearthstone le siguió arrastrando a Blitzen escalera arriba detrás de él.

Amir se retorció las manos.

—Intento entenderlo, Sam. De verdad.

Ella se miró el cinturón; tal vez acababa de darse cuenta de que todavía llevaba el hacha de combate.

—Lo… lo sé.

—Haré cualquier cosa por ti —dijo él—. Pero… no dejes de hablar conmigo, ¿vale? Cuéntamelo todo. Por muy raro que sea, cuéntamelo.

Ella asintió con la cabeza.

—Será mejor que subas a bordo. Tengo que hacer la inspección general.

Amir me miró otra vez —como si tratase de averiguar dónde estaban mis heridas de guerra— y acto seguido subió por la escalera.

Me volví hacia Sam.

—Ha venido por ti. Lo único que le preocupa es tu seguridad.

—Lo sé.

—Eso es bueno, Sam.

—No me lo merezco. No he sido sincera con él. Yo solo… no quería contaminar la única parte normal de mi vida.

—La parte anormal de tu vida está aquí mismo.

Ella dejó caer los hombros.

—Lo siento. Sé que intentas ayudarme. No renunciaría a contar contigo en mi vida, Magnus.

—Vaya, eso es bueno —dije—. Porque nos esperan muchas cosas raras.

Asintió en silencio.

—Hablando del tema, será mejor que busques asiento y te abroches el cinturón de seguridad.

—¿Por qué? ¿Barry es mal piloto?

—Oh, no, es un piloto magnífico, pero él no te va a llevar. Te voy a llevar yo, directo a Alfheim.

20

En caso de posesión diabólica, sigan las señales luminosas hasta la salida más próxima, por favor

Barry se quedó en el pasillo para dirigirse a nosotros, con los codos apoyados en los respaldos de los asientos situados a cada lado. Su colonia hacía que el avión oliera como una floristería.

—Bueno, queridos, ¿habéis volado alguna vez en un Citation XLS?

—Ejem, no —dije—. Creo que me acordaría.

El interior no era grande, pero era todo de cuero blanco con bordes dorados, como un BMW con alas. Había cuatro asientos de pasajeros unos enfrente de otros, formando una especie de sala de conferencias. Hearthstone y yo nos sentamos mirando hacia delante. Amir se sentó frente a mí, mientras que el Blitzen petrificado iba sujeto con el cinturón de seguridad enfrente de Hearth.

Sam estaba en el asiento del piloto, consultando cuadrantes y activando interruptores. Yo creía que todos los aviones tenían una puerta que separaba la cabina de la zona de los pasajeros, pero no era el caso del Citation. Desde donde estaba sentado, podía ver a través del parabrisas delantero. Estuve tentado de pedirle a Amir que me cambiara el sitio. Ver el servicio habría sido menos desquiciante.

—Bueno —dijo Barry—, como copiloto vuestro, mi trabajo consiste en daros unas rápidas instrucciones de seguridad. La salida principal está aquí. —Dio un golpecito con los nudillos en la puerta por la que habíamos entrado—. En caso de emergencia, si Sam y yo no podemos abrirla... DEBERÍAS HABERME HECHO CASO, MAGNUS CHASE.

La voz de Barry sonó más grave y el triple de alta. Amir, que estaba sentado justo debajo de su codo, por poco me saltó al regazo del susto.

En la cabina, Sam se dio la vuelta despacio.

—¿Barry?

—TE LO ADVERTÍ. —La nueva voz de Barry se distorsionaba y subía y bajaba de tono—. Y AUN ASÍ CAÍSTE EN LA TRAMPA DE LOKI.

—¿Que... qué le pasa? —preguntó Amir—. Ese no es Barry.

—No —convine, con la garganta seca como la de un berserker zombi—. Es mi asesino favorito.

Hearthstone se quedó todavía más confundido que Amir. Evidentemente, no oyó el cambio de voz de Barry, pero se dio cuenta de que las instrucciones de seguridad habían dado un vuelco.

—AHORA NO HAY OPCIÓN —dijo el Barry que no era Barry—. CUANDO CURES A TU AMIGO, BÚSCAME EN JOTUNHEIM. TE DARÉ LA INFORMACIÓN QUE NECESITAS PARA FRUSTRAR EL PLAN DE LOKI.

Estudié la cara del piloto. Sus ojos dorados parecían desenfocados, pero por lo demás no apreciaba nada distinto en él.

—Eres el asesino de cabras —dije—. El que me observaba desde la rama del árbol en el banquete.

Amir no podía parar de parpadear.

—¿Asesino de cabras? ¿Rama del árbol?

—BUSCA A HEIMDAL —dijo la voz distorsionada—. ÉL TE DIRÁ DÓNDE ESTOY. TRAE A LA OTRA, A ALEX FIERRO. ELLA ES AHORA TU ÚNICA ESPERANZA DE ÉXITO... Y eso es todo. ¿Alguna pregunta?

La voz de Barry había recuperado el tono normal. Sonreía con satisfacción, como si no se le ocurriera una forma mejor de pasar el día que yendo y volviendo de Cabo Cod, ayudando a sus amigos y adoptando la voz de ninjas sobrenaturales.

Amir, Hearth y yo negamos vehementemente con la cabeza.

—Ninguna pregunta —dije—. Ni una.

Miré fijamente a Sam. Ella me dedicó un encogimiento de hombros y un gesto con la cabeza, como diciendo: «Sí, ya lo he oído. Mi copiloto ha sido poseído por un momento. ¿Qué quieres que le haga?».

—De acuerdo, pues. —Barry dio una palmadita en el coco de granito de Blitzen—. Si queréis hablar con nosotros en la cabina, tenéis unos auriculares en los compartimentos de al lado. El vuelo hasta el aeropuerto Norwood Memorial es muy breve. ¡Poneos cómodos y disfrutad!

«Disfrutad» no es la palabra que yo habría usado.

Una pequeña confesión: no solo no había volado nunca en un Citation XLS, sino que no había volado nunca en avión. Seguramente mi primera vez no debería haber sido en un Cessna de ocho plazas pilotado por una chica de mi edad que solo hacía unos meses que recibía lecciones.

Sam no tenía la culpa. Yo no tenía elementos de comparación, pero el despegue me pareció suave. Por lo menos nos elevamos en el aire sin víctimas mortales. Aun así, dejé marcas permanentes en los reposabrazos con las uñas. Cada sacudida de turbulencias me sobresaltaba tanto que sentí nostalgia de nuestro viejo amigo Stanley, el caballo volador de ocho patas que se lanzaba por los cañones. (Bueno, casi.)

Amir rehusó usar los auriculares, tal vez porque su cerebro estaba sobrecargado de información nórdica absurda. Se quedó sentado con los brazos cruzados, mirando con aire taciturno por la ventanilla como si se preguntase si volveríamos a aterrizar en el mundo real.

La voz de Sam sonó con interferencias por mis auriculares.

—Hemos alcanzado altitud de crucero. Quedan treinta y dos minutos de vuelo.

—¿Todo bien por ahí? —pregunté.

—Sí... —Sonó un pitido—. Ya está. No hay nadie más en este

canal. Parece que nuestro amigo ya está bien. De todas formas, no hay por qué preocuparse. Yo estoy a los mandos.

—¿Preocupado? ¿Quién, yo?

Por lo que podía apreciar, Barry parecía bastante tranquilo de momento. Estaba relajándose en el asiento del copiloto mirando su iPad. Quería creer que estaba pendiente de unas importantes lecturas aeronáuticas, pero estaba seguro de que estaba jugando a Candy Crush.

—¿Alguna idea sobre el consejo del asesino de cabras? —pregunté a Sam.

Interferencias. A continuación:

—Ha dicho que lo busquemos en Jotunheim, así que es un gigante. Eso no significa necesariamente que sea malo. Mi padre —vaciló, probablemente intentando quitarse el mal sabor de boca de la palabra— tiene muchos enemigos. Quienquiera que sea el asesino de cabras, cuenta con magia poderosa. Tuvo razón en lo de Provincetown. Deberíamos hacerle caso. Yo debería haberle hecho caso antes.

—No hagas eso. No te machaques.

Amir trató de centrarse en mí.

—Perdón, ¿qué?

—Tú no, tío. —Le di unos golpecitos al micrófono de los auriculares—. Estoy hablando con Sam.

El chico esbozó un silencioso «ah» con los labios y volvió a practicar su mirada triste a través de la ventana.

—¿Amir no está en este canal? —preguntó Sam.

—No.

—Después de dejaros, llevaré la espada *Skofnung* al Valhalla para que la guarden en un lugar seguro. No puedo llevar a Amir al hotel, pero... voy a intentar mostrarle lo que pueda de mi vida.

—Bien pensado. Él es fuerte, Sam. Podrá soportarlo.

Una cuenta hasta tres de ruido blanco.

—Espero que tengas razón. También pondré al corriente a la panda de la planta diecinueve.

—¿Y Alex Fierro?

Sam se volvió para mirarme. Resultaba extraño verla a cierta distancia, pero oír su voz directamente en mis oídos.

—No es buena idea traerla, Magnus. Ya has visto lo que Loki podría hacerme. Imagínate lo que...

Me lo podía imaginar. Pero también intuía que el asesino de cabras tenía razón. Necesitaríamos a Alex Fierro. Su llegada al Valhalla no era una casualidad. Las nornas, u otros extraños dioses de las profecías, habían cruzado su destino con el nuestro.

—Creo que no deberíamos subestimarla —dije, recordando cómo había luchado contra los lobos y había montado un lindworm rebelde—. Además, me fío de ella. Bueno, todo lo que uno puede fiarse de quien le ha cortado la cabeza. ¿Tienes alguna idea de cómo encontrar al dios Heimdal?

Las interferencias sonaron más fuerte, más cargadas de furia.

—Por desgracia, sí —contestó Sam—. Prepárate. Ya casi estamos.

—¿Vamos a aterrizar en Norwood? Creía que habías dicho que íbamos a Alfheim.

—Vosotros, no yo. La trayectoria de vuelo a Norwood pasa justo por encima de la zona de salto óptima.

—¿Zona de salto?

Esperaba haberla oído mal.

—Oye, tengo que concentrarme en pilotar el avión. Pregúntale a Hearthstone.

Los auriculares se quedaron en silencio.

El elfo estaba librando un duelo de miradas con Blitzen. La cara de granito del enano asomaba de su capullo de plástico con burbujas con la expresión congelada en una mueca de angustia. Hearthstone no parecía mucho más contento. La tristeza que lo rodeaba era casi tan visible como su bufanda a topos manchada de sangre.

«Alfheim —dije con gestos—. ¿Cómo llegamos allí?»

«Salta», me dijo.

Se me cayó el alma al suelo.

—¿Que salte? ¿Que salte del avión?

Hearth me miró fijamente, como miraba cuando estaba pensando cómo explicar algo complicado por lenguaje de signos..., normalmente algo que a mí no me iba a gustar.

«Alfheim reino de aire y luz —dijo por señas—. Solo se puede entrar...», imitó una caída en picado.

—Esto es un avión a reacción —repuse—. No podemos salir, ¡moriríamos!

«No moriremos —me prometió él—. Además, no saltaremos exactamente. Solo... —Hizo un gesto remedando algo que desaparecía de repente, cosa que no me tranquilizó—. No podemos morir hasta que salvemos a Blitzen.»

Para ser alguien que casi nunca hacía el menor ruido, Hearthstone podía hablar a grito pelado cuando quería. Acababa de concretarme la misión: desaparecer del avión; caer en Alfheim; salvar a Blitzen. Solo entonces podría morirme.

Amir se movió en su asiento.

—¿Magnus? Pareces nervioso.

—Sí.

Tuve la tentación de inventarme una explicación fácil, algo que no abriese más grietas en el generoso cerebro mortal del novio de mi amiga, pero ya era demasiado tarde. Amir ocupaba un espacio en la vida de Sam, para bien o para mal, normal o anormal. Él siempre se había portado bien conmigo. Me había dado de comer cuando no tenía techo, me había tratado como a una persona cuando la mayoría de la gente hacía como si fuera invisible. Había acudido en nuestro auxilio sin conocer los detalles, solo porque Sam estaba en apuros. No podía mentirle.

—Por lo visto Sam y yo vamos a desaparecer.

Le expliqué mi misión.

Se quedó tan confundido que me dieron ganas de darle un abrazo.

—Hasta la semana pasada —dijo—, mi mayor preocupación era dónde ampliar nuestra franquicia de restaurantes, en Jamaica Plain o en Chestnut Hill. Ahora ni siquiera estoy seguro de en qué mundo volamos.

Comprobé que el micrófono de los auriculares estaba apagado.

—Amir, Sam es la misma de siempre. Es valiente. Es fuerte.

—Lo sé.

—También está loca por ti —dije—. Ella no pidió nada de esto.

Su mayor preocupación es que esto no arruine su futuro contigo. Créetelo.

Él agachó la cabeza como una mascota en una perrera.

—Lo... lo intento, Magnus. Pero es muy raro.

—Sí. Y te advierto que va a ser aún más raro. —Encendí el micrófono—. ¿Sam?

—He oído la conversación entera —anunció ella.

—Ah. —Evidentemente, no dominaba aún el funcionamiento de los auriculares—. Ejem...

—Ya te mataré luego —dijo—. Ahora mismo se acerca vuestra salida.

—Espera. ¿Barry no se dará cuenta de nuestra desaparición?

—Es mortal. Su cerebro se recalibrará. Después de todo, la gente no se esfuma de los aviones a reacción en pleno vuelo. Cuando aterricemos en Norwood, probablemente ni se acordará de que estabais aquí.

Quería creer que era un poco más memorable, pero estaba demasiado nervioso para preocuparme por eso.

A mi lado, Hearthstone se desabrochó el cinturón de seguridad. Se quitó la bufanda, la ató alrededor de Blitzen y creó una especie de arnés improvisado.

—Buena suerte —me dijo Sam—. Os veré en Midgard, suponiendo... ya sabéis.

«Suponiendo que sobrevivamos —pensé—. Suponiendo que podamos curar a Blitzen. Suponiendo que tengamos más suerte que los dos últimos días... o que siempre.»

En un abrir y cerrar de ojos, el Cessna desapareció. Me encontré flotando en el cielo, con los auriculares conectados a la nada más absoluta.

Entonces caí.

21

Se disparará a los vagos, luego se les detendrá y se les volverá a disparar

Blitzen me había dicho en una ocasión que los enanos no salían de casa sin un paracaídas.

Ahora entendía la sabiduría de esas palabras. Hearthstone y yo caímos en picado por el aire glacial; yo agitando los brazos y gritando, y él en un salto del ángel perfecto con el Blitzen de granito atado a la espalda. Me miró en actitud tranquilizadora, como diciendo: «No te preocupes. El enano está envuelto en plástico con burbujas».

Mi única respuesta fueron más gritos incoherentes porque no sabía cómo se decía en la lengua de signos «¡¡Aaahhh, que nos la pegamos!!».

Atravesamos una nube y todo cambió. La velocidad de la caída disminuyó. El aire se volvió caliente y dulce. La luz del sol se intensificó y me deslumbró.

Caímos al suelo. Bueno, más o menos. Mis pies aterrizaron en una hierba recién cortada y reboté, sintiéndome como si pesara unos diez kilos. Crucé el césped dando saltitos como un astronauta hasta que recuperé el equilibrio.

Entorné los ojos para protegerme de la abrasadora luz del sol, tratando de orientarme: hectáreas de paisajes, árboles altos, una casa grande a lo lejos. Parecía que todo tuviera un halo de fuego. Mirase donde mirase, tenía la sensación de que un reflector me estaba enfocando directamente a la cara.

Hearthstone me agarró del brazo y me dejó algo en las manos: unas gafas de sol oscuras. Me las puse, y el intenso dolor de ojos disminuyó.

—Gracias —murmuré—. ¿Siempre es tan brillante?

Frunció el entrecejo. Yo debía de haber pronunciado mal las palabras. Le estaba costando leerme los labios. Repetí la pregunta en lengua de signos.

«Siempre brillante —convino—. Te acostumbrarás.»

Escudriñó el entorno como si buscase peligros.

Habíamos aterrizado en el jardín de una gran finca. Unos muros de piedra bajos cercaban la propiedad: una extensión del tamaño de un campo de golf con parterres cuidados y árboles finos y esbeltos que la gravedad parecía haber estirado a medida que crecían. La casa era una mansión de estilo Tudor con ventanas emplomadas y torres cónicas.

«¿Quién vive aquí? —pregunté por señas a Hearth—. ¿El presidente de Alfheim?»

«Una familia. Los Makepiece.» Deletreó su apellido.

«Deben de ser importantes», dije con gestos.

Hearth se encogió de hombros. «Normales. Clase media.»

Reí y acto seguido me di cuenta de que no estaba bromeando. Si eso era una familia de clase media en Alfheim, no quería pagar a escote la cuenta de un restaurante con los más ricos.

«Deberíamos irnos —dijo el elfo con signos—. A los Makepiece no les caigo bien.» Reajustó el arnés de Blitzen, quien probablemente no pesaba más que una mochila corriente en Alfheim.

Nos dirigimos juntos a la carretera.

Tengo que reconocer que la gravedad más ligera me hacía sentir... más ligero. Avanzaba dando saltos; recorría un metro y medio con cada paso. Tenía que contenerme para no saltar más lejos. Con mi fuerza de einherji, si no me andaba con cuidado, podría acabar saltando por encima de los tejados de las mansiones de clase media.

Por lo que podía ver, Alfheim estaba compuesto por una hilera tras otra de fincas como la de los Makepiece; cada propiedad tenía como mínimo varios acres, y cada jardín estaba salpicado de parterres y setos podados con distintas formas. En los caminos de acceso adoquinados relucían todoterrenos de lujo negros. El aire olía a hibisco recién horneado y a billetes de dólar nuevos.

Sam había dicho que nuestra trayectoria de vuelo nos situaría encima de la mejor zona de salto. Ahora lo entendía. De la misma forma que Nidavellir se parecía al sur de Boston, Alfheim me recordaba los barrios residenciales pijos del oeste de Boston: Wellesley, por ejemplo, con sus enormes casas y paisajes pastorales, sus carreteras serpenteantes, sus riachuelos pintorescos y su apacible halo de seguridad absoluta..., suponiendo que fueses de allí.

Lo malo era que la luz del sol era tan fuerte que acentuaba todas las imperfecciones. Una hoja extraviada o una flor marchita en un jardín destacaban como un problema mayúsculo. Mi ropa parecía más sucia. Podía verme todos los poros del dorso de las manos y las venas bajo la piel.

También entendí a qué se refería Hearthstone al decir que Alfheim estaba hecho de aire y luz. El lugar entero parecía irreal, como si estuviera confeccionado con fibras de algodón de azúcar y pudiera deshacerse con un chorrito de agua. Andando por el suelo esponjoso, me sentía incómodo e impaciente. Las gafas de sol superoscuras no podían hacer gran cosa para aliviar mi dolor de cabeza.

Después de unas cuantas manzanas, pregunté a Hearthstone con gestos: «¿Adónde vamos?».

Él frunció los labios. «Casa.»

Le agarré el brazo y le hice detenerse.

«¿Tu casa? —pregunté por señas—. ¿Donde creciste?»

Se quedó mirando el muro del pintoresco jardín más cercano. A diferencia de mí, él no llevaba gafas de sol. Sus ojos brillaban como formaciones de cristal a la radiante luz del sol.

«La piedra *Skofnung* está en casa —dijo con signos—. Con... padre.»

El signo de «padre» consistía en una mano abierta con la palma mirando hacia fuera y el pulgar atravesando la frente. Me recordó el de «fracasado». Considerando lo que sabía de la infancia de mi colega, no me pareció inadecuado.

Una vez, en Jotunheim, había obrado mi magia curativa sobre Hearth. En esa ocasión había vislumbrado el dolor que llevaba dentro. De pequeño lo habían maltratado y abochornado, sobre todo debido a su sordera, y luego su hermano había muerto —no conocía los detalles— y sus padres le habían culpado a él. Era imposible que quisiera volver a un hogar como ese.

Me acordé de lo enérgicamente que Blitzen se había opuesto a la idea, aun sabiendo que iba a morirse. «No hagas ir a Hearth. No vale la pena, chaval.»

Y sin embargo allí estábamos.

«¿Por qué? —dije por señas—. ¿Por qué iba a tener tu padre (fracasado) la piedra *Skofnung*?»

En lugar de contestar, Hearthstone señaló con la cabeza en la dirección por la que habíamos venido. Todo era tan radiante en el mundo de los elfos que no me había fijado en las luces intermitentes hasta que el sedán negro de líneas elegantes aparcó justo detrás de nosotros. A lo largo de la calandra parpadeaban unas luces rojas y brillantes. Detrás del parabrisas, dos elfos con trajes de oficina nos miraban con el ceño fruncido.

El Departamento de Policía de Alfheim había venido a saludarnos.

—¿Podemos ayudaros? —preguntó el primer policía.

En ese momento supe que teníamos un problema. Según mi experiencia, ningún policía decía «¿Podemos ayudaros?» si tenía el deseo real de ayudar. Otra señal reveladora: la mano del policía número uno reposaba en la culata de su arma de mano.

El policía número dos rodeó despacio el lado del pasajero, con el mismo aspecto de estar listo para prestar una ayuda letal.

Los dos elfos iban vestidos como detectives de paisano: llevaban trajes oscuros y corbatas de seda, y unas placas policiales sujetas a los cinturones. Su pelo corto era tan rubio como el de Hearthstone.

También tenían los mismos ojos claros y las mismas expresiones de inquietante serenidad.

Por lo demás, no se parecían en nada a mi amigo. Los policías parecían más altos, más larguiruchos, más extraños. Exudaban un aire frío de desdén, como si tuvieran aparatos de aire acondicionado personal debajo del cuello de las camisas.

Otro detalle que me resultó raro es que hablaban. Había pasado tanto tiempo con Hearthstone, que se comunicaba con elocuentes silencios, que oír hablar a un elfo me chocaba mucho. Simplemente no me parecía normal.

Los dos policías se centraron en mi colega. Miraron más allá de mí como si no existiera.

—Te he hecho una pregunta, amigo —dijo el primer policía—. ¿Hay algún problema?

Hearthstone negó con la cabeza. Dio marcha atrás lentamente, pero le agarré el brazo. Retroceder no haría más que empeorar la situación.

—No pasa nada —dije—. Gracias, agentes.

Los detectives me miraron fijamente como si fuera de otro mundo, cosa que, para ser justos, era cierta.

En la placa del policía número uno ponía: «MANCHA SOLAR». A mí no me recordaba una mancha solar. Claro que mi apellido en inglés quería decir «carrera», y supongo que yo tampoco me parecía a eso.

En la placa del policía número dos ponía: «FLOR SILVESTRE». Con un nombre como ese, habría tenido que llevar una camisa hawaiana o como mínimo una corbata con estampado de flores, pero su atuendo era tan aburrido como el de su compañero.

Mancha Solar arrugó la nariz como si yo oliera a túmulo.

—¿Dónde has aprendido élfico, cenutrio? Tienes un acento horrible.

—¿Cenutrio? —pregunté.

Flor Silvestre sonrió con suficiencia a su compañero.

—¿Cuánto te apuestas a que el élfico no es su primer idioma? Yo diría que es un *husvaettr* ilegal.

Me dieron ganas de señalar que era un humano, y que mi lengua humana era mi primer idioma. Y también la única. Resultaba que el élfico y mi idioma materno eran iguales, del mismo modo que la lengua de signos élfica era igual que la lengua de signos estadounidense.

Dudaba que los policías me escuchasen o que les interesase lo que yo dijera. Su forma de hablar resultaba un poco extraña a mis oídos: una especie de acento anticuado y aristocrático que había oído en noticiarios y películas de los años treinta.

—Mirad, chicos —dije—, solo estamos dando un paseo.

—En un buen barrio —dijo Mancha Solar—, en el que supongo que no vivís. Los Makepiece han informado de que alguien ha entrado en su propiedad sin permiso y ha estado merodeando. Nos tomamos esas cosas en serio, cenutrio.

Tuve que dominar la ira. Cuando me había quedado sin hogar, había sido blanco frecuente de malos tratos por parte de la autoridad. A mis amigos de piel oscura los trataban aún peor. De modo que, durante los dos años que había vivido en la calle, había aprendido a tener mucha cautela a la hora de tratar con los agentes de policía amistosos.

Y, sin embargo, no me gustó que me llamasen «cenutrio». Fuera lo que fuese.

—Agentes —dije—, llevamos unos cinco minutos andando. Vamos a casa de mi amigo. ¿Es eso merodear?

«Cuidado», me dijo Hearthstone con gestos.

Mancha Solar frunció el entrecejo.

—¿Qué ha sido eso? ¿Una especie de código de bandas? Habla en élfico.

—Es sordo —dije.

—¿Sordo? —Flor Silvestre arrugó el rostro, indignado—. ¿Qué clase de elfo...?

—Espera, compañero. —Mancha Solar tragó saliva. Se tiró del cuello de la camisa como si su aire acondicionado hubiera dejado de funcionar—. ¿Es ese...? Tiene que serlo..., ya sabes, el hijo del señor Alderman.

La expresión de Flor Silvestre pasó del desprecio al miedo. Habría sido bastante interesante de observar, solo que un policía asustado era más peligroso que uno indignado.

—¿Señor Hearthstone? —preguntó Flor Silvestre—. ¿Es usted?

Mi colega asintió con la cabeza tristemente.

Mancha Solar soltó un juramento.

—Muy bien. Los dos, al coche.

—Un momento, ¿por qué? —pregunté—. Si nos van a detener, quiero saber de qué se nos acusa...

—No vamos a deteneros, cenutrio —gruñó Mancha Solar—. Vamos a llevaros a ver al señor Alderman.

—Después —añadió Flor Silvestre—, ya no seréis problema nuestro.

Por el tono que empleó, pareció que entonces ya no seríamos problema de nadie, porque estaríamos enterrados debajo de un precioso y cuidado arriate en alguna parte. Lo último que quería hacer era subir a ese coche, pero los policías tamborilearon con los dedos sobre sus armas élficas para mostrarnos lo serviciales que estaban dispuestos a ser.

Subí a la parte trasera del coche patrulla.

22

Seguro que el padre de Hearthstone es un extraterrestre que abduce vacas

Era el coche de policía más agradable en el que había estado en mi vida, y había estado en bastantes. El interior de cuero negro olía a vainilla. La mampara de plexiglás estaba limpia como una patena. El asiento tenía función de masaje, de modo que pude relajarme después de un día duro merodeando por ahí. Estaba claro que en Alfheim solo atendían a los delincuentes más selectos.

Después de un kilómetro y medio de cómodo trayecto, salimos de la carretera principal y paramos delante de una verja de hierro con una elegante «A». Al otro lado, unos muros de piedra de tres metros se hallaban rematados con pinchos decorativos para impedir la entrada a la chusma de clase media-alta que vivía en la misma calle. En lo alto de unos postes, unas cámaras de seguridad giraron para estudiarnos.

La verja se abrió. Cuando entramos en la finca familiar de Hearthstone, por poco se me desencaja la mandíbula. Y yo que creía que mi mansión familiar daba vergüenza.

El terreno era más grande que el parque de Common de Boston. Había cisnes deslizándose a través de un lago bordeado de sauces. Cruzamos dos puentes distintos que atravesaban un arroyo serpenteante, pasamos por cuatro jardines diferentes y luego por una segunda puerta antes de llegar a la casa principal, que parecía una versión posmoderna del castillo de la Bella Durmiente de Disneylandia: muros de losas blancas y grises que sobresalían en ángulos extraños, torres finas como tubos de órgano, enormes ventanales y una puerta principal de acero bruñido tan grande que debían de abrirla unos trolls tirando de una cadena.

Hearthstone jugueteaba con su saquito de runas y de vez en cuando miraba atrás hacia el maletero, donde los policías habían metido a Blitzen.

Los agentes no dijeron nada hasta que aparcamos delante de la puerta principal.

—Fuera —dijo Flor Silvestre.

En cuanto Hearthstone estuvo libre, se dirigió a la parte trasera del coche patrulla y dio unos golpecitos en el maletero.

—Está bien. —Mancha Solar abrió la tapa—. Aunque no entiendo por qué te preocupas. Debe de ser el enano de jardín más feo que he visto en mi vida.

Mi amigo elfo sacó con cuidado a Blitzen y se lo colgó del hombro.

Flor Silvestre me empujó hacia la entrada.

—Muévete, cenutrio.

—¡Eh! —Estuve a punto de echar mano al colgante, pero me contuve. Por lo menos los policías trataban ahora a Hearthstone como si no pudieran hacerle nada, pero no se cortaban un pelo conmigo intimidándome—. No sé lo que significa «cenutrio» —dije—, pero no lo soy.

Flor Silvestre resopló.

—¿Te has mirado en el espejo últimamente?

Caí en la cuenta de que, comparado con los elfos, todos esbeltos, delicados y atractivos, yo debía de parecer torpe y patoso: un cenutrio. Me daba la impresión de que la palabra también daba a entender lentitud mental, porque si puedes insultar a alguien en dos sentidos, ¿por qué no vas a hacerlo?

Tuve la tentación de vengarme de los agentes de policía sacando a Jack para que les cantase algunos éxitos de los Cuarenta Principales. Antes de que pudiera hacerlo, Hearthstone me agarró el brazo y me hizo subir los escalones de la entrada. Los policías nos siguieron, interponiendo una distancia entre ellos y mi colega como si temiesen que su sordera fuese contagiosa.

Cuando llegamos al último escalón, la gran puerta de acero se abrió silenciosamente. Una joven salió a toda prisa a recibirnos. Era casi tan baja como Blitzen, pero tenía el pelo rubio y las facciones delicadas de un elfo. A juzgar por su sencillo vestido de lino y su gorro blanco, deduje que se trataba de una sirvienta.

—¡Hearth! —Sus ojos se iluminaron de emoción, pero rápidamente contuvo su entusiasmo al ver a nuestros acompañantes—. Digo, señor Hearthstone.

Mi amigo parpadeó como si fuera a echarse a llorar. Dijo por señas: «Hola/perdona», fundiendo las dos palabras en una sola.

El agente Flor Silvestre se aclaró la garganta.

—¿Está tu amo en casa, Inge?

—Oh... —La duendecilla tragó saliva. Miró a Hearthstone y a continuación volvió a mirar a los policías—. Sí, señor, pero...

—Ve a buscarlo —le espetó Mancha Solar.

Inge se volvió y entró corriendo. Cuando se fue, me fijé en que algo le colgaba de la parte trasera de la falda: un cordón de pelo marrón y blanco deshilachado en la punta como la borla de un cinturón. Entonces la borla se agitó, y me di cuenta de que era un apéndice vivo.

—Tiene una cola de vaca —solté.

Mancha Solar rio.

—Pues claro, es una huldra. Sería ilegal que escondiera la cola. Tendríamos que detenerla por hacerse pasar por un auténtico elfo.

El policía lanzó una miradita a Hearthstone y dejó claro que su definición de «auténtico elfo» no lo incluía a él.

Flor Silvestre sonrió.

—Creo que el chico nunca había visto a una huldra, Mancha Solar. ¿Qué pasa, cenutrio? ¿Es que no tenéis duendecillas de los bosques domesticadas en el mundo del que has salido?

No contesté, aunque me imaginé a Jack cantando a grito pelado una canción de Selena Gomez a escasos centímetros de los oídos del policía. La idea me reconfortó.

Me quedé mirando el vestíbulo: una columnata de piedra blanca y tragaluces de cristal iluminada por el sol que consiguió hacerme sentir claustrofobia. Me preguntaba cómo se sentiría Inge teniendo que exhibir su cola en todo momento. ¿Era motivo de orgullo para ella mostrar su identidad o lo consideraba un castigo: un recuerdo constante de su estatus inferior? Llegué a la conclusión de que lo verdaderamente terrible era mezclar las dos cosas: «Muéstranos quién eres; ahora siéntete culpable». No se diferenciaba mucho de cuando Hearth había dicho «hola» y «perdona» como una sola palabra.

Sentí la presencia del señor Alderman antes de verlo. El aire se enfrió y adquirió un aroma a menta verde. Hearthstone dejó caer los hombros como si la gravedad se hubiera impuesto a él y colocó a Blitzen en el centro de su espalda como si quisiera esconderlo. Parecía que los topos de la bufanda del elfo se movieran. Entonces me di cuenta de que mi amigo estaba temblando.

Unas pisadas resonaron en el suelo de mármol.

El señor Alderman apareció rodeando una de las columnas y se dirigió resueltamente a nosotros.

Los cuatro retrocedimos: Hearth y yo, y también los policías. Alderman medía casi dos metros diez y era tan delgado que parecía uno de esos extraterrestres de Roswell que viajaban en ovni y llevaban a cabo extraños experimentos médicos. Sus ojos también eran muy grandes. Sus dedos eran demasiado delicados. Tenía un mentón tan puntiagudo que me pregunté si su cara había estado colgada de un triángulo isósceles perfecto.

Sin embargo, vestía mejor que el típico viajero de ovni. Su traje gris le quedaba perfectamente sobre un jersey de cuello alto verde que hacía que su cuello pareciera todavía más largo. Tenía el pelo rubio platino erizado como el de Hearth. Podía apreciar cierto parecido familiar en su nariz y su boca, pero la cara del señor Alderman era mucho más expresiva. Parecía duro, crítico, insatisfecho, como alguien que acabara de tomar una comida terrible y escandalosamente cara y estuviera pensando en la crítica negativa que iba a redactar.

—Bueno. —Sus ojos se clavaron en la cara de su hijo—. Has vuelto. Por lo menos has tenido el sentido común de traer al hijo de Frey.

A Mancha Solar se le atragantó la sonrisa de suficiencia.

—Perdón, señor. ¿Quién?

—Este muchacho. —El señor Alderman me señaló—. Magnus Chase, hijo de Frey, ¿verdad?

—El mismo.

Reprimí el impulso de añadir: «señor». De momento ese tío no se lo había ganado.

No estaba acostumbrado a que la gente se quedara impresionada cuando se enteraba de que mi padre era Frey. Las reacciones normalmente oscilaban entre «Vaya, lo siento» o «¿Quién es Frey?» y una la risa histérica.

De modo que no voy a mentir. Agradecí lo rápido que las expresiones de los policías pasaron del desprecio a «Jope, acabamos de humillar a un semidiós». No lo entendía, pero me gustaba.

—No... no lo sabíamos. —Flor Silvestre me quitó una mota de la camiseta como si eso lo arreglara todo—. Nosotros, mmm...

—Gracias, agentes —lo interrumpió el señor Alderman—. Ya me ocupo yo.

Mancha Solar me miró con la boca abierta como si quisiera disculparse, o tal vez ofrecerme un vale de descuento del cincuenta por ciento para la próxima vez que me metieran en la cárcel.

—Ya le ha oído —dije—. Váyanse, agentes Mancha Solar y Flor Silvestre. Y no se preocupen: no me olvidaré de ustedes.

Me hicieron una reverencia —una reverencia de verdad—, y luego corrieron a meterse apresuradamente en su vehículo.

El señor Alderman escudriñó a Hearthstone como si le buscara defectos visibles.

—Eres el mismo —pronunció con amargura—. Por lo menos, el enano se ha vuelto de piedra. Es un progreso.

Mi amigo apretó los dientes. «Se llama B-L-I-T-Z-E-N», dijo por señas en breves y furiosos arranques.

—Basta —ordenó su padre—. Vale ya de gestos ridículos. Entra. —Me echó un vistazo glacial—. Debemos recibir como es debido a nuestro invitado.

23

Sí, sin duda su otro coche es un ovni

Nos hicieron pasar al salón, donde no había absolutamente nada vivo. La luz entraba a raudales por unos enormes ventanales. En el techo de casi diez metros de altura brillaba un mosaico plateado de nubes arremolinadas. El suelo de mármol pulido era de un blanco cegador. Las paredes estaban llenas de hornacinas iluminadas en las que se hallaban expuestos varios minerales, piedras y fósiles. Por toda la sala había todavía más objetos en vitrinas sobre podios blancos.

Como museo, sí, un espacio estupendo. Como habitación donde me gustaría pasar el rato, no, gracias. Los únicos sitios para sentarse eran dos largos bancos de madera a cada lado de una mesita metálica para el café. Sobre la repisa de la chimenea apagada, un gigantesco retrato al óleo de un niño me sonreía. No se parecía a Hearthstone. Su difunto hermano, Andiron, supuse. El traje blanco del chico y su sonrisa radiante hacían que pareciera un ángel. Me preguntaba si alguna vez Hearth había tenido esa cara de felicidad de pequeño. Lo dudaba. El sonriente niño elfo era lo único alegre de la habitación, y el sonriente niño elfo estaba muerto: detenido en el tiempo como los demás objetos.

Estuve tentado de sentarme en el suelo en lugar de en los bancos. Decidí probar a ser educado. Casi nunca me da resultado, pero de vez en cuando me gusta intentarlo.

Hearthstone dejó con cuidado a Blitzen en el suelo. Acto seguido se sentó a mi lado.

El señor Alderman se puso cómodo en el banco de enfrente.

—Inge —gritó—, refrigerio.

La huldra apareció en una puerta cercana.

—Enseguida, señor.

Volvió a escabullirse, mientras su cola de vaca se sacudía entre los pliegues de su falda.

El señor Alderman lanzó una mirada fulminante a su hijo, o tal vez se trataba de su expresión normal de «¡Cómo te he echado de menos!».

—Tu habitación está como la dejaste. Supongo que te quedarás.

Hearthstone negó con la cabeza. «Necesitamos tu ayuda. Luego nos iremos.»

—Utiliza la pizarra, hijo. —Señaló la mesita auxiliar situada al lado de Hearth, donde había una pizarrita con un rotulador sujeto con una cuerda. El viejo elfo me miró—. La pizarra le permite pensar antes de hablar, si puede llamarse hablar a hacer señales con las manos.

Mi amigo se cruzó de brazos y lanzó una mirada asesina a su padre.

Decidí hacer de traductor antes de que uno matase al otro.

—Señor Alderman, Hearth y yo necesitamos su ayuda. Nuestro amigo Blitzen...

—Se ha convertido en piedra —me interrumpió—. Sí, ya lo veo. El agua fresca resucita a los enanos petrificados. No veo cuál es el problema.

Esa información sola habría hecho que el desagradable viaje a Alfheim valiera la pena. Me sentí como si me hubieran quitado de los hombros el peso de un enano de granito. Lamentablemente, necesitábamos más.

—Verá —dije—, yo convertí a Blitzen en piedra a propósito. Él resultó herido con la *Skofnung*.

Las comisuras de la boca del señor Alderman se movieron.

—*Skofnung*.

—Sí. ¿Le parece gracioso?

El hombre enseñó sus perfectos dientes blancos.

—Habéis venido aquí para pedirme ayuda. Para curar a ese enano. Queréis la piedra *Skofnung*.

—Sí. ¿La tiene?

—Oh, desde luego.

Señaló uno de los podios cercanos. Dentro de una caja de cristal había un disco de piedra del tamaño aproximado de un plato de postre: azul con motas grises, como Loki lo había descrito.

—Colecciono objetos de los nueve mundos —me explicó el señor Alderman—. La piedra *Skofnung* fue una de mis primeras adquisiciones. Fue encantada especialmente para resistir el filo mágico de la espada (para afilarla si era necesario) y, por supuesto, para proporcionar un remedio inmediato en caso de que un insensato la empuñase y se cortase.

—Eso es estupendo —dije—. ¿Cómo se cura con ella?

Se rio entre dientes.

—Muy sencillo. Se toca la herida con la piedra, y la herida se cierra.

—Entonces, ¿podemos tomarla prestada?

—No.

¿Por qué no me sorprendía? Hearthstone me lanzó una mirada en plan: «Sí, el mejor padre de los nueve mundos».

Inge volvió con tres copas de plata en una bandeja. Después de servir al señor Alderman, dejó una copa delante de mí y acto seguido sonrió a Hearthstone y le dio la suya. Cuando sus dedos se tocaron, a Inge se le pusieron las orejas muy rojas. Se fue corriendo otra vez a... donde le hiciesen quedarse, fuera de la vista, pero al alcance de la voz.

El líquido de mi copa parecía oro derretido. No había comido ni bebido nada desde el desayuno, de modo que esperaba unos sándwiches élficos y agua con gas. No sabía si tenía que preguntar por la elaboración de la copa y sus famosas hazañas antes de beber, como hacían en Nidavellir, el mundo de los enanos. Algo me decía que no. Los enanos trataban cada objeto que fabricaban como algo único, digno de un nombre. Por lo que había visto hasta el momento, los elfos se rodeaban de objetos de incalculable valor y no se interesaban por ellos más de lo que se interesaban por sus criados. Dudaba que pusieran nombre a las copas.

Bebí un sorbo. Sin duda, era lo mejor que había probado en mi vida: tenía la dulzura de la miel, la intensidad del chocolate y el frescor del hielo de un glaciar, y sin embargo no sabía a ninguna de esas cosas. Me llenó el estómago y me sació más que una comida de tres platos. Apagó por completo mi sed. Me dio tal subidón que el hidromiel del Valhalla me pareció una bebida energética de marca blanca.

De repente, el salón se tiñó de una luz caleidoscópica. Miré el césped impecable, los setos con esculturas, los arbustos podados con distintas formas del jardín. Me dieron ganas de quitarme las gafas, atravesar la ventana y recorrer Alfheim dando saltos alegremente hasta que el sol me abrasase los ojos.

Me di cuenta de que el señor Alderman estaba observándome, esperando a ver cómo me sentaba el jugo alucinógeno élfico. Parpadeé varias veces para volver a aclarar mis pensamientos.

—Señor —dije, porque la educación me estaba dando muy buen resultado—, ¿por qué no quiere ayudarnos? La piedra está ahí al lado.

—No quiero ayudaros —contestó— porque no me serviría de nada. —Bebió un sorbo de su copa, levantando el dedo meñique para lucir un anillo de amatista brillante—. Mi... hijo... Hearthstone no se merece mi ayuda. Se fue hace años sin decir nada. —Hizo una pausa y luego soltó una carcajada—. Sin decir nada. Bueno, claro que dijo algo, pero ya me entiendes.

Me dieron ganas de meter mi copa entre sus dientes perfectos, pero me contuve.

—Así que Hearthstone se fue. ¿Acaso es un delito?

—Debería serlo. —Alderman frunció el entrecejo—. Al hacerlo mató a su madre.

Mi amigo se atragantó, y la copa que sostenía se le cayó. Por un momento, el único sonido que se oyó fue el de la copa rodando por el suelo de mármol.

—¿No lo sabías? —le preguntó su padre—. Claro que no. ¿Por qué iba a importarte? Cuando te marchaste, se quedó muy trastornada y afectada. No tienes ni idea de la vergüenza que nos hiciste pasar con tu desaparición. Circulaban rumores de que estabas estudiando magia rúnica, nada menos, de que te juntabas con Mimir y su chusma, y de que te habías hecho amigo de un enano. Una tarde que tu madre volvía del club de campo, cruzó una calle del pueblo. Había soportado comentarios horribles de sus amigas en la cena. No miraba por dónde iba y un camión de reparto que se saltó el semáforo en rojo...

Se quedó callado mirando el techo de mosaico. Por un segundo, casi pude imaginarme que albergaba emociones aparte de la ira. Me parrció detectar tristeza en sus ojos. Luego su mirada volvió a helarse y a llenarse de desaprobación.

—Como si provocar la muerte de tu hermano no hubiera sido ya bastante grave.

Hearthstone cogió torpemente la copa. Parecía que tuviera los dedos de barro. Tuvo que hacer tres intentos para dejarla de pie sobre la mesa. Un reguero de manchas de líquido dorado atravesaba el dorso de su mano.

—Hearth.

Le toqué el brazo. «Estoy aquí», le dije por señas.

No se me ocurría qué más decir. Quería que supiera que no estaba solo, que alguien en esa habitación lo quería. Me acordé de la runa que me había enseñado hacía meses: perthro, el signo de la copa vacía, su símbolo favorito. Su infancia lo había dejado vacío y había decidido llenar su vida con la magia rúnica y con una nueva familia, de la que yo era miembro. Quería gritarle al señor Alderman que su hijo era mejor elfo de lo que él y su mujer lo habían sido jamás.

Pero había aprendido una cosa siendo hijo de Frey: que no siempre podía librar las batallas de mis amigos. Lo mejor que podía hacer era estar a su lado para curar sus heridas.

Además, si le chillaba al señor Alderman, no conseguiríamos lo que necesitábamos. Sí, podía invocar a Jack, romper la vitrina y coger la piedra, pero seguro que aquel hombre tenía un sistema de seguridad de primera. A Blitzen no le serviría de nada curarse si era eliminado de inmediato por la unidad especial de la policía de Alfheim. Ni siquiera estaba seguro de que la piedra funcionase bien si no era entregada libremente por su dueño. Los objetos mágicos tenían normas raras, sobre todo los que se llamaban *Skofnung*.

—Señor Alderman —procuré no alterar la voz—, ¿qué quiere?

Él arqueó una ceja rubio platino.

—¿Cómo?

—Aparte de hacer sentir fatal a su hijo —añadí—, algo que se le da muy bien, ¿qué más quiere? Antes ha dicho que ayudarnos no le serviría de nada. ¿Qué le compensaría?

Esbozó una sonrisa.

—Ah, un joven que entiende de negocios. A ti, Magnus Chase, no te exijo mucho. ¿Sabes que los Vanir son nuestros dioses ancestrales? El propio Frey es nuestro patrón y señor. Todo Alfheim le fue entregado como regalo cuando le salió el primer diente.

—Así que ¿los mordió y los escupió como un juguete?

La sonrisa del señor Alderman desapareció.

—Lo que quiero decir es que un hijo de Frey sería un valioso amigo para nuestra familia. Lo único que te pediría es que te quedases con nosotros una temporada, que dieras una pequeña recepción... a la que solo asistirían unos pocos cientos de estrechos colaboradores. Que te dejases ver y te hicieras unas cuantas fotos conmigo para la prensa. Ese tipo de cosas.

La bebida dorada empezó a dejarme un mal sabor de boca. Hacerme fotos con Alderman parecía casi tan doloroso como ser decapitado con un alambre.

—Le preocupa su reputación —dije—. Se avergüenza de su hijo, así que quiere que yo le ayude a tener una imagen guay.

Los grandes ojos de extraterrestre de Alderman se entornaron y casi adquirieron un tamaño normal.

—No conozco la palabra «guay», pero creo que nos entendemos.

—Oh, yo sí que le entiendo a usted. —Miré a Hearthstone buscando consejo, pero él seguía descentrado, abatido—. Entonces, señor Alderman, si accedo a hacerme esas fotos, ¿nos dará la piedra?

—Vamos a ver... —Bebió un largo sorbo de su copa—. También esperaría algo de mi hijo descarriado. Tiene asuntos pendientes aquí. Debe reparar el daño que hizo. Debe pagar su *wergild*.

—¿Qué es un *wergild*?

Recé en silencio para que no se pareciera a un hombre lobo.

—Hearthstone sabe a lo que me refiero. —Miró fijamente a su hijo—. No debe verse ni un pelo. Haz lo que hay que hacer..., lo que deberías haber hecho hace años. Mientras tú te dedicas a eso, tu amigo será nuestro invitado.

—Un momento —dije—. ¿De cuánto tiempo estamos hablando? Tenemos que asistir a una cita importante dentro de menos de cuatro días.

El señor Alderman volvió a enseñar sus dientes blancos.

—Bueno, pues entonces más vale que Hearthstone se dé prisa. —Se levantó y gritó—: ¡Inge!

La huldra se acercó corriendo con una bayeta en las manos.

—Proporciona a mi hijo y su invitado lo que necesiten —le dijo—. Se alojarán en la antigua habitación de Hearthstone. Y, Magnus Chase, no creas que puedes desafiarme. Estás en mi casa y tendrás que atenerte a mis reglas. Si intentas coger la piedra, por muy hijo de Frey que seas, no saldrás bien parado.

Lanzó su copa al suelo, como si no pudiera permitir que su hijo le aventajase lanzando líquidos.

—Limpia eso —espetó a Inge.

Y acto seguido salió de la sala como un huracán.

24

Ah, ¿querías respirar? Eso te costará tres monedas de oro extra

¿La habitación de Hearthstone? Más bien la cámara de aislamiento de Hearthstone.

Después de limpiar el líquido derramado (insistimos en ayudarla), Inge nos llevó por una ancha escalera al segundo piso, recorrimos un pasillo adornado con suntuosos tapices y más hornacinas con objetos, y llegamos a una sencilla puerta metálica. La abrió con una llave grande y anticuada, aunque hizo una mueca como si la puerta estuviese caliente.

—Disculpen —nos dijo—. Todas las cerraduras de la casa están hechas de hierro. A los duendecillos como yo nos resultan incómodas.

A juzgar por su cara sudorosa, creo que quería decir «insoportables». Supuse que el señor Alderman no quería que Inge abriera muchas puertas... o quizá le daba igual que sufriese.

La habitación era casi tan grande como la que yo tenía en el Valhalla, pero mientras que la mía estaba diseñada para ofrecerme todo lo que podía necesitar, esta estaba diseñada para no ofrecerle a Hearthstone nada de lo que necesitaba. A diferencia del resto de las partes de la casa que había visto, allí no había ventanas. En lo alto, hileras de fluorescentes emitían un fulgor desagradable y creaban un ambiente de tienda de muebles de saldos. En un rincón en el suelo había un colchón individual tirado y cubierto de sábanas blancas. Ni manta, ni edredón, ni almohadas. A la izquierda, una puerta daba a lo que deduje era el cuarto de baño. A la derecha, un armario se hallaba abierto y dejaba ver un único conjunto de ropa: un traje blanco más o menos de la talla de Hearth, pero por lo demás exactamente igual al del retrato de Andiron que había abajo.

Fijadas en las paredes, pizarras blancas de tamaño escolar mostraban listas de tareas escritas en pulcras letras mayúsculas.

Algunas listas estaban en negro:
TU COLADA, DOS VECES A LA SEMANA = + 2 MONEDAS DE ORO
BARRER EL SUELO, LOS DOS PISOS = + 2 MONEDAS DE ORO
TAREAS VALIOSAS = + 5 MONEDAS DE ORO

Otras estaban en rojo:
CADA COMIDA = − 3 MONEDAS DE ORO
UNA HORA DE TIEMPO LIBRE = − 3 MONEDAS DE ORO
FALLOS LAMENTABLES = − 10 MONEDAS DE ORO

Conté unas doce listas de ese tipo, junto con cientos de frases motivadoras como: «NO OLVIDES NUNCA TU RESPONSABILIDAD», «ESFUÉRZATE POR SER DIGNO», «LA NORMALIDAD ES LA CLAVE DEL ÉXITO».

Me sentí como si estuviera rodeado de adultos altísimos que me apuntasen agitando el dedo, que no parasen de avergonzarme y que me hicieran sentir más y más pequeño. Y solo llevaba allí un minuto. No me imaginaba lo que debía de ser vivir en ese sitio.

Pero las pizarras de los diez mandamientos no eran lo peor. En el suelo se hallaba extendido el peludo pellejo azul de un animal grande. Le habían quitado la cabeza, pero sus cuatro patas todavía conservaban las garras: púas nacaradas y curvas que habrían sido unos anzuelos perfectos para pescar grandes tiburones blancos. En la alfombra había esparcidas monedas de oro: unas doscientas o trescientas, relucientes como islas en un mar de espeso pelo azul.

Hearthstone dejó con delicadeza a Blitzen al pie del colchón. Echó un vistazo a las pizarras; su cara era una máscara de inquietud, como si estuviera buscando su nombre en la lista de las notas de un examen.

—¿Hearth?

La habitación me había horrorizado tanto que no pude formular una pregunta coherente como «¿Por qué?» o «¿Puedo reventarle los dientes de una patada a tu padre, por favor?».

Entonces él hizo uno de los primeros signos que me había enseñado en las calles, cuando me daba consejos para que no metiera en líos con la policía. Cruzó dos dedos de una mano y los deslizó por la palma de la otra como si estuviera escribiendo una multa: «normas».

Mis manos tardaron un instante en recordar la lengua de signos. «¿Tus padres las crearon para ti?»

«Normas», repitió él. Su rostro no revelaba gran cosa. Empecé a preguntarme si en el pasado Hearthstone había sonreído más, llorado más, si había mostrado más emociones. Tal vez había aprendido a tener tanto cuidado con la expresión de sus emociones para protegerse.

—Pero ¿por qué aparecen los precios? —pregunté—. Parece un menú...

Me quedé mirando las monedas de oro que brillaban en la alfombra de pelo.

—Un momento, ¿las monedas eran tu paga? ¿O... tu pago? ¿Por qué están tiradas en la alfombra?

Inge se quedó en silencio en la puerta, con la cabeza gacha.

—Es la piel de la bestia —dijo, acompañando las palabras de sus correspondientes signos—. La que mató a su hermano.

Noté un sabor a óxido en la boca.

—¿Andiron?

La sirvienta asintió con la cabeza. Miró detrás de ella, probablemente temía que su amo apareciese de repente.

—Ocurrió cuando Andiron tenía siete años y Hearthstone ocho. —Al mismo tiempo que hablaba, se comunicaba por señas casi con tanta fluidez como mi amigo, como si hubiera practicado durante años—. Estaban jugando en el bosque detrás de la casa. Hay un viejo pozo...

Vaciló, mirando a Hearthstone en busca de permiso para seguir hablando.

Él se estremeció.

«A Andiron le encantaba el pozo —dijo él con gestos—. Creía que concedía deseos. Pero dentro había un espíritu malo...»

Hizo una extraña combinación de signos: tres dedos en la boca: la uve doble de *water*, «agua» en inglés; a continuación apuntó hacia abajo: el símbolo de «pozo»; luego formó una uve sobre un ojo: el signo de «hacer pipí». (En las calles usábamos mucho ese en concreto.) Al juntarlos, parecía que estuviera llamando al espíritu malvado «Pipís en el Pozo».

Miré a Inge con el ceño fruncido.

—¿Ha dicho...?

—Sí —confirmó ella—. Es el nombre del espíritu. En el idioma antiguo se llama *brunnmigi*. Salió del pozo y atacó a Andiron en forma de... eso. Una criatura grande y azulada, una mezcla de oso y lobo.

Siempre tenía que haber lobos azules. Los odiaba.

—Mató a Andiron —resumí.

A la luz de los fluorescentes, la cara de Hearthstone parecía tan petrificada como la de Blitzen. «Yo estaba jugando con unas piedras —explicó por señas—. Estaba de espaldas. No oí nada. No pude...»

Trató de asir el aire vacío.

—No fue culpa suya, Hearth..., señor —dijo Inge.

La duendecilla parecía muy joven con sus ojos azul claro, sus mejillas sonrosadas y ligeramente rollizas, y el pelo rubio que se rizaba alrededor del borde de su gorro, pero hablaba como si hubiera presenciado el ataque en persona.

—¿Estuviste allí? —pregunté.

Se ruborizó todavía más.

—No exactamente. Solo era una niña, pero mi madre trabajaba como criada del señor Alderman. Recuerdo... recuerdo ver a Hearthstone entrar corriendo en casa gritando, pidiendo ayuda por señas. Él y su padre se fueron deprisa. Y luego, más tarde..., el señor Alderman volvió con el cuerpo del amo Andiron en brazos.

Su cola de vaca se agitó y rozó la jamba de la puerta.

—El señor Alderman mató al brunnmigi, pero obligó a Hearthstone a... despellejar a la criatura él solo. No pudo entrar en casa hasta que lo hizo. Cuando la piel estuvo curtida e hicieron una alfombra con ella, la pusieron aquí.

—Dioses.

Me paseé por la habitación. Traté de borrar unas palabras de una pizarra, pero estaban escritas con rotulador permanente. Cómo no.

—¿Y las monedas? —pregunté—. ¿Las opciones de ese... menú?

Me salió una voz más áspera de lo que pretendía. Inge se sobresaltó.

—El wergild de Hearthstone —dijo—. La deuda de sangre por la muerte de su hermano.

«Tapar la alfombra —dijo él con gestos de forma mecánica, como si citase algo que había oído un millón de veces—. Ganar monedas de oro hasta que no se vea un solo pelo. Entonces habré pagado.»

Miré la lista de precios: los beneficios y las pérdidas del libro mayor de culpabilidad de mi amigo. Luego me quedé mirando las monedas perdidas en medio de la extensión de pelo azul. Me imaginé a Hearthstone con ochenta años tratando de ganar suficiente dinero para tapar por completo aquella enorme alfombra.

Me estremecí, pero no pude librarme de la rabia.

—Creía que tus padres te pegaban o algo por el estilo, pero esto es mucho peor.

Inge se retorció las manos.

—Oh, no, señor, las palizas solo son para el personal de la casa. Pero tiene razón. El castigo del señor Hearthstone ha sido mucho más duro.

«Palizas.» La joven huldra las mencionó como si fueran incidentes desafortunados, como que se te quemen unas galletas o se atasque un fregadero.

—Voy a tirar abajo este sitio —decidí—. Voy a lanzar a tu padre...

Hearthstone me miró fijamente. Se me atragantó la rabia. Esa decisión no era mía. Esa historia no era mía. Aun así...

—No puedes participar en este juego retorcido, Hearth —dije—. ¿Tu padre quiere que completes el wergild antes de ayudarnos? ¡Es imposible! Sam tiene que casarse con un gigante dentro de cuatro días. ¿No podemos coger la piedra sin más y viajar a otro mundo antes de que se dé cuenta?

Hearth negó con la cabeza. «Piedra debe ser un regalo. Solo funciona si se da libremente.»

—Y hay guardias —añadió Inge—. Espíritus con los que... no es recomendable encontrarse.

Ya contaba con todas esas cosas, pero eso no me impidió soltar tacos hasta que a la chica se le pusieron las orejas coloradas.

—¿Y la magia rúnica? —pregunté—. ¿Puedes invocar suficiente oro para tapar el pelo?

«No se puede hacer trampas con wergild —explicó Hearth con gestos—. Oro debe ganarse haciendo un gran esfuerzo.»

—¡Tardarás años!

—Puede que no —murmuró Inge, como si hablase con la alfombra azul—. Hay una forma.

Hearth se volvió hacia ella. «¿Cómo?»

La huldra juntó las manos inquieta. No estaba seguro de si era consciente de que estaba haciendo el signo de «matrimonio».

—No... no quiero meterme donde no me llaman, pero está el Prudente.

Mi colega levantó las manos haciendo el gesto universal de «¿Te estás quedando conmigo? El Prudente es una leyenda», dijo por señas.

—No —repuso ella—. Sé dónde está.

Hearth la miró fijamente, consternado. «Aun así. No. Demasiado peligroso. Todo el que intenta robarle acaba muerto.»

—No todos —dijo Inge—. Sería peligroso, pero podrías conseguirlo. Estoy segura.

—Un momento —tercié—. ¿Quién es el Prudente? ¿De qué estáis hablando?

—Hay... hay un enano —explicó Inge—. El único enano de Alfheim, exceptuando a... —Señaló con la cabeza a nuestro amigo petrificado—. El Prudente tiene suficiente oro para tapar esta alfombra. Yo podría decirles dónde encontrarlo... si no les importa hacer algo que entrañe un gran riesgo de muerte.

25

¿Hearthstone? Más bien, Hearthladrón. ¿Me equivoco?

No se debe hacer un comentario sobre el riesgo de muerte inminente y luego decir: «¡Buenas noches! ¡Hablaremos mañana!».

Pero Inge insistió en que no fuésemos a por el enano hasta la mañana siguiente. Nos recomendó descansar. Nos trajo mudas, comida y bebida, y un par de almohadas. Luego se fue corriendo, tal vez a limpiar líquido derramado o a quitar el polvo a las hornacinas o a pagar cinco monedas de oro al señor Alderman por el privilegio de ser su criada.

Hearth no quería hablar del enano asesino el Prudente ni de su oro. Tampoco quería que lo consolaran por haber perdido a su madre ni por tener que aguantar a su padre. Después de una cena rápida y sombría, dijo por señas: «Tengo que dormir», y se desplomó rápidamente sobre su colchón.

Decidí dormir en la alfombra por puro rencor. Sí, daba repelús, pero ¿cuántas veces tienes ocasión de recostarte en auténtico pelo de Pipís en el Pozo?

Hearthstone me había dicho que en Alfheim el sol no se ponía nunca. Solo bajaba hasta el horizonte y volvía a subir, como en verano en el Ártico. Me había preguntado si me costaría dormir cuando no hubiera noche, pero no tenía de qué preocuparme: en la habitación sin ventanas de mi amigo, con solo darle al interruptor de la luz, me quedé en una oscuridad absoluta.

Había sido un día largo, entre el combate contra zombis democráticos y la caída desde el avión en una urbanización de ricos de Pijoheim. El pelo de la maléfica criatura era sorprendentemente cálido y cómodo. Cuando quise darme cuenta, me había sumido en un sueño no demasiado plácido.

En serio, no sé si hay un dios nórdico de los sueños, pero si lo hay, pienso hacer trizas su colchón con un hacha.

Me asaltó un aluvión de imágenes perturbadoras, todas sin demasiado sentido. Vi el barco de mi tío Randolph escorándose en medio de la tempestad y oí a sus hijas gritando en el interior de la timonera. Sam y Amir —que no pintaban nada allí— se aferraban cada uno a un costado de la cubierta, tratando de alcanzar la mano del otro hasta que una ola rompió por encima de ellos y los arrastró al fondo del mar.

El sueño cambió. Vi a Alex Fierro en su habitación del Valhalla, lanzando cacharros de cerámica a través del atrio. Loki estaba en su dormitorio, arreglándose despreocupadamente la pajarita de cachemir en el espejo mientras los cacharros lo atravesaban y se estrellaban contra la pared.

—Es una petición muy sencilla, Alex —dijo—. La alternativa es desagradable. ¿Crees que por que estés muerta no tienes nada que perder? Pues estás muy equivocada.

—¡Lárgate! —gritó ella.

El dios se volvió, pero ya no era un hombre. Se había transformado en una joven de largo cabello pelirrojo y ojos brillantes, con un traje de noche verde esmeralda que realzaba su figura.

—Controla ese genio, tesoro —susurró—. Recuerda de dónde vienes.

Las palabras reverberaron y disolvieron la escena.

Me vi en una caverna con burbujeantes charcos sulfúricos y gruesas estalagmitas. El dios Loki, vestido únicamente con un taparrabos, yacía sujeto a tres columnas de roca: los brazos muy extendidos, las piernas amarradas, los tobillos y las muñecas atados con relucientes cordones oscuros de tripas calcificadas. Sobre su cabeza, enroscada alrededor de una estalactita, había una enorme serpiente verde con la boca abierta, de cuyos colmillos caían gotas de veneno en los ojos del dios. Pero, en lugar de gritar, Loki se reía mientras se le quemaba la cara.

—¡Muy pronto, Magnus! —gritó—. ¡No olvides la invitación de boda!

Una escena distinta: la ladera de una montaña de Jotunheim en medio de una tormenta de nieve. En la cima se encontraba el dios Thor, con su barba pelirroja y su pelo enmarañado salpicado de nieve, y los ojos centelleantes. Vestido con su gruesa capa de pelo y su ropa de piel cubierta de nieve, parecía el abominable pelirrojo de las nieves. Por la pendiente subían mil gigantes decididos a matarlo: un ejército de colosos exageradamente musculosos con armaduras hechas de losas de piedra y lanzas del tamaño de secuoyas.

Thor levantó su martillo con sus guanteletes: el poderoso *Mjolnir*. Su cabeza era un trozo de hierro moldeado toscamente como una carpa de circo aplastada, romo en los dos extremos y puntiagudo en el centro. Unos motivos rúnicos recorrían el metal. Sujeto por el dios con las dos manos, el mango de *Mjolnir* se veía tan corto y grueso que resultaba casi cómico, como si un niño levantase un arma demasiado pesada para él. El ejército de gigantes reía y se burlaba de él.

Entonces Thor bajó el martillo y la ladera de la montaña estalló a sus pies. Los gigantes salieron volando en un torbellino de un millón de toneladas formado por roca y nieve, entre sus filas retumbaron rayos, y voraces zarcillos de energía los redujeron a cenizas.

El caos amainó. Thor contempló amenazadoramente los miles de enemigos muertos que ahora cubrían las pendientes. A continuación me miró directamente.

—¿Crees que puedo hacer eso con un bastón, Magnus Chase? —rugió—. ¡¡Date prisa con el martillo!!

Entonces, como no podía ser de otra forma, levantó la pierna derecha y se tiró un pedo como un trueno.

A la mañana siguiente, Hearthstone me despertó sacudiéndome. Me sentía como si hubiera estado haciendo pesas con *Mjolnir* toda la noche, pero logré meterme en la ducha dando tumbos y luego me vestí con unas prendas de lino y unos vaqueros élficos. Tuve que remangarme las mangas y los bajos unas quince veces para que la ropa me quedara bien.

No acababa de convencerme la idea de dejar a Blitzen, pero Hearth decidió que nuestro amigo estaría más seguro allí que adonde nos dirigíamos. Lo dejamos sobre el colchón y lo arropamos. Luego los dos salimos sigilosamente de la casa y, por fortuna, no nos encontramos con el señor Alderman.

Inge había quedado con nosotros al fondo de la finca. La encontramos esperándonos donde el pulcro jardín se juntaba con una hilera torcida de árboles y maleza. El sol estaba saliendo otra vez y teñía el cielo de naranja sangre. Incluso con las gafas de sol puestas, notaba un intenso dolor en los globos oculares. Condenado amanecer del condenado mundo de los elfos.

—No tengo mucho tiempo —dijo la criada, inquieta—. Le he comprado al amo una pausa de diez minutos.

Su comentario me puso otra vez furioso. Me dieron ganas de preguntar cuánto costaría comprar el derecho a pisotear al señor Alderman con unas botas de fútbol, pero pensé que no debía malgastar el precioso tiempo de Inge.

La duendecilla señaló el bosque.

—La guarida de Andvari está en el río. Sigan la corriente río abajo hasta la cascada. Él vive en la charca que hay al pie.

—¿Andvari? —pregunté.

Ella asintió con la cabeza, nerviosa.

—Es su nombre: el Prudente, en el idioma antiguo.

—¿Y ese enano vive bajo el agua?

—En forma de pez —dijo Inge.

—Ah. Naturalmente.

«¿Cómo lo sabes?», preguntó Hearthstone a Inge con gestos.

—Yo... bueno, amo Hearthstone, las huldras conservamos algo de magia de la naturaleza. Se supone que no debemos usarla, pero... la última vez que estuve en el bosque percibí al enano. El único motivo por el que el señor Alderman tolera esta parcela de monte en su finca es porque..., ya sabe, las huldras necesitamos un bosque cerca para sobrevivir. Y él siempre puede... contratar más personal aquí.

Ella dijo «contratar». Yo entendí «cazar».

La sesión de pisoteo con botas de fútbol durante diez minutos pintaba cada vez mejor.

—¿Y qué hace ese enano en Alfheim? —pregunté—. ¿La luz del sol no lo convierte en piedra?

La cola de vaca de Inge se sacudió.

—Según los rumores que he oído, Andvari tiene más de mil años. Posee una magia muy poderosa. La luz del sol apenas le afecta. Además, permanece en las profundidades más oscuras de la charca. Supongo que Alfheim le pareció un sitio seguro para esconderse. Le han robado el oro enanos, humanos, incluso dioses. Pero ¿quién buscaría a un enano y su tesoro aquí?

«Gracias, Inge», dijo Hearth por señas.

La huldra se sonrojó.

—Tenga cuidado, amo Hearth. Andvari es astuto. Seguro que sus tesoros están escondidos y protegidos con toda clase de hechizos. Lamento poder decirle solo dónde encontrarlo y no cómo vencerlo.

Él le dio un abrazo. Temí que el gorro de la pobre chica saliera disparado como el tapón de una botella.

—Yo..., por favor... ¡Buena suerte!

Se fue corriendo.

Me volví hacia Hearthstone.

—¿Ha estado enamorada de ti desde que erais niños?

Él me señaló y acto seguido describió un círculo a un lado de su cabeza. «Estás loco.»

—Lo que tú digas, tío —dije—. Eso sí, me alegro de que no la hayas besado. Se habría desmayado.

Hearthstone me dedicó un gruñido de irritación. «Vamos. Enano al que robar.»

26

Bombardeamos a todos los peces

Había recorrido los páramos de Jotunheim y había vivido en las calles de Boston, pero, no sé por qué, la franja de terreno sin cultivar situada detrás de la mansión Alderman me pareció todavía más peligrosa.

Al mirar detrás de nosotros, todavía podía ver las torres de la casa asomando por encima del bosque. Podía oír el tráfico de la carretera. El sol brillaba con la misma alegría radiante de siempre. Pero bajo los árboles nudosos reinaba una obstinada penumbra. Las raíces y las piedras parecían decididas a hacerme tropezar. En las ramas superiores, pájaros y ardillas me miraban mal. Parecía que esa pequeña parcela de naturaleza se esforzase el doble por mantenerse salvaje para evitar que la convirtieran en un jardín de té.

«Como vea que traéis aquí un juego de croquet —parecía que dijesen los árboles—, os haré tragar los mazos.»

Yo apreciaba la actitud, pero nuestro paseo resultaba un poco estresante.

Hearthstone parecía saber adónde se dirigía. La idea de que Andiron y él hubieran jugado de niños en ese bosque me infundió nuevo respeto por su valor. Después de abrirnos camino cuidadosamente a través de unas cuantas hectáreas de espinos, fuimos a dar a un pequeño claro con un montón de piedras en el centro.

—¿Qué es eso? —pregunté.

Mi amigo lucía una expresión de tensión y dolor, como si todavía estuviera avanzando entre zarzas. «El pozo», dijo por señas.

La melancolía del lugar penetró en mis poros. Se trataba del sitio donde había muerto su hermano. El señor Alderman debía de haber rellenado el pozo... o quizá había obligado a Hearthstone a hacerlo después de terminar de despellejar a la malvada criatura. Probablemente, la acción le había valido a mi colega un par de monedas de oro.

Hice un círculo con el puño sobre mi pecho, el signo de «Lo siento».

Él me miró fijamente como si el sentimentalismo no viniese a cuento. Se arrodilló al lado del montón de piedras y recogió una piedrecita lisa de la parte superior. Grabada en rojo oscuro había una runa:

Othala. «Herencia.» El mismo símbolo que Emma, la hija de Randolph, había aferrado en mi sueño. Al verlo en la vida real, volví a marearme. Me empezó a arder la cara recordando la cicatriz de mi tío.

Me acordé de lo que Loki había dicho en el túmulo del espectro: «La sangre es algo poderoso. Puedo dar contigo en cualquier momento a través de él». Por un segundo, me pregunté si el dios del engaño había puesto la piedra allí como un mensaje dirigido a mí, pero Hearthstone no parecía sorprendido de encontrarla.

Me arrodillé a su lado y dije con señas: «¿Qué hace esta piedra aquí?».

Se señaló a sí mismo y luego volvió a dejar la piedra con cuidado encima del montón.

«Significa "hogar" —explicó con gestos—. O lo que es importante.»

—¿Herencia?

Él se lo pensó un momento y acto seguido asintió con la cabeza.

«La dejé aquí cuando me fui, hace años. Nunca usaré esta runa. Su sitio está con él.»

Me quedé mirando el montón de piedras. ¿Eran las mismas con las que Hearthstone había estado jugando a los ocho años cuando el monstruo había atacado a su hermano? Ese sitio era más que un monumento a Andiron. Una parte de mi amigo también había muerto allí.

Yo no era mago, pero no me parecía justo que a un conjunto de runas le faltase un símbolo. ¿Cómo podías dominar un idioma —especialmente el idioma del universo— sin todas las letras?

Quería animarle a que recuperase la runa. Seguro que Andiron querría lo mismo. Hearth tenía ahora una nueva familia. Era un gran hechicero. Su copa de la vida se había rellenado.

Pero evitaba mirarme a los ojos. Es fácil no prestar atención a alguien cuando estás sordo. Simplemente no lo miras. Hearth se levantó y continuó andando, indicándome con la mano que lo siguiera.

Unos minutos más tarde encontramos el río. No era demasiado imponente: un simple arroyo cenagoso como el que serpenteaba a través de la zona verde de Fenway Park. Nubes de mosquitos revoloteaban sobre la hierba del pantano. El suelo era como pudin caliente. Seguimos la corriente río abajo a través de zonas tupidas de zarzas y ciénagas que nos llegaban hasta las rodillas. El milenario enano Andvari había elegido un sitio precioso para jubilarse.

Después de los sueños de la noche anterior, tenía los nervios a flor de piel.

No paraba de pensar en la imagen de Loki atado en su cueva. Y su aparición en la habitación de Alex Fierro: «Es una petición muy sencilla». Si eso había ocurrido realmente, ¿qué quería Loki?

Me acordé del asesino de cabras al que le gustaba poseer a instructores de vuelo. Me había dicho que llevara a Alex a Jotunheim: «¡¡Ella es ahora tu única esperanza de éxito!!». Eso no auguraba nada bueno.

El gigante Thrym esperaba casarse dentro de tres días. Quería tener a su novia, además de la dote formada por la espada y la piedra

Skofnung. A cambio, tal vez recuperásemos el martillo de Thor e impidiésemos que hordas de Jotunheim invadieran Boston.

Pensé en los miles de gigantes que había visto en el sueño marchando hacia la batalla para desafiar a Thor. No ardía en deseos de enfrentarme a una fuerza como esa; al menos sin un martillo grande que pudiera hacer explotar montañas y freír a los ejércitos invasores.

Creía que lo que Hearth y yo estábamos haciendo tenía sentido: recorrer Alfheim tratando de recuperar el oro de un viejo enano para poder conseguir la piedra *Skofnung* y curar a Blitz. Aun así, me sentía como si Loki estuviera entreteniéndonos a propósito, sin darnos tiempo a pensar. Él era como un base de baloncesto que movía las manos delante de nuestras narices para distraernos de lanzar a la canasta. El trato de la boda ocultaba otro propósito aparte de recuperar el martillo de Thor. Loki tenía un plan dentro de otro plan. Había reclutado a mi tío Randolph por algún motivo. Si dispusiera de un momento para ordenar mis pensamientos sin verme arrastrado de un problema mortal a otro...

«Sí, claro. Acabas de describir tu vida entera y tu vida después de la muerte, Magnus.»

Intenté convencerme de que todo iría bien. Lamentablemente, mi esófago no me creyó. No paraba de subir y bajar como un yoyó de mi pecho a mi boca.

La primera cascada que encontramos era un chorrito que caía por encima de un saliente cubierto de musgo. A cada orilla se extendían prados descubiertos. El agua no era lo bastante profunda para que un pez se escondiera en ella y los prados eran demasiado llanos para ocultar trampas efectivas como pinchos tóxicos, minas terrestres o cables tendidos sobre el suelo que lanzasen dinamita o roedores rabiosos mediante catapultas. Ningún enano que se preciase habría escondido allí su tesoro. Seguimos andando.

La segunda cascada tenía posibilidades. El terreno era más rocoso, con mucho musgo resbaladizo y grietas traicioneras entre los guijarros de cada orilla. Los árboles daban sombra al agua y ofrecían posibles escondites de sobra para ocultar ballestas y cuchillas de guillotina. El río descendía en cascada por una escalera de roca natural antes de caer tres metros hasta una laguna del diámetro de una cama elástica. Con toda la espuma que se arremolinaba y las ondas, no podía ver debajo de la superficie, pero a juzgar por el agua azul oscuro, debía de ser profunda.

—Ahí abajo podría haber cualquier cosa —le dije a Hearth—. ¿Cómo lo hacemos?

Señaló mi colgante. «Prepárate.»

—Vale.

Me quité la piedra rúnica e invoqué a Jack.

—¡Hola, chicos! —dijo—. ¡Hala! ¡Estamos en Alfheim! ¿Habéis traído gafas de sol para mí?

—Tú no tienes ojos, Jack —le recordé.

—¡Sí, pero las gafas de sol me quedan superbién! ¿Qué hacemos?

Le conté lo esencial mientras Hearthstone rebuscaba en su saco de piedras rúnicas, tratando de decidir qué tipo de magia usar con un enano-pez.

—¿Andvari? —dijo Jack—. Oh, he oído hablar de ese tío. Puedes robarle el oro, pero no puedes matarlo. Te traería muy mala suerte.

—¿A qué te refieres exactamente?

Las espadas no podían encogerse de hombros, pero Jack se inclinó de un lado a otro, que era su equivalente más próximo.

—No sé lo que pasaría. Solo sé que está en uno de los primeros puestos de la lista de cosas que no hay que hacer, junto con romper espejos, cruzarse con gatos de Freya e intentar besar a Frigg debajo del muérdago. ¡Yo cometí ese error una vez!

Tuve la horrible sensación de que estaba a punto de contarme la anécdota, pero en ese momento Hearthstone levantó una piedra rúnica por encima de su cabeza. Apenas me dio tiempo a reconocer el símbolo:

ᚦ

Thurisaz, la runa de Thor.

La lanzó a la laguna.

¡Pum! Se me empañaron las gafas de sol de vapor de agua. El

ambiente se cargó tan rápido de vapor puro y ozono que los senos nasales se me inflaron como los airbags de un coche.

Me limpié los cristales. Donde antes estaba la laguna ahora había un enorme foso embarrado de unos diez metros de profundidad. En el fondo, docenas de peces sorprendidos se agitaban con las branquias palpitando.

—¡Vaaaya! —exclamé—. ¿Adónde ha ido la cascada...?

Alcé la vista. El río formaba un arco sobre nuestras cabezas como un arcoíris líquido, pasaba por encima de la laguna y caía con estruendo en el lecho situado río abajo.

—Hearth, ¿cómo narices...?

Él se volvió hacia mí, y retrocedí nervioso. Estaba echando chispas por los ojos y su expresión era más espeluznante y recordaba menos a Hearth que cuando se había convertido en el elfo buey con la runa de uruz.

—Mmm..., perdona, tío... —Levanté las manos—. Pero es que has bombardeado a unos cincuenta peces inocentes...

«Uno de ellos es un enano», dijo él por señas.

Saltó al foso y sus botas se hundieron en el barro. Anduvo por el lodo sacando los pies con ruidos sonoros de succión y examinando cada pez. Encima de mí, el río seguía describiendo un arco en el aire, rugiendo y reluciendo a la luz del sol.

—Jack —dije—, ¿qué hace la runa de thurisaz?

—Es la runa de Thor, señor. Eh, Thor, señor. ¡Rima!

—Sí, genial. Pero ¿por qué ha explotado la laguna? ¿Por qué se comporta Hearthstone de forma tan rara?

—¡Ah! Porque thurisaz es la runa de la fuerza destructiva. Como Thor. Vuela cosas por los aires. Además, cuando la invocas, puedes volverte un poco... como Thor.

«Como Thor.» Justo lo que necesitaba. Ahora sí que no quería saltar al agujero. Si Hearthstone se ponía a tirar pedos como el dios del trueno, el aire se intoxicaría muy rápido allí abajo.

Por otra parte, no podía dejar a esos peces a merced de un elfo cabreado. Cierto, solo eran peces, pero no me gustaba la idea de que tantos murieran para que pudiéramos eliminar a un enano disfraza-

212

do. Así era la vida. Supongo que era cosa de Frey. Además, estaba seguro de que mi colega lamentaría lo que había hecho cuando se librara de la influencia de thurisaz.

—Quédate aquí, Jack —dije—. Vigila.

—Sería más fácil y más molón con gafas de sol —se quejó.

No le hice caso y salté al foso.

Por lo menos Hearth no intentó matarme cuando caí a su lado. Miré a mi alrededor, pero no vi rastro de tesoros: ni equis que marcasen un lugar, ni trampillas, solo un montón de peces que boqueaban.

«¿Cómo encontramos a Andvari? —pregunté por señas—. Los otros peces necesitan agua para respirar.»

«Esperaremos — contestó Hearth con gestos —. Enano también se ahogará a menos que cambie de forma.»

No me gustó esa respuesta. Me agaché, apoyé las manos en el barro e irradié el poder de Frey a través del cieno y el fango. Sé que suena raro, pero pensé que si podía curar con el tacto, intuyendo lo que no funcionaba bien dentro del cuerpo de una persona, tal vez pudiera ampliar mi percepción un poco más —de la misma forma que se pueden entornar los ojos para ver más lejos— y percibir las distintas formas vitales que me rodeaban.

Dio resultado, más o menos. Mi mente entró en contacto con la fría conciencia asustada de una trucha que daba coletazos a escasos centímetros de mí. Localicé a una anguila que se había enterrado en el barro y estaba considerando seriamente morder a Hearthstone en el pie (la convencí de que no lo hiciera). Entré en contacto con las diminutas mentes de unos pececillos cuyo único proceso mental era: «¡Ah! ¡Ah! ¡Ah!». Entonces percibí algo distinto: un mero cuyos pensamientos se agolpaban demasiado rápido, como si estuviera tramando planes de huida.

Lo atrapé con mis reflejos de einherji.

—¡Gak! —chilló el mero.

—¿Andvari, supongo? Mucho gusto.

—¡¡Suéltame!! —protestó el pez—. ¡Mi tesoro no está en esta laguna! ¡De hecho, no tengo ningún tesoro! ¡Olvídate de lo que he dicho!

—Hearth, ¿qué tal si salimos de aquí? —propuse—. Deja que la laguna vuelva a llenarse.

De repente, el fuego se apagó de sus ojos y se tambaleó.

—¡Eh, Magnus! —gritó Jack desde arriba—. Deberíais daros prisa.

La magia rúnica se estaba debilitando. El arco de agua empezó a disolverse y a deshacerse en gotitas. Sujetando fuerte con una mano al mero cautivo, rodeé con la otra la cintura de Hearthstone y salté hacia arriba con todas mis fuerzas.

Chicos, no hagáis esto en casa. Yo soy un einherji adiestrado que sufrió una muerte dolorosa, fue al Valhalla y ahora pasa la mayor parte de su tiempo discutiendo con una espada. Soy un profesional cualificado que puede salir de un salto de agujeros embarrados de diez metros. Espero que vosotros no.

Aterricé en la orilla justo cuando la cascada volvió a desplomar-se sobre la laguna y obsequió a todos los pececillos con un milagro pasado por agua y una historia que contar a sus nietos.

El mero trató de escapar.

—¡Suéltame, granuja!

—Contraoferta —dije—. Andvari, este es mi amigo Jack, la Es-pada del Verano. Puede atravesar casi todo. Canta canciones pop como un ángel desquiciado. También puede cortar en filetes un pez más rápido de lo que te imaginas. Estoy a punto de pedirle que haga todas esas cosas a la vez... o puedes adoptar tu forma normal, despa-cito, y podemos charlar.

En un abrir y cerrar de ojos, en lugar de sujetar un pez, mi mano pasó a rodear el cuello del enano más viejo y más viscoso que había visto en mi vida. Era tan repugnante que el hecho de que no lo sol-tase debería haber demostrado mi valor y haberme llevado otra vez al Valhalla.

—Enhorabuena —dijo con voz ronca—. Me habéis atrapado. ¡Y ahora sufriréis una trágica defunción!

27

Suéltame enseguida o te haré multimillonario

¡Oooh, una defunción!

Normalmente no me amenazan con una «defunción». La mayoría de los habitantes de los nueve mundos no usan palabrejas como esa. Se limitan a decir: «¡¡Te voy a matar!!». O dejan que hablen sus puños enfundados en guanteletes de malla.

Me quedé tan impresionado con el vocabulario de Andvari que le estrujé más fuerte el cuello.

—¡Aaaggg!

Forcejeó y se retorció. Era resbaladizo, pero no pesaba. Incluso para un enano, era menudo. Llevaba una túnica de piel de pez y una ropa interior compuesta básicamente por un pañal de musgo. Tenía las extremidades cubiertas de cieno. Me aporreaba con sus brazos regordetes, pero hacían el mismo daño que unos bates de goma. Y su cara... ¿Sabéis la pinta que tiene el pulgar después de haber estado vendado mucho tiempo, todo arrugado y descolorido y asqueroso? Pues imaginaos eso en una cara, con una barba blanca desaliñada y unos ojos color verde moho, y os haréis una idea de cómo era Andvari.

—¿Dónde está el oro? —pregunté—. No me hagas dar rienda suelta a mi espada para que cante su lista de canciones.

Andvari se retorció todavía más.

—¡No os conviene mi oro, idiotas! ¿No sabéis lo que le pasa a la gente que lo roba?

—¿Que se hacen ricos? —aventuré.

—¡No! Bueno, sí. ¡Pero después mueren! O... por lo menos quieren morir. Siempre sufren. ¡Y también las personas que los rodean!

Movió sus dedos fangosos en plan: «¡Uuuh, uuuh, qué miedo doy!».

Hearthstone estaba escorándose ligeramente a babor, pero consiguió mantenerse en pie. «Una persona robó oro, sin consecuencias», dijo por signos. A continuación hizo el signo del nombre que menos gracia me hacía: el dedo índice y el pulgar juntos a un lado de la cabeza, una combinación de la letra ele y el signo de «diablo», que definía a la perfección a Loki.

—Loki te quitó el oro una vez —interpreté— y no murió ni sufrió.

—¡Bueno, sí, pero era Loki! —dijo Andvari—. Todos los demás que me lo quitaron después de él... ¡se volvieron locos! ¡Vivieron vidas horribles, dejaron un reguero de cadáveres! ¿Es eso lo que queréis? ¿Queréis ser como Fafnir? ¿Como Sigurd? ¿Como los ganadores de la lotería?

—¿Quiénes?

—¡Venga ya! Seguro que has oído esas historias. Cada vez que pierdo mi anillo, va dando tumbos por los nueve mundos durante una temporada. Algún idiota le echa el guante y gana la lotería y se hace millonario. Pero siempre acaban arruinados, divorciados, enfermos, infelices y/o muertos. ¿Es eso lo que queréis?

«Anillo mágico, sí —dijo Hearth con gestos—. Es el secreto de su riqueza. Lo necesitamos.»

—Has mencionado un anillo —dije.

Andvari se quedó inmóvil.

—¿Ah, sí? No. Debo de haberme expresado mal. No tengo ningún anillo.

—Jack —dije—, ¿qué te parecen sus pies?

—Muy mal, señor. Necesitan una pedicura.

—Adelante.

Jack entró en acción. Es una espada excepcional que puede quitar verdín endurecido, cortar callos, recortar uñas retorcidas y dejar unos pies de enano relucientes sin 1) matar a dicho enano, 2) amputar los pies en movimiento de dicho enano, ni 3) cortar las piernas del einherji que sujeta a dicho enano.

—¡Está bien! ¡Está bien! —gritó Andvari—. ¡Basta de torturas! ¡Os enseñaré dónde está el tesoro! ¡Está justo debajo de esa roca!

Señaló frenéticamente casi todo hasta que su dedo se posó en una roca en la orilla de la cascada.

«Trampas», advirtió Hearthstone por señas.

—Andvari —dije—, si muevo esa roca, ¿qué trampas haré saltar?

—¡Ninguna!

—¿Y si la muevo usando tu cabeza como palanca?

—¡Vale, hay bombas trampa! ¡Maleficios explosivos! ¡Cables a ras del suelo conectados a catapultas!

—Lo sabía —dije—. ¿Cómo los desactivamos? Todos.

El enano entornó los ojos, concentrado. Por lo menos yo esperaba que estuviera haciendo eso. En caso contrario, estaba soltando lastre en su pañal de musgo.

—Ya está. —Suspiró tristemente—. He desactivado todas las trampas.

Miré a Hearthstone. El elfo estiró las manos, seguramente para determinar si había magia en el entorno del mismo modo que yo podía percibir a las anguilas y los pececillos. (Eh, todos tenemos distintas aptitudes.)

Al cabo de unos minutos asintió con la cabeza. «No hay peligro.»

Con Andvari colgando todavía de mi mano, me acerqué a la roca y le di la vuelta con el pie. (La fuerza de einherji también es una buena aptitud.)

Debajo había un hoyo cubierto con una lona y lleno de... Qué pasada. Normalmente me da igual el dinero. No es lo mío. Pero mis glándulas salivales se pusieron a funcionar a toda marcha cuando vi la cantidad de oro que había: pulseras, collares, monedas, dagas, anillos, copas, fichas de Monopoly... No sabía cuánto valía actualmente el gramo de oro, pero calculé que allí debía de haber mineral dorado por valor de tropecientos millones más o menos.

Jack chilló.

—¡Oh, fíjate en esas dagas pequeñas! Son adorables.

Los ojos de Hearthstone recobraron su estado de alerta. Todo ese oro pareció ejercer sobre él el mismo efecto que agitar una taza de café bajo su nariz.

«Demasiado fácil —indicó por señas—. Debe de ser una trampa.»

—Andvari —dije—, si tu nombre significa «Prudente», ¿por qué es tan fácil robarte?

—¡Ya lo sé! —exclamó sollozando—. ¡No soy prudente! ¡Me roban continuamente! Creo que el nombre es irónico. Mi madre era una mujer cruel.

—Entonces, ¿siempre te roban el tesoro y siempre lo recuperas? ¿Por el anillo del que has hablado?

—¿Qué anillo? En ese montón hay muchos anillos. ¡Cógelos!

—No, el supermágico. ¿Dónde está?

—Ejem, estará en el montón. ¡Ve a mirar!

Andvari se quitó rápidamente un anillo del dedo y se lo metió en el pañal. Tenía las manos tan sucias que no habría reparado en ese anillo, aunque no hubiera intentado esconderlo.

—Te lo acabas de meter en el pañal —dije.

—¡No es verdad!

—Jack, creo que este enano quiere una depilación brasileña completa.

—¡No! —protestó Andvari—. Está bien, tengo el anillo mágico en los calzoncillos. Pero, por favor, no me lo quites. Siempre es un rollo cuando tengo que recuperarlo. Ya te he dicho que está maldito. No querrás acabar como un ganador de la lotería, ¿verdad?

Me volví hacia Hearth.

—¿Tú qué opinas?

—¡Dígaselo, señor Elfo! —dijo Andvari—. Salta a la vista que usted es un elfo erudito. Conoce las runas. Apuesto a que conoce la historia de Fafnir. Dígale a su amigo que el anillo no les traerá más que problemas.

Hearth miró a lo lejos como si estuviera leyendo una lista en una pizarra celestial: «– 10 MONEDAS DE ORO POR LLEVAR A CASA UN ANILLO MALDITO. + TROPECIENTAS MONEDAS DE ORO POR ROBAR TROPECIENTAS MONEDAS DE ORO».

«El anillo está maldito —dijo con gestos—. Pero también es clave para el tesoro. Sin anillo, no bastará con tesoro. Nunca será suficiente.»

Miré el alijo de oro del tamaño de un jacuzzi.

—No sé, tío. A mí me parece bastante para cubrir la alfombra de tu wergild.

Hearth negó con la cabeza. «No bastará. Anillo es peligroso. Pero tenemos que cogerlo por si acaso. Si no lo usamos, podemos devolverlo.»

Giré al enano para situarlo de cara hacia mí.

—*Sorry*, Andvari.

Jack rio.

—¡Eh, eso también rima!

—¿Qué ha dicho el elfo? —preguntó el enano—. ¡No sé interpretar esos gestos!

Agitó sus manos mugrientas y dijo sin querer «burro camarero tortita» en lengua de signos.

Estaba perdiendo la paciencia con ese viejo montón de lodo, pero hice todo lo posible por traducirle el mensaje de Hearth.

Sus ojos verde musgo se oscurecieron. Enseñó los dientes, que tenían pinta de no haber visto un hilo dental desde que los zombis inspiraron el Pacto del Mayflower.

—Es usted tonto, señor Elfo —gruñó—. El anillo acabará volviendo conmigo. Siempre vuelve. Mientras tanto, causará muerte y desgracias a quien lo lleve. Y tampoco creo que resuelva sus problemas. Esta no será la última vez que tenga que volver a casa. No ha hecho más que retrasar un castigo mucho más peligroso.

Su cambio de tono me desconcertó todavía más que su cambio de mero a enano. Los gemidos y los gritos habían desaparecido. Hablaba con fría seguridad, como un verdugo explicando la mecánica de un nudo corredizo.

Hearthstone no parecía afectado. Lucía la misma expresión que ante el montón de piedras de su hermano, como si reviviera una tragedia que había ocurrido hacía mucho y que ya no se podía cambiar.

«El anillo», dijo por señas.

El gesto fue tan evidente que hasta Andvari lo entendió.

—Está bien. —El enano me fulminó con la mirada—. Tú tampoco escaparás de la maldición, humano. ¡Muy pronto comprenderás lo que se consigue robando!

Se me erizó el vello de los brazos.

—¿Qué... qué quieres decir?

Él sonrió diabólicamente.

—Oh, nada. Nada en absoluto.

Meneó el cuerpo. El anillo salió por el agujero de la pierna izquierda de su pañal.

—Un anillo mágico con maldición incluida —anunció.

—No pienso recoger eso ni loco —dije.

—¡Yo me encargo!

Jack se lanzó volando, hizo de espátula y sacó el anillo del lodo con la cara lisa de su hoja.

Andvari observó pensativamente cómo mi espada jugaba a pádelbol lanzando el anillo de un lado de la hoja al otro.

—¿El trato habitual? —preguntó el enano—. ¿Me perdonáis la vida y os quedáis con todo lo que tengo?

—Me parece estupendo —contesté—. ¿Y todo el oro del hoyo? ¿Cómo nos lo llevamos?

—¡Aficionados! La lona que cubre el hoyo es un gran saco mágico. ¡Se tira del cordón y *voilà*! Tengo que tener el alijo preparado para escapar rápido las pocas veces que evito que me roben.

Hearthstone se agachó junto al hoyo. Efectivamente, una lazada asomaba de un agujero en el dobladillo de la lona. Tiró de ella, y el saco se cerró de golpe y adquirió el tamaño de una mochila. Lo levantó para que lo viera: oro por valor de tropecientos millones de dólares en un tamaño de viaje superpráctico.

—¡Ahora cumplid con vuestra parte del trato! —exigió Andvari.

Lo solté.

—Uf. —El viejo enano se frotó el cuello—. Que disfrutéis de vuestra defunción, aficionados. ¡Espero que sufráis y que ganéis dos loterías!

Tras tan vil maldición, se tiró otra vez a su laguna y desapareció.

—¡Eh, señor! —gritó Jack—. ¡Al loro!

—Ni se te ocurra...

Me lanzó el anillo. Lo atrapé como un acto reflejo.

—Puaj, qué asco.

Tratándose de un anillo mágico, casi esperaba un momento épico a lo *El señor de los anillos* cuando cayó en mi mano: susurros, una niebla gris formando un remolino, una hilera de Nazgûl bailando el watusi. No se dio ninguna de esas cosas. El anillo simplemente se quedó quieto, como un anillo de oro cualquiera, aunque ese acababa de caer del pañal de musgo de un enano milenario.

Me lo metí en el bolsillo del pantalón y observé el círculo de residuos de limo que me había dejado en la palma.

—Nunca volveré a sentir que tengo la mano limpia.

Hearthstone se echó al hombro su nueva y cara mochila como un Santa Claus millonario. Miró el sol, que ya había dejado atrás su cenit. No me había dado cuenta de cuánto tiempo habíamos andado por las tierras del jardín del señor Alderman.

«Debemos irnos —dijo por señas—. Padre estará esperando.»

28

¡Y si lo encarga ahora, recibirá también este anillo maldito!

Ya lo creo que su padre estaba esperando. Se paseaba por el salón bebiendo jugo dorado de una copa de plata mientras Inge permanecía cerca por si derramaba algo.

Cuando entramos, el señor Alderman se volvió hacia nosotros; su rostro era una máscara de ira gélida.

—¿Dónde os habéis...?

Se quedó boquiabierto, con su mentón con forma de triángulo isósceles colgando.

Supongo que no esperaba vernos empapados en sudor y cubiertos de hierba y ramas, dejando un rastro viscoso en el suelo de mármol con nuestras zapatillas llenas de cieno. Su expresión fue uno de los mejores premios que había conseguido en mi vida, junto con morir e ir al Valhalla.

Hearthstone dejó pesadamente la bolsa de lona en el suelo con un ruido amortiguado. «Pago», dijo por señas, girando la palma hacia arriba y rozándola con un dedo en dirección a su padre como si le lanzara una moneda. Lo hizo de tal forma que pareció un insulto. Me gustó.

El señor Alderman se olvidó de su reticencia a aceptar la lengua de signos.

—¿Pago? —preguntó—. Pero ¿cómo...?

—Suba y se lo enseñaremos. —Miré detrás de Alderman, donde Inge permanecía con los ojos muy abiertos mientras una sonrisa se abría lentamente en su rostro—. Tenemos que tapar una alfombra diabólica.

Ah, el sonido de las fichas de Monopoly doradas cayendo en cascada sobre una alfombra de pelo... No hay nada más dulce, os lo aseguro. Hearthstone volcó el saco de lona y rodeó la alfombra, regándola con un torrente de riqueza. El señor Alderman palideció. En la puerta, Inge daba saltos aplaudiendo de emoción, ajena al hecho de que no había pagado ese privilegio a su amo.

Cuando la última moneda de oro salió, Hearthstone retrocedió y tiró el saco vacío. «Wergild pagado», dijo por señas.

Su padre se quedó pasmado. No dijo: «¡Bien hecho, hijo!». Ni: «¡Vaya, soy más rico!». Ni tampoco: «¿Habéis robado a la Hacienda élfica?».

Se agachó e inspeccionó el montón, moneda a moneda, daga a daga.

—Hay perros en miniatura y trenes de vapor —observó—. ¿Por qué?

Tosí.

—Creo que, ejem, al antiguo dueño le gustaban los juegos de tablero. Los juegos de tablero de oro puro.

—Mmm... —Alderman continuó con su inspección, asegurándose de que la alfombra entera estaba cubierta. Su expresión se agrió más y más—. ¿Habéis salido de la finca para conseguir esto? Porque no os he dado permiso...

—No —respondí—. Usted es el dueño de las tierras que hay detrás de su jardín trasero, ¿verdad?

—¡Sí, lo es! —contestó Inge. El amo le lanzó una mirada asesina, y ella añadió a toda prisa—: Porque el señor Alderman es un hombre muy importante.

—Mire, señor —dije—, es evidente que Hearthstone lo ha conseguido. La alfombra está cubierta. Reconózcalo.

—¡Yo seré quien lo juzgue! —gruñó—. Es cuestión de responsabilidad, algo que los jóvenes no entendéis.

—Quiere que Hearthstone fracase, ¿verdad?

Frunció el entrecejo.

—Espero que fracase. Existe una diferencia. Este chico se ha ganado su castigo. No estoy convencido de que tenga el potencial para saldarlo.

Estuve a punto de gritar: «¡Hearthstone ha estado pagando toda su vida!». Tenía ganas de tirarle a Alderman el tesoro de Andvari por la garganta y ver si así se convencía del potencial de su hijo.

Hearth me rozó el brazo con los dedos. «Tranquilo —dijo con gestos—. Prepara el anillo.»

Traté de controlar la respiración. No entendía cómo podía soportar los insultos de su padre. Desde luego había tenido mucha práctica, pero el viejo elfo era insoportable. Me alegré de que Jack hubiera recobrado la forma de colgante, porque le habría pedido que le hiciera al señor Alderman un tratamiento brasileño completo.

El anillo de Andvari pesaba tan poco en el bolsillo de mis vaqueros que apenas lo notaba. Tenía que resistir el impulso de comprobar que estaba allí cada pocos segundos. Me di cuenta de que ese era uno de los motivos por el que estaba tan irritado con el señor Alderman. Quería que dijera que la deuda estaba saldada. No quería que Hearthstone estuviera en lo cierto con respecto a la necesidad del anillo.

Quería quedármelo. No, un momento. Eso no es cierto. Quería devolvérselo a Andvari para no tener que hacer frente a la maldición. Mis pensamientos sobre el tema estaban empezando a enturbiarse, como si tuviera la cabeza llena de residuos de río.

—¡Ajá! —gritó el señor Alderman en tono triunfal.

Señaló la parte superior de la alfombra, en la cerviz de la criatura, donde el pelo era más tupido. Un único pelo azul brotaba de entre el tesoro como una hierba rebelde.

—Venga ya —dije—. Eso solo necesita un pequeño ajuste.

Moví el tesoro para que el pelo quedara cubierto, pero en cuanto lo conseguí, otro pelo asomó del sitio del que había cogido el oro. Era como si el maldito pelo azul me siguiera a todas partes, resistiéndose a mis esfuerzos.

—No es ningún problema —insistí—. Deje que saque la espada. O si tiene unas tijeras...

—¡La deuda no está pagada! —reiteró el señor Alderman—. A menos que puedas cubrir ese último pelo con más oro, te cobraré por decepcionarme y hacerme perder el tiempo. Digamos..., la mitad de este tesoro.

Hearthstone se volvió hacia mí; su rostro no reflejaba ninguna sorpresa, solo una sombría resignación. «El anillo.»

Me invadió una ola de rencor asesino. No quería entregar el anillo. Pero entonces miré las pizarras de la habitación: todas las normas y las listas, todas las expectativas que el señor Alderman esperaba que su hijo no satisficiese. La maldición del anillo de Andvari era bastante fuerte. Me susurraba que me lo quedara y me convirtiera en un ricachón. Pero el deseo de ver a Hearthstone libre de su padre, reunido con Blitzen y fuera de esa casa tóxica, era aún más fuerte.

Saqué la última pieza del tesoro.

Una luz ávida se encendió en los ojos de extraterrestre del señor Alderman.

—Muy bien. Ponlo en el montón.

«Padre —dijo Hearthstone por signos—. Advertencia: el anillo está maldito.»

—¡No pienso hacer caso a tus gestos!

—Sabe perfectamente lo que está diciendo. —Levanté el anillo—. Esta joya corrompe a quien la posee. Será su ruina. Yo solo lo tengo desde hace unos minutos y ya me está confundiendo. Quédese el oro que está encima de la alfombra. Considere la deuda saldada. Muestre perdón, y devolveremos el anillo a su anterior dueño.

El viejo elfo rio amargamente.

—¿Perdón? ¿Qué puedo comprar con perdón? ¿Me devolverá a Andiron?

Si de mí hubiera dependido, le habría dado un puñetazo en plena jeta, pero Hearthstone se acercó a su padre. Parecía verdaderamente preocupado. «Maldición de F-A-F-N-I-R —dijo por señas—. No lo hagas.»

Andvari había mencionado ese nombre. Me sonaba vagamente, pero no lo ubicaba. ¿Tal vez era un ganador de la lotería?

Hearth hizo el signo de «por favor»: la mano abierta contra el pecho describiendo un círculo. Me sorprendió que «por favor» fuera una versión más relajada y menos colérica de «perdón».

Los dos elfos se miraron fijamente a través del montón de oro. Casi podía notar cómo Alfheim se mecía entre las ramas del Árbol de los Mundos. A pesar de todo lo que su padre le había hecho, Hearthstone todavía quería ayudarlo. Estaba haciendo un último esfuerzo por sacarlo de un agujero mucho más profundo que el de Andvari.

—No —decidió el señor Alderman—. Pagad el wergild o seguid en deuda conmigo: los dos.

Mi amigo agachó la cabeza en actitud de derrota y me hizo un gesto para que entregara el anillo.

—Primero, la piedra *Skofnung* —dije—. Quiero ver que cumple su parte del trato.

Alderman gruñó.

—Inge, saca la piedra de la vitrina y tráela. La contraseña de seguridad es «Greta».

Hearthstone se estremeció. Deduje que su madre se llamaba Greta.

La huldra se fue corriendo.

Durante unos momentos de tensión, los tres permanecimos alrededor de la alfombra mirándonos fijamente. Nadie propuso que jugásemos una partida al Monopoly. Nadie gritó «¡Yupi!» y se lanzó al montón de oro (aunque reconozco que yo tuve la tentación).

Finalmente, Inge volvió con la piedra de afilar gris azulada entre las manos y se la ofreció a Alderman con una reverencia.

Él la cogió y se la dio a su hijo.

—Te entrego libremente esta piedra, Hearthstone, para que hagas con ella lo que desees. Que sus poderes sean tuyos. —Me lanzó una mirada furibunda—. Vamos, el anillo.

Me había quedado sin motivos para cumplir mi parte del trato, pero seguía resultándome difícil. Me arrodillé respirando hondo, añadí el anillo de Andvari al tesoro y tapé el último pelo.

—El trato está cerrado —dije.

—¿Eh? —Alderman tenía la mirada fija en el tesoro—. Sí, sí, salvo por un detalle. Me prometiste exposición mediática, Magnus Chase. He organizado una fiestecita para esta noche. ¡Inge!

La huldra se sobresaltó.

—¡Sí, señor! Los preparativos van sobre ruedas. Los cuatrocientos invitados han confirmado su asistencia.

—¿Cuatrocientos? —pregunté—. ¿Cómo le ha dado tiempo a preparar algo así? ¿Cómo sabía que lo lograríamos?

—¡Ja! —El brillo demencial de los ojos del señor Alderman no calmó mis nervios—. No sabía que lo lograríais, pero me daba igual. Pensaba organizar fiestas cada noche mientras estuvieras aquí, Magnus, a ser posible eternamente. Pero como habéis pagado el wergild tan rápido, tendremos que hacer que la de esta noche sea sonada. En cuanto a cómo lo he conseguido, soy Alderman, de la casa de los Alderman. ¡Nadie osaría rechazar mi invitación!

A sus espaldas, Inge me miró asintiendo frenéticamente con la cabeza y trazó una línea invisible con el dedo a través de su cuello.

—Y ahora... —El señor Alderman extrajo el anillo maldito del montón. Se lo puso en el dedo y lo extendió para admirarlo como alguien que acaba de comprometerse—. Sí, me quedará estupendamente con el traje de etiqueta. Hearthstone, espero que tú y tu invitado... Hearthstone, ¿adónde vas?

Al parecer Hearth se había hartado de su padre. Con la piedra *Skofnung* en una mano, puso de pie a Blitzen tirando del arnés que había improvisado con su bufanda y lo llevó a rastras al cuarto de baño.

Un momento más tarde, oí la ducha abierta.

—Perdón, debo ir a ayudarles —dije.

—¿Qué? —me espetó Alderman—. Sí, está bien. Qué anillo más bonito. Inge, asegúrate de que estos jóvenes granujas se visten apropiadamente para la fiesta, y envía a alguien del personal para que me ayude con el oro. Hay que pesar y contar cada pieza del tesoro. ¡Y pulirlo! Quedará de maravilla pulido. Y de paso...

No quería dejar a Inge sola en la misma habitación que don Anillo Pirado, pero me estaba dando asco ver cómo Alderman tonteaba con su fortuna. Me fui corriendo para reunirme con mis amigos en el cuarto de baño.

¿Qué es más perturbador que la cabeza cortada de un dios en tu baño de espuma? Un enano de granito sangrante en tu ducha.

Hearth colocó a Blitzen debajo de la alcachofa de la ducha y, en cuanto el agua cayó sobre su cabeza, empezó a despetrificarse. Su cara gris y fría se oscureció hasta volverse de carne morena y caliente. De la herida de su barriga empezó a manar sangre que se arremolinó en el desagüe. Le flaquearon las piernas. Me metí en la ducha atropelladamente para sostenerlo.

Hearthstone se puso a manipular torpemente la piedra *Skofnung* y, cuando consiguió presionarla contra la herida, Blitz dejó escapar un grito ahogado y el flujo de sangre se detuvo en el acto.

—¡Estoy en las últimas! —dijo nuestro amigo enano con voz ronca—. ¡No te preocupes por mí, elfo loco! Limítate a... —Escupió agua—. ¿Por qué llueve?

Hearthstone lo abrazó fuerte y aplastó su cara contra su pecho.

—¡Eh! —se quejó Blitz—. ¡No puedo respirar!

Por supuesto, Hearth no podía oírle, pero no parecía importarle. Se balanceó de un lado a otro con el enano entre sus brazos.

—Vale, colega. —Blitz le dio una palmadita débil—. No pasa nada.

Me miró y formuló en silencio varios miles de preguntas con los ojos, incluidas: «¿Qué hacemos los tres duchándonos juntos?», «¿Por qué no estoy muerto?», «¿Por qué oléis a verdín?» y «¿Qué le pasa a mi elfo?».

Una vez que estuvimos seguros de que se había despetrificado del todo, Hearth cerró el agua, y como Blitzen estaba demasiado débil para moverse, lo sentamos en la ducha.

Inge entró corriendo en el cuarto de baño con una pila de toallas y ropa limpia. Del dormitorio de Hearth venía un sonido de monedas, como si una docena de máquinas tragaperras estuvieran dando

229

premios, interrumpido de vez en cuando por alguna que otra risa desquiciada.

—Tómense su tiempo —nos advirtió la huldra, mirando con nerviosismo detrás de ella—. Hay un poco... de ajetreo ahí fuera.

A continuación se fue y cerró la puerta detrás de ella.

Nos limpiamos lo mejor que pudimos. Utilicé un cinturón de sobra para sujetar la piedra *Skofnung*, me lo até a la cintura y me puse la camiseta por encima para ocultarla; solo por si al señor Alderman le daba por querer recuperarla.

La herida de Blitzen se había cerrado bien y nada más había dejado una pequeña cicatriz blanca, pero él se lamentó por los daños de su traje: el corte de la espada en el chaleco y las abundantes manchas de sangre.

—Esto no se irá por mucho zumo de limón que le ponga —comentó—. Cuando la tela se transforma en granito y vuelve a convertirse en tela, la decoloración es permanente.

No me molesté en señalar que al menos estaba vivo. Sabía que aún estaba conmocionado por todo lo que había pasado y que para reponerse estaba centrándose en cosas de las que entendía y que podía arreglar, como su vestuario.

Nos sentamos los tres en el suelo del cuarto de baño. Blitzen usó su costurero para coser unas toallas de baño a fin de contar con protección adicional contra el sol de Alfheim, mientras Hearthstone y yo nos turnábamos para informarle de lo que había ocurrido.

El enano movió la cabeza con gesto de asombro.

—¿Habéis hecho todo eso por mí? ¡Sois unos chiflados maravillosos! ¡Podríais haber muerto! Y tú, Hearth, ¿te has sometido a tu padre? Jamás te habría pedido que lo hicieras. ¡Juraste que nunca volverías aquí, y no me extraña!

«También juré que te protegería —dijo él por señas—. Yo tuve la culpa de que te hiriesen. Y Samirah.»

—Basta ya —dijo Blitz—. La culpa no fue tuya ni de ella. No se puede burlar una profecía. ¡La herida mortal estaba destinada a producirse, pero ahora que la has reparado, podemos dejar de preocuparnos por ella! Además, si quieres echarle la culpa a alguien, échasela al idiota de Randolph. —Me miró—. No te ofendas, chaval, pero ardo en deseos de cargarme a tu tío.

—No me ofendo —contesté—. Me dan ganas de ayudarte.

Y, sin embargo, me acordaba del grito de horror de Randolph cuando había clavado la espada a Blitzen y de la forma en que había seguido a Loki como un perro apaleado. A pesar de lo mucho que deseaba odiar a mi tío, no podía evitar compadecerlo. Desde que había conocido al señor Alderman, estaba empezando a darme cuenta de que, por muy mala que sea tu familia, siempre podría ser peor.

Hearth terminó de poner al corriente a Blitzen, explicándole en lengua de signos cómo habíamos robado a Andvari y cómo el enano nos había amenazado con ganar múltiples botes de lotería.

—Habéis cometido una locura enfrentándoos a ese enano —dijo él—. En Nidavellir tiene mala fama. ¡Es todavía más astuto y más codicioso que Eitri Junior!

—¿Podemos evitar hablar de él, por favor? —supliqué.

Todavía tenía pesadillas con el viejo enano que había desafiado a Blitz a una competición de artesanía el pasado enero. No quería volver a ver un Arrastraabuelos propulsado por cohetes mientras viviese.

Blitzen miró a Hearth frunciendo el ceño.

—¿Y dices que tu padre tiene ahora el anillo?

El elfo asintió con la cabeza. «He intentado advertirle.»

—Esa cosa puede pervertir la mente de su dueño y volverlo irreconocible. Después de lo que les pasó a Hreidmar, Fafnir, Regin y todos los ganadores de la lotería, hay una lista interminable de personas afectadas por ese anillo.

—¿Quiénes son todos esos que has nombrado? —pregunté.

Levantó su creación hecha a base de toallas: una especie de burka de felpa con gafas de sol sobre los agujeros de los ojos.

—Una historia larga y trágica, chaval. Muchas muertes. Lo importante es que debemos convencer al señor Alderman de que entregue el anillo antes de que sea demasiado tarde. Tenemos que quedarnos un rato en la fiesta, ¿vale? Así tendremos la oportunidad de hacerle entrar en razón. A lo mejor está de buen humor y lo conseguimos.

Hearthstone gruñó. «¿Mi padre de buen humor? Lo dudo.»

—Y yo... —dije—. ¿Y si no entra en razón?

—Entonces huiremos —dijo Blitz—. Y confiaremos en que Alderman no...

—¿Señor Hearthstone? —gritó Inge desde la habitación de al lado.

Su tono rayaba en el pánico.

Salimos del cuarto de baño dando tumbos y descubrimos que la habitación de Hearth había sido vaciada por completo. El colchón ya no estaba. Habían retirado las pizarras blancas, que habían dejado unas sombras de intenso color blanco en las paredes ligeramente menos blancas. El montón del tesoro y la alfombra de pelo azul habían desaparecido como si el wergild no hubiera existido nunca.

Inge se hallaba en la puerta, con el gorro torcido en la cabeza. Estaba sonrojada y se tiraba ansiosamente de los mechones de la punta de la cola.

—Amo Hearth, los... los invitados han llegado. La fiesta ha empezado. Su padre pregunta por usted, pero...

«¿Qué pasa?», inquirió él con gestos.

La huldra trató de hablar. No le salían las palabras. Se encogió de hombros en un gesto de impotencia, como si no pudiera describir los horrores que había presenciado en la velada del señor Alderman.

—Será... será mejor que lo vea usted mismo.

29

Nøkk, nøkk

Alderman sabía montar una fiesta. También sabía tirar cosas a los invitados de una fiesta.

Desde lo alto de la escalera, contemplamos el salón atestado de elfos acicalados con elegantes atuendos blancos, dorados y plateados. Sus ojos claros, su cabello rubio y sus joyas caras brillaban a la luz del sol vespertino que entraba por las ventanas. Docenas de huldras se movían entre la multitud, ofreciendo bebidas y aperitivos. Y en todas las vitrinas y hornacinas donde antes había objetos y minerales expuestos, ahora relucían montones del tesoro de Andvari, cosa que hacía que la sala pareciera una joyería de venta al por mayor después de un tornado.

Sobre la repisa de la chimenea, al pie del retrato de Andiron, colgaba una pancarta dorada con letras rojas colgada: «¡BIENVENIDO, MAGNUS CHASE, HIJO DE FREY, ESPONSORIZADO POR LA CASA DE ALDERMAN!». Y debajo, en letra más pequeña: «A HEARTHSTONE LO HAN TRAÍDO DE VUELTA».

No «ha regresado». «Lo han traído de vuelta.» Como si el Departamento de Policía élfica lo hubiera detenido y lo hubiera llevado a casa esposado.

Alderman circulaba entre el gentío al doble de velocidad, lanzando monedas de oro a sus invitados, abordándolos con joyas y murmurando: «¿Han visto cuántos tesoros? Increíbles, ¿verdad? ¿Quiere un trenecito chu-chu dorado? ¿Estaría interesado en una daga?».

Ataviado con su esmoquin blanco, con sus ojos de loco y su sonrisa radiante, parecía un *maître* diabólico sentando a grupos de comensales en Chez Masacre. Sus invitados reían nerviosamente mientras él les lanzaba tesoros. Cuando pasaba, murmuraban entre ellos; tal vez se preguntaban cuándo podrían escapar de la fiesta sin parecer maleducados. Alderman serpenteaba por la sala, distribuyendo bagatelas doradas, y la multitud se apartaba de él como si fueran gatos que evitaran un Roomba fuera de control.

Detrás de nosotros, Inge murmuró:

—Oh, está empeorando.

«El anillo le está afectando», dijo Hearthstone con gestos.

Asentí con la cabeza, aunque no sabía lo perjudicada que estaba antes la cordura del señor Alderman. Durante décadas había estado viviendo de rencor, culpando a Hearthstone de la muerte de Andiron. Ahora, de repente, su hijo mayor se había liberado de esa deuda y el anillo de Andvari simplemente pasó a llenar ese vacío con una dosis nueva de locura.

Blitzen se agarró a la escalera con sus manos enguantadas.

—Esto no pinta bien.

Llevaba su burka de toallas para protegerse de la luz de Alfheim. Nos había explicado que no le bastaría con la malla de su salacot y su filtro solar habituales, ya que todavía estaba débil a causa de la petrificación. Aun así, el conjunto era un poco inquietante. Parecía una versión en miniatura del Primo Eso de la Familia Addams.

—¡Ajá! —Alderman nos vio en la escalera y sonrió más abiertamente—. ¡Miren, mi hijo y sus compañeros! El enano... Supongo que debajo de las toallas está el enano. ¡Y Magnus Chase, hijo de Frey!

Los invitados se volvieron, nos miraron y emitieron bastantes «oooh» y «aaah». Nunca me ha gustado ser el centro de atención. No lo soportaba en la escuela ni más tarde en el Valhalla. Y soportaba todavía menos que esos elfos glamurosos me comieran con los ojos como si fuera una deliciosa fuente de chocolate que acabara de ofrecerse al público.

—¡Sí, sí! —El señor Alderman se carcajeaba como un maníaco—. ¡Todos estos tesoros que ven no son nada comparados con Magnus Chase! Mi hijo por fin ha hecho algo bien. Me ha traído a un hijo de Frey como parte del pago de su wergild. ¡Y ahora Magnus Chase será mi invitado permanente! Vamos a hacer una sesión de fotos en el bar...

—Un momento —dije—. Ese no era el trato, Alderman. Nos iremos después de la fiesta.

«Padre, el anillo. Peligroso. Quítatelo», advirtió Hearthstone por señas.

La multitud se movió inquieta, sin saber qué pensar.

La sonrisa de Alderman se enfrió. Entornó los ojos.

—Mi hijo me está pidiendo que me quite mi nuevo anillo. —Levantó la mano y la movió para que la luz se reflejase en el anillo de oro—. ¿Por qué iba a pedirme eso? ¿Y por qué iba a amenazar con irse Magnus Chase... a menos que estos canallas estén planeando robarme el tesoro?

Blitzen se burló.

—Te acaban de traer el tesoro, elfo tonto. ¿Por qué iban a robártelo?

—¡Entonces lo reconoces!

Alderman dio una palmada. Todas las puertas del salón se cerraron de golpe. Alrededor del perímetro de la sala, una docena de columnas de agua brotaron del suelo y formaron unas figuras vagamente humanoides, como animales hechos con globos llenos de agua... sin los globos.

Blitzen gritó.

—Son *nøkks* de seguridad.

—¿Qué? —pregunté.

—También llamados *nixies* —dijo—. Espíritus del agua. Mal asunto.

Hearthstone agarró el brazo de Inge. «¿Todavía tienes familia en el bosque?», preguntó por señas.

—Sssí —respondió ella.

«Vete —dijo él—. Te libero de servir a mi familia. No vuelvas. Y llama a la policía.»

Ella se quedó atónita y pareció dolida, pero entonces miró los espíritus del agua que rodeaban a la multitud y le dio un besito a Hearthstone en la mejilla.

—Te... te quiero.

Se esfumó en una nube de humo con fragancia a ropa recién lavada.

Blitzen arqueó las cejas.

—¿Me he perdido algo?

Nuestro colega elfo le lanzó una mirada de irritación, pero no tenía tiempo para explicaciones.

Abajo, en el salón, un elfo anciano gritó:

—¿Qué significa esto, Alderman?

—¿Que qué significa, señor alcalde? —El padre de Hearth sonrió con una intensidad impropia de alguien cuerdo—. Ahora entiendo por qué han venido todos. ¡Querían robarme el tesoro, pero los he pillado con las manos en el oro! ¡Nøkks de seguridad, someted a estos ladrones! ¡Nadie saldrá vivo de aquí!

Consejo de protocolo: si buscas el momento idóneo para irte de una fiesta, cuando el anfitrión grite «Nadie saldrá vivo de aquí», es una buena ocasión.

Los elfos gritaron y corrieron hacia las salidas, pero las puertas de cristal se cerraron rápido. Los nixies de seguridad avanzaron entre la multitud mientras variaban de aspecto —de un animal al de un humano y luego al de una ola sólida— y rodeaban a los elfos de uno en uno, dejándolos inconscientes en el suelo en forma de elegantes bultos húmedos. Mientras tanto, Alderman reía a carcajadas y bailaba por la sala, rescatando sus fruslerías de oro de sus invitados abatidos.

—Tenemos que largarnos ya —dijo Blitzen.

—Pero tenemos que ayudar a los elfos —repuse.

Exceptuando a Hearthstone, no tenía un elevado concepto de los elfos que había conocido. Me gustaban más los pececillos de la laguna de Andvari. Pero no podía soportar la idea de dejar a cuatrocientas personas a merced del señor Alderman y sus matones líquidos y me quité el colgante e invoqué a Jack.

—¡Hola, chicos! —dijo mi espada—. ¿Qué pasa...? Ah, ¿nøkks? ¿Os estáis quedando conmigo? Con esos tíos no hay por dónde cortar.

—¡Haz lo que puedas! —grité.

«Demasiado tarde —dijo Hearthstone con gestos—. ¡Violines!»

No estaba seguro de haber interpretado correctamente el último signo. Entonces miré abajo. La mitad de los nixies se habían situado alrededor de la sala en forma humanoide y estaban sacando violines y arcos sólidos de..., bueno, de dentro de sus cuerpos líquidos. Me parecía un lugar nefasto para guardar instrumentos de cuerda, pero ellos se llevaron los violines de madera a sus barbillas acuosas.

—¡Los oídos! —advirtió Blitz.

Me tapé los oídos con las manos justo cuando los nøkks empezaron a tocar. Sirvió de poco. Su música fúnebre era tan triste y disonante que me temblaron las rodillas y se me llenaron los ojos de lágrimas. Por todo el salón, más elfos se desplomaron presas de accesos de llanto, menos el señor Alderman, que parecía inmune. No paraba de carcajearse y dar saltos, asestando patadas de vez en cuando a sus invitados VIP en la cara.

Blitzen lanzó un grito amortiguado desde el interior de su capucha de felpa.

—¡Haced que paren o moriremos con el corazón roto en cuestión de minutos!

No me pareció que hablase en sentido metafórico.

Afortunadamente, Hearthstone no se vio afectado.

Chasqueó los dedos para llamar la atención y señaló a Jack: «Espada. Corta violines».

—Ya le has oído —le dije a Jack.

—¡No, no le he oído! —se quejó él.

—¡Cárgate los violines!

—Ah. Será un placer.

Entró en acción volando por los aires.

Mientras tanto, Hearthstone sacó una piedra rúnica y luego la lanzó desde lo alto de la escalera. La runa estalló en el aire creando una gigantesca forma de hache brillante sobre las cabezas de los elfos:

ᚺ

Afuera, el cielo se oscureció. La lluvia tamborileó contra las ventanas y apagó el sonido de los violines.

«Seguidme», ordenó Hearth con gestos.

Bajó por la escalera mientras la tormenta arreciaba. Piedras de granizo gigantes se estrellaron contra las ventanas, rajaron los cristales e hicieron temblar toda la casa. Presioné mi cintura con la mano para asegurarme de que la piedra *Skofnung* seguía protegida y corrí detrás de mi amigo.

Jack volaba de un nøkk a otro, cortando en pedazos sus violines y echando por tierra los sueños y esperanzas de algunos músicos nixies con mucho talento. Las criaturas acuosas arremetían contra él. Parecían incapaces de hacer más daño a la espada del que esta podía infligirles a ellas, pero las entretuvo lo suficiente para que pudiéramos llegar al pie de la escalera.

Hearthstone se detuvo y levantó los brazos. Todas las ventanas y puertas de cristal de la casa se hicieron añicos con un tremendo «¡Bum!». El granizo entró de repente y golpeó a elfos, huldras y nixies por igual.

—¡Vámonos! —chillé a la multitud—. ¡Venga!

—¡Insensatos! —gritó Alderman—. ¡Sois míos! ¡No podéis escapar!

Hicimos lo que pudimos por sacar a todo el mundo al jardín. Estar en el exterior era como correr a través de un huracán de bates de béisbol, pero era mejor que morir rodeado de violinistas nøkk. Ojalá hubiera tenido la prudencia de taparme con toallas de baño como Blitzen.

Los elfos se dispersaron y huyeron. Los nixies corrieron detrás de nosotros, pero el granizo los volvía lentos y les hacía chocarse entre ellos y formar una espuma helada hasta que parecieron granizados que habían escapado de sus vasos.

Habíamos atravesado la mitad del césped en dirección al monte cuando oí las sirenas. Con el rabillo del ojo vi unas luces de emergencia mientras los coches patrulla y las ambulancias entraban en el camino de acceso.

Por encima de nosotros, los nubarrones empezaron a dispersarse. El granizo remitió. Atrapé a Hearthstone cuando se tropezó. Creía que llegaríamos al bosque cuando una voz detrás de nosotros gritó:

—¡Alto!

A cincuenta metros, nuestros amigos los agentes Flor Silvestre y Mancha Solar habían desenfundado sus armas y se preparaban para dispararnos por merodear en la propiedad, entrar ilegalmente o escapar sin permiso.

—¡Jack! —grité.

La espada fue como un cohete hacia los policías y les cortó los cinturones. Rápidamente se les cayeron los pantalones a los tobillos. Descubrí que a los elfos no les conviene llevar pantalón corto. Tienen unas piernas larguiruchas y pálidas que no son nada elegantes ni gráciles.

Mientras ellos intentaban recuperar la dignidad, nosotros nos internamos en el bosque. Hearthstone había perdido casi todas las fuerzas. Corría apoyándose en mí, pero yo había adquirido mucha práctica cargando con él. Jack volaba a mi lado.

—¡Qué divertido ha sido! —anunció—. Eso sí, me temo que solo los he retrasado. Percibo un buen sitio un poco más adelante para hacer un salto.

—¿Hacer un salto? —pregunté.

—¡Entre mundos! —aclaró Blitzen—. ¡No sé tú, pero ahora mismo yo preferiría cualquiera de los ocho mundos!

Entramos tambaleándonos en el claro donde antes estaba el viejo pozo.

Hearthstone sacudió débilmente la cabeza. Hizo señas con una mano, apuntando en distintas direcciones. «Cualquier sitio menos aquí.»

Blitzen se volvió hacia mí.

—¿Qué es este lugar?

—Es donde el hermano de Hearth... ya sabes.

Pareció que se encogiera bajo su montón de toallas.

—Ah.

—Es el mejor sitio, chicos —insistió Jack—. Hay un portal muy fino entre mundos justo encima de ese montón de piedras. Puedo...

Detrás de nosotros resonó un disparo. Todos nos sobresaltamos, menos Hearthstone. Algo me pasó zumbando junto al oído como un molesto insecto.

—¡Hazlo, Jack! —grité.

Él corrió hasta el montón de piedras. Su hoja hendió el aire y abrió una fisura en la oscuridad absoluta.

—Me encanta la oscuridad —dijo Blitzen—. ¡Vamos!

Llevamos juntos a Hearth hacia la vieja guarida de Pipís en el Pozo y saltamos al espacio comprendido entre los mundos.

30

Más allá del arcoíris pasan cosas chungas

Caímos por una escalera a un rellano de hormigón. Los tres yacíamos desplomados, jadeantes y aturdidos. Parecía que estábamos en una escalera de emergencia: paredes de ladrillo visto, pasamanos industrial verde, extintores y letreros iluminados de «SALIDA». Justo encima de nosotros, la puerta metálica más próxima tenía estarcidas las palabras «PLANTA 6».

Me toqué desesperadamente la cintura; la piedra *Skofnung* seguía bien sujeta, intacta. Jack había recobrado la forma de colgante y descansaba cómodamente colgado de mi cadena mientras toda la energía que había consumido luchando contra los nixies escapaba de mi alma. Me pesaban los huesos como si fueran de plomo. Se me nubló la vista. ¿Quién habría dicho que hacer trizas violines y cortar pantalones de agentes de policía requería tanto esfuerzo?

Hearthstone no se encontraba en mucho mejor estado. Intentó agarrarse del pasamanos para levantarse, pero daba la impresión de que las piernas no le respondían. Parecía que estuviera borracho, pero no le había visto consumir nada más fuerte que refresco *light* en Nidavellir.

Blitzen se quitó su burka de toallas.

—Estamos en Midgard —anunció—. Reconocería este olor en cualquier parte.

A mí la escalera solo me olía a elfo, enano y Magnus mojados, pero me fie de él.

Hearth tropezó; una herida roja le mojaba la camisa.

—¡Colega! —Blitz corrió a su lado—. ¿Qué ha pasado?

—Quieto, Hearth. —Le hice sentarse y le examiné la herida—. Un disparo. Los amistosos agentes de policía élficos le han hecho un regalo de despedida.

El enano se quitó su sombrero de Frank Sinatra y lo atravesó de un puñetazo.

—¿Podemos pasar veinticuatro horas sin que ninguno de nosotros resulte herido de muerte, por favor?

—Tranquilo —dije—. Solo le ha rozado las costillas. Sujétalo bien. «No es grave —le dije a Hearth por signos—. Puedo curarlo.»

Presioné la herida con la mano. El calor se propagó a través de su costado. El elfo inspiró bruscamente y luego empezó a respirar con más facilidad. El agujero de su piel se cerró.

No me di cuenta de lo preocupado que había estado hasta que aparté la mano. Me temblaba todo el cuerpo. No había probado mis poderes curativos desde que Blitzen había recibido el espadazo, y supongo que tenía miedo de que ya no funcionasen.

—¿Lo ves? —Intenté sonreír con seguridad, aunque lo más probable es que pareciera que estaba teniendo un derrame cerebral—. Mucho mejor.

«Gracias», dijo con gestos.

—Aun así estás más débil de lo que me gustaría —dije—. Descansaremos aquí un momento. Esta noche tendrás que cenar bien, beber mucho líquido y dormir.

—El doctor Chase ha hablado. —Blitz miró al elfo con el entrecejo fruncido—. Y se acabó eso de topar con balas perdidas, ¿me oyes?

La comisura de los labios de Hearth se torció. «No te oigo. Estoy sordo.»

—Humor —observé—. Es una buena señal.

Nos sentamos bien juntitos y disfrutamos de la novedad de que nadie nos persiguiera, nos hiriera ni nos asustara.

Bueno, vale, yo todavía estaba bastante asustado, pero uno de tres no estaba mal.

Empecé a asimilar la gravedad de las últimas treinta y tantas horas en Alfheim. Quería creer que habíamos dejado atrás ese sitio de locos para siempre: no más policías de gatillo fácil, ni fincas impecables, ni sol que atravesaba los ojos. No más señor Alderman. Pero no podía olvidar lo que Andvari nos había dicho: que pronto yo aprendería el precio de robar, y que Hearthstone estaba destinado a volver otra vez a su casa.

«No ha hecho más que retrasar un castigo mucho más peligroso.»

La piedra rúnica de othala seguía en lo alto del montón donde había muerto Andiron. Tenía la sensación de que algún día mi amigo elfo tendría que recuperar esa terrible letra de su alfabeto cósmico, tanto si lo deseaba como si no.

Lo miré mientras él sacudía su camiseta, tratando de secar la sangre de las manchas. Cuando por fin me miró a los ojos, le dije por señas: «Siento lo de tu padre».

Él medio asintió con la cabeza, medio se encogió de hombros.

—La maldición de Fafnir —dije—. ¿Puedo preguntar...?

Blitzen se aclaró la garganta.

—Deberíamos esperar a que recupere las fuerzas para hablar de eso.

«No pasa nada», dijo Hearth con signos.

Se apoyó en la pared y recobró el equilibrio con el fin de poder usar las dos manos para hacer señas. «Fafnir era un enano. El anillo de Andvari lo volvió loco. Asesinó a su padre y le robó el oro. Guardó el tesoro en una cueva. Al final se transformó en un dragón.»

Tragué saliva.

—¿El anillo puede hacer eso?

Blitzen se acarició la barba.

—El anillo saca lo peor de la gente, chaval. Puede que el señor Alderman no tenga tanta maldad dentro. Puede que simplemente... siga siendo un elfo desagradable y gane la lotería.

Me acordé del padre de Hearth riendo a carcajadas mientras daba patadas a sus invitados, bailando mientras sus nixies atacaban a la gente. Fuera lo que fuese lo que ese elfo tenía dentro, dudaba que fuera un gatito.

Miré a lo alto de la escalera, donde había un letrero en el que ponía «ACCESO A LA AZOTEA».

—Debemos encontrar a Sam —dije—. Tenemos que hablar con el dios Heimdal para que nos diga cómo llegar a cierto sitio de Jotunheim...

—Chaval. —A Blitzen le dio un tic en el ojo—. Creo que Hearth necesitará un poco más de tranquilidad antes de que nos reunamos con Samirah y vayamos a pelear contra gigantes. A mí también me vendría bien descansar.

—De acuerdo.

Lamentaba sacar a colación nuestra lista de cosas pendientes, pero había demasiadas personas a las que ver, demasiados mundos peligrosos por visitar, y nos quedaban solo tres días para encontrar el martillo de Thor. De momento habíamos encontrado una espada macizorra y una piedra azul, habíamos salvado la vida por los pelos y vuelto psicótico al padre de Hearthstone. Lo típico.

—¿Quieres pasar la noche en el Valhalla? —pregunté.

Blitzen gruñó.

—A los thanes no les gusta que los mortales se mezclen con los muertos honorables. Ve tú. Yo llevaré a Hearth a Nidavellir y le dejaré descansar en mi casa. Su cama solar está lista.

—Pero... ¿cómo llegaréis?

Se encogió de hombros.

—Como ya te he dicho, hay montones de entradas al mundo de los enanos debajo de Midgard. Probablemente haya una en el sótano de este edificio. Si no hay ninguna, buscaremos la cloaca más cercana.

«Sí —asintió Hearth con gestos—. Me encantan las cloacas.»

—No empieces con los sarcasmos —dijo Blitz—. ¿Qué te parece si nos vemos mañana por la mañana en el antiguo punto de reunión, chaval?

No pude por menos de sonreír al recordar los buenos tiempos, cuando andábamos los tres juntos y no sabíamos de dónde sacaríamos la siguiente comida ni dónde nos atracarían la próxima vez. Los viejos tiempos eran un rollo, pero eran menos complicados que los nuevos.

—En el antiguo punto de reunión.

Los abracé a los dos. No quería que Hearth ni Blitz se fueran, pero ninguno de los dos estaba en condiciones de enfrentarse a más peligros esa noche, y no estaba seguro de lo que me encontraría en la azotea. Desaté la piedra *Skofnung* del cinturón y se la di a Blitz.

—Quédate con ella. Guárdala.

—Eso haremos —prometió—. Y, chaval..., gracias.

Bajaron tambaleándose por la escalera cogidos del brazo, apoyándose el uno en el otro.

—Deja de pisarme los dedos de los pies —se quejó Blitz—. ¿Has engordado? No, primero el pie izquierdo, elfo tonto. Eso es.

Subí a lo alto de la escalera preguntándome a qué sitio de Midgard había ido a parar.

Un dato irritante sobre viajar entre mundos: a menudo apareces exactamente donde tienes que estar, tanto si quieres como si no.

Cuatro personas a las que conocía se encontraban en la azotea, aunque no tenía ni idea de por qué. Sam y Amir discutían en murmullos al pie de un enorme cartel iluminado. Y no un cartel cualquiera, advertí. Por encima de nosotros se elevaba el famoso letrero de la empresa petrolera Boston Citgo, un cuadrado de leds de veinte metros que bañaba la azotea de blanco, naranja y azul.

Sentados en el borde de la azotea, con cara de profundo aburrimiento, se hallaban Medionacido Gunderson y Alex Fierro.

Sam y Amir estaban demasiado ocupados discutiendo para fijarse en mí, pero Medionacido me saludó con la cabeza. No parecía sorprendido.

Me acerqué a mis compañeros einherjar.

—Eh, ¿qué tal?

Alex hizo saltar una piedrecita a través de la azotea.

—Oh, muy divertido. Samirah quería traer a Amir para que viera el letrero de Citgo. Algo relacionado con arcoíris. Necesitaba un pariente varón como carabina.

Parpadeé.

—Entonces, ¿tú...?

Alex me dedicó una reverencia exagerada.

—Soy su pariente varón.

Experimenté un momento de vértigo al darme cuenta de que, en efecto, Alex Fierro era actualmente un chico. No estoy seguro de cómo lo supe, aparte del hecho de que él me lo había dicho. Su ropa no era de un género concreto. Llevaba sus zapatillas de caña alta rosa con unos vaqueros verdes ceñidos y una camiseta de manga larga rosa. Su pelo, en todo caso, parecía un poco más largo, teñido aún de verde con las raíces negras, pero ahora lo llevaba peinado a un lado con forma de onda.

—Mi pronombre personal es «él» —confirmó Alex—. Y puedes dejar de mirarme fijamente.

—No estaba... —Me contuve. Habría sido inútil discutir—. ¿Qué haces tú aquí, Medionacido?

El berserker sonrió. Se había puesto una camiseta de los Bruins de Boston y unos vaqueros, tal vez para mezclarse con los mortales, aunque el hacha de combate que llevaba sujeta a la espalda le delataba un poco.

—¿Quién, yo? Hago de carabina de la carabina. Y mi género no ha cambiado. Gracias por preguntar.

Alex le dio un tortazo, un gesto del que Mallory Keen se habría enorgullecido.

—¡Ay! —se quejó Medionacido—. Pegas fuerte para ser un argr.

—¿Qué te he dicho de esa palabra? —dijo Alex—. Yo decidiré lo que es masculino, poco masculino, femenino o poco femenino. No me hagas volver a matarte.

Medionacido puso los ojos en blanco.

—Ya me mataste una vez. Y ni siquiera fue una pelea limpia. Te la devolví en la comida.

—Lo que tú digas.

Los miré a los dos. Me di cuenta de que durante el último día y medio se habían hecho amigos... insultándose y matándose, que era como establecíamos vínculos los compañeros de la planta diecinueve.

Alex sacó su garrote de las presillas de su cinturón.

—Bueno, Magnus, ¿has conseguido curar a tu enano?

—Oh, sí. ¿Te has enterado?

—Sam nos lo contó.

Empezó a entrelazar el alambre en sus manos sin cortarse los dedos.

Me preguntaba si el hecho de que Samirah hubiera compartido información con Alex era una buena señal. Tal vez habían empezado a fiarse el uno de la otra. O tal vez la desesperación de Sam por detener a Loki simplemente había vencido su cautela. Quería preguntarle a Alex por el sueño en el que Loki se me había aparecido en su habitación, haciéndole una «petición muy sencilla» mientras él/ella le lanzaba cacharros. Decidí que quizá no era el momento adecuado, sobre todo con el garrote de Fierro tan cerca de mi cuello.

Alex señaló a Sam y Amir con el mentón.

—Deberías ir. Han estado esperándote.

La pareja feliz seguía discutiendo: ella hacía gestos suplicantes con las palmas de las manos levantadas, y él se tiraba del pelo como si quisiera arrancarse los sesos.

Miré a Medionacido con el ceño fruncido.

—¿Cómo podían saber que vendría aquí? Si ni siquiera yo lo sabía...

—Los cuervos de Odín —dijo el berserker, como si fuera una explicación totalmente lógica—. Por favor, acércate e interrúmpelos. No están arreglando nada discutiendo, y me aburro.

Cuando Medionacido decía que se aburría quería decir: «Ahora mismo no estoy matando a nadie, ni estoy viendo matar a alguien de forma interesante». Por lo tanto, no ardía en deseos de aliviar su aburrimiento. Sin embargo, me acerqué a la pareja.

Por suerte, Samirah no me empaló con su hacha. Incluso pareció que se alegrara de verme.

—Magnus, bien. —La luz del letrero de Citgo la bañó y tiñó su hiyab del color de la corteza de un árbol—. ¿Se ha recuperado Blitzen?

—Está mejor.

Le conté lo que había pasado, aunque parecía distraída. No paraba de desviar la vista a Amir, quien seguía intentando arrancarse los sesos.

—Bueno —concluí—, ¿qué habéis estado haciendo vosotros?

Él rio.

—Oh, ya sabes. Lo de siempre.

No parecía que el pobre estuviera en su mejor momento. Le miré las manos para asegurarme de que no tenía puesto un anillo maldito.

Sam entrelazó los dedos delante de su boca. Esperaba que hoy no tuviera pensado pilotar un avión, porque se la veía agotada.

—Magnus, Amir y yo hemos estado hablando desde que te fuiste. Lo he traído aquí con la esperanza de darle pruebas.

—¿Pruebas de qué? —pregunté.

El chico extendió los brazos.

—¡De que los dioses existen, por lo visto! ¡Los nueve mundos! ¡Pruebas de que nuestra vida entera es mentira!

—Nuestra vida entera no es mentira, Amir. —A Sam le tembló la voz—. Es… más complicado de lo que creías.

Él sacudió la cabeza; se le había quedado el pelo de punta como la cresta de un gallo cabreado.

—Sam, llevar restaurantes es complicado. Contentar a mi padre y mis abuelos y los tuyos es complicado. Esperar otros dos años para casarme cuando lo único que quiero es estar contigo… es complicado. Pero ¿esto? ¿Valquirias? ¿Dioses? ¿Einher…? ¡Ni siquiera sé cómo se pronuncia!

Es posible que Samirah se ruborizara. Era difícil saberlo con las luces.

—Yo también quiero estar contigo. —Habló en tono bajo, pero con convicción—. E intento demostrártelo.

En medio de su conversación, me sentía tan incómodo como un elfo con bañador. También me sentía culpable porque yo había animado a Sam a sincerarse con Amir. Le había dicho que él era lo bastante fuerte para soportar la verdad. No quería que se demostrara que estaba equivocado.

Mi instinto me decía que me retirase y los dejase en paz, pero me daba la impresión de que si se estaban sincerando tanto el uno con el otro era porque tenían tres carabinas. Nunca entenderé a los novios jóvenes de hoy día.

—Sam —dije—, si solo quieres darle pruebas de lo raro que es todo, saca tu lanza brillante. Vuela por la azotea. Puedes hacer un millón de cosas...

—Ninguna está pensada para ser vista por mortales —contestó amargamente—. Es una paradoja, Magnus. Se supone que no puedo revelar mis poderes a un mortal, de modo que, si intento hacerlo a propósito, mis poderes no funcionan. Digo: «¡Eh, mira cómo vuelo!», y de repente no puedo volar.

—Eso no tiene ningún sentido —dije.

—Gracias —convino Amir.

Sam dio una patada en el suelo.

—Inténtalo tú, Magnus. Demuéstrale que eres un einherji. Salta a lo alto del letrero de Citgo.

Alcé la vista. Veinte metros; difícil, pero factible. Sin embargo, la sola idea hizo que me flojearan los músculos. Me abandonaron las fuerzas. Sospechaba que si lo intentaba, saltaría quince centímetros y quedaría en ridículo, cosa que sin duda divertiría a Medionacido y Alex.

—Entiendo lo que quieres decir —reconocí—. Pero ¿y cuando Hearthstone y yo desaparecimos del avión? —Me volví hacia Amir—. Te diste cuenta de eso, ¿no?

Él parecía perdido.

—Creo... creo que sí. Sam no para de recordármelo, pero se está volviendo borroso. ¿Estabais en el avión?

Ella suspiró.

—Su mente intenta contrarrestar lo que vio. Amir es más flexible que Barry, que se olvidó de vosotros en cuanto aterrizasteis. Pero aun así...

La miré a los ojos y me di cuenta de por qué estaba tan preocupada. Al explicarle su vida a Amir estaba haciendo algo más que ser sincera. Estaba intentando reconfigurar la mente de su novio en sentido literal. Si lo conseguía, podría expandir su percepción. Él vería los nueve mundos como los veíamos nosotros. Si no lo conseguía, en el mejor de los casos, Amir acabaría olvidándolo todo. Su mente pasaría por alto todo lo que había ocurrido. En el peor de los casos, la experiencia le dejaría cicatrices permanentes. Puede que nunca se recuperase del todo. De todas formas, ¿cómo podría volver a mirar a Samirah de la misma forma? Siempre tendría la duda de que algo no estaba bien, de que algo no acababa de encajar.

—Vale —dije—, entonces ¿por qué lo has traído aquí?

—Porque —empezó a decir Sam como si ya lo hubiera explicado veinte veces esa noche— el elemento sobrenatural más fácil de ver para los mortales es el puente Bifrost. De todas formas, tenemos que encontrar a Heimdal, ¿no? Pensé que si conseguía enseñarle a ver el Bifrost, eso expandiría sus sentidos definitivamente.

—El Bifrost —dije—. El puente del arcoíris a Asgard.

—Sí.

Miré el letrero de Citgo, el cartel iluminado más grande de Nueva Inglaterra, que había anunciado gasolina sobre Kenmore Square durante aproximadamente un siglo.

—¿Me estás diciendo...?

—Es el punto estacionario más luminoso de Boston —dijo Sam—. El puente del arcoíris no siempre se establece aquí, pero la mayoría de las veces...

—Chicos —la interrumpió Amir—, en serio, no tenéis que demostrarme nada. Yo... ¡os haré caso! —Soltó una risa nerviosa—. Te quiero, Sam. Te creo. Puede que esté teniendo una crisis nerviosa, pero no pasa nada. No pasa nada. ¡Vamos a hacer otra cosa!

Entendía por qué quería irse. Yo había visto cosas raras: espadas que hablaban, zombis que hacían punto, el mero de agua dulce más rico del mundo. Pero incluso a mí me costaba creer que el letrero de Citgo era la puerta de Asgard.

—Mira, tío. —Lo agarré por los hombros. Supuse que el contacto físico era la mayor ventaja con la que contaba. Samirah tenía prohibido tocarlo hasta que estuvieran casados, pero no había nada más convincente para hacer entrar en razón a un amigo que zarandearlo—. Tienes que intentarlo, ¿vale? Sé que eres musulmán y que no crees que existan varios dioses.

—No son dioses —terció Sam—. Solo son entidades poderosas.

—Lo que tú digas —dije—. Yo soy ateo, colega. No creo en nada. Y sin embargo, esto es real. Es chungo, pero es real.

Amir se mordió el labio.

—No... no sé, Magnus. Esto me incomoda mucho.

—Lo sé, tío. —Noté que intentaba escucharme, pero me sentía como si estuviera gritándole y él llevara puestos unos auriculares insonorizantes—. A mí también me incomoda. He descubierto algunas cosas...

Me detuve. Decidí que no era el momento de sacar a colación a mi prima Annabeth y los dioses griegos. No quería que a Amir le diera un aneurisma.

—Céntrate en mí —ordené—. Mírame a los ojos. ¿Puedes hacerlo?

Una gota de sudor le cayó por un lado de la cara. Haciendo un esfuerzo equivalente al de una persona que levanta ciento treinta kilos, Amir consiguió sostenerme la mirada.

—Muy bien, ahora escucha —dije—. Repite conmigo: «Vamos a mirar juntos».

—Vamos a mi-mirar juntos.

—Vamos a ver un puente de arcoíris —dije.

—Vamos a... —se le quebró la voz— ver un puente de arcoíris.

—Y no nos explotará el cerebro.

—... el cerebro.

—Uno, dos, tres.

Miramos.

Y, caray, allí estaba.

La perspectiva del mundo pareció alterarse de tal forma que pasamos a mirar el letrero de Citgo en un ángulo de cuarenta y cinco grados, en lugar de hacerlo en uno perpendicular. En la parte superior, una capa de colores en llamas describía un arco en el cielo nocturno.

—Amir —dije—, ¿lo estás viendo?

—No me lo puedo creer —murmuró en un tono que dejaba claro que lo veía.

—Gracias a Alá —dijo Sam, sonriendo más de lo que la había visto en mi vida—, el más misericordioso, el más compasivo.

Entonces una voz chillona y poco divina habló desde el cielo:

—¡¡Eh, chicos!! ¡Subid!

31

Heimdal se hace un selfi
con todo el mundo, como suena

Amir estuvo a punto de actuar como un einherji. Habría saltado veinte metros si yo no lo hubiera sujetado.

—¿Qué ha sido eso? —preguntó.

Samirah sonrió.

—¿Lo has oído? ¡Es fantástico! Es Heimdal, que nos invita a subir.

—¿A subir... subir? —Se apartó muy lentamente del letrero de Citgo—. No veo qué tiene eso de fantástico.

Medionacido y Alex se nos acercaron sin prisa.

—Fijaos en eso. —No parecía que el puente cósmico que formaba un arco en el cielo impresionara especialmente a Alex—. ¿Es seguro?

Medionacido ladeó la cabeza.

—Probablemente, si Heimdal les ha invitado. Si no, se carbonizarán en cuanto pongan el pie en el arcoíris.

—¿Qué? —gritó Amir.

—No vamos a carbonizarnos. —Sam fulminó con la mirada al berserker—. No va a pasarnos nada.

—Contad conmigo —anunció Alex—. Sois un par de chiflados y seguiréis necesitando carabina para no cometer ninguna irresponsabilidad.

—¿Irresponsabilidad? —La voz de Amir subió media octava más—. ¿Como subir al cielo en un arcoíris en llamas?

—No pasa nada, tío —dije, aunque me di cuenta de que mi definición de «No pasa nada» se había vuelto muy flexible durante los últimos meses.

Medionacido se cruzó de brazos.

—Que os lo paséis bien. Yo me quedo aquí.

—¿Por qué? —preguntó Alex—. ¿Tienes miedo?

El berserker rio.

—Ya conozco a Heimdal. Es un honor por el que no necesito volver a pasar.

No me gustó cómo sonó eso.

—¿Por qué? ¿Cómo es?

—Ya lo verás. —Sonrió burlonamente—. Nos veremos en el Valhalla. ¡Que os divirtáis explorando el espacio interdimensional!

Sam sonrió.

—Estoy deseando enseñártelo, Amir. ¡Vamos!

Se dirigió al letrero de Citgo y se volatilizó en una mancha de luz multicolor.

—¿Sam? —gritó su novio.

—¡Mola!

Alex saltó hacia delante y también desapareció.

Le di una palmada a Amir en el hombro.

—Están bien. No te vengas abajo, tío. Ahora podré corresponderte por todos los platos de faláfel a los que me invitaste cuando vivía en la calle. ¡Podré enseñarte los nueve mundos!

Respiró hondo. Debo decir que no se derrumbó, ni se hizo un ovillo, ni lloró, aunque habrían sido reacciones totalmente aceptables al descubrir que en el cielo había seres de voz chillona que te invitaban a subir por su arcoíris.

—¿Magnus? —dijo.

—¿Sí?

—Recuérdame que no te dé más faláfel.

Nos adentramos juntos en la luz anaranjada.

No había nada que ver. Solo cuatro adolescentes andando por un arcoíris nuclear.

Nos envolvió un resplandor borroso y caliente. En lugar de cruzar una superficie resbaladiza y sólida, me sentía como si estuviera atravesando un campo de trigo que me llegara hasta la cintura... si ese trigo estuviera hecho de luz sumamente radiactiva.

No sé cómo, pero perdí las gafas de sol de Alfheim. Aun así, dudaba que me hubieran servido de algo. La luz allí tenía otro tipo de intensidad. Los colores hacían que los ojos me palpitasen como dos corazones. El calor parecía arremolinarse a un milímetro de mi piel. Bajo nuestros pies, el puente emitía un ruido grave como la grabación de una explosión reproducida en bucle. Supuse que Medionacido Gunderson estaba en lo cierto: sin la bendición de Heimdal, nos habríamos volatilizado nada más poner el pie en el Bifrost.

Detrás de nosotros, el paisaje urbano de Boston se volvió una mancha poco definida. El cielo se tiñó de negro y se llenó de estrellas como el que veía cuando iba de excursión con mi madre. Se me hizo un nudo en la garganta al recordarlo. Pensé en el olor de las fogatas y en el malvavisco asado, en mi madre y yo contándonos cuentos, inventándonos constelaciones nuevas como el Pastelito y el Wombat, y riéndonos a más no poder.

Anduvimos tanto que empecé a preguntarme si había algo al otro lado del arcoíris. Olvidaos de los leprechaun y las ollas de oro. Olvidaos de Asgard. A lo mejor todo era una broma. Heimdal podía hacer que el Bifrost desapareciera y dejarnos flotando en el vacío. «¡Tienes razón! —anunciaría su voz chillona—. No existimos. ¡Ja, ja!»

Poco a poco, la oscuridad se volvió gris. En el horizonte se alzaba el contorno de otra ciudad: edificios relucientes, verjas doradas y, detrás, las torres y las bóvedas de los palacios de los dioses. Solo había visto Asgard una vez, desde el interior, al mirar a través de una ventana del Valhalla. De lejos era todavía más imponente. Me imaginé un ejército invasor de gigantes por ese puente. Estaba seguro de que perdería la esperanza cuando viera la inmensa fortaleza.

Y en el puente delante de nosotros, con las piernas separadas, había un guerrero alto con una espada enorme.

Me había imaginado a un dios fino y molón, como una estrella de cine. El Heimdal de la vida real era un poco decepcionante. Llevaba una túnica de tela acolchada y unas mallas de lana, ambas prendas de color beige, de manera que los colores del arcoíris se reflejaban en ellas. Era un método de camuflaje, advertí: la forma perfecta de mezclarse con el arcoíris. Tenía el pelo rubio claro y crespo como la lana de un carnero. Su rostro risueño estaba muy bronceado, lo que podía deberse a llevar miles de años en un puente radiactivo. Esperaba que no planeara tener hijos algún día.

En general, parecía el típico tonto junto al que no querías sentarte en el autobús escolar, salvo por dos detalles: su espada desenvainada, que era casi tan alta como él, y el enorme cuerno de carnero curvado que le colgaba del hombro izquierdo. El cuerno y la espada tenían un aspecto imponente, aunque los dos eran tan grandes que no paraban de entrechocarse. Tenía la sensación de que, si Heimdal te mataba, sería porque cometiera una torpeza y tropezara.

Cuando ya estuvimos más cerca, nos saludó con la mano lleno de entusiasmo e hizo que la espada y el cuerno volvieran a chocar: *clinc, clonc, clinc, clonc*.

—¿Qué pasa, chicos?

Los cuatro nos detuvimos. Sam hizo una reverencia.

—Lord Heimdal.

Alex la miró como diciendo: «¿Lord?».

A mi lado, Amir se pellizcó el puente de la nariz.

—No puedo creer lo que estoy viendo.

Heimdal arqueó sus cejas peludas. Sus iris eran aros de alabastro puro.

—Oooh, ¿qué estás viendo? —Miró más allá de nosotros, al vacío—. ¿Te refieres al tío de Cincinnati con la pistola? No, es buena gente. Va al campo de tiro. ¿O te refieres a ese gigante de fuego de Muspelheim? Viene hacia aquí... No, un momento. ¡Ha tropezado! ¡Qué gracioso! Ojalá lo hubiera grabado para colgarlo en Vine.

Traté de seguir la mirada de Heimdal, pero no vi más que espacio vacío y estrellas.

—¿Qué está...?

—Tengo una vista muy buena —explicó el dios—. Puedo ver los nueve mundos. ¡Y menudo oído! Os he escuchado discutir en esa azotea desde aquí arriba. Por eso he decidido lanzaros un arcoíris.

Samirah tragó saliva.

—¿Nos ha oído, ejem, discutir?

Heimdal sonrió.

—Todito, todo. Sois adorables. De hecho, me gustaría hacerme un selfi con vosotros antes de que hablemos de negocios. ¿Puedo?

—Esto... —dijo Amir.

—¡Estupendo!

Heimdal se puso a manipular torpemente su cuerno y su espada.

—¿Necesita ayuda? —pregunté.

—No, no, está todo controlado.

Alex Fierro se me acercó furtivamente.

—Además, no sería tan gracioso.

—Puedo oírte, Alex —le advirtió el dios—. Puedo oír crecer el maíz a ochocientos kilómetros. Puedo oír eructar a los gigantes de hielo en sus castillos de Jotunheim. Y sin duda puedo oírte a ti. Pero no os preocupéis, me hago selfis continuamente. Vamos a ver...

Toqueteó su enorme cuerno de carnero como si buscara un botón. Mientras tanto, su espada se hallaba apoyada en un ángulo precario en el pliegue de su codo, con la hoja de casi dos metros de largo inclinándose hacia nosotros. Me preguntaba qué opinaría Jack de esa espada, si le parecería un pibón o un defensa de fútbol americano, o las dos cosas.

—¡Ajá!

Heimdal debía de haber encontrado el botón adecuado. Su cuerno se convirtió en el *smartphone* más grande que había visto en mi vida, con una pantalla del tamaño de una pizza siciliana cuadrada y una funda hecha de cuerno de carnero brillante.

—¿Su cuerno es un teléfono? —preguntó Amir.

—Técnicamente es un tabléfono —explicó—. Pero, sí, este es

Gjallar, ¡el Cuerno y/o Tabléfono del Fin del Mundo! Si toco esta preciosidad una vez, los dioses se enteran de que hay problemas en Asgard y vienen pitando. ¡Si lo toco dos veces, ha llegado el Ragnarok, pequeño! —Parecía encantado con la idea de poder anunciar el principio de la batalla definitiva que destruiría los nueve mundos—. La mayoría de las veces solo lo uso para hacer fotos, mandar mensajes y todo eso.

—Eso no da nada de miedo —dijo Alex.

Heimdal rio.

—No tienes ni idea. Una vez marqué sin querer el número del apocalipsis. Qué corte. Tuve que enviar mensajes a todos mis contactos para avisarles de que era una falsa alarma. De todas formas, muchos dioses vinieron corriendo. Hice un GIF de ellos cuando aparecieron a la carga por el Bifrost y se dieron cuenta de que no había batalla. Fue para morirse de risa.

Amir parpadeaba repetidamente, tal vez porque Heimdal acompañaba sus palabras de salivazos.

—Usted está al cargo del fin del mundo. Usted es realmente un... un...

—¿Un Aesir? —dijo Heimdal—. ¡Sí, soy uno de los hijos de Odín! Pero, entre nosotros, Amir, creo que Samirah tiene razón. —Se inclinó para que la gente de los campos de maíz a ochocientos kilómetros de allí no le oyesen—. Sinceramente, yo tampoco nos considero dioses. Una vez que has visto a Thor desmayado en el suelo o a Odín en bata gritando a Frigg porque ha usado su cepillo de dientes, cuesta ver mucha divinidad en la familia. Como solían decir mis madres...

—¿Madres, en plural? —preguntó Amir.

—Sí. Soy hijo de nueve madres.

—¿Cómo...?

—No preguntes. El día de la Madre es una lata. Nueve llamadas de teléfono distintas. Nueve ramos de flores. Cuando era niño, tenía que preparar nueve desayunos y llevárselos a la cama... En fin, vamos a hacer la foto.

Acorraló a Sam y Amir, quienes se quedaron atónitos al tener la cara sonriente de un dios apretujada entre ellos. Heimdal estiró su tabléfono, pero no tenía el brazo lo bastante largo.

Me aclaré la garganta.

—¿Seguro que no quiere que yo...?

—¡No, no! Solo yo puedo sostener el poderoso tabléfono *Gjallar*. ¡Pero no pasa nada! Un momento, chicos. —Dio un paso atrás y toqueteó el teléfono y la espada un poco más, aparentemente con la intención de acoplarlos. Después de unas cuantas maniobras torpes (y probablemente varias llamadas accidentales al apocalipsis), alargó la espada triunfalmente, con el tabléfono enganchado en la punta—. ¡Tachán! ¡Mi mejor invento hasta la fecha!

—Usted inventó el palo de selfis —dijo Alex—. No sabía a quién echarle la culpa.

—En realidad, es una espada de selfis. —Heimdal apretujó su cara entre Sam y Amir—. ¡Decid: *gamalost*!

Gjallar disparó el flash.

Más toqueteos mientras Heimdal recuperaba el teléfono de la punta de la espada e inspeccionaba la foto.

—¡Perfecta!

Nos mostró orgulloso la instantánea, como si no hubiéramos estado cuando la había hecho hacía tres segundos.

—¿Alguna vez le han dicho que está loco? —preguntó Alex.

—¡Loco por la diversión! —dijo él—. Venid a ver estas otras fotos.

Nos congregó a los cuatro alrededor de su tabléfono y empezó a repasar su colección de fotos, aunque yo estaba bastante distraído por su intenso olor a oveja mojada.

Nos mostró una majestuosa imagen del Taj Mahal en la que su cara aparecía en primer plano. Luego el comedor del Valhalla, borroso y poco definido, con su nariz como un eclipse total perfectamente enfocada. A continuación, al presidente de Estados Unidos dando un discurso sobre el estado de la Unión y a Heimdal colándose en la foto.

Imágenes de los nueve mundos, todas selfis.

—Vaya —dije—. Hay... un hilo conductor en todas ellas.

—No me gusta mi camiseta en esta foto. —Nos mostró una instantánea de la policía élfica pegando a una huldra con porras, mientras él posaba delante ataviado con un polo azul a rayas—. ¡Pero tengo una foto increíble de Asgard en la que salgo con cara de cabreo fingiendo que me como el palacio de Odín!

—Heimdal —lo interrumpió Samirah—, son muy interesantes, pero esperábamos que nos ayudase.

—¿Mmm...? Ah, ¿queréis una foto en la que salgamos los cinco? ¿Con Asgard al fondo? ¡Claro!

—En realidad —dijo Sam—, estamos buscando el martillo de Thor.

Toda la emoción desapareció de los ojos de alabastro de Heimdal.

—Oh, no; otra vez, no. Ya le dije a Thor que yo no lo veo. Cada día me llama, me manda mensajes y me envía fotos de sus cabras que no le he pedido. «¡Fíjate mejor! ¡Fíjate mejor!» Os lo aseguro, no está. Miradlo vosotros mismos.

Nos mostró más fotos.

—Ningún martillo. Ningún martillo. Aquí estoy yo con Beyoncé, pero no hay ningún martillo. Mmm..., debería usarla de foto de perfil.

—¿Sabéis qué? —Alex se estiró—. Voy a tumbarme aquí para no cargarme a ningún pesado, ¿vale?

Se tumbó boca arriba en el Bifrost, estiró los brazos y los agitó tranquilamente a través de la luz formando ángeles multicolores.

—Esto..., Heimdal —empecé—, ya sé que es un rollo, pero ¿podría echar otro vistazo por nosotros? Creemos que *Mjolnir* está escondido bajo tierra, así que...

—¡Vaya, eso lo explicaría todo! Yo solo puedo ver a través de roca sólida a un kilómetro y medio de distancia como mucho. Si está a más profundidad...

—Claro —intervino Sam—. El caso es que sabemos quién lo robó. Un gigante llamado Thrym.

—¡Thrym! —El dios puso cara de ofendido, como si Thrym fuera alguien con el que nunca se dignaría hacerse un selfi—. Ese feo y horroroso...

—Quiere casarse con Sam —añadió Amir.

—Pero no lo conseguirá —dijo ella.

Heimdal se apoyó en su espada.

—Vamos a ver. Es un dilema. Puedo deciros dónde está Thrym sin ningún problema. Pero él no sería tan tonto como para guardar el martillo en su fortaleza.

—Lo sabemos. —Supuse que estábamos agotando la capacidad de concentración de Heimdal, pero le hablé de los perversos planes de boda de Loki, de la espada y la piedra *Skofnung*, del plazo que vencía dentro de tres días y del asesino de cabras, que podía o no estar de nuestra parte, aconsejándonos que buscásemos a Heimdal y le pidiésemos que nos mostrase el camino. De vez en cuando, intercalaba la palabra «selfi» para mantener el interés del dios.

—Mmm... —dijo Heimdal—. En ese caso, estaría encantado de volver a escudriñar los nueve mundos y buscar a ese asesino de cabras. Voy a montar la espada de selfis.

—¿Y si simplemente mirase sin usar el teléfono? —propuso Amir.

Heimdal miró fijamente a nuestro amigo mortal. El chico había dicho lo que todos estábamos pensando, un acto bastante valiente para ser su primera visita al espacio exterior nórdico, pero temí que el dios aficionado a los selfis decidiera usar su espada para algo más que hacer fotos panorámicas.

Afortunadamente, se limitó a dar una palmada a Amir en el hombro.

—Tranquilo, chico. Sé que estás confundido con los nueve mundos y todo eso. Pero me temo que vas descaminado.

—Por favor, Heimdal —dijo Sam—. Ya sé que parece... raro, pero mirar directamente los nueve mundos podría darle una nueva perspectiva.

El dios no parecía convencido.

—Seguro que hay otra forma de encontrar a ese asesino de cabras. Podría hacer sonar a *Gjallar* y hacer que vengan los dioses. Podríamos preguntarles si han visto...

—¡No! —gritamos todos al unísono.

Alex lo dijo un poco más tarde, ya que seguía tumbado haciendo ángeles de luz. Es posible que añadiera unos comentarios subidos de tono a su «no».

—Mmm. —Heimdal frunció el ceño—. Es muy poco ortodoxo, pero no quiero ver que un gigante grande y feo se interpone entre una adorable pareja como vosotros.

Nos apuntó con el dedo a Sam y a mí.

—Ejem, en realidad son ellos dos —le corregí, señalando a Amir.

En el arcoíris, Alex resopló.

—Sí, claro —dijo Heimdal—. Perdonad. Se os ve muy distintos cuando no es a través de la cámara. ¡Puede que tengáis razón con lo de la perspectiva nueva! ¡A ver lo que encontramos en los nueve mundos!

32

Godzilla me transmite un mensaje importante

Heimdal miró a lo lejos y enseguida se tambaleó hacia atrás.

—¡Por mis nueve madres!

Alex Fierro se incorporó, súbitamente interesado.

—¿Qué pasa?

—Oh... —Las mejillas del dios se estaban tiñendo del mismo color ovejuno que su pelo—. Gigantes. Muchos. Parece... parece que están concentrándose en las fronteras de Midgard.

Me preguntaba qué otros peligros habría pasado por alto Heimdal mientras se colaba en las fotos del presidente. Entre ese tío y Thor sin su martillo, no me extrañaba que la seguridad de Asgard dependiera de personas sin preparación y mal adiestradas como... nosotros.

Sam consiguió mantener un tono de voz sereno.

—Estamos al tanto de lo de los gigantes, lord Heimdal. Sospechan que el martillo de Thor ha desaparecido. A menos que lo recuperemos rápido...

—Sí. —El dios se lamió los labios—. Creo... creo que ya habíais dicho algo por el estilo. —Ahuecó la mano junto a su oreja y escuchó—. Están hablando de... una boda. La boda de Thrym. Uno de los generales gigantes... está quejándose de que tengan que esperar a que termine la boda para empezar la invasión. Por lo visto, Thrym les ha prometido una buena noticia después de la ceremonia, algo que les facilitará mucho la invasión.

—¿Una alianza con Loki? —aventuré, aunque había algo que no encajaba del todo. Tenía que haber algo más.

—Además —continuó Heimdal—, Thrym ha dicho... sí, que sus fuerzas no participarán en la invasión hasta después de la boda. Ha avisado a los otros ejércitos de que no sería de recibo empezar la guerra sin él. No..., no creo que a los gigantes les dé miedo Thrym, pero, por lo que oigo, les aterra su hermana.

Me acordé del sueño que había tenido: la voz áspera de la giganta que había golpeado mi tarro de pepinillos en el bar.

—Heimdal —dije—, ¿puede ver a Thrym? ¿Qué está haciendo?

Entornó los ojos y examinó más a fondo el vacío.

—Sí, allí está, justo hasta donde me alcanza la vista, debajo de un kilómetro y medio de roca. Sentado en esa horrible fortaleza suya. No tengo ni idea de por qué quiere vivir en una cueva decorada como un bar. ¡Oh, qué feo es! Pobre de la persona que se case con él.

—Genial —murmuró Sam—. ¿Qué hace?

—Está bebiendo —contestó—. Ahora está eructando. Ahora vuelve a beber. Su hermana, Thrynga... ¡Oh, su voz suena como unos remos rascando hielo! Lo está regañando por ser tonto. Dice que la boda es una idea estúpida ¡y que deberían matar a la novia en cuanto llegue!

Heimdal hizo una pausa; tal vez se acordó de que Samirah era la pobre chica en cuestión.

—Vaya..., lo siento. Como pensaba, no hay ningún martillo. No me sorprende. Esos gigantes de la tierra pueden enterrar cosas...

—A ver si lo adivino —dije—. ¿En la tierra?

—¡Exacto! —Heimdal se quedó impresionado con mis conocimientos sobre los gigantes de la tierra—. Pueden recuperar esos objetos solo con llamarlos. Me imagino que Thrym esperará a que la boda termine. Cuando tenga a la novia y la dote, invocará el martillo, si le apetece respetar esa parte del trato, claro está.

Amir pareció experimentar más náuseas de las que yo había sentido a bordo del Cessna Citation.

—No puedes hacerlo, Sam. Es demasiado peligroso.

—No lo haré. —Ella cerró los puños—. Lord Heimdal, usted es el guardián del lecho nupcial sagrado, ¿verdad? Según las viejas leyendas, usted viajó entre los seres humanos aconsejando a las parejas, bendiciendo a sus hijos y creando las distintas clases de la sociedad vikinga.

—¿Ah, sí? —El dios miró su teléfono como si tuviera la tentación de buscar esa información—. Digo, sí. ¡Claro!

—Entonces oiga mi juramento sagrado —le pidió Sam—. Juro por el Bifrost y los nueve mundos que no me casaré con nadie que no sea este hombre, Amir Fadlan. —Afortunadamente, señaló en la dirección correcta y no me comprometió a mí. De lo contrario, las cosas podrían haberse puesto tensas—. Ni siquiera fingiré que me caso con el gigante Thrym. Eso no ocurrirá.

Alex Fierro se levantó arrugando la boca.

—Esto... ¿Sam?

Supuse que estaba pensando lo mismo que yo: que si Loki podía controlar los actos de Sam, era posible que ella no pudiera cumplir su juramento.

Nuestra amiga lanzó una mirada de advertencia a Alex. Sorprendentemente, él se calló.

—Ya he hecho mi juramento —anunció Sam—. *Insha'Allah*, lo cumpliré y me casaré con Amir Fadlan de acuerdo con las enseñanzas del Corán y el profeta Mahoma, la paz sea con él.

Me preguntaba si el puente Bifrost se vendría abajo con el importante juramento sagrado que Sam estaba haciendo, pero nada pareció cambiar, salvo para Amir, quien tenía cara de haber recibido un golpe entre los ojos con un tabléfono.

—La-la paz sea con él —dijo tartamudeando.

Heimdal se sorbió la nariz.

—Qué bonito. —Una lágrima blanca como la salvia se deslizó por su mejilla—. Espero que lo consigáis, mis loquitos. De verdad. Ojalá... —Ladeó la cabeza, escuchando los murmullos lejanos del universo—. No, no estoy en la lista de invitados para tu boda con Thrym. Maldita sea.

Sam me miró como diciendo: «¿Los últimos minutos han sido imaginaciones mías?».

—Lord Heimdal, ¿se refiere... a la boda con la que acabo de jurar que no voy a continuar?

—Sí —confirmó él—. Seguro que será preciosa, pero tu futura cuñada, Thrynga, sigue dale que te pego con que no asistan ni Aesir ni Vanir. Al parecer han contratado a un personal de seguridad de primera para que registre a los invitados.

—No quieren que Thor entre —aventuró Alex— y recupere su martillo.

—Eso tendría sentido. —Heimdal mantuvo la vista en el horizonte—. El caso es que ese bar fortaleza suyo... he visto cómo funciona. Solo hay un acceso, y el túnel de entrada no para de moverse y cada día se abre en un sitio distinto. A veces aparece detrás de una cascada, o en una cueva de Midgard, o debajo de las raíces de un árbol. Aunque Thor quisiera planear un asalto, no tendría ni idea de por dónde empezar. No sé cómo podríais organizar una emboscada para robar el martillo. —Frunció el entrecejo—. Thrym y Thrynga siguen hablando de la lista de invitados. Solo están invitados familia y gigantes, y... ¿Quién es Randolph?

Me sentí como si alguien hubiera subido el termostato del Bifrost.

Me picaba la cara y tenía la sensación de que me estaba saliendo una quemadura con forma de mano en la mejilla.

—Randolph es mi tío —dije—. ¿Puede verlo?

Heimdal negó con la cabeza.

—No en Jotunheim, pero a Thrym y Thrynga les fastidia mucho que esté en la lista. Él está diciendo: «Loki insiste» y ella está lanzando botellas. —Hizo una mueca—. Perdón, he tenido que apartar la vista. ¡Sin la cámara, todo se ve tan tridimensional!

Amir me miró con preocupación.

—Magnus, ¿tienes un tío que está metido en esto?

No quería entrar en materia. La escena del túmulo de los zombis no paraba de repetirse en mi mente: Randolph gritando mientras clavaba la espada *Skofnung* a Blitzen en la barriga.

Por suerte, Alex Fierro cambió de tema.

—Eh, lord Selfi —dijo—, ¿y el asesino de cabras? Es al que más nos urge encontrar ahora.

—Ah, sí. —Heimdal levantó la hoja de su espada por encima de sus ojos como si fuera un visor y estuvo a punto de decapitarme—. ¿Habéis dicho que es una figura de negro con un yelmo metálico y una visera como un lobo?

—Exacto —dije.

—No lo veo, pero hay algo raro. Ya sé que he dicho que nada de cámara, pero... no sé cómo describir esto. —Levantó el tabléfono e hizo una foto—. A ver qué os parece a vosotros.

Los cuatro nos juntamos alrededor de la pantalla.

Era difícil calcular la escala, ya que la imagen se había tomado desde el espacio interdimensional, pero en la cima de un precipicio había un enorme edificio con aspecto de almacén. Sobre la azotea se veían unas letras de neón brillantes casi tan llamativas como el letrero de Citgo: «BOLERA DE UTGARD».

Detrás, más grande y más imponente aún, había un godzilla inflable como el que se podía ver en los concesionarios de coches anunciando las rebajas que sujetaba un letrero de cartón en el que ponía:

K PASA, MAGNUS?

VEN A VERME!

TENGO INFO PARA TI. TRAE A TUS AMIGOS!

ÚNICA FORMA DE VENCER A THRYM + BUENOS BOLOS.

ABRAZOTES, CHICO GRANDE.

Solté unos tacos en nórdico. Me dieron ganas de tirar el Tabléfono del Fin del Mundo por el puente Bifrost.

—Chico Grande —dije—. Debería habérmelo imaginado.

—Esto no es bueno —murmuró Sam—. Te dijo que algún día necesitarías su ayuda. Pero si él es nuestra única esperanza, estamos acabados.

—¿Por qué? —preguntó Amir.

—Sí —asintió Alex—. ¿Quién es ese Chico Grande que se comunica a través de godzillas inflables?

—¡Yo lo conozco! —dijo Heimdal alegremente—. ¡Es el gigante hechicero más peligroso y poderoso de todos los tiempos! Su verdadero nombre es Utgard-Loki.

33

¿La pausa del faláfel? Sí, gracias

Otro consejo de profesional vikingo: ¡si Heimdal te ofrece dejarte en algún sitio, dile que no!

Lo que Heimdal entendía por devolvernos a Midgard consistía en hacer que el Bifrost se deshiciera a nuestros pies y despeñarnos por el infinito. Cuando dejamos de gritar (o puede que fuera solo yo; no hagáis juicios), nos encontramos en la esquina de Charles con Boylston, delante de la estatua de Edgar Allan Poe. Para entonces, sin duda yo ya tenía un corazón delator. El pulso me iba tan rápido que podría haberse oído a través de un muro de ladrillo.

Todos estábamos agotados, pero también teníamos hambre y un subidón de adrenalina después de caer del arcoíris. Y lo más importante, estábamos a una manzana de la zona de los restaurantes del Transportation Building, donde los Fadlan tenían un establecimiento.

—¿Sabéis qué? —Amir flexionó los dedos como si quisiera asegurarse de que seguían allí—. Puedo prepararos algo de cenar.

—No tienes por qué hacerlo, tío —dije, un comentario que me pareció bastante noble considerando lo mucho que me gustaba la receta de faláfel de su familia. (Ya sé que él me pidió que le recordase que no me diera más faláfel, pero había decidido interpretar esa petición como un acto de enajenación transitoria.)

Amir negó con la cabeza.

—No, quiero… quiero hacerlo.

Entendía lo que pretendía. El mundo del chico acababa de abrirse en dos. Necesitaba hacer algo familiar para calmar los nervios. Tenía ganas de freír empanadillas de garbanzos y, la verdad, ¿quién era yo para llevarle la contraria?

El Transportation Building cerraba por la noche, pero Amir tenía las llaves. Nos dejó pasar, abrió El Faláfel de Fadlan y preparó la cocina para hacernos una increíble cena tardía/desayuno temprano.

Mientras tanto, Alex, Sam y yo nos sentamos a una mesa en la oscura zona de los restaurantes menos iluminada, escuchando el retumbo de las ollas y las canastillas de la freidora a través del amplio espacio como trinos de pájaros metálicos.

Sam tenía cara de desconcierto. Volcó un salero y se puso a escribir letras entre los granos blancos; si eran nórdicas o árabes, no lo sabía.

Alex se quitó de una patada sus zapatillas de caña alta en la silla de enfrente. Movió los dedos de los pies, echando un vistazo a la sala con sus ojos de dos tonos.

—Entonces, ese gigante hechicero…

—Utgard-Loki —dije.

Mucha gente del universo nórdico me había advertido que los nombres tenían poder. Se suponía que no podías pronunciarlos a menos que no te quedara más remedio. Yo prefería gastar los nombres como si fueran ropa de segunda mano. Me parecía la mejor forma de quitarles el poder.

—No es mi gigante favorito. —Eché un vistazo al suelo para asegurarme de que no había palomas parlantes—. Hace unos meses apareció aquí mismo. Me engañó para que le diera mi faláfel. Luego se convirtió en águila y me arrastró por las azoteas de Boston.

Alex se puso a tamborilear con los dedos sobre la mesa.

—Y ahora quiere que visites su bolera.

—¿Sabes lo más chungo de todo? Que es lo menos raro que me ha pasado esta semana.

Alex resopló.

—¿Por qué se llama Loki? —Miró a Sam—. ¿Tiene alguna relación con nosotros?

Ella negó con la cabeza.

—Su nombre significa Loki de las Tierras Lejanas. No tiene ninguna relación con... nuestro padre.

La palabra «padre» no había evocado emociones tan negativas desde el Gran Desastre de Alderman que había tenido lugar esa misma tarde. Al mirar a Alex y Sam sentados uno enfrente de la otra, me costó imaginarme a dos personas más distintas. Y, sin embargo, lucían la misma expresión: la amarga resignación de tener por padre al dios del engaño.

—Viéndolo por el lado bueno —dije—, no me parece que Utgard-Loki simpatice mucho con el otro Loki. No me imagino a los dos colaborando.

—Los dos son gigantes —señaló Alex.

—Los gigantes luchan entre ellos como los humanos —dijo Sam—. Y a juzgar por lo que hemos descubierto gracias a Heimdal, no será fácil quitarle a Thrym el martillo. Necesitamos todos los consejos que podamos recibir. Utgard-Loki es astuto. Puede que dé con la forma de desbaratar los planes de nuestro padre.

—Lucharemos contra Loki con Loki —dije.

Alex se pasó la mano por su mata de pelo verde.

—Me da igual lo espabilado y lo listo que sea vuestro amigo gigante. Al final, tendremos que ir a la boda y conseguir el martillo. Eso significa que tendremos que enfrentarnos a Loki.

—¿Tendremos? —pregunté.

—Voy a ir con vosotros —dijo—. Evidentemente.

Me acordé del sueño en el que Loki aparecía en casa de Alex: «Es una petición muy sencilla». Tener en la boda a dos hijos del dios del engaño a los que este podía controlar a su antojo no era lo que yo entendía por una ocasión festiva.

Samirah dibujó otra figura en la sal.

—Alex, no puedo pedirte que vayas.

—No me lo estás pidiendo —dijo Alex—. Yo te estoy diciendo que iré. Tú me trajiste al más allá. Esta es mi oportunidad de hacerme digno. Ya sabes lo que tenemos que hacer.

Sam negó con la cabeza.

—No... no creo que sea buena idea.

Él levantó las manos en el aire.

—¿De verdad tienes algún parentesco conmigo? ¿Dónde está tu osadía? Pues claro que no es buena idea, pero es la única forma.

—¿Qué idea? —pregunté—. ¿Qué forma?

Estaba claro que me había perdido una conversación entre ellos, pero ninguno de los dos parecía impaciente por ponerme al día. Justo entonces Amir volvió con la comida. Dejó una fuente rebosante de kebabs de cordero, dolmas, faláfeles, *kibbeh* y otras delicias celestiales, y me acordé de mis prioridades.

—Señor —dije—, es usted una entidad poderosa.

Él casi sonrió. Se disponía a sentarse al lado de Sam, pero Alex chasqueó los dedos.

—Eh, eh, donjuán. La carabina dice que nanay.

El chico, avergonzado, se sentó entre Alex y yo.

Hincamos el diente a la comida. (En realidad, es posible que yo fuera el que más se lo hincase.)

Amir mordió la esquina de un triángulo de pan de pita.

—Parece imposible... La comida sabe igual, la freidora fríe a la misma temperatura, mis llaves abren las mismas cerraduras, y, sin embargo, el universo entero ha cambiado.

—No todo ha cambiado —aseguró su novia.

Él adoptó una expresión melancólica, como si se hubiera acordado de una buena experiencia de la infancia que ya no se pudiera recuperar.

—Te lo agradezco, Sam —dijo—. Y entiendo lo que quieres decir con respecto a las deidades nórdicas. No son dioses. Cualquiera capaz de hacerse tantos selfis con una espada y un cuerno de carnero... —Sacudió la cabeza—. Puede que Alá tenga noventa y nueve nombres, pero Heimdal no es uno de ellos.

Alex sonrió.

—Este tío me cae bien.

Amir parpadeó, aparentemente sin saber cómo tomarse el cumplido.

—Bueno, y ahora, ¿qué? ¿Cómo superas una travesía por el Bifrost?

Sam le dedicó una débil sonrisa.

—Bueno, esta noche tengo que tener una conversación con Jid y Bibi para explicarles por qué he estado fuera hasta tan tarde.

Amir asintió con la cabeza.

—¿Vas a... intentar enseñarles los nueve mundos, como has hecho conmigo?

—No puede —dijo Alex—. Son demasiado viejos. Sus cerebros no son tan flexibles.

—Eh —dije—. No hace falta ser grosero.

—Solo soy sincero. —Alex masticó un trozo de cordero—. Cuanto más mayor eres, más difícil te resulta aceptar que el mundo podría no ser como creías. Es un milagro que Amir haya conseguido ver a través de la niebla y el glamour sin volverse loco.

Mantuvo los ojos clavados en mí un instante más de lo que parecía necesario.

—Sí —murmuró Amir—. Me siento muy afortunado de no estar loco.

—Alex tiene razón —dijo Sam—. Cuando hablé con mis abuelos esta mañana, la conversación que habían tenido con Loki ya estaba empezando a desaparecer de su memoria. Sabían que tenían que estar enfadados conmigo. Se acordaban de que tú y yo habíamos discutido, pero los detalles...

Hizo un gesto con las puntas de los dedos como si algo se esfumase.

Amir se frotó el mentón.

—Con mi padre me pasó lo mismo. Solo me preguntó si tú y yo habíamos resuelto nuestras diferencias. Sospecho... que podríamos decirles que hemos estado en cualquier parte, ¿verdad? Se creerían más fácilmente cualquier excusa vulgar que la verdad.

Alex le dio un codazo.

—Ni se te ocurra, donjuán. Sigo siendo tu carabina.

—¡No! Me refería... Yo nunca...

—Tranquilízate —dijo Alex—. Te estoy tocando las narices.

—Ah. —Amir no pareció tranquilizarse—. ¿Y después de esta noche qué pasará?

—Iremos a Jotunheim —dijo Sam—. Tenemos que interrogar a un gigante.

—Vais a viajar a otro mundo. —El chico movió la cabeza con gesto de asombro—. Cuando te reservé las lecciones de vuelo con Barry, creía..., creía que iba a ensanchar tus horizontes. —Rio sin alegría—. Qué tontería.

—Amir, ese ha sido el regalo más bonito...

—No pasa nada. No me quejo. Solo... —Espiró bruscamente—. ¿Qué puedo hacer para ayudarte?

Sam puso la mano abierta sobre la mesa, con los dedos estirados hacia él en una versión virtual de hacer manitas.

—Confía en mí. Puedes creer lo que te he prometido.

—Lo creo —dijo él—. Pero debe de haber algo más. Ahora que puedo verlo todo... —Señaló el techo con un tenedor de plástico—. Quiero apoyarte.

—Ya lo estás haciendo —le aseguró ella—. Me has visto de valquiria y no has huido gritando. No sabes cuánto me ayuda eso. Mantente a salvo, por favor, hasta que vuelva. Sé mi ancla.

—Con mucho gusto. Aunque... —Le dedicó una sonrisa muy tímida—. En realidad no te he visto de valquiria. ¿Crees...?

Sam se levantó.

—Alex, Magnus, ¿quedamos por la mañana?

—En la estatua del parque —dije—. Nos vemos allí.

Ella asintió con la cabeza.

—Amir, dentro de dos días, todo esto habrá acabado. Te lo prometo.

Se elevó en el aire y desapareció en un destello dorado.

Al chaval se le cayó el tenedor de plástico de la mano.

—Es cierto —dijo—. No me lo puedo creer.

Alex sonrió.

—Bueno, se está haciendo tarde. Hay una cosa más que podrías hacer por nosotros, Amir.

—Claro. Lo que sea.

—¿Qué tal si nos pones unos faláfeles para llevar?

34

Visitamos mi mausoleo favorito

A la mañana siguiente me desperté en mi cama del Valhalla, nada descansado y sin duda nada listo para marcharme. Metí material de acampada y los restos de comida de El Faláfel de Fadlan en una bolsa de lona. Crucé el pasillo y avisé a T. J., quien me dio la espada *Skofnung* y prometió que estaría listo por si necesitaba refuerzos de caballería o ayuda para atacar las fortificaciones del enemigo. Luego me reuní con Alex Fierro en el vestíbulo y partimos hacia Midgard.

Él accedió a hacer una parada conmigo antes de reunirnos con los demás. En realidad no me apetecía, pero me sentía obligado a pasar por la mansión de Randolph en Back Bay y ver cómo estaba el asesino y traidor de mi tío. Porque para eso está la familia.

No sabía lo que haría si me lo encontraba. A lo mejor se me ocurría una forma de liberarlo de las garras de Loki. A lo mejor le pegaba en la cara con una bolsa de *kibbeh*, aunque eso sería un desperdicio.

Afortunadamente para Randolph y mis sobras, no estaba en casa. Forcé la puerta de atrás como siempre —mi tío no se había dado por aludido y seguía sin cambiar las cerraduras—, y luego Alex y yo deambulamos por la mansión, robamos parte de su reserva de chocolate (pues era un artículo de primera necesidad), nos burlamos de sus recargadas cortinas y figuras y terminamos en el despacho del viejo.

Allí no había cambiado nada desde mi última visita. Había mapas sobre la mesa y, en un rincón, vimos la losa de piedra como una lápida, cuya figura de lobo seguía gruñéndome. Las estanterías estaban llenas de armas medievales y cachivaches, además de libros encuadernados en piel y fotografías de Randolph en sus excavaciones por Escandinavia.

En la cadena que me rodeaba el cuello, el colgante de Jack vibró de tensión. Nunca lo había llevado a la casa de mi tío y supongo que no le gustaba el sitio. O puede que simplemente estuviera entusiasmado porque llevaba la espada *Skofnung* sujeta a la espalda.

Me volví hacia Alex.

—Eh, ¿hoy eres chica?

Se me escapó la pregunta antes de que tuviera ocasión de pensar si era rara, si era grosera o si me costaría la cabeza.

Sonrió con una emoción que esperaba que fuera diversión y no regocijo homicida.

—¿Por qué lo preguntas?

—Por la espada *Skofnung*. No se puede desenvainar delante de mujeres. Me gusta más cuando no se puede sacar.

—Ah. Espera. —Alex arrugó la cara concentrándose profundamente—. ¡Ya está! Ahora soy una chica.

Mi expresión debió de ser un poema.

Ella se echó a reír.

—Es broma. Sí, hoy soy chica. «Ella» es mi pronombre.

—Pero ¿no acabas de...?

—¿Cambiar de género? No, Magnus. No funciona así.

Deslizó los dedos a través de la mesa de Randolph. El montante con vidriera de colores arrojaba una luz multicolor sobre su cara.

—Entonces, ¿puedo preguntar...?

Agité las manos en un gesto vago. No me salían las palabras.

—¿Cómo funciona? —Ella rio burlonamente—. Siempre que no me pidas que represente a todas las personas de género fluido, ¿vale? No soy una embajadora. No soy una maestra ni un icono. Solo soy —imitó mi gesto de manos— yo. E intento ser yo misma lo mejor que puedo.

Me parecía justo. Al menos lo prefería a que me diera un puñetazo, me estrangulase con su garrote o se transformase en un guepardo y me atacase.

—Pero eres una transformista —dije—. ¿No puedes…, ya sabes, ser lo que quieras?

El ojo más oscuro le tembló, como si yo hubiera puesto el dedo en la llaga.

—Esa es la ironía del asunto. —Cogió un abrecartas y le dio la vuelta a la luz del cristal de colores—. Puedo parecerme a lo que quiera o a quien quiera. Pero ¿mi género real? No. No puedo cambiarlo a voluntad. Fluye de verdad, en el sentido de que no puedo controlarlo. La mayor parte del tiempo me identifico como mujer, pero a veces tengo días muy masculinos. Y, por favor, no me preguntes cómo sé qué soy cada día.

En realidad, esa iba a ser mi siguiente pregunta.

—Entonces, ¿por qué no haces que se refieran a ti como «ellos»? ¿No sería menos confuso que cambiar continuamente de pronombre?

—¿Menos confuso para quién? ¿Para ti?

Debí de quedarme con la boca abierta, porque me miró y puso los ojos en blanco en plan: «Serás idiota». Esperaba que Heimdal no estuviera grabando la conversación para colgarla en Vine.

—Mira, hay gente que prefiere el «ellos» —dijo—. Son no binarios o de espectro medio o lo que sea. Si quieren usar el «ellos», que lo hagan. Pero yo, personalmente, no quiero usar los mismos pronombres todo el tiempo, porque no soy así. Cambio mucho. Esa es la cuestión. Cuando soy chica, soy «ella». Cuando soy chico, soy «él». No soy «ellos». ¿Lo entiendes?

—Si digo que no, ¿me harás daño?

—No.

—Entonces no, la verdad.

Ella se encogió de hombros.

—No tienes por qué entenderlo. Solo mostrar un poco de respeto.

—¿Por la chica del alambre afilado? No hay problema.

A ella debió de gustarle mi respuesta. No había nada ambiguo en la sonrisa que me dirigió. Subió la temperatura del despacho cinco grados.

Me aclaré la garganta.

—En fin, vamos a buscar algo que pueda indicarnos lo que le pasa a mi tío.

Empecé a registrar las estanterías como si tuviera idea de lo que estaba haciendo. No encontré ningún mensaje secreto ni ninguna palanca que abriera un cuarto escondido. En *Scooby-Doo* siempre parecía muy fácil.

Alex revolvió en los cajones del escritorio.

—¿Así que antes vivías en este gran mausoleo?

—Por suerte, no. Mi madre y yo teníamos un piso en Allston... antes de que ella muriese. Luego viví en la calle.

—Pero tu familia tenía dinero.

—Randolph sí. —Cogí una vieja foto de él con Caroline, Aubrey y Emma. Resultaba demasiado doloroso mirarla. Le di la vuelta—. ¿Vas a preguntarme por qué no vine a vivir con él, en lugar de estar en la calle?

Alex se burló.

—Dioses, no. Yo nunca preguntaría eso.

Su voz adquirió un tono amargo, como si supiera lo que era tener parientes ricos y capullos.

—¿Tú vienes de... un sitio así? —pregunté.

Cerró el cajón del escritorio.

—Mi familia tenía muchas cosas, pero no las importantes..., como un hijo y heredero, por ejemplo. O sentimientos.

Traté de imaginármela viviendo en una mansión como esa, o circulando por una fiesta elegante como la del señor Alderman en Alfheim.

—¿Sabían tus viejos que eras hija de Loki?

—Oh, Loki se aseguró de que lo supieran. Mis padres mortales lo culpaban de mi forma de ser, de que fuera de sexo fluido. Decían que él me había corrompido, que me había metido ideas en la cabeza, blablablá.

—¿Y tus padres no... se olvidaron de Loki cuando les convino, como los abuelos de Sam?

—Ojalá. Loki también se aseguró de que se acordasen de él. Les... les abrió los ojos para siempre, se podría decir. Como lo que tú hiciste por Amir, solo que los motivos de mi padre no eran tan buenos.

—Yo no hice nada por Amir.

Alex se me acercó y se cruzó de brazos. Ese día llevaba una camisa de cuadros rosa y verde por encima de unos vaqueros azules normales. Sus botas de senderismo eran eminentemente prácticas, salvo por los brillantes cordones rosa metálico.

Sus ojos de distinto color parecían atraer mis pensamientos en dos direcciones al mismo tiempo.

—¿De verdad crees que no hiciste nada? —preguntó—. ¿No recuerdas cuando agarraste a Amir por los hombros y te empezaron a brillar las manos?

—¿Yo... brillé?

No recordaba haber invocado el poder de Frey. Ni siquiera me había pasado por la cabeza que Amir necesitara curación.

—Tú lo salvaste, Magnus —dijo—. Hasta yo lo vi. Podría haberse desmoronado bajo la presión. Tú le diste la resistencia para que su mente se adaptase sin romperse. Si no ha sufrido ningún daño, desde el punto de vista psicológico, es gracias a ti.

Me sentí como si estuviera otra vez en el puente Bifrost, traspasado por colores sobrecalentados. No sabía qué pensar de la mirada de aprobación que me estaba lanzando Alex, ni de la idea de que pudiera haber curado la mente de Amir sin ni siquiera saberlo.

Ella me dio un puñetazo en el pecho con la fuerza justa para hacerme daño.

—¿Qué tal si terminamos? Estoy empezando a ahogarme en este sitio.

—Sí. Claro.

A mí también me costaba respirar, pero no se debía a la casa. El tono de aprobación en el que Alex hablaba de mí había hecho que algo encajara. Caí en la cuenta de a quién me recordaba: su energía desbordante, su cuerpo menudo y su pelo cortado de forma irregular, su camisa de cuadros, sus vaqueros y sus botas, su indiferencia hacia lo que los demás pensaran de ella, hasta su risa... las pocas veces que reía. Me recordaba extrañamente a mi madre.

Decidí no pensar demasiado en ello. Pronto estaría psicoanalizándome más que Otis, la cabra.

Eché un último vistazo a la estantería. Fijé la mirada en la única foto enmarcada en la que no aparecía Randolph: una instantánea de una cascada helada en plena naturaleza, con cortinas de hielo colgando por encima de los salientes de un acantilado gris. Podría haber sido una bonita foto de cualquier parte, pero me sonaba. Sus colores eran más vivos que los de las demás fotos, como si esa imagen se hubiera tomado más recientemente. La cogí. En el estante en el que estaba el marco no había polvo, pero había otra cosa: una invitación de boda verde.

Alex examinó la foto.

—Yo conozco este sitio.

—La catarata de Bridal Veil —dije—. En New Hampshire. Yo he ido de excursión.

—Yo también.

En otras circunstancias, podríamos haber intercambiado anécdotas de excursionistas. Era otro extraño parecido entre ella y mi madre, y quizá el motivo de que Alex tuviera un atrio abierto en medio de su habitación como yo.

Pero en ese momento mis pensamientos iban en otra dirección. Recordé lo que Heimdal había dicho acerca de la fortaleza de Thrym: que su entrada siempre cambiaba, de manera que sería imposible predecir dónde podría estar el día de la boda. «A veces aparece detrás de una cascada», había dicho.

Estudié la invitación, una copia exacta de la que Sam había tirado. Debajo de «cuándo» ahora ponía: «DENTRO DE DOS DÍAS». En otras palabras, pasado mañana. Debajo de «dónde» seguía poniendo: «YA SE LO NOTIFICAREMOS».

La imagen de la catarata de Bridal Veil podía ser una foto elegida al azar. Bridal Veil quería decir «Velo de Novia» en inglés, aunque el nombre del lugar podía ser una coincidencia. O tal vez Loki no controlaba del todo al tío Randolph. Tal vez mi tío me había dejado una pista digna de *Scooby-Doo*.

—Es la invitación de la boda de Sam —dijo Alex—. ¿Crees que hace referencia a algo escondido detrás de esta foto?

—Podría no ser nada —dije—. O podría ser el punto de entrada de unos revientabodas.

35

Tenemos un problema pequeñín

Punto de reunión: la estatua de George Washington en el jardín público. Hearthstone, Blitzen y Samirah ya estaban allí, además de otro viejo amigo que daba la casualidad de que era un caballo de ocho patas.

—¡Stanley! —dije.

El corcel relinchó y me acarició con el hocico. Señaló con la cabeza la estatua de George Washington montado a lomos de su caballo como diciendo: «¿Te lo puedes creer? Ese tío no es tan maravilloso. Su caballo solo tiene cuatro patas».

La primera vez que había visto a Stanley nos habíamos lanzado de cabeza por un acantilado de Jotunheim rumbo a la fortaleza de un gigante. Me alegraba de volver a verlo, pero me daba en la nariz que íbamos a participar en la secuela: *De cabeza por el acantilado II: el regreso de Chico Grande*.

Le acaricié el hocico deseando tener una zanahoria para darle. Solo tenía chocolate y *kibbeh*, y no creía que ninguna de las dos cosas fuera buena para un caballo de ocho patas.

—¿Lo has invocado? —pregunté a Hearthstone—. ¿Cómo es que sigues consciente?

La primera vez que Hearth había usado *ehwaz*, la runa del transporte, se había desmayado, le había dado la risa tonta y había estado hablando por signos de lavadoras durante media hora.

Se encogió de hombros, aunque detecté un ligero orgullo en su expresión. Ese día tenía mejor aspecto, después de pasar una noche en la cama solar. Sus vaqueros y su cazadora negros estaban recién lavados, y llevaba su habitual bufanda a rayas blancas y rojas alrededor del cuello.

«Ahora más fácil —dijo con gestos—. Puedo lanzar dos, a veces tres, runas seguidas antes de caer redondo.»

—Qué pasada.

—¿Qué ha dicho? —preguntó Alex.

Se lo traduje.

—¿Solo dos o tres? —inquirió ella—. A ver, no te ofendas, pero no parecen muchas.

—Lo son —dije—. Usar una runa equivale a la sesión de ejercicio más dura que hayas hecho en tu vida. Imagínate una hora esprintando sin parar.

—Sí, yo no hago ejercicio, así que...

Blitzen carraspeó.

—Esto..., Magnus, ¿quién es tu amiga?

—Ah, sí, perdón. Esta es Alex Fierro. Blitzen, Hearthstone, Alex es nuestra einherji más reciente.

El enano llevaba su salacot, de modo que resultaba difícil ver su expresión a través de la gasa. Sin embargo, no me cabía duda de que no estaba sonriendo de alegría.

—Eres la otra hija de Loki —dijo.

—Sí —asintió ella—. Prometo no matarte.

Viniendo de Alex, era una concesión bastante grande, pero Hearth y Blitz no parecían saber qué opinar de ella.

Samirah me dedicó una sonrisa irónica.

—¿Qué? —pregunté.

—Nada. —Llevaba su uniforme escolar, cosa que me parecía una elección bastante optimista, como si pensara: «Voy volando a Jotunheim y volveré para la tercera clase»—. ¿Dónde habéis estado? No habéis venido del Valhalla.

Le hablé de la excursión a casa de Randolph y de la foto y la invitación de boda que estaban ahora en mi mochila.

Sam frunció el ceño.

—¿Crees que esa catarata es la entrada de la fortaleza de Thrym?

—Quizá. O podría serlo dentro de dos días. Si lo supiéramos por adelantado, podríamos usar esa información.

«¿Cómo?», preguntó Hearth por señas.

—Todavía no lo sé.

Blitzen gruñó.

—Supongo que es posible. Los gigantes de la tierra pueden manipular la roca sólida mejor aún que los enanos. Sin duda pueden cambiar de sitio las puertas. Además —movió la cabeza con gesto de disgusto—, sus fortalezas son casi inexpugnables. Túneles, explosivos, estallidos de fuerza divina; nada de eso funciona. Creedme, el CIEN lo ha intentado.

—¿Cien? —pregunté.

Él me miró como si fuera tonto.

—El Cuerpo de Ingenieros Enanos de Nidavellir. ¿Qué va a ser si no? En fin, con los gigantes de la tierra tenéis que usar la entrada principal. Pero aunque tu tío supiera dónde estará el día de la boda, ¿por qué iba a revelar esa información? Estamos hablando del hombre que me clavó una espada en la barriga.

No hacía falta que me lo recordase. Veía la escena cada vez que cerraba los ojos. Tampoco tenía una buena respuesta que darle, pero Alex intervino.

—¿No deberíamos ponernos en marcha?

Sam asintió con la cabeza.

—Tienes razón. Stanley solo se queda unos minutos cada vez que se le invoca. Prefiere no cargar con más de tres pasajeros, así que he pensado que yo volaré y llevaré a Hearthstone. Magnus, ¿qué te parece si tú, Alex y Blitz os montáis en nuestro amigo equino?

Blitzen se movió incómodo enfundado en su traje de tres piezas azul marino. Puede que estuviera pensando lo mucho que chocarían él y Alex sentados uno al lado del otro en el caballo.

«Tranquilo —le dijo Hearthstone por signos—. Estarás a salvo.»

—Mmm... De acuerdo. —Blitz me miró—. Pero me pido ir delante.

Stanley relinchó y piafó.

Le entregué a Sam la espada *Skofnung* y Blitzen le dio la piedra. Como eran su supuesta dote, nos pareció que debía tener derecho a llevarlas. No podría desenvainar la espada debido a los hechizos, pero por lo menos podría romperle la crisma a la gente con la piedra, llegado el caso.

Stanley nos dejó montarnos en él; Blitzen primero, Alex en medio y yo detrás, o como me gustaba pensar: «el asiento del que te caerás y la palmarás en caso de rápido ascenso».

Tenía miedo de que si me agarraba a Alex, ella me cortase la cabeza o se transformase en un lagarto gigante y me mordiese o algo por el estilo, pero la chica me cogió las muñecas y se las puso en torno a la cintura.

—No soy frágil. Y tampoco soy contagiosa.

—Cállate.

—Ya me callo.

Alex olía a barro, como el taller de alfarería de su habitación. También tenía un pequeño tatuaje en la nuca en el que no me había fijado: las serpientes enroscadas de Loki. Cuando me percaté de lo que estaba viendo, mi estómago se despeñó preventivamente por un precipicio, pero no tuve mucho tiempo para asimilar el significado del tatuaje.

—Nos vemos en Jotunheim —dijo Sam.

Agarró el brazo de Hearthstone, y los dos desaparecieron en un destello de luz dorada.

Stanley no fue tan discreto. Galopó hacia Arlington Street, saltó la verja del parque y embistió derecho hacia el Hotel Taj. Un momento antes de que chocásemos contra el muro, se elevó por los aires. La fachada de mármol del hotel se disolvió en un banco de niebla, y el equino de ocho patas dio una vuelta de trescientos sesenta grados a través de él sin perdernos por el camino. Sus pezuñas volvieron a tocar el suelo, y nos vimos galopando a través de un barranco arbolado, con montañas a los dos lados.

Unos pinos cubiertos de nieve se alzaban por encima de nosotros y nubes plomizas flotaban bajas y pesadas. Mi aliento se convirtió en vaho.

«Eh, estamos en Jotunheim», me dio tiempo a pensar antes de que Blitzen gritase:

—¡Abajo!

El siguiente milisegundo demostró que mi capacidad de pensamiento era mucho más rápida que la de reacción. Lo primero que pensé es que Blitz había visto algo debajo de él. Entonces me di cuenta de que me estaba advirtiendo que me agachase, cosa difícil cuando eres el último de una fila de tres personas montadas a caballo.

Entonces vi la gran rama de árbol que cruzaba de lleno nuestro camino. Comprendí que Stanley iba a pasar por debajo de ella a toda velocidad. Aunque la rama hubiera estado debidamente señalizada como obstáculo de baja altura, el animal no sabía leer.

¡Pam!

Me encontré tumbado boca arriba en la nieve. Por encima de mí, las ramas de los árboles se mecían en tecnicolor borroso. Me dolían los dientes.

Logré incorporarme. Se me aclaró la vista y vi a Alex a poca distancia, acurrucada y gimiendo en un montón de agujas de pino. Blitzen se tambaleaba buscando su salacot. Afortunadamente, la luz de Jotunheim no era tan fuerte como para petrificar a los enanos o se habría vuelto de piedra.

En cuanto a nuestra intrépida montura, Stanley, había desaparecido. Un rastro de huellas de herradura continuaba bajo la rama del árbol y se adentraba en el bosque hasta donde me alcanzaba la vista. Tal vez había sobrepasado el límite de su tiempo de invocación y se había esfumado. O tal vez se había entusiasmado corriendo y se daría cuenta de que nos había dejado atrás cuando recorriera treinta kilómetros más.

Blitzen sacó su salacot de la nieve.

—Maldito caballo. ¡Qué maleducado!

Ayudé a Alex a levantarse. Un zigzagueante corte de aspecto feo atravesaba su frente como una boca roja y ondulada.

—Estás sangrando —dije—. Puedo curártelo.

Ella me apartó la mano de un manotazo.

—Estoy bien, doctor House, pero gracias por el diagnóstico.

—Se volvió con paso vacilante, escudriñando el bosque—. ¿Dónde estamos?

—Y lo más importante —dijo Blitz—, ¿dónde están los otros?

No se veía a Sam y Hearthstone por ninguna parte. Esperaba que a ella se le diera mejor esquivar obstáculos que a Stanley.

Miré con el ceño fruncido la rama del árbol contra la que habíamos chocado. Me preguntaba si podría hacer que Jack la cortase antes de que el siguiente grupo de infelices pasase por allí, pero había algo raro en su textura. En lugar de las marcas habituales de una corteza, estaba compuesta de fibras grises cuadriculadas. No estaba rematada en punta, sino que formaba una curva hasta el suelo, donde serpenteaba a través de la nieve. No era una rama, pues, sino más bien un cable enorme, cuya parte superior ascendía sinuosamente hasta los árboles y desaparecía entre las nubes.

—¿Qué es esto? —pregunté—. No es un árbol.

A nuestra izquierda, una figura oscura e imponente que había confundido con una montaña se movió e hizo un ruido sordo. Se me revolvieron las tripas ante la certeza de que no se trataba de una montaña. El gigante más grande que había visto en mi vida se hallaba sentado a nuestro lado.

—¡Claro que no! —tronó su voz—. ¡Es el cordón de mi bota!

¿Cómo podía no haberme fijado en un gigante tan grande? Bueno, para alguien que no sabe lo que mira, el gigante simplemente era demasiado grande para distinguirlo. Sus botas de senderismo eran estribaciones. Sus rodillas flexionadas eran picos de montaña. Su camisa de bolos gris oscuro se confundía con el cielo y su suave barba blanca parecía un banco de nubes de nieve. Incluso sentado, sus brillantes ojos se hallaban a tanta altura que podrían haber sido dirigibles o lunas.

—¡Hola, pequeños! —Su voz era tan grave que podía licuar sustancias blandas... como mis ojos, por ejemplo—. ¡Deberíais mirar por dónde vais!

Retiró el pie derecho. La rama del árbol/cordón contra el que

288

nos habíamos estrellado se deslizó entre los pinos y arrancó arbustos, partió ramas y dispersó a animales del bosque asustados. Un ciervo con una cornamenta de doce puntas salió de la nada y por poco atropelló a Blitzen.

El gigante se inclinó y tapó la luz gris, y entonces empezó a tararear mientras se ataba la bota pasando un enorme cordón por encima del otro, haciendo que franjas enteras de bosque se agitaran y quedaran arrasadas.

Una vez que hubo hecho un nudo doble como es debido, la tierra dejó de sacudirse.

—¿Quién eres? —gritó Alex—. ¿Y cómo es que no sabes de la existencia de las tiras de velcro?

No sé de dónde sacó el valor para hablar. Tal vez era la herida de su cabeza. Yo estaba tratando de decidir si Jack tenía poder para matar a un gigante tan grande. Aunque consiguiera meterse volando por su nariz, dudaba que su hoja consiguiera gran cosa, aparte de provocarle un estornudo. Y no nos interesaba eso.

El gigante se enderezó y rio. Me preguntaba si se le taponaban los oídos cuando se elevaba tanto en la estratosfera.

—¡Jo, jo! ¡El mosquito del pelo verde es peleón! ¡Me llamo Peque!

Al fijarme vi la palabra «PEQUE» bordada en su camisa de bolos como las lejanas letras del cartel de Hollywood.

—Peque —dije.

No creí que pudiera oírme más de lo que yo podía oír a las hormigas discutiendo, pero sonrió y asintió con la cabeza.

—Sí, enclenque. A los otros gigantes les gusta tomarme el pelo porque, comparado con la mayoría de los del palacio de Utgard-Loki, soy chiquito.

Blitzen se quitó unas ramitas de su chaqueta azul.

—Tiene que ser una ilusión —nos murmuró—. No puede ser tan grande.

Alex se tocó la frente manchada de sangre.

—Esto no es una ilusión. Ese cordón me ha parecido muy real.

El gigante se estiró.

—Me alegro de que me hayáis despertado de la siesta. ¡Debo ponerme en marcha!

—Espera —grité—. ¿Has dicho que vienes del palacio de Utgard-Loki?

—¿Hum? Ah, sí. ¡La bolera de Utgard! ¿Vais en esa dirección?

—¡Pues sí! —dije—. ¡Tenemos que ver al rey!

Esperaba que Peque nos recogiese y nos llevase. Me parecía lo propio con unos viajeros que acababan de tener un accidente con el cordón de su bota.

El gigantón rio entre dientes.

—Temo que no os iría muy bien en la bolera de Utgard. Estamos un poco atareados preparándonos para el torneo de bolos de mañana, y teniendo en cuenta que ni siquiera podéis esquivar nuestros cordones, podríais acabar aplastados por accidente.

—¡No nos pasará nada! —dijo Alex, nuevamente con mucha más seguridad de la que yo podía exhibir—. ¿Dónde está el palacio?

—Justo allá. —Peque señaló a la izquierda con la mano y provocó un nuevo frente de baja presión—. Está a solo dos minutos.

Intenté traducir esas palabras del gigantés. Me imaginé que quería decir que el palacio estaba a diez mil millones de kilómetros.

—¿No podrías llevarnos, por favor?

Traté de no dar demasiada lástima.

—Vamos a ver —dijo Peque—, yo no os debo ningún favor, ¿verdad? Y es mejor que vosotros crucéis el umbral de la fortaleza para reclamar privilegios de invitados, ya que entonces estaríamos obligados a trataros bien.

—Ya estamos —masculló Blitzen.

Me acordaba de cómo funcionaban los derechos de invitados por nuestra última visita a Jotunheim. Si entrabas en una casa y afirmabas ser un invitado, supuestamente el anfitrión no podía matarte. Claro que cuando lo habíamos intentado habíamos acabado matando a una familia entera de gigantes después de que trataran de aplastarnos como bichos, pero todo se había hecho con suma cortesía.

—Además —continuó Peque—, si no podéis llegar a la bolera de Utgard por vuestros propios medios, no deberíais ir. La mayoría de los gigantes no son tan fáciles de tratar como yo. Tenéis que andar con cuidado, pequeños. ¡Mis parientes mayores podrían tomaros por intrusos o termitas o algo parecido! En serio, yo no me acercaría.

Visualicé una terrible imagen de Sam y Hearthstone entrando por el aire en la bolera y quedando atrapados en la lámpara antiinsectos más grande del mundo.

—¡Tenemos que llegar allí! —grité—. Vamos a ver a unos amigos.

—Mmm... —Peque levantó el antebrazo, dejándonos ver un tatuaje de Elvis del tamaño del monte Rushmore, y se rascó la barba. Un pelo blanco descendió dando vueltas como un helicóptero Apache, cayó con estruendo cerca de nosotros y levantó un hongo atómico de nieve—. Entonces os voy a decir lo que tenéis que hacer. Llevaréis mi bolsa de bolos y así todo el mundo sabrá que sois amigos. Si me hacéis ese favorcillo, yo responderé de vosotros ante Utgard-Loki. ¡Procurad seguir mi ritmo! Y si os quedáis atrás, aseguraos de llegar al castillo mañana por la mañana. ¡Es cuando empieza el torneo!

Se puso en pie y se volvió para marcharse. Me dio tiempo a admirar su desaliñado moño canoso y a leer las gigantescas palabras amarillas bordadas en la parte de atrás de su camisa: «LOS PAVOS DE PEQUE». Me pregunté si era el nombre de su equipo de bolos o el nombre de su negocio. Me imaginé unos pavos del tamaño de catedrales y supe que me perseguirían en sueños para siempre.

A continuación, dando dos pasos, Peque desapareció más allá del horizonte.

Miré a mis amigos.

—¿Dónde nos hemos metido?

—Buenas noticias —dijo Blitzen—. He encontrado la bolsa. Malas noticias... he encontrado la bolsa.

Señaló una montaña cercana: un risco oscuro y escarpado que se elevaba ciento cincuenta metros hasta una extensa meseta situada en la cima. Pero, claro está, no era una montaña. Era una bolsa de bolos de piel marrón.

36

Resolviendo problemas con moda extrema

A esas alturas la mayoría de la gente se habría tirado al suelo y habría abandonado toda esperanza. Y con «la mayoría de la gente» me refiero a mí.

Me senté en la nieve y me quedé mirando los altísimos precipicios del monte Bolsa de Bolos. En la piel marrón tenía grabado «LOS PAVOS DE PEQUE» en letras negras tan descoloridas que parecían fallas geológicas.

—No es posible —dije.

A Alex había dejado de sangrarle la frente, pero la piel de alrededor del corte se había vuelto verde como su pelo, cosa que no era buena señal.

—Lamento coincidir contigo, Maggie, pero sí. Es imposible.

—No me llames «Maggie», por favor —dije—. Hasta Beantown es preferible.

Me dio la impresión que Alex archivaba esa información para usarla más adelante.

—¿Cuánto te apuestas a que hay una bola para jugar a los bolos dentro de esa bolsa? Y seguramente pesa como un portaviones.

—¿Acaso importa? —pregunté—. Incluso vacía, pesa demasiado para moverla.

Blitzen era el único que no parecía derrotado. Se paseaba alrededor del pie de la bolsa deslizando los dedos sobre la piel y murmurando para sí como si hiciera cálculos.

—Tiene que ser una ilusión —dijo—. Ninguna bolsa de bolos podría ser tan grande. Ningún gigante es tan grande.

—Por algo se les llama «gigantes» —observé—. A lo mejor si tuviéramos a Hearthstone, podría hacer magia rúnica, pero...

—Colabora conmigo, chico —me pidió—. Estoy intentando resolver un problema. Esto es un accesorio de moda. Es una bolsa. Es mi especialidad.

Me dieron ganas de decir que las bolsas de bolos distaban casi tanto de la moda como Boston de China. No veía cómo un enano, por mucho talento que tuviera, podía resolver aquel tremendo problema con unas cuantas decisiones de estilo ingeniosas, pero no quería parecer negativo.

—¿Qué estás pensando? —pregunté.

—Bueno, no podemos hacer que la ilusión desaparezca del todo —murmuró—. Tenemos que trabajar con lo que tenemos, no contra ello. Me pregunto...

Pegó el oído a la piel de la bolsa como si escuchara. Acto seguido sonrió.

—Eh, ¿Blitz? —dije—. Me pones nervioso cuando sonríes así.

—Esta bolsa no llegó a terminarse. No tiene nombre.

—Un nombre —dijo Alex—. En plan: «Hola, bolsa. Me llamo Alex. ¿Y tú?».

Él asintió con la cabeza.

—Exacto. Los enanos siempre ponemos nombre a nuestras creaciones. Ningún objeto está acabado hasta que no tiene un nombre.

—Ya —dije—, pero esta bolsa es de un gigante. No de un enano.

—Ah, pero podría serlo. ¿No lo ves? Yo podría terminarla.

Alex y yo lo miramos fijamente.

Él suspiró.

—Mira, cuando estuve con Hearthstone en el refugio, me aburría como una ostra y me dio por pensar en nuevos proyectos. Uno de ellos... ¿Sabes que perthro es la runa personal de Hearthstone, verdad?

—La copa vacía —dije—. Sí, me acuerdo.

—¿La qué? —preguntó Alex.

Dibujé el símbolo de la runa en la tierra:

ᚲ

—Representa una copa que espera ser llenada —le expliqué—. O una persona que se ha quedado vacía y espera algo que dé sentido a su vida.

Alex frunció el entrecejo.

—Dioses, qué deprimente.

—El caso —dijo Blitz— es que he estado considerando hacer una bolsa de perthro: una bolsa que no pueda llenarse nunca. Siempre pesaría poco como si estuviera vacía. Y lo más importante, tendría el tamaño que quisieras.

Miré el monte Bolsa de Bolos. Su lateral se elevaba tanto que los pájaros daban vueltas contra él consternados. O tal vez simplemente admiraban su magnífica factura.

—Me gusta tu optimismo —dije—, pero tengo que decirte que esa bolsa es aproximadamente del tamaño de Nantucket.

—Sí, sí. No es perfecta. Esperaba hacer un prototipo primero. Pero si pudiera terminar la bolsa de bolos poniéndole nombre, cosiendo unos pequeños bordados elegantes en la piel y dándole una contraseña, podría canalizar su magia. —Se tocó los bolsillos hasta que encontró su costurero—. Mmm..., necesitaré mejores herramientas.

—Sí —asintió Alex—. Esa piel debe de tener un metro y medio de grosor.

—¡Ah —dijo Blitz—, pero tenemos la mejor aguja de coser del mundo!

—Jack —aventuré.

A mi colega enano le brillaban los ojos. No lo había visto tan emocionado desde que había creado la faja de malla de hierro.

—También necesitaré unos elementos mágicos —continuó—. Tendréis que echarme una mano. Necesitaré tejer hilo a partir de filamentos especiales: algo que tenga poder, resistencia y propiedades de crecimiento mágicas. ¡Por ejemplo, el pelo de un hijo de Frey!

Me sentí como si me hubieran arreado en la cara con un cordón.

—¿Cómo?

Alex rio.

—Me encanta el plan. Magnus, necesitas un buen corte de pelo. ¿Desde cuándo no te lo cortas, desde mil novecientos noventa y tres?

—Un momento —protesté.

—Además —Blitz escudriñó a Alex—, la bolsa tiene que cambiar de tamaño, lo que significa que tendré que teñir el hilo con la sangre de un transformista.

La sonrisa de Alex se desvaneció.

—¿De cuánta sangre estamos hablando?

—Un poco.

Ella vaciló, tal vez preguntándose si debía sacar su garrote y sustituirla por la sangre de un enano y un einherji.

Finalmente, suspiró y se remangó la manga de franela.

—Está bien, enano. Vamos a hacer una bolsa de bolos mágica.

37

Galletas con carne asándose en una fogata

¡No hay nada mejor que acampar en un inhóspito bosque de Jotunheim mientras tu amigo cose runas en una bolsa de bolos gigante!

—¿Todo el día? —se quejó Alex cuando Blitz calculó el tiempo que le faltaba para terminarla. De acuerdo, estaba un poco gruñona después de haber sido derribada por un cordón gigante, recibir un corte con un cuchillo y que su sangre fuera vertida en el tapón de un termo—. ¡Vamos justos de tiempo, enano!

—Ya lo sé. —Blitzen hablaba tranquilamente, como si se dirigiera a una clase de párvulos de Nidavellir—. También sé que estamos totalmente desprotegidos aquí, en medio del territorio de los gigantes, y que Sam y Hearth han desaparecido, cosa que me está matando. Pero nuestra mejor opción es encontrarlos y conseguir la información que necesitamos llegando al palacio de Utgard-Loki. Y la mejor forma de lograrlo sin morir es hechizar esta bolsa. Así que, a menos que se te ocurra una forma más rápida de hacer todo lo que tenemos que hacer, yo tardaré todo el día en acabar esta bolsa. Puede que también tenga que trabajar por la noche.

Alex frunció el ceño, pero la lógica de mi colega era tan indiscutible como su sentido de la moda.

—¿Qué se supone que tenemos que hacer nosotros mientras tanto?

—Traerme comida y agua —dijo Blitz—. Vigilar, sobre todo de noche, para que no me coman los trolls. Cruzar los dedos para que Sam y Hearth aparezcan mientras tanto. Y, Magnus, préstame tu espada.

Invoqué a Jack, que ayudó con mucho gusto.

—¿Coser? —Las runas de su hoja brillaron de emoción—. ¡Esto me recuerda la Gran Competición de Costura de Islandia de ochocientos ochenta y seis de la era común! Frey y yo machacamos a la competencia. Pusimos tan en evidencia sus habilidades para la costura y el zurcido que muchos guerreros volvieron a casa llorando.

Decidí no preguntar. Cuanto menos supiera de las victorias de mi padre como costurero, mejor.

Mientras Blitz y mi espada debatían estrategias, Alex y yo acampamos. Ella también había llevado suministros, de modo que en un abrir y cerrar de ojos habíamos montado un par de tiendas de campaña pequeñas y una fogata rodeada de piedras en un agradable terreno llano.

—Debes de haber acampado mucho —comenté.

Se encogió de hombros mientras preparaba leña con unas ramas.

—Me encanta la naturaleza. Algunos chicos de mi taller de alfarería en Brookline Village y yo solíamos subir a las montañas para escapar.

Cargó de emoción la última palabra: «escapar».

—¿Un taller de alfarería? —pregunté.

Ella frunció el ceño como si tratase de detectar sarcasmo en mi actitud. Tal vez se había acostumbrado a sortear comentarios estúpidos de la gente como «Oh, ¿haces cerámica? ¡Qué bonito! ¡A mí me gustaba jugar con plastilina cuando era pequeño!».

—El taller era el único sitio estable que tenía. Me dejaban dormir allí cuando las cosas se ponían feas en casa.

Sacó una caja de cerillas de madera de su mochila y me pareció que sus dedos se movían con torpeza cuando extrajo algunas de la caja. El corte de su frente había adquirido un tono verde más oscuro, pero seguía negándose a que se lo curase.

—Lo bueno de la arcilla —dijo— es que puede adoptar cualquier forma. Yo decido lo que más le conviene a cada pieza. Es como... escuchar lo que la arcilla quiere. Ya sé que parece absurdo.

—Estás hablando con un tío que tiene una espada que habla.

Ella resopló.

—Ya, pero...

Se le cayeron las cerillas de la mano. Se sentó pesadamente, con la cara repentinamente pálida.

—Eh. —Me acerqué rápido a ella—. Vas a tener que dejarme curarte la herida de la cabeza. Solo los dioses saben las bacterias que había en el cordón de Peque, y encima has donado sangre al trabajo de artesanía de Blitz.

—No, no quiero... —Titubeó—. Hay un botiquín en mi mochila. Me...

—Un botiquín no va a servir de nada. ¿Qué ibas a decir?

Alex se tocó la frente e hizo una mueca.

—Nada.

—Has dicho «No quiero...».

—¡Esto! —me espetó—. ¡Que te metas en mis asuntos! Samirah me dijo que, cuando curas a la gente (como al elfo, Hearthstone), te metes en su cabeza y ves cosas. ¡Yo no quiero que pase eso!

Aparté la vista al mismo tiempo que se me entumecían las manos. En la fogata, la pirámide de leña que ella había formado se desmoronó. Las cerillas se habían esparcido en forma de runa, pero si significaban algo, yo no sabía descifrarlo.

Me acordé de una cosa que Medionacido Gunderson me había dicho en cierta ocasión sobre las manadas de lobos: que cada lobo fuerza los límites dentro de su manada. Continuamente están poniendo a prueba su posición en la jerarquía: dónde pueden dormir, cuánto pueden comer de una presa reciente... Siguen presionando hasta que el lobo alfa intenta morderles y les recuerda dónde está su sitio. No me había dado cuenta de que yo estaba presionando, pero me había convertido en un espécimen alfa de primera.

—En realidad, yo... yo no controlo lo que pasa cuando curo. —Me sorprendió que me saliese la voz—. Con Hearth, tuve que emplear mucho poder. Estaba casi muerto. No creo que averiguase nada de ti curando un corte infectado. De todas formas, intentaré no hacerlo. Pero si no te curan...

Ella se quedó mirando el vendaje que tenía en la parte del brazo de donde Blitzen le había sacado sangre.

—Sí. Sí, vale. Solo... la frente. Nada dentro de la cabeza.

Le toqué la frente. Estaba hirviendo de fiebre. Invoqué el poder de Frey, y Alex dejó escapar un gemido. La herida se cerró en el acto. Su piel se enfrió. Su color recuperó el tono normal.

Las manos apenas me brillaban. El hecho de estar en la naturaleza parecía facilitar la curación.

—No he descubierto nada —le aseguré—. Sigues siendo un misterio envuelto en un signo de interrogación envuelto en tela de cuadros.

Ella espiró emitiendo un sonido a medio camino entre una risa y un suspiro de alivio.

—Gracias, Magnus. Ahora, ¿podríamos encender el fuego de una vez?

No me llamó «Maggie» ni «Beantown». Decidí tomármelo como una señal de reconciliación.

Una vez que tuvimos una buena hoguera encendida, tratamos de hallar la mejor forma de reutilizar las sobras de El Faláfel de Fadlan sobre las llamas. Aprendimos una lección importante: no se puede usar la carne de cordero y las empanadas de garbanzos como si fueran malvavisco y galletas con chocolate. Principalmente comimos el chocolate de casa del tío Randolph.

Blitz dedicó casi toda la mañana a hilar el hilo mágico en su huso de viaje plegable. (Por supuesto que tenía uno de esos en su costurero. ¿Por qué no iba a tenerlo?) Mientras tanto, Jack subía y bajaba volando por el lateral de la bolsa de bolos perforando el motivo que el enano quería que cosiera.

Alex y yo montamos guardia, pero no pasó gran cosa. Sam y Hearthstone no aparecieron y ningún gigante eclipsó el sol ni destruyó el bosque con sus cordones desatados. Lo más peligroso que vimos fue una ardilla roja en una rama por encima de la fogata. Probablemente, no suponía ninguna amenaza, pero después de conocer a Ratatosk, yo ya no corría riesgos. La vigilé hasta que saltó a otro árbol.

Por la tarde, las cosas se pusieron más interesantes. Después de dar de comer a Blitz, él y Jack se pusieron a coser. De algún modo —¿con magia, quizá?—, mi colega había hecho un montón de hilo rojo brillante con mi pelo, la sangre de Alex Fierro y hebras de su propio chaleco. Ató una punta a la empuñadura de Jack, y la espada empezó a volar de un lado a otro a través del lateral de la bolsa, entrando y saliendo de la piel como un delfín y dejando un rastro reluciente de puntadas. Viéndolo me acordé de cómo habíamos atado al lobo Fenrir, un episodio que no me apetecía recordar.

Blitzen daba instrucciones a gritos.

—¡A la izquierda, Jack! ¡Deja una puntada! ¡Venga, hazme un pespunte! ¡Hazme un agujero de conejo en ese extremo!

Alex mordisqueó su barrita de chocolate.

—¿Un agujero de conejo?

—No tengo ni idea de lo que es —reconocí.

Inspirada quizá por la exhibición de costura, desenhebró su garrote de las presillas del cinturón, deslizó el alambre sobre las suelas de sus botas y rascó el barro helado.

—¿Por qué usas esa arma? —pregunté—. Puedes volver a decirme que me calle.

Me dedicó una sonrisa ladeada.

—Tranquilo. Empezó siendo un cortador de arcilla.

—Un cortador de arcilla. ¿Como el que se usa para atravesar un trozo de arcilla?

—¿Lo has adivinado tú solito?

—Ja, ja. Supongo que la mayoría de los cortadores de arcilla no tienen utilidades de combate.

—No muchas. Mi m... —Vaciló—. Loki me visitó una vez en el taller. Quería impresionarme mostrándome lo mucho que podía hacer por mí. Me enseñó un hechizo que podía lanzar para fabricar un arma mágica. Yo no quería darle la satisfacción de ayudarme, así que probé el hechizo con la cosa más estúpida e inofensiva que se me ocurrió. No me imaginaba que un alambre con unos palitos pudiera ser un arma.

—Y sin embargo...

Señaló una roca cercana: un trozo áspero de granito del tamaño aproximado de un piano. Lanzó su garrote como si fuera un látigo, sosteniendo uno de los palitos. El alambre se estiró en el aire y luego envolvió la roca y la asió firmemente. Alex tiró hacia ella, y la mitad superior de la roca resbaló de la mitad inferior con un sonido estridente como al destapar un tarro de galletas de porcelana.

El alambre volvió volando a la mano de su dueña.

—No está nada mal. —Procuré que no se me salieran los ojos de las órbitas—. Pero ¿sirve para hacer patatas fritas?

Alex murmuró algo sobre los chicos tontos, cosa que seguro que no tenía nada que ver conmigo.

La luz de la tarde se fue rápido mientras Blitz y Jack seguían trabajando en su creación para el Gran Torneo de Costura de Jotunheim, las sombras se alargaron y la temperatura descendió bruscamente. Me di cuenta porque, como mi colega enano me había obsequiado recientemente con un corte de pelo, tenía frío en la nuca descubierta. Daba gracias por que no hubiera espejos para mostrarme los horrores que me había infligido en la cabeza.

Alex lanzó otra rama de árbol al fuego.

—Puedes preguntarme.

Me moví.

—¿Cómo?

—Quieres preguntarme por Loki —me apuntó—. Por qué pongo su símbolo en mis piezas de cerámica, por qué tengo un tatuaje. Quieres saber si trabajo para él.

Había estado dando vueltas a esas preguntas, pero no entendía cómo ella podía saberlo. Me preguntaba si al tocarla para curarla me había salido el tiro por la culata y, a lo mejor, le había permitido echar un vistazo en el interior de mi cabeza.

—Supongo que me preocupa —reconocí—. Te comportas como si no te gustara Loki...

—No me gusta.

—Entonces, ¿a qué viene su símbolo?

Alex ahuecó las manos en torno a su nuca.

—¿Te refieres a ese motivo, las dos serpientes entrelazadas? Se conocen como las serpientes de Urnes, que es un sitio de Noruega. En cualquier caso, no es necesariamente un símbolo de Loki. —Entrelazó los dedos y los movió—. Las serpientes significan cambio y flexibilidad. Ser versátil. La gente empezó a usar las serpientes para representar a Loki, y a él le pareció bien. Pero yo pensé: «¿Por qué Loki acapara ese símbolo tan chulo? A mí me gusta. Voy a hacerlo mío. El símbolo del cambio le pertenece a él tanto como a mí. A Helheim con lo que piense la gente».

Observé cómo las llamas derribaban otro trozo de madera y un enjambre de chispas naranja se elevaba de la hoguera. Me acordé del sueño que transcurría en la habitación de Alex, y de Loki transformándose en una mujer pelirroja. Pensé en el tono titubeante de ella al hablar del dios del engaño como su padre.

—Eres como el caballo de ocho patas —advertí.

Frunció el entrecejo.

—¿Stanley?

—No, el caballo de ocho patas original. ¿Cómo se llamaba? Sleipnir. Mallory Keen me contó su historia: Loki se transformó en una preciosa yegua para poder atraer al corcel de un gigante. Y luego... se quedó embarazado. Él... ella dio a luz a Sleipnir. —Miré a Alex, plenamente consciente del garrote que ahora reposaba sobre su muslo—. Loki no es tu padre, ¿verdad? Es tu madre.

Alex se limitó a mirarme fijamente.

«Bueno, aquí viene el alambre —pensé—. ¡Adiós, extremidades! ¡Adiós, cabeza!»

Me sorprendió con una risa amarga.

—Creo que el corte de pelo ha mejorado tu capacidad intelectual.

Resistí el impulso de tocarme los rizos cortados a trasquilones.

—Entonces, ¿tengo razón?

—Sí. —Tiró de los brillantes cordones rosa de sus botas—. Ojalá hubiera podido ver la expresión de la cara de mi padre cuando se enteró. Por lo que tengo entendido, se transformó en el tipo de mujer que le gustaba a mi padre, para quien estar casado no suponía ningún obstáculo. Estaba acostumbrado a conseguir lo que quería. Así que tuvo una aventura con una pelirroja voluptuosa y, nueve meses más tarde, Loki apareció en casa con un bebé de regalo.

Traté de imaginarme a Loki con su atractiva forma habitual, vestido quizá con un esmoquin verde, llamando al timbre de una casa lujosa de las afueras. «Hola, yo era la mujer con la que te liaste. Aquí está nuestro hijo.»

—¿Cómo reaccionó tu madre mortal? —pregunté—. O sea, la mujer de tu padre..., o sea, tu madrastra...

—Es un lío, ¿eh? —Alex lanzó otro palo a la lumbre—. A mi madrastra no le hizo ninguna gracia. Me crie con un padre y una madre a los que les hacía sentir mal y les avergonzaba. Y, por otra parte, estaba Loki, que aparecía en los momentos menos pensados, intentando hacer de padre.

—Jo, tío —dije.

—Tía, hoy —me corrigió.

—No, quiero decir... —Me interrumpí al darme cuenta de que me estaba tomando el pelo—. ¿Qué pasó? ¿Cuándo te fuiste por fin de casa?

—Hace dos años, más o menos. ¿Qué pasó? Muchas cosas.

Esta vez detecté el tono de advertencia de su voz. No podía solicitar más información.

Alex se había convertido en una sintecho más o menos en la misma época en que mi madre había muerto, la misma época en que yo había acabado en la calle. Esa coincidencia no me acababa de cuadrar.

Antes de que pudiera rajarme, solté:

—¿Te pidió Loki que vinieras con nosotros?

Me miró fijamente.

—¿Qué quieres decir?

Le conté el sueño en el que ella lanzaba cacharros de cerámica a su padre (madre), y Loki decía: «Es una petición muy sencilla».

Ya se había hecho totalmente de noche, aunque no sabía cuándo había ocurrido. A la luz de la lumbre, la cara de Alex parecía cambiar y moverse. Intenté convencerme de que la parte de Loki que ella llevaba dentro no estaba tratando de manifestarse. Era solo cambio, flexibilidad. Las serpientes enroscadas de su cuello eran totalmente inocentes.

—Te equivocas —contestó—. Me dijo que no viniera.

Un extraño sonido palpitante resonó en mis oídos. Me di cuenta de que eran los latidos de mi corazón.

—¿Por qué te iba a decir Loki que no vinieras? Y... ¿de qué hablasteis tú y Sam anoche? ¿De un plan?

Se enrolló el garrote en las manos.

—Puede que lo descubras, Magnus. Y, por cierto, como vuelvas a espiarme en sueños...

—¡Chicos! —gritó Blitzen desde el monte Bolsa de Bolos—. ¡Venid a echar un vistazo!

38

Nunca jamás adivinarás la contraseña de Blitzen

Jack flotaba orgullosamente al lado de su trabajo manual.

¿Se puede hacer un trabajo manual cuando no tienes manos?

En el lateral de la bolsa se hallaban cosidas varias líneas de escritura rúnica roja.

—¿Qué pone? —preguntó Alex.

—Oh, son unas runas técnicas. —Los ojos de Blitz se arrugaron de satisfacción—. Detalles prácticos, términos y condiciones, el acuerdo del usuario final. Pero ahí, abajo del todo, pone: «PIELVACÍA, un bolso terminado por Blitzen, hijo de Freya. Con la ayuda de Jack».

—¡Yo he escrito eso! —anunció mi espada orgullosamente—. ¡Con mi ayuda!

—Buen trabajo, colega —dije—. Entonces, ¿funciona?

—¡Estamos a punto de averiguarlo! —Blitzen se frotó las manos con impaciencia—. Voy a pronunciar la palabra de mando secreta. Entonces o la bolsa se hará más pequeña y se volverá portátil o..., bueno, estoy seguro de que se hará más pequeña.

—Rebobina a la parte del «o» —dijo Alex—. ¿Qué otra cosa podría pasar?

Él se encogió de hombros.

—Bueno, existe una remota posibilidad de que se estire y cubra casi todo el continente. Pero no, no. Estoy seguro de que lo he hecho bien. Jack tuvo mucho cuidado a la hora de pespuntar las runas donde yo le dije.

—¿Se suponía que tenía que hacer pespuntes...? —La espada emitió un brillo amarillo—. Es coña. Sí que hice los pespuntes.

Yo no estaba tan convencido. Por otra parte, si la bolsa se estiraba y adquiría el tamaño de un continente, no viviría para preocuparme por ello.

—Está bien —dije—. ¿Cuál es la contraseña?

—¡No! —gritó Blitzen.

La bolsa de bolos vibró. El bosque entero tembló. La bolsa se plegó tan rápido que el cambio de perspectiva me dio náuseas. La montaña de piel había desaparecido. A los pies de Blitz había una bolsa de bolos de tamaño normal.

—¡¡Sí!! —Mi colega la cogió y miró dentro—. Hay un bolo, pero pesa como si estuviera totalmente vacío. ¡Lo hemos conseguido, Jack!

Se chocaron los cinco... o, más bien, él le chocó los cinco porque la hoja de mi espada no tenía dedos.

—Un momento —dijo Alex—. O sea, buen trabajo y todo eso, pero ¿de verdad has elegido «contraseña» como contraseña?

—¡No!

Blitz lanzó el bolso al bosque como si fuera una granada. El accesorio recuperó de inmediato el tamaño de una montaña y provocó una ola gigantesca de árboles aplastados y animales asustados. Casi me dieron lástima las traicioneras ardillas.

—¡Tenía prisa! —dijo Blitzen resollando—. Puedo resetear la c..., la palabra secreta, más adelante, pero necesitaría más hilo y más tiempo. De momento, ¿podéis evitar decir, ya sabéis, esa palabra, por favor?

Procedió a decir «esa palabra» y la bolsa adquirió otra vez un tamaño normal.

—Lo has hecho estupendamente, tío —dije—. Y bonitas puntadas, Jack.

—¡Gracias, señor! A mí también me gusta tu pelo cortado con

sierra. Ya no te pareces al tío de Nirvana. Ahora te pareces más a, no sé... ¿A Johnny Rotten? ¿A Joan Jett de rubio?

Alex se tronchó de risa.

—¿Cómo conoces a esos personajes? T. J. me dijo que estuviste mil años en el fondo de un río.

—Así es, pero he estado estudiando.

Alex rio disimuladamente.

—Joan Jett.

—Cerrad el pico los dos —gruñí—. ¿Quién está listo para jugar a los bolos?

Nadie estaba listo para jugar a los bolos.

Blitzen se metió en una tienda de campaña y se desplomó de agotamiento. Entonces cometí el error de dejar que Jack se transformara en colgante y yo también me desplomé de agotamiento; me sentía como si me hubiera pasado todo el día escalando peñascos.

Alex prometió que vigilaría. Al menos eso creo que dijo. Podría haber anunciado: «¡Voy a invitar a Loki al campamento y a mataros a todos mientras dormís! ¡Jajajaja!», y habría caído redondo de todas formas.

No soñé con más que delfines que saltaban alegremente en un mar de piel.

Me desperté cuando el cielo estaba pasando del negro al color carbón. Insistí en que Alex echara un sueñecito y, cuando los tres nos hubimos levantado, comido y recogido el campamento, el cielo era un denso manto gris sucio.

Habíamos perdido casi veinticuatro horas. Samirah y Hearthstone seguían desaparecidos. Traté de imaginármelos a salvo junto a la hoguera en casa de Utgard-Loki, compartiendo anécdotas y comiendo bien, pero no, no pude evitar imaginarme a un montón de gigantes junto a la hoguera, compartiendo anécdotas sobre los sabrosos mortales que se habían zampado la noche anterior.

«Basta», le dije a mi cerebro.

«Además, la boda es mañana», dijo mi cerebro.

«Largo de mi cabeza.»

Mi cerebro se negó a largarse de mi cabeza. Qué desconsiderado.

Anduvimos por el desfiladero, tratando de seguir la dirección que Peque nos había indicado. Cualquiera diría que podríamos haber seguido sus huellas, pero era difícil distinguirlas de los valles y cañones naturales.

Después de aproximadamente una hora, divisamos nuestro destino. En un enorme risco situado a lo lejos se alzaba una estructura cuadrada como un almacén. El godzilla inflable ya no estaba (el alquiler diario de algo así debía de ser astronómico), pero en el letrero de neón seguía poniendo: «BOLERA DE UTGARD». Las letras se encendían de una en una, luego todas juntas y después emitían destellos alrededor de los bordes, para que a nadie se le pasara por alto el único letrero de neón del risco más grande de Jotunheim.

Recorrimos penosamente un sendero sinuoso perfecto para burros gigantes, pero no tanto para mortales pequeños. El viento frío nos zarandeaba y a mí me dolían los pies. Menos mal que llevábamos la bolsa mágica de Blitzen, porque arrastrar la versión de tamaño natural por ese risco habría sido imposible, además de nada divertido.

Cuando llegamos a la cima, me di cuenta de lo grande que era la bolera de Utgard. El edificio propiamente dicho casi podría haber albergado el centro de Boston. La puerta de dos hojas tapizada en color granate estaba tachonada de tachuelas del tamaño de una casa de tres habitaciones y en las ventanas sucias brillaban anuncios de neón de Zumo de Jotun, Cerveza Sin Alcohol Gigante y Megahidromiel. Amarrados a unos postes en el exterior, se hallaban unos animales de monta descomunales: caballos, carneros, yaks y, sí, burros... del tamaño del Kilimanjaro.

—No hay por qué tener miedo —murmuró Blitz para sí—. Es como un bar de enanos, solo que... más grande.

—Bueno, ¿cómo lo hacemos? —preguntó Alex—. ¿Un ataque frontal?

—Ja, ja —dije—. Sam y Hearth podrían estar ahí dentro, así que nos atendremos a las normas. Entramos, reclamamos nuestros derechos de invitados e intentamos negociar.

—Y si eso no funciona —añadió Blitz—, improvisamos.

Alex, que se caracterizaba por el cambio y la versatilidad, dijo:

—No me gusta un pelo la idea. —Acto seguido me miró con el ceño fruncido—. Además, me debes un trago por soñar conmigo.

Se dirigió a la entrada con paso resuelto.

Blitzen arqueó las cejas.

—¿Debo preguntar?

—No —contesté—. La verdad, no.

Cruzar la puerta principal no supuso ningún problema. Pasamos por debajo de ella sin ni siquiera tener que agacharnos.

Dentro se encontraba la bolera más grande y más abarrotada que había visto en mi vida.

A la izquierda, veinte o treinta gigantes del tamaño de la estatua de la Libertad se hallaban alineados a lo largo de la barra, sentados en taburetes que habrían sido espléndidas torres de pisos. Los gigantes iban vestidos con camisas de bolos de colores fluorescentes que debían de haber robado de una tienda del Ejército de Salvación en la época de la fiebre disco. De la cintura les colgaba una colección de cuchillos, hachas y mazas con pinchos. Reían y se insultaban unos a otros y bebían de un trago jarras de hidromiel con las que se podrían haber regado todas las cosechas de California durante un año.

Me parecía un poco temprano para beber hidromiel, pero esos tíos podrían haber estado de juerga desde 1999. Al menos, esa era la canción que sonaba a todo volumen por los altavoces.

A nuestra derecha había un salón recreativo donde más gigantes jugaban al *pinball* y a Ms. PacMan Enorme. Al fondo de la sala, más o menos a la misma distancia que Boston de New Hampshire, otros gigantes se hallaban reunidos en las pistas de bolos en grupos de cuatro o cinco con atuendos fluorescentes a juego y zapatos de ante para jugar a los bolos. En la pared del fondo había una pancarta que rezaba: «¡TORNEO DE BOLOS DEFINITIVO DE UTGARD! ¡¡¡BIENVENIDOS, JUGADORES DEL T.B.D.U.!!!».

Un gigante lanzó una bola. Se oyó el retumbo de un trueno mientras rodaba por la pista. El suelo vibró y me zarandeó como si fuera un juguete de cuerda.

Busqué a Peque con su camisa de los Pavos. No podía localizarlo. Debería haber sido fácil de ver, pero desde nuestro punto de observación en el suelo, se interponían demasiados obstáculos enormes.

Entonces la multitud se movió. Al otro lado de la sala, mirándome directamente, había un gigante al que tenía menos ganas de ver que a Peque. Estaba sentado en un sillón alto de cuero sobre una tarima que dominaba las pistas de bolos como si fuera el árbitro o el maestro de ceremonias. Su camisa de bolos estaba hecha de plumas de águila, sus pantalones eran de poliéster marrón y sus botas de suela metálica parecían hechas de destructores de la Segunda Guerra Mundial reciclados. Alrededor del antebrazo llevaba sujeto el anillo de oro de un thane con incrustaciones de heliotropos.

Tenía un rostro anguloso y de un atractivo cruel. Su pelo negro como el carbón y liso le llegaba a los hombros. Sus ojos brillaban de diversión y malicia. Sin duda habría figurado en la lista de los diez asesinos más apuestos de Jotunheim. Medía unos treinta metros más que la última vez que lo había visto, pero lo reconocí.

—Chico Grande —dije.

No sé cómo oyó él mi voz de mequetrefe en medio de todo el caos, pero asintió con la cabeza.

—¡Magnus Chase! —gritó—. ¡Me alegro mucho de que hayas llegado!

La música se apagó. En la barra, los gigantes se volvieron para mirarnos. Chico Grande levantó el puño como si me ofreciera un micrófono. Agarrados entre sus dedos como figuras de G.I. Joe, estaban Samirah y Hearthstone.

39

Elvis ha salido de la bolsa de bolos

—¡Reclamamos nuestros derechos de invitados! —grité—. ¡Suelta a nuestros amigos, Utgard-Loki!

Me pareció un acto bastante valiente por mi parte, considerando que nos enfrentábamos a una reunión de estatuas de la Libertad fuertemente armadas y mal vestidas.

Los gigantes congregados rieron.

En la barra, uno gritó:

—¿Qué has dicho? ¡Habla más fuerte!

—He dicho...

El camarero volvió a poner «1999» y apagó mi voz. Los gigantes dieron alaridos de alegría.

Miré a Blitzen con el ceño fruncido.

—Me dijiste que las canciones de Taylor Swift eran música de enanos... ¿Significa eso que Prince era un gigante?

—¿Eh? —Mi colega mantenía los ojos clavados en Hearthstone, que seguía atrapado y forcejeaba en el puño de Utgard-Loki—. No, chaval. Solo significa que los gigantes tienen buen gusto musical. ¿Crees que Jack podría sacar a nuestros amigos de la mano del gigante?

—¿Antes de que Utgard-Loki los aplaste? Lo dudo.

Alex se enrolló el garrote alrededor de la mano, aunque yo no sabía de qué serviría a menos que tuviera intención de hacerles a los gigantes una buena higiene dental.

—¿Cuál es el plan?

—Estoy en ello.

Finalmente, Utgard-Loki hizo un gesto para exigir silencio pasándose el dedo a través del cuello. (No era precisamente mi gesto favorito.) La música cesó y los gigantes se tranquilizaron.

—¡Hemos estado esperándote, Magnus Chase! —Utgard-Loki sonrió—. En cuanto a tus amigos, no están cautivos. ¡Solo estaba levantándolos para que vieran que has llegado! ¡Seguro que están encantados!

Sam no parecía encantada. Retorcía los hombros tratando de liberarse y por la expresión de su cara parecía que tenía ganas de matar a todo aquel que llevase una camisa de bolos, y quizá también a varias personas que no.

Por lo que respectaba a Hearth, yo sabía lo mucho que detestaba que le inmovilizasen las manos. No podía comunicarse ni hacer magia. La furia intensa de sus ojos me recordó a su padre, el señor Alderman, y no era un parecido que me gustase ver.

—Déjalos si de verdad no están cautivos —dije.

—¡Como desees! —Utgard-Loki los dejó sobre la mesa, donde eran igual de altos que la copa de hidromiel del gigante—. Les hemos hecho sentirse como en casa mientras esperábamos vuestra llegada. Peque dijo que traeríais su bolsa de bolos esta mañana como muy tarde. ¡Estaba empezando a pensar que no llegabais!

Por la forma en que lo dijo, parecía que fuera un intercambio de rehenes. Noté un frío intenso en la barriga. Me preguntaba lo que habría sido de Sam y Hearth si no hubiéramos aparecido con la bolsa. Les habíamos hecho esperar, atrapados allí durante veinticuatro horas, preguntándose si seguíamos vivos.

—¡Tenemos la bolsa! —dije—. No hay problema.

Le di a Blitzen un codazo.

—¡Claro! —Blitz dio un paso adelante y levantó su creación—. ¡Contemplad a Pielvacía, que pronto será famosa entre las bolsas de bolos, terminada por Blitzen de Freya! ¡Con la ayuda de Jack!

Nuestro viejo amigo Peque se abrió paso a la fuerza entre el gentío. Su camisa gris tenía manchas de hidromiel y la coleta canosa se le había desanudado. Como nos había advertido, comparado con los otros gigantes de la sala, parecía pequeño de verdad.

—¿Qué le has hecho a mi bolsa? —gritó—. ¿Le has puesto un programa de lavadora normal? ¡Es minúscula!

—¡Como tú! —lo abucheó otro gigante.

—¡Cállate, Hugo! —gritó Peque.

—¡No hay nada que temer! —aseguró Blitzen, demostrando con su voz cómo sonaba el miedo—. ¡Puedo hacer que recupere su tamaño normal! Pero primero quiero que tu rey nos garantice que tenemos derechos de invitados: nosotros tres y nuestros dos amigos de la mesa.

Utgard-Loki rio entre dientes.

—Vaya, Peque, parece que han hecho lo que les pediste. Han traído tu bolsa.

El gigante señaló con un gesto de impotencia su estuche diminuto.

—Pero...

—Peque... —dijo el rey, endureciendo el tono.

Peque nos miró echando chispas por los ojos. Ya no parecía tan fácil de tratar.

—Sí —dijo, apretando los dientes—. Han cumplido con su parte del trato. Respondo por ellos... un poquitito.

—¡Ya está! —Utgard-Loki sonrió—. ¡Estáis todos oficialmente invitados a mi bolera!

Recogió a Sam y a Hearth y los dejó en el suelo. Por suerte, la espada y la piedra *Skofnung* seguían sujetas a la espalda de Sam.

El rey se volvió para dirigirse a los gigantes reunidos.

—Amigos míos, si recibimos a estos invitados con nuestro tamaño actual, se nos cansará la vista intentando no pisarlos. Tendremos que servirles la comida con pinzas y llenar sus diminutos vasos con cuentagotas. ¡Y eso no es divertido! Vamos a reducir un pelín la fiesta, ¿vale?

Los gigantes gruñeron y murmuraron, pero nadie parecía tener ganas de contradecirle. Utgard-Loki chasqueó los dedos y la sala empezó a dar vueltas. Se me revolvió el estómago de la desorientación.

La bolera encogió y pasó de ser descomunal a ser simplemente enorme. Los gigantes ahora tenían una estatura media de dos metros diez. Podía mirarlos sin estirar el cuello ni contemplar sus cavernosos orificios nasales.

Samirah y Hearthstone se apresuraron a reunirse con nosotros.

«¿Estás bien?», preguntó Blitz por señas a Hearth.

«¿Dónde habéis estado?», inquirió el elfo.

Samirah me dedicó una sonrisa incómoda en plan: «Ya te mataré luego».

—Creía que estabais muertos. ¿Y qué te ha pasado en el pelo?

—Es una larga historia —le dije.

—Sí, sentimos llegar tarde —se disculpó Alex, algo que me sorprendió más que cualquiera de las cosas que habían pasado ese día—. ¿Qué nos hemos perdido?

Sam la miró fijamente como diciendo: «Si te lo contase, no te lo creerías».

No creía que su historia fuera más rara que la nuestra, pero antes de comparar impresiones, Peque se dirigió a Blitzen dando traspiés y cogió su bolsa de bolos, que ahora tenía el tamaño adecuado para él.

Abrió la cremallera y dejó escapar un suspiro de alivio.

—¡Menos mal! *¡Elvis!*

Sacó su bola y la examinó en busca de daños. En su superficie había un Elvis de los setenta vestido con un mono con piedras preciosas falsas pintado con aerógrafo.

—¿Te han hecho daño, pequeña? —Peque besó la bola y la abrazó contra su pecho, mirando a Blitzen con el entrecejo fruncido—. Tienes suerte de no haber hecho daño a *Elvis*, pequeño enano.

—No me interesa hacer daño a *Elvis*. —Blitz le arrebató de las manos la bolsa ahora vacía—. ¡Pero voy a quedarme a Pielvacía como garantía! Te la devolveré cuando nos vayamos de aquí sanos y

316

salvos. Y por si piensas hacer algo, te advierto que la bolsa solo cambia de tamaño al pronunciar una palabra secreta, ¡y nunca la adivinarás sin ayuda!

—¿Qué? —gritó Peque—. ¿Es «Presley»?

—No.

—¿«Graceland»?

—No.

—¡Amigos, amigos! —Utgard-Loki se dirigió a nosotros con los brazos extendidos—. ¡Hoy es el día del torneo! ¡Tenemos invitados especiales! No discutamos por cosas sin importancia. ¡Festejemos y compitamos! ¡Que suene la música! ¡Bebidas para todos!

«Little Red Corvette» retumbó por los altavoces. La mayoría de los gigantes se dispersaron y volvieron a beber hidromiel, a divertirse con los bolos o a jugar a Ms. Pac-Man no tan Enorme. Algunos jotuns —sobre todo los de las camisas grises como la de Peque— parecían tener ganas de matarnos, por muy invitados de honor que fuéramos, pero me consolaba saber que contábamos con la opción del fin del mundo. En el peor de los casos, siempre podíamos gritar «contraseña» y destruir todo el edificio en una avalancha de piel bordada por enano.

Utgard-Loki dio una palmada a Peque en la espalda.

—¡Eso es! ¡Ve a tomar un Zumo de Jotun!

Peque sostuvo a *Elvis* contra el pecho y se dirigió a la barra, lanzándonos miradas asesinas por encima del hombro.

—Utgard-Loki —dije—, necesitamos información...

—Ahora no, idiota. —El rey mantuvo la sonrisa, pero su tono era un gruñido desesperado—. Pon cara de alegría. Pon cara de estar bromeando.

—¿Qué?

—¡Muy buena! —gritó el rey gigante—. ¡Ja, ja, ja!

Mis amigos trataron de entrar en el juego.

—¡Sí, ja, ja! —dijo Sam.

Blitzen soltó una sonora carcajada enanil.

—¡Qué gracioso! —terció Alex.

«Ja, ja», dijo Hearth por signos.

Utgard-Loki siguió sonriéndome, pero sus ojos eran afilados como dagas.

—De todos los gigantes que hay aquí, el único que quiere ayudaros soy yo —dijo entre dientes—. Si no demostráis que sois dignos, no saldréis de esta bolera vivos.

—¿Qué? —susurró Blitzen—. Nos has prometido derechos de invitados. ¡Eres el rey!

—¡Y he utilizado toda mi influencia y credibilidad para ayudaros! ¡Si no, no habríais llegado aquí con vida!

—¿Ayudarnos? —dije—. ¿Matando a nuestra cabra?

—¿E infiltrándote en el Valhalla? —añadió Sam—. ¿Y poseyendo a un inocente instructor de vuelo?

—Todo para disuadiros de que cayerais en la trampa de Loki, torpes mortales. Cosa que, de momento, habéis conseguido. —Giró la cabeza y gritó hacia los espectadores—: ¡Mucho alardeas, pequeño mortal, pero nunca vencerás a los gigantes!

Bajó la voz otra vez.

—Aquí no todo el mundo cree que haya que detener a Loki. Os diré lo que tenéis que saber para frustrar sus planes, pero tendréis que seguirme el juego. Si no demostráis vuestro valor y os ganáis el respeto de mis seguidores, me destituirán y uno de esos idiotas se convertirá en el nuevo rey. Entonces estaremos todos muertos.

Alex escudriñó a la multitud como si tratara de decidir a qué idiota aplicar primero su garrote.

—Oiga, su Plumosa Majestad, podría habernos enviado esta importante información en un mensaje de texto o llamarnos por teléfono hace días. ¿A qué venía todo ese misterio y el godzilla inflable?

Utgard-Loki la miró arrugando la nariz.

—No podía enviaros un mensaje de texto, hija de Loki, por varios motivos. Ante todo, porque tu padre tiene formas de averiguar las cosas. ¿No estás de acuerdo?

La cara de Alex se tiñó de rojo, pero no dijo nada.

—Vamos —continuó el rey—, uníos a la fiesta. Os acompañaré a vuestra mesa.

—¿Y después? —pregunté—. ¿Cómo demostramos nuestro valor?

Los ojos de Utgard-Loki brillaron de una forma que no me gustó un pelo.

—Nos entretenéis con hazañas impresionantes, nos vencéis en la competición, o morís en el intento.

40

Billy el Pequeño se lo tenía muy merecido

El desayuno de los campeones de la bolera: cacahuetes, perritos calientes tibios y chips de maíz rociados de un pringue naranja que no se parecía en nada al queso. El hidromiel no tenía burbujas y sabía a sacarina. Lo bueno era que las raciones eran de tamaño gigante. Desde el día anterior no había comido gran cosa, aparte de sobras de faláfel y chocolate, así que logré comer armándome de valor.

Los gigantes se hallaban sentados por equipos en cada carril de la pista: lanzaban comida, contaban chistes y alardeaban de sus proezas en los bolos.

Sam, Hearthstone, Blitz, Alex y yo estábamos sentados en un banco de plástico circular hurgando en la comida en busca de los trozos más comestibles y escudriñando nerviosos a los gigantes.

Utgard-Loki había insistido en que nos pusiéramos unos zapatos para jugar a los bolos, que eran demasiado grandes y de color naranja y rosa fluorescente. Cuando Blitzen vio los suyos, pensé que le daría un choque anafiláctico. Sin embargo, a Alex parecía que le gustaban. Por lo menos no tuvimos que ponernos camisas a juego.

Mientras comíamos, contamos a Sam y a Hearth lo que había sucedido en el bosque.

Ella movió la cabeza con gesto de disgusto.

—A ti siempre te toca la parte fácil, Magnus.

Casi se me atragantó un cacahuete.

—¿Fácil?

—Hearth y yo hemos pasado aquí un día intentando sobrevivir. Casi morimos seis veces.

El elfo levantó siete dedos.

—Ah, sí —dijo ella—. Lo de los lavabos.

Blitzen metió los pies debajo del banco, sin duda para evitar mirar sus espantosos zapatos.

—¿No os concedieron los gigantes derechos de invitados?

—Es lo primero que pedimos —dijo Sam—. Pero los jotuns de la montaña... siempre intentan tergiversar tus palabras y matarte a base de amabilidad.

—Como las hermanas que conocimos en enero —recordé—. Las que nos ofrecieron levantar nuestro asiento a la altura de la mesa y luego intentaron aplastarnos contra el techo.

Sam asintió con la cabeza.

—Ayer pedí algo de beber y el camarero me metió en una jarra de cerveza llena. En primer lugar, soy musulmana. No bebo alcohol. En segundo lugar, los lados de la jarra resbalaban tanto que no podía salir. Si Hearth no hubiera agrietado el cristal con una runa...

«Teníamos que tener cuidado con todo lo que decíamos —dijo él con gestos—. Pedí un sitio para dormir...—se estremeció— y casi morí aplastado en la máquina que devuelve las bolas.»

Sam hizo de traductora para la otra hija de Loki.

—Ay. —Alex hizo una mueca—. No me extraña que tengáis tan mala cara, chicos, sin ánimo de ofender.

—Y eso no es lo peor —añadió Sam—. Era imposible rezar mis oraciones mientras Hearthstone vigilaba. Los gigantes nos retaban continuamente a pruebas de habilidad amañadas.

«Ilusiones —dijo el elfo por signos, moviendo las palmas de las manos en círculo para representar dos imágenes cambiantes—. Aquí nada es lo que parece.»

—Sí. —Blitz asintió con la cabeza seriamente—. Lo mismo pasó con Peque y su bolsa. Utgard-Loki y su gente tienen mala fama por sus poderes de ilusión.

Miré a mi alrededor, preguntándome cómo de grandes eran en realidad los gigantes y qué aspecto tenían sin la magia. Tal vez los horribles atuendos de jugadores de bolos eran espejismos concebidos para desorientarnos.

—Entonces, ¿cómo sabemos qué es una ilusión y qué es real?

—Y lo más importante...—Alex levantó un nacho empapado en mejunje naranja—. ¿Puedo hacer como si en realidad esto fuera un burrito de un buen restaurante mexicano?

—Tenemos que estar alerta —advirtió Sam—. Anoche, después de pedirlo con mucho cuidado, por fin nos dieron unos sacos de dormir, pero tuvimos que «demostrar nuestra fuerza» extendiéndolos nosotros solos. Lo intentamos durante una hora más o menos. Los sacos no se movían. Al final Utgard-Loki reconoció que estaban hechos de virutas de titanio. Los gigantes estuvieron riendo un buen rato.

Sacudí la cabeza.

—¿Qué tiene eso de gracioso?

«Cuéntales lo del gato», dijo Hearth por señas.

—Uf —convino Sam—. Y luego está lo del gato. Como favor antes de que nos dieran de cenar, se suponía que teníamos que recoger al gato de Utgard-Loki y sacarlo.

Miré a mi alrededor, pero no vi ningún gato.

—Está en alguna parte —me aseguró ella—. Solo que no pudimos sacarlo porque el gato era en realidad un elefante africano. Ni siquiera nos dimos cuenta hasta que los gigantes nos lo dijeron luego, después de intentar moverlo durante horas y perdernos la cena. Les encanta humillar a sus huéspedes haciéndoles sentir débiles y enclenques.

—Pues está dando resultado —murmuró Blitz.

Me imaginé tratando de levantar a un elefante sin darme cuenta de que era un elefante. Normalmente me percataba de esa clase de cosas.

—¿Cómo combatimos algo así? —pregunté—. ¿Se supone que tenemos que impresionarlos en un montón de competiciones? Lo siento, pero yo no puedo hacer gran cosa con sacos de dormir de titanio y elefantes africanos.

Sam se inclinó por encima de la mesa.

—Aunque creas que está pasando algo raro, recuerda que es un truco. Abre tu mente. Haz algo inesperado. Rompe las reglas.

—Ah —dijo Alex—. Estás hablando de un día cualquiera de mi vida.

—Entonces tu experiencia debería sernos muy útil —dijo la valquiria—. Además, no me creo una palabra del rollo de que Utgard-Loki quiere ayudarnos...

—¡Hola, invitados!

Para tratarse de un grandullón con una camisa de plumas, el rey gigante era sigiloso. Se inclinó por encima de la barandilla de detrás de nuestra mesa, mirándonos desde arriba con un perrito de maíz en la mano.

—Solo disponemos de un momento. Luego empezarán los juegos.

—Los juegos —repitió Sam—. ¿Como a los que nos has hecho jugar desde ayer?

Los ojos de Utgard-Loki hacían juego con su camisa de plumas de águila. Tenía una mirada de ave de presa, como si estuviera a punto de lanzarse en picado y atrapar a un roedor —o a un pequeño humano— para cenar.

—Vamos, Samirah, tienes que entenderlo. Mis vasallos están molestos porque os he invitado. Debéis ser buenos. Ofrecednos diversión, dadnos un buen espectáculo, demostrad que sois dignos. No esperéis generosidad por mi parte durante las pruebas. Mis hombres se volverán contra mí si muestro el más mínimo trato de preferencia.

—Entonces no vales mucho como rey —observé.

Utgard-Loki rio burlonamente. A continuación gritó para que sus seguidores le oyesen:

—¿Eso es todo lo que podéis comer, mortales esmirriados? ¡Tenemos niños pequeños que pueden engullir más nachos que vosotros! —Me señaló con el cetro real de su perrito de maíz y bajó la voz—. Sabes muy poco de mandar, Magnus Chase. La realeza exige la combinación exacta de hierro e hidromiel, miedo y generosidad.

Se me da muy bien la magia, pero no puedo imponer mi voluntad a los gigantes así como así. Ellos siempre serán más que yo. Debo ganarme su respeto cada día. Y ahora vosotros también.

Alex se apartó del rey.

—Si tan peligroso es, ¿por qué ibas a ayudarnos a recuperar a *Mjolnir*?

—¡Me da igual el martillo de Thor! Los Aesir siempre han dependido demasiado del temor que inspira. Es un arma poderosa, sí, pero cuando llegue el Ragnarok, Thor se verá superado. Los dioses morirán de todas formas. El martillo es un bluf, una ilusión de fuerza demoledora. Creed a este maestro hechicero —el gigante sonrió—, las mejores ilusiones también tienen sus limitaciones. Lo que me interesa no es el martillo. Quiero acabar con el plan de Loki.

Blitzen se rascó la barba.

—¿El plan de casar a Sam y Thrym? ¿Temes esa alianza?

Utgard-Loki se puso a actuar otra vez, gritando para su público:

—¡Bah! ¡Estos son los perritos de maíz más grandes de Jotunheim! ¡No tienen igual! —Le dio un bocado tremendo al suyo y acto seguido lanzó el palo vacío por encima del hombro—. Blitzen, hijo de Freya, usa la cabeza. Claro que temo una alianza. A ese sapo feo de Thrym y su hermana, Thrynga, les encantaría llevar a Jotunheim a la guerra. Con una alianza matrimonial con Loki y el martillo de Thor en su posesión, Thrym se convertiría en el thane de thanes.

Sam entornó los ojos.

—¿«Con el martillo de Thor en su posesión»? ¿Quieres decir que, aunque yo siguiera con la boda, cosa que no voy a hacer, Thrym no devolvería a *Mjolnir*?

—¡Oh, se intercambiarán regalos de boda! Pero tal vez no como tú te imaginas. —Utgard-Loki alargó la mano y dio un golpecito a la empuñadura de la espada *Skofnung*, que seguía colgada de la espalda de Sam—. Vamos, amigos míos. Antes de que os dé una solución, debéis entender el problema. ¿De verdad no veis el objetivo de Loki?

Un gigante gritó desde el otro lado de la sala:

—¿Y las competiciones, nuestro rey? ¿Por qué tontea con esos mortales?

Más gigantes rieron y nos silbaron.

Utgard-Loki se irguió, sonriendo a sus súbditos como si todo fuera un juego.

—¡Sí, claro! ¡Damas y *jotuneros*, que empiece la diversión! —Nos miró maliciosamente—. Invitados de honor, ¿con qué asombrosas habilidades nos sorprenderéis?

Todos los gigantes se volvieron hacia nosotros, visiblemente deseosos de oír qué vergonzoso fiasco elegíamos. Mis principales aptitudes eran escapar y comer faláfel, pero después de una comida pesada compuesta por perritos calientes y nachos elaborados a base de química, dudaba que pudiera ganar una medalla de oro en cualquier categoría.

—¡No seáis tímidos! —Utgard-Loki extendió los brazos—. ¿Quién quiere ser el primero? ¡Queremos ver de qué son capaces los campeones de los reinos mortales! ¿Beberéis más que nosotros? ¿Seréis más rápidos que nosotros? ¿Lucharéis mejor que nosotros?

Samirah se levantó. Entoné una plegaria silenciosa de agradecimiento por las valientes valquirias. Incluso cuando era un estudiante mortal, detestaba ir el primero. El profesor siempre prometía que no sería tan duro con el primer voluntario o que le daría puntos positivos. No, gracias. No compensaba la ansiedad añadida.

Sam respiró hondo y se volvió hacia la multitud.

—Soy diestra con el hacha —dijo—. ¿Quién quiere retarme a lanzar el hacha?

Los gigantes prorrumpieron en vítores y silbaron.

—¡Vamos a ver! —Utgard-Loki parecía encantado—. Tienes un hacha muy pequeña, Samirah al-Abbas, pero estoy seguro de que la lanzas con habilidad. Mmm... Normalmente, señalaría a Bjorn Partecráneos como nuestro campeón de lanzamiento de hacha, pero no quiero que te sientas en inferioridad de condiciones. ¿Qué tal si compites contra Billy el Pequeño?

Un gigante joven de pelo rizado que estaba al fondo de la pista se levantó. Aparentaba unos diez años, con una barriga prominente embutida en una camiseta a rayas de *¿Dónde está Wally?* y unos tirantes amarillos que sujetaban sus pantalones cortos de escolar. Además, era muy bizco. Se dirigió hacia nosotros chocando contra mesas y tropezando con bolsas de bolos, para gran regocijo de los otros gigantes.

—Billy está aprendiendo a lanzar —nos explicó el rey—, pero debería ser un buen rival para ti.

Samirah apretó los dientes.

—Bien. ¿Cuáles son las dianas?

Utgard-Loki chasqueó los dedos. Al fondo de los carriles uno y tres, se abrieron unas ranuras en el suelo y salieron unas figuras de madera planas pintadas con el retrato de Thor, con su cabello pelirrojo revuelto, su barba suelta y la cara arrugada que ponía cuando se tiraba un pedo.

—¡Tres tiros cada uno! —anunció—. ¿Quieres empezar, Samirah?

—Oh, no —dijo ella—. Los niños primero.

Billy el Pequeño fue andando como un pato a la línea de tiro. Otro gigante dejó a su lado un fardo de piel y al abrirlo descubrió tres tomahawks casi tan grandes como Billy.

El chico gigante levantó con dificultad la primera hacha y miró el lejano objetivo con los ojos entrecerrados.

Me dio tiempo a pensar: «Puede que a Sam le vaya bien. Puede que al final Utgard-Loki no sea duro con ella». Entonces Billy entró en acción: lanzó un hacha tras otra tan rápido que apenas pude seguir sus movimientos. Cuando hubo terminado, había un hacha clavada en la frente de Thor, otra en su pecho y una tercera en la poderosa entrepierna del dios.

Los gigantes dieron vivas.

—¡No está mal! —dijo Utgard-Loki—. ¡Veamos si Samirah, orgullo de las valquirias, puede vencer a un niño de diez años bizco!

A mi lado, Alex murmuró:

—Lo tiene crudo.

—¿Intervenimos? —preguntó Blitz preocupado—. Sam nos dijo que abriésemos nuestras mentes.

Me acordé de su consejo: «Haz algo inesperado».

Cerré los dedos en torno a mi colgante. No sabía si debía saltar de mi asiento, invocar a Jack y crear una distracción cantando a dúo «Love Never Felt So Good». Hearthstone me evitó el bochorno levantando los dedos: «Espera».

Sam estudió a su contrincante, Billy el Pequeño, y luego se quedó mirando las hachas que había clavado en el blanco. A continuación pareció que llegase a una conclusión, se acercó a la línea de tiro y levantó el hacha.

En la sala se hizo un silencio respetuoso. O puede que nuestros huéspedes simplemente respirasen hondo para poder reírse a carcajadas cuando Sam fallase.

Con un movimiento fluido, la valquiria se volvió y lanzó el hacha directa a Billy. Los gigantes dejaron escapar un grito ahogado.

Billy el Pequeño bizqueó todavía más al mirar el hacha que ahora le sobresalía de la frente. Se desplomó hacia atrás y cayó al suelo con estrépito.

Los gigantes gritaron indignados. Algunos se levantaron y desenvainaron sus armas.

—¡Esperad! —rugió Utgard-Loki. Miró a Sam echando chispas por los ojos—. ¡Explícate, valquiria! Dime por qué no debemos matarte por lo que acabas de hacer.

—Porque era la única forma de ganar este torneo —dijo ella.

Parecía extraordinariamente tranquila, considerando lo que había hecho y el número de gigantes que ahora estaban dispuestos a hacerla pedazos. Señaló el cadáver de Billy el Pequeño.

—¡Este no era un niño gigante!

Lo anunció con la autoridad de la detective de una serie de televisión, pero vi que le caía una gota de sudor por debajo del hiyab. Casi podía oírla pensando: «Por favor, que no me equivoque. Por favor, que no me equivoque».

La multitud de gigantes se quedó mirando el cadáver de Billy el Pequeño, que seguía pareciendo un niño gigante muerto y mal vestido. Yo sabía que en cualquier momento la multitud cargaría contra Samirah, y todos tendríamos que huir.

Entonces, poco a poco, la figura del joven gigante empezó a moverse.

Su piel se marchitó hasta que adquirió el aspecto de uno de los draugr del príncipe Gellir, sus labios curtidos se fruncieron sobre sus dientes, una película amarilla cubrió sus ojos y sus uñas se alargaron hasta convertirse en sucias guadañas. Billy se levantó con dificultad y se quitó el hacha de la frente.

Siseó a Sam. Una oleada de terror puro recorrió la sala. A algunos gigantes se les cayeron las bebidas. Otros se postraron de rodillas y lloraron. Se me hizo un nudo en los intestinos.

—Sssí —anunció Sam, con una vocecilla—. Como podéis ver, este no es Billy el Pequeño. Es Miedo, que ataca rápido y siempre da en el blanco. La única forma de vencer a Miedo es atacarle de frente. Es lo que yo he hecho. Y por eso he ganado el torneo.

Miedo tiró el hacha de Sam al suelo, indignado. Emitiendo un terrible último susurro, se deshizo en humo blanco y desapareció.

Un suspiro de alivio colectivo se extendió por la sala. Varios gigantes se dirigieron a toda prisa a los servicios, probablemente para vomitar o cambiarse de ropa interior.

—¿Cómo narices lo sabía Sam? —susurré a Blitzen—. ¿Cómo es posible que esa cosa sea Miedo?

Blitzen también parecía sufrir ictericia en los ojos.

—Supongo..., supongo que ha coincidido antes con Miedo. He oído rumores de que los gigantes tienen buenas relaciones con muchas deidades menores: Ira, Hambre, Enfermedad. Supuestamente, Vejez solía jugar a los bolos con los Supremos de Utgard, aunque no muy bien. Pero nunca pensé que conocería a Miedo en persona.

Alex se estremeció. Hearthstone estaba serio, pero no sorprendido. Me preguntaba si él y Sam se habían encontrado con otras deidades menores durante sus veinticuatro horas de calvario.

Me alegré de que hubiera sido la primera en salir, y no yo. Con la suerte que tenía, me habrían enfrentado con Felicidad y habría tenido que aporrearla con la espada hasta que dejara de sonreír.

Utgard-Loki se volvió hacia Sam con un tenue brillo de admiración en los ojos.

—Supongo que, tras tu hazaña, no te mataremos, Samirah al-Abbas; has hecho lo necesario para ganar. ¡Tú has ganado la partida!

Sam dejó caer los hombros de alivio.

—Entonces, ¿hemos demostrado nuestro valor? ¿El torneo ya ha acabado?

—¡Oh, todavía no! —Los ojos del rey se abrieron mucho—. ¿Y nuestros otros cuatro invitados? ¡Debemos ver si son tan diestros como tú!

41

Ante la duda, transfórmate en un insecto que pique

Estaba empezando a odiar el Torneo de Bolos Definitivo de Utgard.

Hearthstone fue el siguiente. Señaló el salón recreativo y, asistido por mí como traductor, retó a los gigantes a que llamasen a su mejor jugador para que jugase a cualquier máquina elegida por los participantes. El equipo de los Jugones Jotun de Hugo propuso a un tipo llamado Kyle, que se acercó a la máquina de *skee-ball* y marcó mil puntos. Mientras los gigantes daban vítores, Hearth se dirigió al *pinball* de *Starsky y Hutch* e introdujo una moneda de oro rojo en la ranura.

—¡Espera! —protestó Hugo—. ¡No es el mismo juego!

—No tiene por qué serlo —dije—. Hearth ha dicho «cualquier máquina elegida por los participantes», en plural. Vuestro jugador ha elegido el *skee-ball* y él elige el *pinball*.

Los gigantes refunfuñaron, pero al final cedieron.

Blitzen me sonrió.

—Te vas a llevar una sorpresa, chico. Hearth es un mago.

—Ya lo sé.

—No, me refiero a un mago del *pinball*.

El elfo lanzó la primera bola. No le vi usar nada de magia, pero superó rápidamente la puntuación de Kyle; de acuerdo, no era justo porque las puntuaciones del *pinball* pasan de largo de los mil puntos.

Hearth siguió jugando incluso después de haber pasado de los quinientos millones. Empujaba la máquina y le daba a los *flippers* con tal intensidad que me pregunté si estaba pensando en su padre y en todas las monedas que le había hecho recaudar a cambio de buenas acciones. En su máquina, nuestro amigo se hizo rápidamente multimillonario de mentira.

—¡Basta ya! —gritó Utgard-Loki, tirando del enchufe de la máquina—. ¡Has demostrado tu habilidad! Creo que todos reconocemos que este elfo sordo juega al *pinball* de primera. ¿Quién es el siguiente?

Blitzen retó a los gigantes a un cambio de imagen completo. Aseguró que podía convertir a cualquier gigante en alguien más atractivo y elegante. Los gigantes eligieron por unanimidad a un jotun llamado Grum, que al parecer había estado durmiendo debajo de la barra —y acumulando toda la mugre que había allí— durante los últimos cuarenta años. Yo estaba convencido de que era la deidad menor Higiene Pésima.

El enano no se dejó intimidar. Sacó sus utensilios de costura y se puso manos a la obra. Tardó unas horas en improvisar ropa nueva con retales de la tienda de regalos de la bolera. Luego llevó a Grum al servicio para someterlo a un tratamiento de belleza como es debido. Cuando salieron, el gigante tenía las cejas depiladas con cera, su barba y su cabello estaban mejor recortados que los del *hipster* más metrosexual que podáis imaginar y llevaba una reluciente camisa de bolos dorada con la palabra «GRUM» cosida en la parte de delante, pantalones plateados y zapatos de bolos a juego. Las gigantas se derritieron; los gigantes se apartaron lentamente de él, intimidados por su magnetismo. Grum volvió a meterse debajo de la barra y se puso a roncar.

—¡No puedo corregir sus malas costumbres! —dijo Blitz—. Pero ya lo habéis visto. ¿He superado el reto o no?

Hubo muchos murmullos, pero nadie osó llevarle la contraria. Ni siquiera la fealdad acentuada mediante magia podía competir con un título enanil en diseño de moda.

Utgard-Loki se inclinó hacia mí y murmuró:

—¡Lo estáis haciendo muy bien! Tendré que poner muy difícil el último desafío para que aumenten las posibilidades de morir. Eso debería afianzar el respeto de mis vasallos.

—Un momento. ¿Qué?

El servicial rey levantó las manos hacia el gentío.

—¡Damas y *jotuneros*! ¡Ciertamente tenemos unos invitados interesantes, pero no temáis! ¡Nos vengaremos! Quedan dos invitados. Quiere el destino que sea el número perfecto para un desafío de dobles. ¡Como los bolos son el motivo de que estemos todos hoy aquí reunidos, que nuestros dos últimos visitantes se enfrenten a nuestros campeones vigentes: los Pavos de Peque!

Los gigantes gritaron y dieron alaridos. Peque me miró e hizo el gesto del dedo a través de la garganta, que ya estaba empezando a cansarme.

—¡Los ganadores obtendrán el premio habitual —anunció Utgard-Loki—, que consiste, cómo no, en las cabezas de los perdedores!

Miré a Alex Fierro y comprendí que ahora formábamos un equipo.

—Supongo que no es un buen momento para decírtelo —dijo ella—, pero nunca he jugado a los bolos.

Nuestros adversarios de los Pavos de Peque eran unos hermanos con los encantadores nombres de Herg y Blerg. Era difícil distinguirlos. Además de ser gemelos idénticos, llevaban camisas grises a juego y cascos de fútbol americano; el último accesorio probablemente era para impedir que les lanzáramos hachas a la cara. La única diferencia que pude apreciar entre los dos eran sus bolas para jugar a los bolos. La de Herg tenía la cara de Prince pintada con aerosol. (Tal vez él era el responsable de la lista de canciones del bar.) Su hermano Blerg tenía una bola roja con la cara de Kurt Cobain, y no paraba de mirarnos a mí y a la bola como si tratara de imaginarme sin el pelo cortado a trasquilones.

—¡Bueno, amigos míos! —anunció Utgard-Loki—. ¡Vamos a jugar una partida abreviada de tres rondas!

Alex se inclinó hacia mí.

—¿Una ronda?

—Chis —le dije.

En realidad, yo estaba intentando recordar las reglas de los bolos. Hacía años que no jugaba. Había una bolera en el Hotel Valhalla, pero como los einherjar lo hacían todo a muerte, no había tenido muchas ganas de visitarla.

—¡Será un torneo muy sencillo! —continuó el rey de los gigantes—. El equipo que consiga la puntuación más alta gana. El primer equipo en lanzar: ¡los Mortales Insignificantes!

Nadie nos vitoreó cuando Alex y yo nos dirigimos al punto de devolución de las bolas.

—¿Qué piensas? —susurró ella.

—Básicamente, tienes que lanzar la bola por la pista y derribar los bolos.

Ella me lanzó una mirada fulminante, con su ojo claro el doble de brillante y furioso que el oscuro.

—Eso ya lo sé, pero tenemos que romper las reglas, ¿no? ¿Cuál es la ilusión esta vez? ¿Crees que Herg y Blerg son dioses menores?

Volví la vista a Sam, Blitz y Hearth, que se habían visto obligados a mirar desde detrás de la barandilla. Sus expresiones no me decían nada que no supiera ya: estábamos en un buen lío.

Envolví el colgante con los dedos y pensé: «Eh, Jack, ¿algún consejo?».

Zumbó con aire soñoliento, como acostumbra a hacer cuando adopta la forma de colgante. «No.»

«Gracias —pensé—. Una ayuda inestimable de la espada mágica.»

—¡Mortales Insignificantes! —gritó Utgard-Loki—. ¿Hay algún problema? ¿Queréis abandonar?

—¡No! —dije—. No, ningún problema.

Respiré hondo.

—Muy bien, Alex, tenemos que jugar tres rondas. A ver qué tal se nos da la primera. A lo mejor nos sirve para darnos alguna idea. Fíjate en mi técnica bolera.

Era una frase que nunca pensé que pronunciaría. Jugar a los bolos no se contaba entre mis superpoderes. Aun así, me situé en la zona de aproximación con mi bola rosa con dados de peluche. (Eh, era la única en la que me encajaban los dedos.) Traté de recordar los consejos que me había dado mi profesor, el señor Gent, en la fiesta de orientación escolar que habíamos celebrado en la bolera Lucky Strike. Llegué a la línea, apunté y lancé con todas mis fuerzas de einherji.

La bola rodó despacio, perezosamente, y se detuvo a media pista. Los gigantes rieron a carcajadas.

Recogí la bola y volví andando, con la cara encendida. Cuando pasé al lado de Alex, la chica masculló:

—Gracias, ha sido muy instructivo.

Volví a mi asiento. Detrás de la barandilla, Sam tenía cara seria. Hearthstone me dio su consejo más útil por señas: «Hazlo mejor». Blitzen sonrió y levantó los pulgares, cosa que me hizo preguntarme si entendía las reglas de los bolos.

Alex llegó a la línea. Lanzó como una vieja levantando la bola entre las piernas y tirándola por la pista. La esfera azul oscuro rebotó una, dos veces, y rodó un poco más lejos que la mía antes de salir de la pista.

Más risas de los jotuns. Unos cuantos se chocaron las palmas de las manos. Monedas de oro cambiaron de manos.

—¡Es el turno de los Pavos de Peque! —gritó Utgard-Loki.

Cuando Herg se dirigió a la pista de al lado, sonó un aplauso ensordecedor.

—Un momento —dije—. ¿No se supone que tienen que usar la misma pista que nosotros?

Peque se abrió paso a empujones entre la multitud, con los ojos muy abiertos de falsa inocencia.

—¡Oh, pero el rey no ha dicho nada eso! Solo ha dicho: «El equipo que consiga la puntuación más alta gana». ¡Adelante, chicos!

Herg lanzó la cabeza de Prince. La bola rodó recto por el medio de la pista a la velocidad del rayo y se estrelló contra los bolos con el sonido de una marimba en explosión.

Los gigantes prorrumpieron en vítores y alzaron los puños. Herg se volvió, sonriendo tras la visera de su casco. Dio una palmadita a Berg en el hombro e intercambiaron unas palabras.

—Tengo que descubrir lo que dicen —dijo Alex—. Ahora vuelvo.

—Pero...

—¡Tengo que hacer pipí! —gritó.

Algunos gigantes fruncieron el entrecejo ante la interrupción, pero en general cuando alguien grita «¡Tengo que hacer pipí!» en medio de una muchedumbre, la gente le deja ir a hacer pipí. Las otras opciones no son muy tentadoras.

Alex desapareció en el servicio de gigantas. Mientras tanto, Blerg llegó a la línea de aproximación, levantó su bola de Kurt Cobain y la hizo rodar por la pista; la cara de Cobain asomó de forma intermitente, diciendo «hola, hola, hola», hasta que se estrelló contra los bolos y los lanzó por los aires con gran espíritu rockero.

—¡Otro pleno! —gritó Peque.

Vítores y tragos de hidromiel por todas partes, menos entre mis amigos y yo.

Blerg y Herg se reunieron en el punto de devolución de las bolas, riendo por lo bajo y mirándome. Mientras los gigantes seguían festejando y haciendo nuevas apuestas, Alex volvió del servicio.

—¡Ya he terminado de hacer pipí! —anunció a pleno pulmón. Se acercó a toda prisa y me agarró el brazo.

—Acabo de oír hablar a Herg y Blerg —susurró.

—¿Cómo?

—Les he escuchado a escondidas. A veces me transformo en tábano.

—Ah. —Miré a Sam, que fruncía el ceño severamente—. Conozco tu afición a los tábanos.

—Su pista de bolos es normal —me informó Alex—. Pero la nuestra... no sé. He oído decir a Herg: «Que tengan buena suerte con las Montañas Blancas».

—Las Montañas Blancas —repetí—. ¿Las de New Hampshire?

Alex se encogió de hombros.

—A menos que también haya unas Montañas Blancas en Jotunheim. En cualquier caso, eso de ahí no son bolos.

Miré al final de nuestra pista entornando los ojos, pero los bolos seguían pareciendo bolos, no montañas. Claro que Billy el Pequeño no parecía Miedo... hasta que lo pareció.

Sacudí la cabeza.

—¿Cómo es posible?

—Ni idea —respondió—. Pero si nuestras bolas se dirigen a una cordillera de otro mundo...

—Nunca llegaremos al final de la pista. Está claro que no podremos derribar ningún bolo. ¿Cómo deshacemos el encantamiento?

—¡Vamos, Mortales Insignificantes! —gritó Peque—. ¡Dejad de marear la perdiz!

Resultaba difícil pensar con una multitud de gigantes gritándome.

—No... no estoy segura —dijo Alex—. Necesito más tiempo. Ahora mismo lo mejor que se me ocurre es sabotear su pista.

Fue un acto impulsivo, lo reconozco. Arremetí contra la línea de lanzamiento y lancé la bola de dados rosa por encima de la cabeza con todas mis fuerzas, directa a la pista de Herg y Blerg. La bola cayó con tal fuerza que resquebrajó el suelo de madera, rebotó hacia atrás contra la muchedumbre y derribó a uno de los espectadores, que chilló como una gallina asustada.

—¡Ooooh! —gritaron los espectadores.

—¿Qué ha sido eso? —rugió Peque—. ¡Le has dado en la cabeza a Eustis!

Utgard-Loki frunció el ceño y se levantó de su trono.

—Peque tiene razón, mortal. No se puede cambiar de pista. Cuando se elige una pista, hay que seguir jugando en ella.

—Nadie ha dicho eso —protesté.

—¡Pues ahora lo digo yo! ¡Continúa con la partida!

Un gigante del público me devolvió la bola rodando.

Miré a Alex, pero no tenía ningún consejo que darle. ¿Cómo puedes jugar a los bolos cuando tu objetivo es una cadena montañosa remota?

Ella murmuró algo. Mientras avanzaba por la zona de aproximación, se transformó en un oso pardo de tamaño natural. Anduvo como un pato con las patas traseras, aferrando la bola con las delanteras. Llegó a la línea de lanzamiento, se puso a cuatro patas y arrojó la bola hacia delante con ciento treinta kilos de pura fuerza. La bola casi llegó al primer bolo antes de detenerse.

Los gigantes dejaron escapar un suspiro de alivio colectivo.

—¡Nos toca! —Peque se frotó las palmas con impaciencia—. ¡Adelante, chicos!

—¡Pero, jefe...! —protestó Herg—. Nuestra pista está abollada.

—Cambiad de pista —dijo Peque.

—Oh, no —dije—. Ya habéis oído al rey: cuando se elige una pista, hay que seguir jugando en ella.

Peque gruñó. Incluso sin el tatuaje de Elvis en el brazo, parecía cabreado.

—¡Está bien! Herg, Blerg, hacedlo lo mejor que podáis. ¡Les lleváis mucha ventaja!

Los hermanos no parecían contentos, pero jugaron la segunda ronda. Consiguieron evitar la abolladura, pero a los dos se les salieron las bolas de la pista y no sumaron tantos a su puntuación.

—¡No pasa nada! —les aseguró Peque. Se mofó de Alex y de mí—. Me dieron ganas de pisaros en el bosque, pero ahora me alegro de no haberlo hecho. A menos que hagáis una última ronda perfecta, no podréis ni igualar su puntuación. A ver de lo que sois capaces, mortales. ¡Estoy deseando cortaros la cabeza!

42

O puedes brillar mucho.
Eso también funciona

A algunas personas les gustan las bebidas energéticas. ¿A mí? He descubierto que la amenaza de decapitación inmediata me espabila mucho.

Presa del pánico, volví la vista a mis amigos. Hearthstone me dijo por signos: «F–R–E–Y».

«Sí, Hearth —pensé—, es mi padre.»

No sabía de qué podía servirme eso. El dios del verano no iba a aparecer envuelto en un halo de gloria y derribar las Montañas Blancas por mí. Era el dios de la naturaleza. No iría a una bolera ni muerto...

Una idea empezó a filtrarse poco a poco a través de mi cerebro como jarabe de arce. Naturaleza. Las Montañas Blancas. El poder de Frey. *Sumarbrander*, la espada de Frey, capaz de abrir brechas entre mundos. Y algo que Utgard-Loki había dicho antes: «Las mejores ilusiones también tienen sus limitaciones».

—¡Mortales Insignificantes! —gritó el rey de los gigantes—. ¿Abandonáis?

—¡No! —contesté a gritos también—. Un momento.

—¿Necesitas hacer pipí?

—¡No! Solo... necesito consultar con mi compañera de equipo antes de que seamos brutalmente decapitados.

Utgard-Loki se encogió de hombros.

—Me parece justo. Procede.

Alex se inclinó.

—Dime que se te ha ocurrido una idea, por favor.

—Dijiste que habías estado en la catarata de Bridal Veil. ¿Has ido mucho de acampada a las Montañas Blancas?

—Sí, claro.

—¿Existe alguna posibilidad de que esos bolos sean realmente las Montañas Blancas?

Ella frunció el entrecejo.

—No. No me creo que alguien sea tan poderoso como para teletransportar una cadena montañosa entera a una bolera.

—Yo pienso lo mismo. Mi teoría es que esos bolos son simples bolos. Los gigantes no han podido traer una cordillera a una bolera, pero pueden enviar nuestras bolas fuera de la bolera. Justo en medio de nuestra pista hay un portal entre mundos. Está oculto con ilusiones o lo que sea, pero envía nuestras bolas a New Hampshire.

Alex miró al final de la pista.

—Bueno, en ese caso, ¿por qué la máquina me ha devuelto la bola?

—¡No lo sé! A lo mejor han cargado una bola idéntica en la máquina para que no te des cuenta.

Alex apretó los dientes.

—Meinfretrs tramposos. ¿Qué hacemos?

—Tú conoces las Montañas Blancas —dije—. Yo también. Quiero que mires al fondo de la pista y te concentres en ver esas montañas. Si los dos lo hacemos al mismo tiempo, quizá consigamos que se vea el portal. Y entonces, con suerte, yo pueda hacerlo desaparecer.

—¿Te refieres a cambiar nuestra percepción? —preguntó Alex—. ¿Como... la curación mental que le hiciste a Amir?

—Supongo... —Ojalá hubiera tenido más confianza en mi plan. Tal como ella lo describía, parecía que yo fuera un gurú *new age*—. Pero funcionaría mejor si te cogiera la mano. Y... no te puedo prometer que no, ya sabes, perciba cosas sobre tu vida.

Noté que ella dudaba, sopesando las opciones.

—Entonces, o pierdo la cabeza o te tengo a ti dentro de la cabeza —gruñó—. Una decisión difícil. —Me cogió la mano—. Vamos allá.

Observé el otro extremo de la pista. Me imaginé un portal entre nosotros y los bolos: una ventana que diese a las Montañas Blancas. Recordé la emoción que me hacía cuando iba en coche con mi madre los fines de semana y ella veía las montañas en el horizonte: «¡Mira, Magnus, nos estamos acercando!».

Invoqué el poder de Frey y el calor irradió a través de mí. La mano con la que sujetaba la de Alex Fierro empezó a echar humo. Una brillante luz dorada nos rodeó a los dos, como el sol de mediados de verano al disipar la niebla y despejar las sombras.

Con el rabillo del ojo, vi a los gigantes haciendo muecas y tapándose las caras.

—¡Basta! —gritó Peque—. ¡Nos estás cegando!

Seguí concentrado en los bolos. La luz se volvió más brillante. Pensamientos aleatorios de Alex Fierro me cruzaban la mente a toda velocidad: su enfrentamiento fatal con los lobos; un hombre moreno con un conjunto de tenis que se alzaba por encima de ella y le gritaba que se fuese y no volviese; un grupo de adolescentes que la rodeaban cuando tenía diez años y le daban patadas, llamándola «bicho raro» mientras ella se hacía un ovillo tratando de protegerse, demasiado asustada para cambiar de forma.

La ira me ardía en el pecho. No estaba seguro de si era una emoción mía o de Alex, pero los dos estábamos hartos de ilusiones y falsedades.

—Allí —dijo ella.

En medio de la pista apareció una fisura reluciente, como las que Jack abría entre los mundos. Al otro lado, a lo lejos, se hallaba la cima veteada de nieve del monte Washington. Luego el portal se consumió. La luz dorada desapareció a nuestro alrededor y dejó una pista normal con bolos al final, como estaba antes.

Alex apartó la mano y rápidamente se secó una lágrima.

—¿Lo hemos conseguido?

Yo no sabía qué decir.

—¡Mortales Insignificantes! —nos interrumpió Utgard-Loki—. ¿Qué ha sido eso? ¿Siempre os consultáis generando luz deslumbrante?

—¡Perdón! —grité a la multitud—. ¡Ya estamos listos!

Al menos eso esperaba. Quizá habíamos logrado acabar con la ilusión y cerrar el portal. O quizá Utgard-Loki simplemente me estaba dejando creer que había hecho desaparecer su truco. Podía tratarse de una ilusión dentro de otra ilusión. Decidí que no tenía sentido sobrecargar mi cerebro en los últimos minutos que podía estar sobre mi cuello.

Levanté la bola, me dirigí a la línea de lanzamiento e hice rodar la ridícula bola de dados de peluche rosa justo por el centro de la pista.

Os aseguro que el sonido de los bolos al caer fue lo más bonito que había oído en todo el día. (Lo siento, Prince. Tú fuiste lo segundo.)

—¡Pleno! —gritó Blitzen.

Samirah y Hearthstone se abrazaron, algo que ninguno de los dos solía hacer.

Alex abrió mucho los ojos.

—¿Ha funcionado? ¡Ha funcionado!

Le sonreí.

—Ahora solo tienes que derribar todos los bolos y empataremos. ¿Te podrías transformar en algo que...?

—Oh, no te preocupes. —Esbozó una sonrisa maliciosa totalmente digna de su madre, Loki—. Yo me ocupo.

Adquirió un tamaño inmenso: sus brazos se transformaron en gruesas patas delanteras, su piel se volvió gris y arrugada, y su nariz se alargó hasta convertirse en una trompa de seis metros.

Alex era ahora un elefante africano, aunque un gigante confundido gritó en el fondo de la sala:

—¡Es un gato!

Cogió la bola con la trompa, se precipitó hacia la línea de tiro y lanzó. Al dejar caer todo su peso en la pista sacudió la bolera entera. No solo la bola derribó los bolos, sino que la fuerza de sus pisadas arrasó los bolos de las doce pistas y convirtió a Alex en el primer elefante de la historia, que yo sepa, en marcar trescientos puntos, doce plenos, de un solo lanzamiento.

Es posible que me pusiera a saltar y a aplaudir como un niño de cinco años al que le acaban de regalar un poni. (¿Qué os dije de no juzgarme?) Sam, Hearth y Blitz corrieron hacia nosotros y nos dimos un fuerte abrazo de grupo mientras la multitud de gigantes nos miraba amargamente.

Herg y Blerg tiraron sus cascos de fútbol americano.

—¡No podemos superar esa puntuación! —dijo Herg gimoteando—. ¡Cortadnos la cabeza!

—¡Los mortales son unos tramposos! —se quejó Peque—. ¡Primero encogieron mi bolsa e insultaron a *Elvis*! ¡Y ahora han deshonrado a los Pavos de Peque!

Los gigantes empezaron a avanzar hacia nosotros.

—¡Esperad! —Utgard-Loki levantó los brazos—. Esta sigue siendo mi bolera, y estos competidores han ganado... ejem, justa aunque no honradamente. —Se volvió hacia nosotros—. El premio habitual es vuestro. ¿Queréis las cabezas cortadas de Herg y Blerg?

Alex y yo nos miramos. Acordamos tácitamente que unas cabezas cortadas no combinarían con la decoración de nuestras habitaciones de hotel.

—Utgard-Loki —dije—, solo queremos la información que nos prometiste.

El rey miró a la multitud. Abrió las palmas de las manos como diciendo: «¿Qué se le va a hacer?».

—Amigos míos, debéis reconocer que estos mortales tienen agallas. Por mucho que hemos intentado humillarlos, han sido ellos los que nos han humillado a nosotros. ¿Y hay algo que los gigantes de la montaña respetemos más que la capacidad de humillar a los enemigos?

Los otros gigantes asintieron murmurando de mala gana.

—¡Deseo ayudarles! —anunció Utgard-Loki—. Creo que han demostrado su valor. ¿Cuánto tiempo me dais?

No acabé de entender la pregunta, pero los gigantes murmuraron entre ellos. Peque dio un paso adelante.

—Yo propongo cinco minutos. ¿Todos a favor?

—¡Sí! —gritó la muchedumbre.

El rey se inclinó.

—Más que justo. Vamos, invitados, hablemos fuera.

Mientras nos hacía atravesar el bar y nos sacaba por la puerta principal, dije:

—¿Qué pasa después de cinco minutos?

—¿Mmm...? —Utgard-Loki sonrió—. Oh, entonces mis vasallos pueden perseguiros y mataros. Después de todo, los habéis humillado.

43

No paras de usar la palabra «ayuda».
Creo que no significa lo que tú crees

Utgard-Loki nos acompañó a la parte trasera de la bolera. Nos llevó por un sendero helado a una amplia extensión boscosa mientras yo lo acribillaba a preguntas como: «¿Perseguirnos? ¿Matarnos? ¿Qué?». Él se limitaba a darme palmaditas en el hombro y reír entre dientes como si estuviéramos contándonos chistes.

—¡Todos lo habéis hecho bien! —dijo al tiempo que andábamos—. Normalmente tenemos invitados aburridos como Thor. Yo le digo: «Thor, bébete este hidromiel». ¡Y él lo intenta y vuelve a intentarlo! No se le pasa por la cabeza que la copa de hidromiel está conectada al mar y es imposible de vaciar.

—¿Cómo se conecta una copa de hidromiel al mar? —preguntó Sam—. Un momento, da igual. Tenemos asuntos más importantes en los que pensar.

—¿Cinco minutos? —le pregunté otra vez.

El gigante me golpeó la espalda como si quisiera desencajarme algo; por ejemplo, la garganta o el corazón.

—¡Ah, Magnus! Debo confesar que cuando lanzaste en la primera ronda me puse nervioso. Y en la segunda... La fuerza bruta nunca habría dado resultado, pero fue un buen intento. Alex, tu bola casi llegó al Taco Bell de la interestatal noventa y tres, al sur de Manchester.

—Gracias —dijo ella—. Es lo que pretendía.

—¡Pero entonces los dos deshicisteis la ilusión! —Utgard-Loki sonrió—. Eso fue brillante. Y, claro, la habilidad del elfo con el *pinball*, los accesorios del enano y el hachazo de Sam a Miedo en la cabeza... ¡Bravo por todos! Será un honor masacraros uno a uno en el Ragnarok.

Blitzen resopló.

—El sentimiento es mutuo. Y ahora creo que nos debes cierta información.

—Sí, desde luego.

Utgard-Loki cambió de forma. De repente, el asesino de cabras apareció ante nosotros con sus pieles negras, su cota de malla manchada de hollín y su yelmo de hierro, con la cara cubierta por una visera con forma de lobo rabioso.

—¿Podrías prescindir de la visera? —pregunté—. ¿Por favor?

Levantó la visera. Debajo de ella, su cara era igual que antes, con un brillo asesino en sus ojos oscuros.

—Decidme, amigos míos, ¿habéis descubierto el verdadero objetivo de Loki?

Hearthstone cruzó la palma de una mano por encima de la otra, cerró los puños y luego los separó como si rompiera una hoja: «Destruir».

El gigante rio entre dientes.

—Hasta yo he entendido ese signo. Sí, mi querido mago del *pinball*, Loki quiere destruir a sus enemigos. Pero ahora mismo esa no es su principal preocupación. —Se volvió hacia Sam y Alex—. Vosotras dos sois sus hijas. Seguro que lo sabéis.

Las chicas se cruzaron una mirada incómoda. Mantuvieron una conversación silenciosa muy típica de hermanas:

«¿Tú lo sabes?».

«¡No, creía que tú lo sabías!»

«¡Yo no lo sé! ¡Creía que tú lo sabías!»

—Os llevó al túmulo del espectro —apuntó Utgard-Loki—. A pesar de mis denodados esfuerzos, fuisteis allí. ¿Y...?

—No había ningún martillo —dijo Blitzen—. Solo una espada. Una espada que odio con toda mi alma.

—Exacto...

El gigante esperó a que encajásemos las piezas. Siempre odiaba cuando los profesores hacían eso. Me daban ganas de gritar: «¡No me gustan los puzles!».

Sin embargo, entendí adónde quería ir a parar. Supongo que la idea había estado cobrando forma en mi mente durante mucho tiempo, pero mi subconsciente había intentado reprimirla. Recordé la visión de Loki tumbado en su cueva, atado a unas columnas de roca con los intestinos endurecidos de sus hijos asesinados. Recordé la serpiente que le echaba gotas de veneno en la cara y la forma en que él había jurado: «¡Muy pronto, Magnus!».

—Loki quiere la libertad —dije.

Utgard-Loki echó atrás la cabeza y rio.

—¡Tenemos un ganador! Claro, Magnus Chase. Eso es lo que ha deseado Loki durante mil años.

Samirah levantó la palma de la mano para rechazar la idea.

—No, eso no puede ocurrir.

—Y, sin embargo, llevas en la espalda la única arma que puede liberarlo —dijo Utgard-Loki—: ¡*Skofnung*!

El collar empezó a ahogarme; el colgante tiraba a través de mi clavícula como si quisiera acercarse a Sam. Jack debía de haberse despertado al oír la palabra *Skofnung*. Cuando le di un tirón, debió de parecer que tenía una pulga en la camiseta.

—Esto nunca ha girado alrededor del martillo de Thor —comprendí—. Loki busca la espada.

Utgard-Loki se encogió de hombros.

—Bueno, el robo del martillo fue un buen catalizador. Me imagino que Loki susurró a Thrym al oído y le dio la idea. Después de todo, el abuelo del gigante lo robó una vez, aunque no le fue muy bien. Thrym y su hermana han estado toda su vida muriéndose por vengarse del dios del trueno.

—¿El abuelo de Thrym?

Me acordé de cómo aparecía formulado en la invitación de boda: «Thrym, hijo de Thrym, hijo de Thrym».

Utgard-Loki descartó la pregunta con un gesto de mano.

—Pregúntaselo a Thor cuando lo veas, que seguro que será muy pronto. El caso es que Loki recomendó a Thrym que cometiera el robo e ideó un guion en el que hubiera un grupo de campeones como vosotros a los que no les quedara más remedio que intentar recuperar el martillo... y, al hacerlo, llevarais a Loki lo que realmente desea.

—Un momento. —Alex ahuecó las manos como si se peleara con un pedazo de arcilla en el torno—. Llevamos la espada para dársela a Thrym. ¿Cómo es que...?

—La dote. —De repente Sam puso mala cara—. Oh, qué tonta soy.

Blitz frunció el entrecejo.

—De acuerdo, soy un enano. No entiendo vuestras tradiciones patriarcales, pero ¿no es la dote algo que se le da al novio?

Sam negó con la cabeza.

—Estaba tan ocupada negándome a aceptar que esta boda iba a celebrarse, quitándome la idea de la cabeza, que no pensé en... en las tradiciones nupciales de los antiguos nórdicos.

—Que son también tradiciones jotun —convino Utgard-Loki.

Hearthstone resopló como si estuviera expulsando algo desagradable por la nariz. Deletreó: «¿M-u-n-d-r?».

—Sí, el mundr —dijo Sam—, la palabra en nórdico antiguo para referirse a la dote. No es para el novio. Es para el padre de la novia.

Nos detuvimos en medio del bosque. Detrás de nosotros apenas se veía la bolera de Utgard, cuyo letrero de neón bañaba los troncos de los árboles de luz roja y dorada.

—¿Quieres decir que todo este tiempo hemos estado corriendo de aquí para allá recogiendo regalos para Loki; es decir, la espada y la piedra *Skofnung*? —dije.

El gigante soltó una risita.

—Es bastante gracioso, si no fuera por el hecho de que Loki quiere liberarse para poder matar a todo el mundo.

Sam se apoyó en el árbol más cercano.

—Y el martillo... ¿es el regalo de la mañana?

—¡Exacto! —asintió el gigante—. El morgen-gifu.

Alex ladeó la cabeza.

—¿El qué-tofu?

«Regalo del novio para la novia —dijo Hearthstone con gestos—. Solo se da cuando la boda ha... —No encontraba los signos—. Terminado. Mañana siguiente.»

—Voy a vomitar —dijo Samirah.

Traduje las palabras de Hearth a Alex.

—Entonces el martillo es para ti... —Alex señaló a Sam—. En el hipotético caso de que fueras la novia, que no lo serás. Pero solo después de la noche de bodas y... Sí, yo también voy a vomitar.

—¡Oh, la cosa empeora! —dijo el gigante regodeándose un pelín—. El regalo de la mañana pertenece a la novia, pero la familia del novio lo mantiene en fideicomiso. Por lo tanto, aunque sigas adelante con la boda y recuperes el martillo de Thor...

—Seguirá teniéndolo Thrym —dije—. Los gigantes conseguirán así una alianza nupcial y el martillo.

—Y Loki conseguirá la espada *Skofnung*. —Sam tragó saliva—. No, sigue sin tener sentido. Loki no puede asistir a la boda en carne y hueso. Lo máximo que puede hacer es enviar una manifestación suya. Su cuerpo físico seguirá atrapado en la caverna en la que está encarcelado.

—Que es inencontrable —apuntó Blitzen—. Inaccesible.

Utgard-Loki nos dedicó una sonrisa torcida.

—¿Como la isla de Lyngvi?

Lamentablemente, Utgard-Loki tenía razón, cosa que me hizo desear unirme a Sam en el árbol de las vomitonas. Supuestamente, el lugar de encarcelamiento del lobo Fenrir era un secreto celosamente guardado por los dioses, pero eso no nos había impedido celebrar una pequeña reunión allí en enero.

—Y la espada —continuó Blitzen—. ¿Por qué *Skofnung*? ¿Por qué no la Espada del Verano u otra arma mágica?

—No estoy del todo seguro —reconoció Utgard-Loki—. Tampoco estoy seguro de cómo llevaría Loki la espada a su auténtico paradero ni de cómo la usaría. Pero he oído que las ataduras de Loki son muy difíciles de romper al ser intestinos endurecidos con hierro:

resistentes, pegajosas y corrosivas. Embotarían cualquier espada, hasta la más afilada. Con la Espada del Verano tal vez podrías cortar una atadura, pero la hoja quedaría inutilizada.

El colgante de Jack zumbó tristemente.

«Tranquilo, colega —pensé—. Nadie te va a hacer cortar intestinos endurecidos con hierro.»

—Y lo mismo con *Skofnung*... —Blitzen soltó un juramento—. ¡Claro! La hoja tiene una piedra de amolar mágica y se puede afilar tantas veces como sea necesario. Por eso Loki necesitaba la espada y la piedra.

El rey gigante aplaudió despacio.

—Con una pequeña ayuda, habéis encajado las piezas. ¡Felicidades!

Blitz y Hearth se miraron como diciendo: «Ahora que hemos encajado las piezas, ¿podemos desencajarlas, por favor?».

—Entonces tenemos que buscar otra forma de conseguir el martillo —dije.

El gigante rio burlonamente.

—Buena suerte. Está enterrado en alguna parte a diez kilómetros bajo tierra, donde ni siquiera Thor puede alcanzarlo. La única forma de rescatarlo es convencer a Thrym de que lo haga.

Alex se cruzó de brazos.

—Nos has dado muchas malas noticias, gigante. Todavía no he oído nada que pueda considerarse útil.

—¡El conocimiento siempre es útil! —dijo Utgard-Loki—. Pero, a mi modo de ver, hay dos posibles opciones para frustrar los planes de Loki. Primera opción: os mato a todos y me quedo la espada *Skofnung*, y de ese modo impido que caiga en las manos de Loki.

Sam deslizó la mano hacia su hacha.

—No me gusta la opción número uno.

El gigante se encogió de hombros.

—Bueno, es sencilla, efectiva y relativamente infalible. No recuperaréis el martillo, pero como he dicho antes, me da igual. Mi principal preocupación es mantener a Loki en cautividad. Si se escapa, iniciará el Ragnarok enseguida, y no estoy listo para eso. El viernes celebramos la noche de las chicas en la bolera. El fin del mundo nos estropearía el plan.

—Si quisieras matarnos —dije—, podrías haberlo hecho ya.

Utgard-Loki sonrió.

—¡Ya lo sé! ¡He estado en ascuas! Pero, mis diminutos amigos, existe una opción más arriesgada con una recompensa mayor. Estaba esperando para ver si erais capaces de sacar adelante las pruebas. Después de vuestra actuación en las competiciones, creo que lo sois.

—Todos esos retos —dijo Sam—. ¿Nos estabas poniendo a prueba para ver si merecía la pena dejarnos con vida?

Hearthstone hizo unos cuantos gestos con las manos que decidí no traducir, aunque a Utgard-Loki le quedó bastante claro su significado.

—Venga, mago del *pinball* —dijo el gigante—. No hace falta ponerse así. Si os dejo marchar y ganáis a Loki con sus propias armas, yo conseguiré la misma recompensa, además de la satisfacción de saber que el presuntuoso dios de las travesuras ha sido humillado con mi ayuda. Como puede que ya haya dicho, a los gigantes de la montaña nos encanta humillar a nuestros enemigos.

—Y urdiendo esa humillación —dijo Alex—, se gana el respeto de sus seguidores.

Utgard-Loki se inclinó modestamente.

—Puede que entretanto recuperéis el martillo de Thor. Puede que no. La verdad, me da igual. En mi opinión, *Mjolnir* no es más que un mamotreto asgardiano; y por mí, podéis decírselo a Thor.

—No se lo contaría, aunque supiera lo que significa —aseguré.

—¡Haced que me sienta orgulloso! —dijo Utgard-Loki—. Buscad una forma de alterar las reglas del juego de Loki, como habéis hecho hoy en el torneo. Seguro que se os ocurre un plan.

—¿Esa es la segunda opción? —inquirió Alex—. ¿«Apañáoslas vosotros»? ¿Ahí se acaba tu ayuda?

El rey de los gigantes juntó las manos contra su pecho.

—Me siento dolido. ¡Os he ofrecido mucho! Además, los cinco minutos han terminado.

Un ¡bum! reverberó por el bosque —el sonido de las puertas de un bar al abrirse de golpe—, seguido de un clamor de gigantes enfurecidos.

—¡Vamos, rápido, pequeños! —nos apremió Utgard-Loki—. Id a buscar a Thor y contadle lo que habéis descubierto. Si mis vasallos os atrapan, ¡me temo que se decantarán por la opción número uno!

44

Nos galardonan con runas y vales

Me habían perseguido valquirias, me habían perseguido elfos con armas de fuego y enanos con un tanque, y ahora, menuda suerte la mía, me perseguían gigantes con bolas para jugar a los bolos.

Algún día me gustaría salir de un mundo sin que me persiguiera una muchedumbre enfurecida.

—¡Corred! —gritó Blitz, como si no se nos hubiera ocurrido la idea.

Los cinco corrimos hacia el bosque saltando por encima de árboles caídos y raíces enmarañadas. Detrás de nosotros, los gigantes crecían a cada paso. Ahora medían tres metros y medio. Un momento más tarde medían seis.

Me sentía como si me persiguiera un maremoto. Sus sombras nos adelantaron, y me di cuenta de que no teníamos esperanza.

Blitzen nos ganó unos segundos. Soltando un juramento, lanzó la bolsa Pielvacía detrás de nosotros y gritó: «¡Contraseña!». La turba de gigantes se encontró de repente el paso cerrado por la aparición del monte Bolsa de Bolos, pero rápidamente se volvieron lo bastante altos para pasar por encima. Pronto seríamos pisoteados. Ni siquiera Jack podría ayudarnos contra tantos enemigos.

Hearthstone avanzaba a toda velocidad, apremiándonos desesperadamente con gestos: «¡Vamos!». Señaló un árbol de ramas finas, con racimos de bayas rojas que maduraban en medio del follaje verde. El suelo estaba cubierto de pétalos de flores blancas. El árbol sin duda destacaba entre los grandes pinos de Jotunheim, pero no entendía por qué Hearth tenía tantas ganas de morir en ese lugar concreto.

Entonces el tronco del árbol se abrió como una puerta. Una mujer salió y gritó:

—¡Aquí, héroes míos!

Tenía unas delicadas facciones de elfo y el cabello largo de un color rubio rojizo vivo, cálido y lustroso. Su vestido rojo anaranjado estaba sujeto en un hombro con un broche verde y plateado.

Lo primero que pensé fue: «Es una trampa». Mi experiencia con Yggdrasil me había infundido un miedo razonable a cruzar puertas en árboles. Lo segundo que pensé fue que la mujer parecía una de las dríades de los árboles que me había descrito mi prima Annabeth, aunque no sabía qué haría una en Jotunheim.

Sam no titubeó. Corrió detrás de Hearthstone mientras la mujer le tendía la mano y gritaba:

—¡Deprisa, deprisa!

Ese consejo también me pareció bastante obvio.

El cielo se volvió negro noche. Alcé la vista y vi la suela como un yate del zapato de un gigante listo para aplastarnos. La mujer del pelo rubio rojizo metió a Hearth en el árbol. Sam saltó a continuación, seguida de Alex. Blitz avanzaba con pasos más cortos, de modo que lo cogí y salté. Justo cuando la bota del gigante descendió, el mundo se sumió en una oscuridad absoluta y silenciosa.

Parpadeé. Parecía que no estaba muerto. Blitzen forcejeaba para salir de debajo de mi brazo, de modo que deduje que tampoco estaba muerto.

De repente, una luz resplandeciente me deslumbró. Blitz gruñó alarmado. Lo levanté mientras se ponía apresuradamente el salacot. Hasta que no estuvo bien tapado no eché un vistazo al entorno.

Nos encontrábamos en una sala suntuosa que claramente no era una bolera. Encima de nosotros, una pirámide de cristal de nueve caras dejaba entrar la luz del día. La habitación estaba rodeada de ventanales del suelo al techo que nos ofrecían una vista de las azoteas de Asgard propia de un ático. A lo lejos distinguí la cúpula principal del Valhalla. Forjada con cien mil escudos de oro, parecía el caparazón del armadillo más chic del mundo.

La estancia en la que nos encontrábamos parecía un atrio interior. La circunferencia estaba rodeada de nueve árboles como el que habíamos cruzado en Jotunheim. En el centro, enfrente de una tarima elevada, un fuego crepitaba jovialmente sin echar humo en el hogar. Y en la tarima había una silla tallada de forma muy elaborada en madera blanca.

La mujer del pelo rubio rojizo subió los escalones y se sentó en el trono.

Al igual que su cabello, todo en ella era grácil, fluido y radiante. El movimiento de su vestido me recordaba un campo de amapolas rojas meciéndose con una cálida brisa veraniega.

—Bienvenidos, héroes —dijo la diosa. (Ah, sí. Aviso de *spoiler*: a esas alturas, estaba bastante seguro de que era una diosa.)

Hearthstone corrió hacia delante. Se arrodilló al pie del trono. No lo había visto tan deslumbrado desde... bueno, nunca; ni siquiera cuando se enfrentaba al mismísimo Odín.

Su dedo deletreó: «S-I-F».

—Sí, mi querido Hearthstone —dijo la diosa—. Soy Sif.

Blitz se apresuró junto a Hearth y también se arrodilló. A mí no me iba mucho arrodillarme, pero dediqué a la mujer una reverencia y conseguí no caerme. Alex y Sam se quedaron quietas con aspecto ligeramente contrariado.

—Milady —dijo Sam con evidente reticencia—, ¿por qué nos ha traído a Asgard?

Sif arrugó su delicada nariz.

—Samirah al-Abbas, la valquiria. Y esta es Alex Fierro, la... nueva einherji. —Hasta los agentes Mancha Solar y Flor Silvestre habrían aprobado su cara de repugnancia—. Os he salvado la vida. ¿Acaso no es motivo de agradecimiento?

Blitz se aclaró la garganta.

—Milady, Sam quería decir...

—Puedo hablar por mí misma —dijo Sam—. Sí, agradezco el rescate, pero lo ha hecho en un momento de lo más oportuno. ¿Ha estado observándonos?

Los ojos de la diosa brillaron como monedas bajo el agua.

—Claro que he estado observándoos, Samirah. Pero evidentemente no podía rescataros hasta que tuvierais la información para ayudar a mi marido.

Miré a mi alrededor.

—¿Su marido... es Thor?

No me imaginaba al dios del trueno viviendo en un sitio tan limpio y bonito, con techo y ventanas de cristal intactos. Sif parecía muy refinada, muy elegante, muy poco dada a tirarse pedos o eructar en público.

—Sí, Magnus Chase. —Extendió los brazos—. Bienvenidos a nuestro hogar, Bilskirnir: ¡el famoso palacio Grieta Brillante!

A nuestro alrededor, un coro celestial cantó «¡Aaaaaah!» y cesó tan bruscamente como había empezado.

Blitzen ayudó a Hearthstone a ponerse en pie. Yo no conocía el protocolo divino, pero deduje que cuando sonaba el coro celestial, podías levantarte.

—¡La mansión más grande de Asgard! —dijo Blitzen asombrado—. He oído historias sobre este sitio. ¡Y qué nombre tan magnífico, Bilskirnir!

Se oyó otro coro. «¡Aaaaaaaaah!»

—¿Grieta Brillante? —Alex ni siquiera esperó a que los ángeles terminasen de cantar para preguntar—. ¿Vive al lado de Boquete Refulgente?

Sif frunció el ceño.

—Este engendro no me gusta. Puedo hacer que vuelva a Jotunheim.

—Vuelva a llamarme «engendro» —gruñó Alex—. Inténtelo.

Estiré el brazo por delante de ella a modo de barandilla, aunque sabía que me arriesgaba a que me lo amputase con el cortador de arcilla.

—Ejem, Sif, ¿podría decirnos qué hacemos aquí?

La mirada de la diosa se posó en mí.

—Por supuesto, hijo de Frey. Siempre me ha gustado Frey. Es muy «guapo».

Se ahuecó el pelo. Me dio la impresión de que con «guapo» quería decir «adecuado para poner celoso a mi marido».

—Como ya os he dicho —continuó—, soy la esposa de Thor. Por desgracia, es lo único que la mayoría de la gente sabe de mí, pero también soy una diosa de la tierra. Me resultó sencillo seguir vuestros movimientos a través de los nueve mundos cada vez que pasabais por un bosque o pisabais hierba o musgo vivo.

—¿Musgo? —dije.

—Sí, querido. Incluso existe un musgo llamado «pelo de Sif» por mi espléndido cabello rubio.

Puso cara de suficiencia, aunque yo no sabía si estaría tan orgulloso de que hubiera un musgo con mi nombre.

Hearth señaló los árboles del jardín y dijo por señas: «S-e-r-b-a-l».

Sif se alegró.

—¡Sabes mucho, Hearthstone! Efectivamente, el serbal es mi árbol sagrado. Puedo pasar de uno a otro por los nueve mundos, y así es como os he traído a mi palacio. El serbal es fuente de muchas cosas buenas. ¿Sabíais que mi hijo Uller hizo el primer arco y los primeros esquíes con madera de serbal? Qué orgullosa me sentí.

—Ah, sí. —Recordé una conversación que había tenido una vez con una cabra en Jotunheim. (Es deprimente que pueda utilizar esa frase.)—. Otis dijo algo sobre Uller. No sabía que era hijo de Thor.

Sif se llevó un dedo a los labios.

—En realidad, Uller es hijo de mi primer marido. Thor es un poco susceptible al tema. —Ese hecho parecía agradarle—. Y, hablando de serbales, ¡tengo un regalo para nuestro hechicero élfico!

Sacó un saquito de piel de las mangas de su elegante vestido.

Hearth por poco no se cayó. Hizo unos gestos desenfrenados con las manos que no significaban nada, pero parecían expresar la idea de «¡Glups!».

Blitzen lo agarró para que no perdiera el equilibrio.

—¿Es... es una bolsa de runas, milady?

Sif sonrió.

—Correcto, mi elegante amigo enano. Las runas escritas en madera tienen un poder muy distinto de las escritas en piedra. Están llenas de vida y de flexibilidad. Su magia es más suave y más maleable. Y la de serbal es la mejor madera para las runas.

Hizo señas a Hearth para que se acercara y luego dejó el saquito de piel en sus manos temblorosas.

—Necesitarás estas runas en la prueba que se avecina —le dijo—. Pero te aviso: falta una runa, como en tu otro juego. Cuando hay una letra ausente, todo el lenguaje mágico se debilita. Algún día tendrás que recuperar ese símbolo para alcanzar todo tu potencial. Cuando lo hagas, ven a verme.

Me acordé de la runa de «herencia» que Hearthstone había dejado en el montón de piedras de su hermano. Si Sif podía saltar de un árbol a otro y comunicarse telepáticamente con el musgo, no entendía por qué no podía darle a Hearth una nueva othala. Claro que yo no tenía el título de Magia Rúnica con el Padre de Todos: Seminario de Fin de Semana.

Hearth agachó la cabeza en señal de agradecimiento. Se apartó de la tarima sosteniendo contra el pecho su nuevo saquito de poder como si fuera un bebé envuelto en una manta.

Sam se movió agarrando su hacha. Observaba a Sif como si la diosa fuera Billy el Pequeño disfrazado.

—Es usted muy amable, señora Sif, pero iba a decirnos por qué nos ha traído aquí.

—¡Para ayudar a mi marido! —dijo ella—. Supongo que ya tenéis la información necesaria para encontrar y recuperar el martillo.

Miré a mis amigos, preguntándome si a alguien se le ocurría una forma diplomática de decir: «Más o menos», «Así, así», «La verdad es que no».

Sif suspiró con un ligerísimo asomo de desdén.

—Ah, ya veo. Primero queréis tratar el asunto de la remuneración.

—Bueno —dije—, en realidad no...

—Un momento.

Sif se pasó los dedos por su largo cabello como si estuviera manejando un telar. Unos pelos de color rubio rojizo le cayeron en el regazo y empezaron a entretejerse y a adquirir una forma determinada, como una impresora 3D que expulsara oro puro.

Me volví hacia Sam y susurré:

—¿Es como Rapunzel?

Ella arqueó una ceja.

—¿De dónde crees que viene ese cuento?

Enseguida, sin menoscabo visible del peinado de Sif, la diosa sostenía un pequeño trofeo dorado. Lo levantó orgullosa.

—¡Cada uno de vosotros recibirá uno de estos!

En la parte superior del trofeo había una diminuta réplica dorada del martillo *Mjolnir* y en el pedestal de la parte inferior había unas palabras grabadas: «PREMIO AL VALOR POR RECUPERAR EL MARTILLO DE THOR». Y en unas letras más pequeñas que tuve que leer entornando los ojos: «EL PORTADOR TIENE DERECHO A UN PLATO PRINCIPAL GRATIS CON LA COMPRA DE UN PLATO PRINCIPAL DEL MISMO VALOR EN LOS RESTAURANTES COLABORADORES DE ASGARD».

Blitzen emitió un chillido.

—¡Es increíble! ¡Qué calidad! ¿Cómo...?

Sif sonrió, visiblemente complacida.

—Bueno, desde que mi pelo original fue sustituido por pelo mágico de oro puro después de la horrible jugarreta que Loki me hizo —su sonrisa se agrió al mirar a Alex y Sam—, una de las ventajas que tengo es que puedo tejer gran cantidad de objetos de oro puro con él. Soy la responsable de pagar al personal interno, incluidos los héroes como vosotros, con recuerdos como este. Thor es un encanto. Agradece tanto mis habilidades que me llama su mujer trofeo.

Parpadeé.

—Vaya.

—¡Ya lo sé! —Sif se ruborizó de verdad—. En cualquier caso, cuando hayáis cumplido vuestra misión, cada uno de vosotros recibiréis un trofeo.

Blitzen alargó las manos con anhelo para coger la muestra.

—¿Un plato principal gratis en... en cualquier restaurante colaborador?

Temí que fuese a llorar de alegría.

—Sí, querido —dijo la diosa—. Bueno, ¿cómo pensáis recuperar el martillo?

Alex tosió.

—Verá, en realidad...

—¡Da igual, no me lo digáis! —Levantó la mano como si quisiera tapar la cara de Alex—. Prefiero dejar los detalles al servicio.

—El servicio —repitió Alex.

—Sí. Vuestra primera tarea será complicada. Tendréis que comunicarle a mi marido las noticias que tengáis. El ascensor está aquí mismo. Lo encontraréis en su... ¿cómo lo llama? Su cueva. Estáis avisados: ha estado de muy mal humor.

Sam tamborileó con los dedos sobre la cabeza de su hacha.

—¿No podría darle un mensaje de nuestra parte?

La sonrisa de Sif se endureció.

—Pues no. Bueno, idos. Y procurad que Thor no se ponga hecho una furia. No tengo tiempo para contratar a otro grupo de héroes.

45

Unas coletas nunca han dado tanto miedo

—No soporto a Sif —murmuró Alex en cuanto las puertas del ascensor se cerraron.

—Tal vez este no sea el momento más adecuado para decir eso —propuse—; piensa que estamos en el ascensor.

—Si las leyendas son ciertas —añadió Blitz—, esta mansión tiene más de seiscientos pisos. Preferiría no caer hasta el sótano.

—Vale —masculló ella—. Pero ¿qué clase de nombre es Grieta Brillante?

Un coro celestial de dos segundos sonó por los altavoces del techo.

—¡Es un kenning! —explicó Blitzen—. Ya sabéis, como Río de Sangre era el kenning del tío de la espada *Skofnung*. Grieta Brillante...

«¡Aaaaaaah!»

—... es una forma poética de decir «relámpago», porque Thor es el dios del trueno y todo eso.

—Bah —dijo Alex—. No veo nada poético en Grieta Brillante.

«¡Aaaaaaah!»

Desde que había recibido su nueva bolsa de runas, Hearthstone había estado todavía más retraído de lo habitual. Estaba apoyado en el rincón del ascensor, tirando de la cuerda del saquito de piel. Traté de llamarle la atención para preguntarle si estaba bien, pero no me miraba a los ojos.

En cuanto a Sam, no paraba de deslizar los dedos por el filo de su hacha como si pensara utilizarla pronto.

—A ti tampoco te cae bien Sif —comenté.

Se encogió de hombros.

—¿Por qué debería caerme bien? Es una diosa presumida. No suelo estar de acuerdo con las bromas de mi padre, pero entendí que le cortase a Sif su pelo rubio original. Quería dejar clara su postura. A ella solo le preocupa su aspecto. ¿Y la capacidad de tejer cosas con su nuevo pelo y todo el rollo de que es una mujer trofeo? Estoy segura de que mi padre también planeó eso. Es lo que él entiende por una broma. Sif y Thor son demasiado lerdos para comprenderlo.

Al parecer Hearthstone se percató de esa parte. Se metió el saquito de runas en el bolsillo y dijo por señas: «Sif es sabia y buena. Diosa de las cosas que crecen. Tú...». Señaló a Sam y acto seguido juntó el índice y el pulgar de cada mano y pasó rápidamente una junto a la otra como si rompiera un trozo de papel: el signo de «injusta».

—Oye, elfo —dijo Alex—. No estoy segura de lo que has dicho, pero si estás defendiendo a Sif, tengo que decirte que esta vez estoy de acuerdo con Samirah.

—Gracias —dijo Sam.

Hearthstone frunció el entrecejo y se cruzó de brazos, el equivalente de un sordo a «Ahora mismo no puedo hablar contigo».

Blitz gruñó.

—Pues yo creo que tenéis que estar locas para hablar mal de la mujer de Thor en su propia casa cuando estamos a punto de ver...

Ring.

Las puertas del ascensor se abrieron.

—La cueva del hombre sagrado —dije.

Salimos del ascensor a una especie de garaje. El carro de Thor se hallaba suspendido en un montacargas hidráulico, con las ruedas quitadas y algo que parecía un eje transversal roto colgando del chasis. Contra una pared había un tablero de clavijas lleno de docenas de llaves inglesas, sierras, destornilladores y mazos de goma. Por un momento consideré coger un mazo y gritar: «¡He encontrado su martillo!», pero pensé que la broma no sería bien recibida.

Detrás del garaje, el sótano daba a una auténtica cueva. Del techo colgaban estalactitas que llenaban la estancia de una luz propia de Nidavellir. Al fondo de la cueva había un cine IMAX con dos pantallas grandes y una hilera de monitores de plasma más pequeños que atravesaban la parte inferior, de tal manera que Thor podía ver dos películas mientras seguía una docena de acontecimientos deportivos diferentes. Porque, ya sabéis, hay que relajarse. Los asientos del cine eran sillones abatibles de piel y cuero equipados con mesas para la bebida con forma de cornamentas de alce.

A nuestra izquierda había una cocina alargada: cinco frigoríficos, un horno, tres microondas, una fila de licuadoras de gama alta y una mesa de carnicero que seguramente no era el sitio favorito de sus cabras. Al final de un breve pasillo, una cabeza de carnero disecada señalaba el camino a los servicios con una placa colgada de cada cuerno:

VALQUIRIAS→

←BERSERKERS

En la parte derecha de la caverna predominaban las máquinas recreativas: lo último que quería ver después de nuestra estancia en la bolera de Utgard. Afortunadamente, no había ninguna bolera. A juzgar por la mesa descomunal que ocupaba el sitio de honor en medio de la cueva, a Thor le iba más el hockey de mesa.

El sitio era tan grande que ni siquiera vi a Thor hasta que salió con paso resuelto de detrás de una máquina de *Dance Dance Revolution*. Parecía absorto en sus pensamientos, paseando y murmurando mientras entrechocaba dos palas de hockey de mesa como si se preparase para desfibrilar un corazón. Detrás de él iban sus cabras, Otis y Marvin, pero no eran muy ligeras de pezuñas. Cada vez que Thor giraba, se chocaba con ellas y tenía que apartarlas a empujones.

—Martillos —farfullaba—. Malditos martillos. Martillos.

Finalmente reparó en nosotros.

—¡Ajá!

Se acercó hecho una furia, con una mirada colérica en sus ojos inyectados en sangre, y la cara roja como su espesa barba. Su armadura de combate estaba compuesta por una camiseta de Metallica raída y unos pantalones cortos de deporte que exhibían unas piernas pálidas y peludas. Sus pies descalzos necesitaban urgentemente una pedicura. Por algún motivo, su desaliñado cabello color escarlata estaba recogido en unas coletas, pero en la cabeza de Thor el peinado resultaba más aterrador que gracioso. Parecía que quisiera decirnos: «¡Puedo llevar el pelo como una niña de seis años y aun así asesinaros!».

—¿Qué nuevas tenéis? —preguntó.

—Hola, Thor —dije con una voz tan varonil como sus coletas—. Esto..., *Sumarbrander* tiene algo que decirle.

Me quité el colgante e invoqué a Jack. ¿Fue cobarde por mi parte esconderme detrás de una espada parlante mágica? Yo prefiero considerarlo un acto estratégicamente inteligente. No podría hacerle a Thor ningún favor si me aplastaba la cara con una pala de hockey de mesa.

—¡Hola, Thor! —Jack brilló alegremente—. ¡Hola, cabras! ¡Oooh, un hockey de mesa! ¡Bonita guarida, Hombre del Trueno!

El dios se rascó la barba con una pala. Tenía tatuado en letras azules en los nudillos el nombre de su hijo: Modi. Esperaba no tener que ver más de cerca ese nombre.

—Sí, sí, hola, *Sumarbrander* —farfulló Thor—. Pero ¿dónde está mi martillo? ¿Dónde está *Mjolnir*?

—Oh. —Jack brilló en un tono naranja más oscuro. No podía echar chispas por los ojos, pero sin duda giró su filo cortante en dirección a mí—. Bueno, tengo buenas noticias al respecto. Sabemos quién tiene el martillo y sabemos dónde lo guarda.

—¡Magnífico!

Jack retrocedió flotando unos centímetros.

—Pero hay una mala noticia...

Otis suspiró mirando a su hermano Marvin.

—Tengo la sensación de que estamos a punto de morir.

—¡Basta! —le espetó Marvin—. ¡No le des ideas al amo!

—El martillo fue robado por un gigante llamado Thrym —continuó Jack—. Lo ha enterrado a diez kilómetros bajo tierra.

—¡No tan magnífico!

Thor chocó sus palas de hockey de mesa. Un trueno recorrió la sala. Los televisores con pantalla de plasma se cayeron. Los microondas temblaron. Las cabras se tambalearon de un lado a otro como si estuvieran en la cubierta de un barco.

—¡Odio a Thrym! —gritó el dios—. ¡Odio a los gigantes de la tierra!

—¡Nosotros también! —convino Jack—. ¡Pero Magnus le va a contar nuestro brillante plan para recuperar el martillo!

La espada se situó volando detrás de mí y se quedó allí flotando con gran inteligencia estratégica. Otis y Marvin se apartaron de su amo y se escondieron detrás de la máquina de *Dance Dance Revolution*.

Por lo menos Alex, Sam, Blitz y Hearth no se escondieron, pero Alex me lanzó una mirada en plan: «Eh, es tu dios del trueno».

De modo que le conté a Thor la historia entera: que nos habían engañado para que fuéramos a la tumba del tumulario a por la espada *Skofnung*, que luego habíamos ido corriendo a Alfheim a por la piedra *Skofnung*, que habíamos subido por el Bifrost para hacernos un selfi con Heimdal y que después habíamos ido a jugar a los bolos con Utgard-Loki para obtener información. Le expliqué las demandas de una alianza matrimonial con Loki por parte de Thrym.

De vez en cuando tenía que hacer una pausa para que Thor pudiera asimilar las noticias despotricando, lanzando herramientas eléctricas y dando puñetazos a las paredes.

Necesitó mucho tiempo para asimilarlo todo.

Cuando hube terminado, el dios del trueno anunció su razonada conclusión.

—¡Tenemos que matarlos a todos!

Blitz levantó la mano.

—Señor Thor, aunque pudiéramos lograr que se acercase lo bastante a Thrym, matarlo no serviría de nada. Él es el único que sabe el lugar exacto donde está el martillo.

—¡Entonces le sacaremos la información torturándolo y luego lo mataremos! ¡Y después yo mismo recuperaré el martillo!

—Qué tío más majo —murmuró Alex.

—Señor —intervino Sam—, aunque hiciéramos eso (y la tortura no es muy efectiva ni, ya sabe, ética), aunque Thrym le dijese exactamente dónde está el martillo, ¿cómo lo rescataría a diez kilómetros bajo tierra?

—¡Me abriría paso a través de la tierra! ¡Con mi martillo!

Esperamos a que los engranajes mentales de Thor girasen.

—Ah —dijo el dios—. Ya veo el problema. ¡Maldición! ¡Seguidme!

Entró en el garaje, tiró a un lado sus palas de hockey de mesa y empezó a rebuscar entre sus herramientas.

—Debe haber algo aquí dentro que pueda perforar diez kilómetros de roca sólida.

Consideró usar un taladro, una cinta métrica, un sacacorchos y el bastón de hierro que casi nos había costado la vida rescatar de la fortaleza de Geirrod. Los tiró todos al suelo.

—¡Nada! —dijo indignado—. ¡Chatarra inútil!

«Podría utilizar su cabeza —dijo Hearthstone con gestos—. Es muy dura.»

—Oh, no intente consolarme, señor Elfo —dijo Thor—. Es inútil, ¿sabe? Hay que tener martillos para conseguir martillos. Y este... —Cogió una maza de goma y suspiró—. Este no servirá. ¡Estoy acabado! Dentro de poco todos los gigantes sabrán que estoy indefenso. ¡Invadirán Midgard, destruirán la industria de la televisión y no podré volver a ver mis series!

—Podría haber una forma de conseguir el martillo.

Las palabras salieron de mis labios antes de haber pensado bien lo que decía.

Los ojos de Thor se iluminaron.

—¿Tienes una bomba grande?

—Eh, no, no. Pero Thrym espera casarse con alguien mañana. Podemos fingir que estamos de acuerdo y...

—Olvídalo —gruñó Thor—. Sé lo que vas a proponer. ¡Ni hablar! El abuelo de Thrym ya me humilló suficiente cuando me robó el martillo. ¡No pienso hacerlo otra vez!

—¿Hacer qué? —pregunté.

—¡Ponerme un vestido de novia! —dijo—. Aparentar que soy la mujer del gigante, Freya, que se negó a casarse con Thrym. ¡Qué mujer más egoísta! Acabé deshonrado, humillado y... ¿Por qué sonríes?

El último comentario iba dirigido a Alex, quien rápidamente puso cara seria.

—Por nada —contestó—. Solo... usted con un vestido de novia.

Jack susurró flotando detrás de mi hombro:

—Estaba in-cre-í-ble.

Thor gruñó.

—Por supuesto, todo fue idea de Loki. Y dio resultado. Me infiltré en la boda, recuperé el martillo y maté a los gigantes... Bueno, a todos menos a esos niños, Thrym el Tercero y Thrynga. Pero cuando volví a Asgard, Loki contó la anécdota tantas veces que me convirtió en el hazmerreír de todos. ¡Nadie me tomó en serio durante una eternidad! —Thor frunció el entrecejo como si se le acabara de ocurrir una idea, cosa que debió de suponer para él una experiencia dolorosa—. Apuesto a que ese fue el plan de Loki desde el principio, ¿sabéis? ¡Apuesto a que organizó el robo y la solución para hacerme quedar mal!

—Es terrible —dijo Alex—. ¿Cómo era su vestido de novia?

—Oh, era blanco con un escote alto de encaje y unos preciosos ribetes festoneados... —Su barba echó chispas de electricidad—. ¡¡Eso no es importante!!

—En fin... —tercié—. Ese tal Thrym (Thrym el Tercero o cómo se llame) espera que intente hacer otra vez esa artimaña. Ha tomado medidas de seguridad. Ningún dios pasará desapercibido por la puerta principal. Necesitaremos a otra novia.

—¡Vaya, qué alivio! —El dios sonrió a Samirah—. ¡Te agradezco mucho que te hayas ofrecido, chica! Me alegro de que no seas tan egoísta como Freya. Te debo un regalo. Le encargaré a Sif que te haga un trofeo. ¿O prefieres una empanada precocinada? Tengo unas en la nevera...

—No, lord Thor —dijo la valquiria—. Yo no voy a casarme con un gigante por usted.

El dios del trueno guiñó el ojo con picardía.

—Claro... Solo fingirás que te casas con él. Entonces, cuando saque el martillo...

—Tampoco voy a fingir —replicó ella.

—Lo haré yo —dijo Alex.

46

Ahí viene la novia y/o la asesina

Alex sabía llamar nuestra atención. Hearth y Blitz la miraron boquiabiertos. Jack dejó escapar un grito ahogado y emitió un brillo amarillo. Las cejas de Thor se fruncieron, echando chispas como las pinzas de una batería. Hasta las cabras se acercaron corriendo para ver mejor a la chica grillada.

—¿Qué? —preguntó Alex—. Sam y yo lo hemos hablado. Ella le prometió a Amir que ni siquiera fingiría casarse con el gigante, ¿vale? No me molesta en absoluto participar en la farsa. Me disfrazaré, haré los votos, mataré a mi nuevo marido, lo que sea. Sam y yo tenemos casi el mismo tamaño. Las dos somos hijas de Loki. Ella puede hacer de mi dama de honor. Es nuestra mejor opción.

Miré fijamente a la valquiria.

—¿Eso es de lo que tú y Alex habéis estado hablando?

Samirah toqueteó las llaves de su llavero.

—Ella cree que puede resistirse a Loki, al contrario de lo que me pasó a mí en Provincetown.

Era la primera vez que hablaba tan abiertamente del incidente. Me acordé de cuando Loki chasqueó los dedos y Sam cayó desplomada sin aire en los pulmones. Era una valquiria. No conocía a nadie que tuviera tanta fuerza de voluntad y disciplina como ella. Si ella no podía oponerse al control de Loki...

—¿Estás segura, Alex? —Procuré que la duda no se trasluciera en mi tono—. O sea, ¿has intentado resistirte alguna vez a Loki?

Su expresión se endureció.

—¿Qué quiere decir eso?

—No —dije apresuradamente—. Yo solo...

—¡Lo más importante —me interrumpió Thor— es que ni siquiera eres una chica de verdad! ¡Eres una argr!

El aire se quedó inmóvil, como en el instante antes de un trueno. No sabía qué posibilidad me asustaba más: que Thor atacase a Alex o que Alex atacase a Thor. La mirada de ella me hizo preguntarme si no debíamos ponerla en la frontera de Jotunheim para que espantase a los gigantes, en lugar de preocuparnos por Thor y su martillo.

—Soy hija de Loki —dijo ella sin alterar la voz—. Eso es lo que Thrym espera. Como mi padre, soy de género fluido. Y cuando soy una chica, soy una chica. ¡Está claro que puedo llevar un traje de novia de encaje mejor que usted!

El dios empezó a echar humo.

—Bueno, no hace falta ser cruel.

—Además —añadió Alex—, no dejaré que Loki me controle. Nunca lo he hecho y nunca lo haré. Tampoco veo que nadie más se ofrezca para esta misión nupcial letal.

—«Nupcial letal» —dijo Jack—. ¡Eh, rima!

Otis dio un paso adelante haciendo sonar los cascos y suspiró.

—Bueno, si necesitas un voluntario para morir, yo me ofrezco. Siempre me han gustado las bodas...

—¡Cállate, tonto! —dijo Marvin—. ¡Eres una cabra!

Thor cogió su bastón de hierro. Se apoyó en él pensativamente, dando golpecitos con los dedos y haciendo que distintas imágenes parpadeasen en su superficie: un partido de fútbol, el canal de Teletienda, *La isla de Gilligan*.

—Bueno —dijo por fin—, sigo sin confiar en que una argr se encargue de esta misión...

—Una persona de género fluido —le corrigió Alex.

—Una persona de género... lo que sea —rectificó Thor—. Pero

supongo que, desde el punto de vista del respeto, eres la que menos tiene que perder.

Ella enseñó los dientes.

—Ahora entiendo por qué Loki le quiere tanto.

—Chicos, tenemos otros problemas que tratar y no nos sobra el tiempo —dije—. Thrym espera que su novia llegue mañana.

Alex se cruzó de brazos.

—Está decidido, pues. Yo me caso con el grandullón feo.

«Sí, cásate con él —dijo Hearthstone por signos—. Que seas feliz muchos años y tengas muchos hijos guapos.»

Ella entornó los ojos.

—Veo que voy a tener que aprender la lengua de signos. Mientras tanto, me imaginaré que has dicho: «Sí, Alex. Gracias por ser tan valiente y heroica».

«Casi», dijo el elfo por señas.

Seguía sin gustarme la idea de que Alex hiciera de señuelo en la boda, pero preferí agilizar las cosas. Mantener a ese grupo centrado era como conducir un carro sin cabras y con el eje roto.

—De todas formas —dije—, tenemos que contar con que no podremos meter a Thor entre los invitados de la boda sin que lo vean.

—Y no puede entrar en la guarida de un gigante de la tierra así como así —añadió Blitz.

Thor carraspeó.

—Lo he intentado, creedme. Esos estúpidos gigantes se esconden a demasiada profundidad. Siempre me quedo corto.

—Es usted un experto en cortedad —aventuró Alex.

Le lancé una mirada para que se callase.

—Entonces tendremos que usar la puerta principal. Supongo que no nos dirán dónde está hasta el último minuto para evitar una emboscada o visitas inoportunas.

—¿Qué pone en la invitación? —preguntó Sam.

La saqué y se la mostré. En el apartado de la hora ahora rezaba: «¡¡¡MAÑANA POR LA MAÑANA!!!». En el apartado del lugar seguía poniendo: «YA SE LO NOTIFICAREMOS».

—No pasa nada —dije—. Creo que sé dónde aparecerá la entrada.

Le expliqué a Thor el hallazgo de la foto de la catarata de Bridal Veil.

El dios del trueno no parecía encantado.

—Entonces, ¿o te equivocas y se trata de una foto al azar, o estás en lo cierto y decides dar credibilidad a una información del traidor de tu tío?

—Pues... sí. Pero si es la entrada...

—Yo podría vigilarla —dijo Thor—. Podría tener situado a un equipo de dioses, de incógnito, listos para seguir sigilosamente a los invitados hasta el interior.

—Un equipo de dioses me parece fenomenal —convine.

—Depende de qué dioses —murmuró Blitz.

—También podemos tener listos a unos einherjar —propuso Sam—. Buenos guerreros. De confianza.

Dijo «de confianza» como si fuera una expresión que Thor no hubiera oído nunca.

—Mmm... —El dios se retorció una coleta—. Supongo que podría dar resultado. Y cuando Thrym saque el martillo...

—Si lo saca —dijo Alex—. Lo va a usar como, ejem, regalo de la mañana siguiente.

Thor se quedó horrorizado.

—¡Pase lo que pase, debe sacarlo para la ceremonia! La novia tiene derecho a insistir. El símbolo de mi martillo siempre se usa para bendecir las bodas. Si Thrym tiene el auténtico martillo, debe usarlo si tú lo solicitas. ¡Y cuando lo haga, intervendremos y los mataremos a todos!

«Menos a nosotros», dijo Hearthstone.

—¡Exacto, señor Elfo! ¡Será una carnicería gloriosa!

—Lord Thor —dijo Sam—, ¿cómo sabrá cuándo es el momento oportuno para atacar?

—Fácil. —El dios se volvió y acarició las cabezas de Marvin y Otis—. Entraréis en el salón de bodas montados en mi carro. Es una práctica bastante habitual de lores y damas. Si me concentro un poco, puedo ver y oír lo que mis cabras ven y oyen.

—Sí —asintió Otis—. Noto un hormigueo detrás de los ojos.

—Cállate —dijo Marvin—. A nadie le interesa el hormigueo de tus ojos.

—Cuando aparezca el martillo —Thor sonrió diabólicamente—, dioses y einherjar intervendremos. Mataremos a los gigantes, y todo saldrá bien. ¡Ya me siento mejor!

—¡Yupi! —vitoreó Jack, tintineando contra el bastón de Thor como si le chocase los cinco... o, mejor dicho, le chocase uno solo.

Samirah levantó el dedo índice como diciendo: «Un momento».

—Hay otra cosa. Loki quiere la espada *Skofnung* para poder liberarse. ¿Cómo nos aseguramos de que no lo consiga?

—¡Eso no ocurrirá nunca! —dijo Thor—. El lugar de castigo de Loki está en otro sitio, cerrado por los dioses hace mucho tiempo. Está mejor atado aún que el lobo Fenrir.

«Y ya vimos lo bien que salió», dijo Hearth por señas.

—El elfo habla sabiamente —convino Thor—. No hay por qué preocuparse. Loki no puede asistir a la boda en carne y hueso. Aunque Thrym se haga con la espada *Skofnung*, no tendrá tiempo para encontrar a Loki ni para liberarlo... ¡porque antes apareceremos nosotros y mataremos a ese gran zoquete!

Blandió su bastón de hierro para mostrar sus movimientos de ninja. La coleta izquierda se le soltó, cosa que no hizo más que contribuir al efecto intimidante.

Una sensación de frío se propagó por mi barriga.

—No me convence el plan. Sigue dándome la impresión de que nos olvidamos algo importante.

—¡Mi martillo! —dijo el dios—. Pero pronto lo recuperaremos. Señor Elfo y señor Enano, ¿por qué no van al Valhalla a avisar a los einherjar?

—Lo haríamos, señor... —Blitz se ajustó el salacot—. Pero técnicamente no nos dejan entrar en el Valhalla, al no estar, ya sabe, muertos.

—¡Yo puedo arreglar eso!

—¡No nos mate! —gritó Blitz.

Thor se puso a rebuscar en su mesa de trabajo hasta que encontró un tablón con una llave sujeta a un extremo. Quemadas en un lado del tablón se hallaban las palabras «PASE DE THOR».

—Con esto entraréis en el Valhalla —aseguró—. Pero devolvédmelo. Voy a arreglar el carro para que nuestra novia argr pueda usarlo mañana. Luego reuniré a mi brigada de asalto y exploraremos la catarata de Bridal Veil.

—¿Y el resto de nosotros? —pregunté de mala gana.

—¡Tú y las dos hijas de Loki seréis nuestros invitados esta noche! —anunció Thor—. Subid a ver a Sif. Ella os acomodará. ¡Por la mañana partiréis a una gloriosa matanza matrimonial!

—Oh —dijo Otis suspirando—. Me encantan las bodas.

47

Me preparo para el combate
en Funkytown

Pensaréis que la noche antes de una gran matanza yo daría vueltas en la cama.

Pues no. Dormí como un gigante de roca.

Sif nos dio a cada uno una habitación de invitados en los pisos superiores de la Grieta Brillante. Me desplomé sobre mi cama de madera de serbal con sábanas de oro tejido y no me desperté hasta la mañana siguiente cuando oí el despertador: un pequeño trofeo de oro con una reproducción de *Mjolnir* que no paró de entonar un coro divino de «¡Aaaaaah! ¡Aaaaaah! ¡Aaaaaah!» hasta que lo cogí de la mesita de noche y lo lancé contra la pared. Tengo que reconocer que era una manera agradable de despertarse.

Creo que Sam y Alex no durmieron tan bien. Cuando me reuní con ellas en el atrio de Sif, las dos tenían cara de sueño. Alex tenía en el regazo una fuente de lo que antes habían sido donuts. Los había hecho pedazos y había formado con ellos una cara enfadada. Tenía los dedos cubiertos de azúcar glasé.

Sam, que seguía con la espada *Skofnung* sujeta a la espalda, sostenía una taza de café contra sus labios como si le gustase su olor, pero no se acordase de cómo se bebía.

Me miró y preguntó:

—¿Dónde?

Al principio no entendí la pregunta. Entonces caí en la cuenta de que me estaba preguntando si sabía adónde íbamos a ir.

Busqué la invitación de boda en mis bolsillos.

En el espacio del «cuándo» ahora ponía: «¡HOY A LAS 10! ¿LES HACE ILUSIÓN?». Y en el espacio del «dónde» se leía: «DIRÍJANSE AL TACO BELL DE LA INTERESTATAL 93, AL SUR DE MANCHESTER, NEW HAMPSHIRE. ESPEREN NUEVAS INSTRUCCIONES. ¡PROHIBIDA LA ENTRADA A AESIR, O EL MARTILLO LO PAGARÁ!».

Se la enseñé a las chicas.

—¿Taco Bell? —masculló Alex—. Menudos monstruos.

—Algo no encaja. —Sam bebió un sorbo de café. La taza le temblaba en las manos—. Me he pasado toda la noche pensando en lo que dijiste, Magnus. Nos estamos olvidando algo importante, y no me refiero al martillo.

—Tal vez —dijo la voz de nuestra anfitriona— os habéis olvidado la ropa adecuada.

Ante nosotros se hallaba Sif, que había aparecido de repente, como acostumbraban a hacer las diosas. Llevaba el mismo vestido naranja rojizo, el mismo broche verde y plateado y la misma sonrisa forzada que decía: «Creo que sois mis criados, pero no me acuerdo de cómo os llamáis».

—Mi marido me ha dicho que quieres jugar a los disfraces. —Miró a Alex de arriba abajo—. Supongo que será más fácil que cuando tuve que meterlo a él en un vestido de boda, pero tenemos mucho trabajo por delante. Vamos.

Se dirigió sin prisa a un pasillo situado al fondo del atrio, doblando un dedo por encima del hombro para que Alex la siguiera.

—Si no he vuelto dentro de una hora —dijo ella—, es que he estrangulado a Sif y estoy enterrando el cadáver.

Su expresión no mostraba ningún indicio de que estuviera bromeando. Se largó imitando tan bien los andares de Sif que yo le habría dado un trofeo.

Sam se levantó. Con la taza en la mano, se acercó a la ventana más próxima. Contempló las azoteas de Asgard. Su mirada pareció fijarse en la cúpula dorada cubierta con escudos del Valhalla.

—Alex no está lista —dijo.

Me junté con ella en la ventana. Un mechón de pelo moreno se le había salido del borde del hiyab y le caía sobre la sien izquierda. Sentí el impulso protector de metérselo de nuevo bajo el pañuelo, pero como apreciaba mi mano, no lo hice.

—¿Crees que tiene razón? —pregunté—. ¿Que puede, ya sabes, resistirse a su padre?

—Ella cree que sí —dijo Sam—. Tiene la teoría de que puede reclamar sus poderes y no dejar que Loki la posea. Incluso se ha ofrecido a enseñarme cómo hacerlo. Pero no creo que se haya puesto a prueba contra nuestro padre. No de verdad.

Me acordé de la conversación que había mantenido con Alex en el bosque de Jotunheim, de la seguridad con la que había hablado de su voluntad de usar la imagen de las serpientes de Urnes, de dejar de estar a la sombra venenosa de su padre. Era una bonita idea. Lamentablemente, yo había visto la facilidad con la que Loki podía manipular a la gente. Había visto lo que le había hecho a mi tío Randolph.

—Por lo menos no estaremos solos.

Contemplé el Valhalla a lo lejos. Por primera vez, sentí una punzada de nostalgia por ese lugar. Esperaba que Blitz y Hearth hubieran llegado sanos y salvos. Me los imaginé con la panda de la planta diecinueve, preparando sus armas y vistiéndose con ropa de boda para realizar una incursión audaz que nos salvara el trasero.

Por lo que respectaba a Thor, no confiaba mucho en él. Pero, con suerte, él y un grupo de Aesir se atrincherarían en las inmediaciones de la catarata de Bridal Veil, vestidos de camuflaje y armados con tirachinas superpotentes o con lanzas propulsadas por cohetes o las armas que los comandos divinos usaran actualmente.

Sam sacudió la cabeza.

—No sé si será de ayuda, pero Alex no sabe lo que fue estar en el túmulo. No es del todo consciente de lo que Loki es capaz, de la facilidad con la que puede...

Chasqueó los dedos.

Yo no sabía qué decir. «Tranquila, no pudiste evitarlo» no me parecía muy útil.

Bebió otro sorbo de café.

—Debería ser yo la que llevase el traje de novia. Soy una valquiria. Tengo poderes que Alex no tiene. Tengo más experiencia en combate. Tengo...

—Le hiciste una promesa a Amir. Hay líneas que no se deben cruzar. Eso no es una debilidad. Es uno de tus puntos fuertes.

Ella estudió mi rostro, juzgando quizá lo serio que estaba.

—A veces no parece un punto fuerte.

—¿Después de lo que pasó en la tumba de Provincetown? —dije—. Sabiendo de lo que Loki es capaz y no sabiendo si podrás oponerle resistencia, vas a volver al ataque para luchar contra él. Para mí eso está muy por encima del nivel de valor exigido en el Valhalla.

Ella dejó la taza en el alféizar de la ventana.

—Gracias, Magnus. Pero si hoy tienes que elegir... Si Loki intenta utilizarnos a Alex y a mí como rehenes, o...

—No, Sam.

—Planee lo que planee, tienes que detenerlo, Magnus. Si nosotras quedamos incapacitadas, es posible que tú seas el único que pueda hacerlo. —Se quitó la espada *Skofnung* de la espalda—. Guárdala. No la pierdas de vista.

Incluso a la luz matutina de Asgard, al calor del atrio de Sif, la vaina de piel de la espada estaba fría como la puerta de un frigorífico. La piedra *Skofnung* estaba sujeta con una correa a la empuñadura. Cuando me colgué la espada de la espalda, la piedra se me clavó en el omóplato.

—No será necesario elegir, Sam. No pienso dejar que Loki mate a mis amigos. Y desde luego no pienso dejar que se acerque a esta espada. A menos que quiera comerse la hoja, en cuyo caso no tendré problema.

La comisura de la boca de Sam se movió.

—Me alegro de que estés a mi lado en esto, Magnus. Espero que algún día, cuando celebre mi boda de verdad, tú también estés allí.

Era lo más bonito que me habían dicho desde hacía tiempo. Claro que considerando lo chungos que habían sido los últimos días de mi vida, tal vez no fuese ninguna sorpresa.

—Allí estaré —prometí—. Y no iré solo por el increíble cáterin de El Faláfel de Fadlan.

Me pegó un manotazo en el hombro, un gesto que interpreté como un cumplido. Normalmente, Sam evitaba todo contacto físico. Supongo que dar un porrazo de vez en cuando a un amigo tonto era permisible.

Durante un rato observamos cómo el sol salía sobre Asgard. Estábamos a mucha altura, pero como cuando había visto Asgard desde el Valhalla, no divisé a nadie moviéndose en las calles. Me pregunté por todas las ventanas oscuras y los patios silenciosos, los jardines descuidados cuyos dueños habían dejado crecer descontroladamente. ¿Qué dioses habían vivido en esas mansiones? ¿Adónde habían ido todos? Tal vez se habían hartado de la seguridad laxa del lugar y se habían mudado a un vecindario vallado cuyo vigilante no se pasaba todo el tiempo haciéndose selfis celestiales.

No estoy seguro de cuánto tiempo esperamos a Alex. Lo suficiente para que yo bebiera algo de café y me comiera una cara enfadada de donuts rotos. Lo suficiente para que me preguntara por qué Alex estaba tardando tanto en esconder el cadáver de Sif.

Por fin, la diosa y la futura novia salieron del pasillo. Toda la humedad de mi boca se evaporó. Una corriente de electricidad me recorrió el cuero cabelludo de un poro a otro.

El vestido de seda blanco de Alex estaba lleno de bordados de oro brillantes, de las borlas de las mangas a las espirales del dobladillo que le rozaba los pies. Un collar de arcos dorados descansaba en la base de su cuello como un arcoíris invertido. Sujeto con alfileres a sus rizos morenos y verdes, llevaba un velo blanco recogido para dejar visible su cara: sus ojos bicolores bordeados de delicado rímel y sus labios pintados de un cálido tono rojo.

—Hermana, estás increíble —dijo Sam.

Me alegré de que ella lo dijera. A mí se me había trabado la lengua como un saco de dormir de titanio.

Alex me miró con el ceño fruncido.

—¿Podrías dejar de mirarme como si fuera a matarte, Magnus?

—Yo no...

—Porque como no pares, te mataré de verdad.

—Vale.

Era difícil mirar a otra parte, pero lo intenté.

Sif tenía un brillo de suficiencia en los ojos.

—A juzgar por la reacción de nuestro sujeto de prueba masculino, creo que mi trabajo ha terminado. Salvo un detalle...

La diosa sacó de alrededor de su cintura un hilo de oro tan fino y delicado que apenas podía verlo. En cada punta había un mango de oro con forma de ese. Un garrote, comprendí, como el de Alex, pero de oro. Sif lo ciñó alrededor de la cintura de la falsa novia abrochando las eses de manera que quedaran como el símbolo de las serpientes de Urnes.

—Ya está —dijo Sif—. Esta arma, fabricada con mi propio cabello, tiene las mismas propiedades que tu otro garrote, pero combina con tu vestido y no es de Loki. Que te sea útil, Alex Fierro.

Parecía que a Alex le hubieran ofrecido un trofeo que diera a su portador derecho a casi todo.

—No... no sé cómo agradecérselo, Sif.

La diosa inclinó la cabeza.

—Tal vez las dos podamos hacer un esfuerzo por no juzgarnos en base a las primeras impresiones, ¿eh?

—Eso... sí. De acuerdo.

—Y si se te presenta la ocasión —añadió la diosa—, estrangular a tu padre con un garrote hecho con mi pelo mágico me parecería bastante adecuado.

La chica hizo una reverencia.

Sif se volvió hacia Sam.

—Bueno, querida, veamos lo que podemos hacer por la dama de honor.

Cuando la divina esposa de Thor se hubo llevado a Samirah por el Pasillo de los Cambios de Imagen Mágicos, me volví hacia Alex haciendo todo lo posible por no mirarla con la boca abierta.

—Esto..., mmm...—Se me empezó a trabar otra vez la lengua—. ¿Qué le has dicho a Sif? Parece que ahora le caes bien.

—Puedo ser encantadora —contestó—. Y no te preocupes. Dentro de poco te tocará a ti.

—¿Ser... encantador?

—Eso sería imposible. —Arrugó la nariz de forma muy parecida a Sif—. Pero por lo menos podrás limpiarte. Necesito que mi acompañante esté mucho más elegante.

No sé si conseguí estar elegante. Más bien estomagante.

Mientras Samirah seguía vistiéndose, Sif volvió y me llevó al probador de caballeros. No estaba seguro de por qué la diosa tenía también un probador de caballeros, pero deduje que Thor no pasaba mucho tiempo allí. No había ningún pantalón corto de deporte ni ninguna camiseta de Metallica.

Me vistió con un esmoquin dorado y blanco, con el forro interior hecho de malla *à la Blitzen*. Jack se acercó flotando, mientras vibraba de emoción. Sobre todo le gustó la pajarita de oro tejido confeccionada con pelo de Sif y la camisa de chorreras.

—¡Oh, sí! —exclamó—. ¡Ahora solo necesitas la piedra rúnica adecuada para un conjunto tan cañero!

Nunca lo había visto tan deseoso de convertirse en un colgante silencioso. La runa de Frey ocupó su sitio justo debajo de mi pajarita, protegida entre las chorreras como un huevo de Pascua de piedra. Con la espada *Skofnung* a la espalda, parecía listo para pegarme una juerga mientras daba estocadas a mis parientes más cercanos. Por desgracia, probablemente fuese una predicción bastante acertada.

En cuanto volví al atrio, Alex se partió de la risa. Había algo profundamente humillante en que se riera de ti una chica con un vestido de novia, sobre todo una chica a la que ese vestido le quedaba perfecto.

—Dioses míos. —Resopló—. Parece que estés en mil novecientos ochenta y siete y vayas a una boda en Las Vegas.

—Parafraseándote —dije—, cierra la boca.

Ella se me acercó y me puso derecha la pajarita. Los ojos le brillaban de diversión. Olía a humo de madera. ¿Por qué seguía oliendo a fogata?

Retrocedió y volvió a resoplar.

—Sí. Mucho mejor. Ahora solo necesitamos a Sam... Oh, vaya.

Seguí su mirada.

Samirah había salido del pasillo. Llevaba un vestido de etiqueta verde con bordados negros que era un reflejo exacto del de Alex: espirales de las mangas hasta el dobladillo. En lugar de su habitual hiyab, lucía una capucha de seda verde con una especie de velo de bandido por encima del puente de la nariz. Solo se le veían los ojos, que también quedaban sumidos en las sombras.

—Estás espectacular —le dije—. Por cierto, me gustaste mucho en *Assassin's Creed*.

—Ja, ja —dijo Sam—. Veo que estás listo para el baile de graduación. Alex, ¿te has probado ya el velo?

Con ayuda de su hermana, Alex se cubrió la cara con el velo de gasa blanca, lo que le dio un aire espectral; parecía que iba a salir volando en cualquier momento. Se veía que tenía cara, pero sus facciones quedaban totalmente ocultas. Si no hubiera sabido la verdad, podría haber creído que era Sam. Solo sus manos la delataban. El color de piel de Alex era varios tonos más claro que el de su hermana. La chica corrigió ese detalle poniéndose unos guantes de encaje. Deseé que Blitzen estuviera con nosotros, porque le habrían encantado esos elegantes atuendos.

—Mis héroes, es la hora —dijo Sif, al lado de uno de sus serbales.

El tronco del árbol se abrió y dejó ver una rendija de luz morada del color exacto de un letrero de Taco Bell.

—¿Dónde está el carro? —preguntó Alex.

—Esperándoos al otro lado —contestó la diosa—. Marchaos, amigos míos, y matad a muchos gigantes.

«Amigos», advertí. No «sirvientes».

Tal vez habíamos impresionado realmente a la diosa. O tal vez creía que estábamos a punto de palmarla, de modo que no perdía nada por mostrar un poco de amabilidad.

Alex se volvió hacia mí.

—Tú primero, Magnus. Si hay alguien hostil, tu esmoquin lo cegará.

Sam rio.

Más que nada para vencer la vergüenza, crucé el serbal y entré en otro mundo.

48

Todos a bordo del Taco Exprés

Lo único hostil que había en el aparcamiento del Taco Bell era Marvin, que estaba dando a su hermano Otis una buena reprimenda.

—¡Muchas gracias por hacer que nos conviertan en empanadas precocinadas, idiota! —gritaba—. ¿Sabes lo mucho que hay que cabrear a Thor para que nos coma de esa forma?

—Mira. —Otis señaló con sus cuernos en dirección a nosotros—. Son nuestros pasajeros.

Pronunció la palabra «pasajeros» como si dijese «verdugos». Supongo que para Otis las dos palabras solían ser sinónimos.

Las dos cabras estaban enganchadas a su carruaje, que se encontraba aparcado en paralelo al carril para comprar comida en coche. Sus collares estaban decorados con cascabeles dorados que tintineaban alegremente cuando Otis y Marvin sacudían la cabeza, y habían engalanado la caja del carro con flores amarillas y blancas que no enmascaraban del todo el persistente olor a sudor del dios del trueno.

—Hola, chicos —les dije a las cabras—. Tenéis un aire alegre.

—Sí —masculló Marvin—. Y también me siento *muy* alegre. ¿Sabes ya adónde vamos, humano? El olor a burritos me está dando ganas de vomitar.

Miré la invitación. En la línea del «dónde» ahora ponía: «DIRÍJAN-SE A LA CATARATA DE BRIDAL VEIL. SOLO TIENEN CINCO MINUTOS».

La leí dos veces para asegurarme de que no eran imaginaciones mías. Había acertado. Era posible que el tío Randolph hubiera querido ayudarme. Ahora teníamos la oportunidad de meter a escondidas a unos reventabodas divinos.

Por otra parte, ya no había forma de evitar la boda. Había ganado una lotería en la que el premio gordo consistía en un viaje a la guarida de un malvado gigante de la tierra con tarros de pepinillos, botellas de cerveza y muerte por doquier. Dudaba que aceptase los trofeos con vale incluido de Sif.

Enseñé la invitación a las cabras y las chicas.

—Así que tenías razón —dijo Sam—. A lo mejor Thor...

—Chisss —advirtió Alex—. A partir de ahora creo que deberíamos suponer que Loki esté observando y escuchando.

Otra idea de lo más alentadora. Las cabras miraron a su alrededor como si el dios del engaño estuviera escondido cerca, posiblemente disfrazado de burrito grande.

—Sí —dijo Marvin, un poco más alto de lo debido—, a lo mejor Thor... se pone triste porque es imposible que llegue a la catarata de Bridal Veil con un equipo de asalto en solo cinco minutos, ya que acabamos de recibir la información y estamos en gran desventaja. ¡Qué lata!

Sus dotes para el engaño eran casi tan refinadas como las de Otis. Me preguntaba si las dos cabras tenían gabardinas, sombreros y gafas de sol a juego.

Otis hizo tintinear jovialmente sus cascabeles.

—Será mejor que nos encaminemos deprisa a nuestra muerte. Cinco minutos no es mucho tiempo, ni siquiera para el carro de Thor. Saltad a bordo.

Sam y Alex no podían saltar con sus vestidos de boda. Tuve que subirlas yo, cosa que no hizo gracia a ninguna de las dos, a juzgar por los murmullos y los juramentos que soltaron detrás de sus velos.

Las cabras despegaron a galope tendido... o lo que sea que hagan las cabras. ¿Medio galope? ¿Trote? ¿Meneíto? En la salida del aparcamiento, el carro se elevó por los aires. Alzamos el vuelo desde el restaurante tintineando cual trineo de Taco Claus, llevando delicias mexicanas a todos los niños y niñas y gigantes buenos.

Las cabras aceleraron. Atravesamos un banco de nubes a mil kilómetros por hora; la niebla fría me engominaba el pelo hacia atrás y deslucía las chorreras de mi camisa. Ojalá hubiera tenido un velo como las chicas, o al menos unas gafas protectoras. Me preguntaba si Jack podría hacer de limpiaparabrisas.

Entonces, con la misma rapidez, empezamos a descender. Debajo de nosotros se extendían las Montañas Blancas: onduladas crestas grises con vetas blancas en las que la nieve se aferraba a las fisuras.

Otis y Marvin se lanzaron en picado a uno de los valles y dejaron mis órganos internos en las nubes. A Stanley, el caballo, le habría gustado. A Sam no. Se agarró a la barandilla y murmuró:

—Altitud mínima. Cuidado con la velocidad de aproximación.

Alex soltó una risita.

—No hagas de copiloto.

Aterrizamos en un boscoso desfiladero. Las cabras avanzaron trotando, mientras la nieve se revolvía alrededor de las ruedas del carro como helado espeso. A Otis y Marvin no parecía importarles. Siguieron adelante cascabeleando y exhalando vaho, adentrándonos en la sombra de las montañas.

No paraba de mirar las crestas que se alzaban por encima de nosotros con la esperanza de divisar a algún Aesir o un einherji oculto entre la maleza, listo para ayudarnos en caso de que algo saliera mal. Me habría encantado ver el destello de la bayoneta de T. J. o la cara con pintura de berserker de Medionacido, o escuchar unos cuantos juramentos en gaélico de Mallory. Pero el bosque parecía vacío.

Me acordé de lo que Utgard-Loki había dicho: que sería mucho más fácil matarnos y quitarnos la espada *Skofnung* que dejar que siguiéramos adelante con los planes de boda.

—Eh, chicos, ¿cómo sabemos que Thrym no prefiere la opción número uno?

—Él no nos mataría —dijo Sam—. A menos que no le quede

más remedio. Necesita la alianza matrimonial con Loki, y eso quiere decir que me necesita a mí... o sea, a Samirah.

Señaló a Alex.

Marvin agitó los cuernos como si tratara de desprenderse de los cascabeles.

—¿Tenéis miedo de que nos tiendan una emboscada? Pues no lo tengáis. Los invitados tienen garantizado paso franco.

—Cierto —dijo Otis—. Aunque los gigantes podrían matarnos después de la ceremonia, espero.

—Querrás decir «supongo» —dijo Marvin—. No «espero».

—¿Hum? Ah, claro.

—Y ahora silencio todos —ordenó Marvin—. No nos interesa provocar una avalancha.

La posibilidad de una avalancha primaveral parecía remota, ya que no había suficiente nieve en las laderas de las montañas. Y, la verdad, después de todo lo que habíamos pasado, sería bastante ridículo acabar sepultados bajo una tonelada de restos congelados con ese esmoquin vistoso.

Finalmente, el carro se acercó a la cara de un acantilado con la altura de un edificio de diez plantas. Cortinas de hielo cubrían las rocas como un manto de azúcar. Debajo, la cascada cobraba vida poco a poco, borboteando, moviéndose y parpadeando con la luz.

—La catarata de Bridal Veil —anunció Alex—. He hecho escalada en hielo aquí un par de veces.

—Pero no con un traje de novia —supuse. (O a lo mejor «esperaba». Otis me había liado.)

—¿Qué hacemos ahora? —preguntó Sam.

—Bueno, han pasado cuatro minutos —anunció Marvin—. Hemos llegado a tiempo.

—Sería una lástima que no viéramos la puerta —dije. (Estaba seguro de que eso era un «espero».)

En ese preciso momento, el suelo tembló. La cascada pareció estirarse, despertando de su sueño invernal y desprendiéndose de cortinas de hielo que se hacían añicos y caían con estruendo al arroyo de abajo. La cara del acantilado se partió justo por la mitad, y el agua corrió a raudales a cada lado y dejó ver la boca de una gran cueva.

Una giganta salió de la oscuridad. Medía unos dos metros diez: menuda para una giganta. Llevaba un vestido confeccionado con pieles blancas, cosa que me hizo sentir triste por los animales —osos polares, lo más probable— que habían dado la vida por él, y lucía dos trenzas también totalmente blancas. La verdad es que me hubiera gustado que llevara un velo como las chicas porque daba muy mal rollo. Sus ojos saltones eran del tamaño de naranjas y la nariz parecía habérsele roto varias veces. Cuando sonreía, sus labios y sus dientes se veían manchados de negro.

—¡Hola!

Tenía la misma voz áspera que recordaba del sueño. Me estremecí sin querer, temiendo que la giganta le diera un porrazo a mi tarro de pepinillos.

—¡Soy Thrynga —continuó—, princesa de los gigantes de la tierra, hermana de Thrym, hijo de Thrym, hijo de Thrym! He venido a recibir a mi nueva cuñada.

Alex se volvió hacia mí. No podía verle la cara, pero el pequeño chirrido de su garganta parecía decir: «¡Abandonamos! ¡Abandonamos!».

Sam hizo una reverencia. Habló en un tono más agudo de lo normal.

—¡Gracias, Thrynga! Mi señora Samirah está encantada de estar aquí. Yo soy su dama de honor...

—Prudence —propuse.

Sam me miró y experimentó un tic en el párpado por encima de su pañuelo de bandido.

—Sí... Prudence. Y este es...

Antes de que ella pudiera vengarse llamándome Clarabelle u Horatio Q. Pantaloons, dije:

—¡Magnus Chase! Hijo de Frey y portador de la dote. Mucho gusto.

Thrynga se lamió los labios manchados de negro. En serio, me preguntaba si se dedicaba a chupar bolígrafos en su tiempo libre.

—Ah, sí —dijo—. Estás en la lista de invitados, hijo de Frey. ¿Y esa espada que llevas es la espada *Skofnung*? Muy bien. Yo la recogeré.

—No hasta que se intercambien los regalos durante la ceremonia —señalé—. Queremos respetar la tradición, ¿verdad?

Los ojos de Thrynga emitieron un brillo peligroso... y ávido.

—Por supuesto. La tradición. Y hablando del tema...

Sacó una gran palmeta de piedra de sus mangas de pelo de oso polar. Experimenté un breve instante de terror, preguntándome si los gigantes zurraban tradicionalmente a sus invitados de boda.

—¿Os importa si hago una rápida comprobación de seguridad? —Movió la mano por encima de las cabras. A continuación inspeccionó el carro y, por último, a nosotros—. Bien —dijo—. No hay ningún Aesir en las inmediaciones.

—Mi psicólogo dice que Marvin tiene complejo de dios —explicó Otis sin que nadie se lo hubiera preguntado—. Pero no creo que eso cuente.

—Cállate o acabaré contigo —masculló el aludido.

Thrynga frunció el entrecejo mientras examinaba el carro.

—Este vehículo tiene un aspecto familiar. Incluso su olor me resulta familiar.

—Bueno, ya sabe —dije—, los lores y las damas suelen ir en carro a las bodas. Es de alquiler.

—Ya. —La princesa de los gigantes se tiró de los pelos blancos del mentón—. Supongo... —Echó otro vistazo a la espada *Skofnung* que yo llevaba en la espalda, con un brillo codicioso en los ojos y luego señaló la entrada de la cueva—. Por aquí, pequeños humanos.

No me pareció justo que nos llamara «pequeños». Después de todo, ella solo medía dos metros diez. Entró en la caverna andando a grandes zancadas, y las cabras la siguieron tirando del carro a través del centro de la cascada.

El túnel tenía el interior liso y apenas era lo bastante ancho para que pasaran nuestras ruedas. El suelo estaba cubierto de hielo y descendía en pendiente en un ángulo tan peligroso que temí que Otis y Marvin resbalasen y nos arrastrasen con ellos. Sin embargo, Thrynga no parecía tener problemas para mantener el equilibrio.

Nos habíamos adentrado quince metros en el túnel cuando oí que la entrada de la cueva se cerraba detrás de nosotros.

—Oiga, Thrynga —dije—, ¿no deberíamos dejar la catarata abierta? ¿Cómo saldremos después de la ceremonia?

La giganta me dedicó una sonrisa negra.

—¿Salir? Oh, yo no me preocuparía por eso. Además, tenemos que mantener la entrada cerrada y el túnel en movimiento. No querréis que alguien interfiera en un día tan feliz, ¿verdad?

Se me empapó el cuello del esmoquin de sudor. ¿Cuánto tiempo había estado abierta la entrada del túnel después de que nosotros pasáramos? ¿Un minuto? ¿Dos minutos? ¿Habían podido entrar Thor y su equipo? ¿Estaban allí? No oía nada detrás de nosotros, ni siquiera un discreto pedo, de modo que era imposible saberlo.

Se me salieron los ojos de las órbitas y se me crisparon los dedos. Quería hablar con Alex y Sam, idear un plan alternativo por si las cosas salían mal, pero no podía con la giganta blanca tan cerca.

Mientras Thrynga andaba, sacó una castaña del bolsillo de su vestido y empezó a lanzarla distraídamente al aire y a atraparla. Me pareció un extraño amuleto para una giganta. Claro que yo tenía una piedra rúnica que se transformaba en espada, de modo que no era el más indicado para criticar.

El aire se enfrió y se hizo más denso. Parecía que el techo de piedra nos oprimiera. Me sentía como si nos deslizáramos de lado, pero no estaba seguro de si eran las ruedas sobre el hielo, el túnel que se movía a través de la tierra, o mi bazo que me golpeaba el costado tratando de escapar.

—¿Cuánto baja este túnel?

Mi voz resonó en las paredes de roca. Thrynga se rio entre dientes, dando vueltas a su castaña entre los dedos.

—¿Te dan miedo las profundidades, hijo de Frey? No tienes por qué preocuparte. Solo vamos un poco más lejos. Por supuesto, el camino lleva a Helheim. Al final, la mayoría de los pasadizos subterráneos llevan allí.

Se detuvo para enseñarme la suela de sus zapatos, que tenían pinchos de hierro.

—Los gigantes y las cabras somos más aptos para un camino como este. Los pequeños perderíais el equilibrio y os deslizaríais hasta el Muro de Cadáveres. Y no podemos permitir eso.

Por una vez, estaba de acuerdo con ella.

El carro siguió rodando. El olor de sus guirnaldas de flores se volvió más dulzón y más fresco, cosa que me recordó la funeraria donde mi cuerpo mortal había sido expuesto en un ataúd. Esperaba que no tuviera que pasar por un segundo funeral. Si se daba el caso, me preguntaba si me enterrarían al lado de mí mismo.

Lo que Thrynga entendía por «un poco más lejos» fueron cuatro horas más de viaje. A las cabras no parecía importarles, pero yo me estaba volviendo loco de frío, ansiedad y aburrimiento. Esa mañana solo había bebido una taza de café y había comido unos pedazos de donut enfadado en el palacio de Sif. Ahora estaba hambriento y tenso. Tenía el estómago vacío, los nervios destrozados y la vejiga llena. No vimos ninguna gasolinera ni ningún área de descanso por el camino. Ni siquiera un arbusto amigo. Las chicas también debían de estar pasándolo mal. No paraban de cambiar el peso de un pie al otro y de dar saltitos.

Por fin llegamos a una grieta del túnel. El camino principal seguía hasta la oscuridad helada. Pero, a la derecha, un breve sendero terminaba ante unas puertas de roble con tachuelas de hierro y unas aldabas con forma de cabezas de dragón.

En el felpudo se leía: «¡BENDITA SEA ESTA CUEVA!».

Thrynga sonrió.

—Ya estamos, pequeños. Espero que estéis emocionados.

A continuación abrió las puertas, y nuestro carro entró... en el bar de *Cheers*.

49

¡Thrym!

De repente tomar el camino a Helheim no parecía tan malo.

No me extrañaba que la guarida de Thrym me hubiera resultado tan familiar cuando la había visto a través del tarro de pepinillos en el sueño. El lugar era una réplica casi perfecta del pub Bull & Finch, la fuente de inspiración de la vieja serie de televisión *Cheers*.

Como se encontraba enfrente del jardín público, había ido al pub a calentarme algún frío día de invierno o a mendigar una hamburguesa a los clientes. En el local siempre había gente y bullicio, y de algún modo me parecía totalmente lógico que hubiera un equivalente para los gigantes de la tierra.

Cuando entramos, una docena de ellos situados en la barra se volvieron para mirarnos y levantaron sus vasos de hidromiel.

—¡Samirah! —gritaron al unísono.

Había más gigantes apiñados en las mesas y los reservados, comiendo hamburguesas y trasegando hidromiel.

La mayoría de los clientes eran un poco más grandes que Thrynga. Iban vestidos con un derroche de prendas de esmoquin, piel y piezas de armadura que hacían que mi atuendo pareciese realmente discreto.

Escudriñé la sala, pero no vi rastro de Loki ni de mi tío Randolph. No sabía si sentirme aliviado o preocupado. Al fondo de la barra, en un sencillo trono de madera bajo una televisión de pantalla grande, se hallaba sentado el mismísimo rey de los gigantes de la tierra: Thrym, hijo de Thrym, hijo de Thrym.

—¡Por fin! —gritó con su voz de morsa al tiempo que se levantaba con paso vacilante.

Guardaba un parecido tan asombroso con Norm, el personaje de la serie de televisión, que me pregunté si cobraba derechos de autor. Su cuerpo, totalmente redondo, estaba embutido en un pantalón de poliéster negro y una camiseta roja con una ancha corbata negra. Un cabello moreno rizado enmarcaba su cara redonda. Era el primer gigante que había visto en mi vida sin vello facial, y deseé que se lo dejase crecer un poco. Tenía una boca húmeda y rosada, y una barbilla casi inexistente. Sus ojos voraces se clavaron en Alex como si fuera un suculento plato de hamburguesas con queso.

—¡Mi reina ha llegado! —Thrym se acarició su generosa barriga—. ¡Podemos empezar los festejos!

—¡Pero si todavía no te has cambiado, hermano! —gritó Thrynga—. ¿Y por qué está tan sucio este sitio? ¡Te dije que limpiases mientras yo estaba fuera!

Él frunció el ceño.

—¿A qué te refieres? Hemos limpiado. ¡Nos hemos puesto corbatas!

—¡Corbatas! —chilló la multitud de gigantes.

—¡Granujas despreciables! —Thrynga cogió el taburete más cercano y golpeó con él en la cabeza a un gigante cualquiera, que cayó desplomado—. Apagad la televisión. ¡Limpiad la barra! ¡Fregad el suelo! ¡Lavaos la cara!

Se giró hacia nosotros.

—Os pido disculpas en nombre de estos idiotas. Estarán listos en un momento.

—Sí, no hay problema —dije, danzando el baile de «Tengo que hacer pipí».

—Al fondo del pasillo. —Señaló Thrynga—. Bajad del carro. Me aseguraré de que nadie se come vuestras cabras.

Ayudé a Sam y Alex a bajar y nos abrimos paso entre el caos, sorteando fregonas y escobas y gigantes apestosos mientras Thrynga atravesaba la multitud gritando a sus clientes que se preparasen rápido para la gran ocasión de ese día o les arrancaría la cabeza.

Los servicios estaban situados al fondo, como en Cheers. Afortunadamente, en la zona solo había un gigante desmayado que roncaba en un reservado de un rincón, con la cara apoyada en una fuente de nachos.

—Estoy confundida —dijo Alex—. ¿Por qué esto es Cheers?

—Muchos elementos pasan de Boston a los otros mundos —explicó Sam.

—Del mismo modo que Nidavellir se parece al sur de Boston —añadí yo—. Y Alfheim a Wellesley.

Alex se estremeció.

—Sí, pero ¿tengo que casarme en Cheers?

—Ya hablaremos luego —dije—. Ahora vamos a hacer pipí.

—Sí —dijeron las chicas al unísono.

Al ser un chico y no llevar un vestido de boda, terminé primero. Unos minutos más tarde, ellas volvieron a aparecer y Alex arrastraba una cola de papel higiénico del dobladillo del vestido. Dudaba que algún gigante se fijara o le molestara, pero Sam se la quitó.

—¿Creéis que nuestros amigos han entrado? —pregunté.

—Eso espero —contestó Alex—. Estoy tan nerviosa que... ¡Urf!

La última sílaba sonó como si un oso se hubiera atragantado con un tofe. Miré el reservado del rincón para asegurarme de que el gigante no lo había oído. Él se limitó a murmurar en sueños y a girar la cabeza en su almohada de nachos.

Sam dio una palmadita a su hermana en el hombro.

—Tranquila. —Se volvió hacia mí—. Se ha transformado en gorila en el servicio, pero se pondrá bien.

—¿Que ha hecho qué?

—A veces pasa —dijo Sam—. Cuando los transformistas se ponen nerviosos o se desconcentran...

Alex eructó.

—Estoy mejor. Creo que ya vuelvo a ser humana. Esperad... —Se sacudió bajo su vestido como si intentase quitarse una piedrecita—. Sí. Todo bien.

No sabía si hablaba en serio o no, pero tampoco estaba seguro de querer saberlo.

—Alex, si cambias de forma sin querer mientras estás entre los gigantes...

—No lo haré —prometió ella.

—Quédate callada —le dijo Sam—. Se supone que tienes que ser la novia tímida y candorosa. Yo hablaré. Tú imítame. Les retrasaremos todo lo que podamos y con suerte le daremos a Th..., a nuestros amigos, tiempo para que se sitúen.

—Pero ¿dónde está Loki? —pregunté—. ¿Y mi tío?

La valquiria se calló.

—No estoy segura, pero tenemos que estar atentos. Cuando veamos el mar...

—¡Aquí estáis! —Thrynga salió del pasillo—. Ya estamos listos.

—¡Claro! —dijo Sam—. Estábamos, bueeeno..., hablando de lo mucho que nos gusta el mar. ¡Ojalá este sitio tuviera vistas al mar!

Le guiñé el ojo como diciendo: «Qué bien traído. A la altura de Otis».

Thrynga nos llevó otra vez al bar. A juzgar por el olor, alguien había echado una cantidad generosa de cera para muebles con aroma a limón. Habían barrido la mayoría de los cristales rotos y los restos de comida del suelo. La televisión estaba apagada, y todos los gigantes se hallaban de pie contra la pared del fondo formando una fila: el cabello peinado, las corbatas enderezadas, las camisas metidas por dentro.

—Buenas tardes, señorita Samirah —entonaron al unísono.

Alex hizo una reverencia.

—Buenas tardes..., clase —dijo la auténtica Samirah—. Mi señora Samirah está demasiado abrumada para hablar, pero se alegra mucho de estar aquí.

Alex rebuznó como un burro. Los gigantes miraron indecisos a Thrynga esperando sus consejos de etiqueta.

El rey Thrym frunció el entrecejo. Se había puesto una chaqueta de esmoquin negra con un clavel rosa en el ojal de la solapa que le daba un aire más elegantemente feo.

—¿Por qué mi novia suena como un burro?

—¡Está llorando de alegría —dijo Sam rápidamente— porque por fin ha visto a su apuesto marido!

—Ah, ya. —El gigantón se pasó un dedo por la papada—. Tiene sentido. ¡Ven, querida Samirah! ¡Siéntate a mi lado, y empezaremos el banquete!

Alex se sentó en la silla al lado del trono de Thrym, y como Thrynga flanqueó a su hermano como un guardaespaldas, Sam y yo nos quedamos de pie al otro lado de Alex e intentamos dar una imagen formal. Nuestro trabajo consistía sobre todo en no comer, apartar alguna que otra jarra de hidromiel que volara sin querer en dirección a Alex y escuchar los rugidos de nuestras tripas.

El primer plato eran nachos. ¿Qué les pasaba a los gigantes con los nachos?

Thrynga no paraba de sonreírme y de mirar la espada *Skofnung*, que seguía sujeta a mi espalda. Estaba claro que codiciaba el arma. Me preguntaba si alguien le había dicho que no se podía desenvainar delante de una mujer. Yo suponía que las gigantas contaban como mujeres. No sabía lo que pasaría si alguien trataba de desenfundar a *Skofnung* a pesar de las normas, pero dudaba que fuese bueno.

«Inténtalo —zumbó la voz de Jack en mi mente como si estuviera teniendo un sueño agradable—. Jo, tío, qué guapa es.»

«Vuélvete a dormir, Jack», le dije.

Los gigantes reían y engullían nachos, aunque no dejaban de mirar a Thrynga, como si quisieran asegurarse de que no iba a zurrarles con un taburete por portarse mal. Otis y Marvin seguían con los arreos puestos donde los habíamos dejado. De vez en cuando, un nacho extraviado volaba en su dirección, y una de las cabras lo atrapaba en el aire.

Thrym hacía todo lo posible por camelar a Alex, pero ella lo rehuía y no decía nada. Por pura educación, de vez en cuando se metía un chip de tortilla debajo del velo.

—¡Qué poco come! —dijo el rey preocupado—. ¿Está bien?

—Oh, sí —respondió Sam—. Está tan emocionada que ha perdido el apetito, majestad.

—Mmm... —Thrym se encogió de hombros—. ¡Bueno, por lo menos sé que no es Thor!

—¡Por supuesto que no! —La voz de Sam subió una octava—. ¿Por qué iba a pensar algo así?

—Hace muchos años, cuando el martillo de Thor fue robado por primera vez por mi abuelo...

—Nuestro abuelo —le corrigió Thrynga, examinando las rugosidades de su castaña de la suerte.

—Thor vino a recuperarlo disfrazado con un vestido de novia. —Los labios húmedos de Thrym se fruncieron hacia dentro como si intentase localizar sus dientes negros—. Me acuerdo de ese día, aunque no era más que un niño. ¡La falsa novia se comió un buey entero y se bebió dos cajas de hidromiel!

—Tres cajas —apuntó su hermana.

—Thor podía ocultar su cuerpo en un vestido de novia —dijo Thrym—, pero no podía ocultar su apetito. —Sonrió a Alex—. ¡Pero no te preocupes, Samirah, amor mío! Sé que tú no eres una diosa. ¡Soy más listo que mi abuelo!

Thrynga puso sus enormes ojos en blanco.

—Son mis empleados de seguridad los que no dejan entrar a los Aesir, hermano. ¡Ningún dios podría cruzar las puertas de nuestra guarida sin hacer saltar las alarmas!

—Sí, sí —asintió Thrym—. De todas formas, Samirah, cuando entrasteis todos fuisteis registrados mágicamente. Eres hija de Loki, como te corresponde. —Frunció el ceño—. Aunque también lo es tu dama de honor.

—¡Somos parientes! —dijo la auténtica Sam—. Es lo que se espera de nosotras, ¿no? Una pariente cercana suele hacer de dama de honor.

El rey de los gigantes asintió con la cabeza.

—Es cierto. En cualquier caso, cuando la boda termine, la Casa de Thrym recuperará su antiguo estatus. El fracaso de mi abuelo quedará enterrado y tendremos una alianza matrimonial con la Casa de Loki. —Se golpeó el pecho, lo que hizo que su abultada panza se bamboleara y sin duda ahogó a naciones enteras de bacterias en su barriga—. ¡Por fin me vengaré!

Thrynga giró la cabeza murmurando:

—Yo me vengaré.

—¿Qué has dicho, hermana? —preguntó Thrym.

—Nada. —La giganta enseñó sus dientes negros—. ¿Pasamos al segundo plato?

El segundo plato eran hamburguesas. No era justo. Olían tan bien que a mi estómago le dio un berrinche y empezó a moverse de un lado a otro.

Traté de distraerme pensando en el combate inminente. Thrym parecía bastante tonto. Tal vez pudiera vencerlo. Lamentablemente, contaba con el apoyo de varias docenas de gigantes de la tierra, y su hermana me preocupaba. Me daba cuenta de que tenía sus propias prioridades. Aunque intentaba ocultarlo, de vez en cuando miraba a Alex con un odio asesino. Me acordé de algo que Heimdal le había oído decir: que debían matar a la novia en cuanto llegase. Me preguntaba cuánto tardarían en llegar los Aesir cuando el martillo se descubriese, y si yo podría mantener a Alex con vida hasta entonces. Me preguntaba dónde estaban Loki y el tío Randolph...

Al fin los gigantes terminaron de comer. Thrym eructó sonoramente y se volvió hacia su futura esposa.

—¡Por fin, es hora de la ceremonia! —dijo—. ¿Vamos para allá?

Se me encogió el estómago.

—¿Para allá? ¿Qué quiere decir?

El rey de los gigantes rio entre dientes.

—Bueno, no vamos a celebrar la ceremonia aquí. ¡Eso sería de mala educación! ¡No todos los invitados están presentes!

El rey se levantó y se volvió hacia la pared situada enfrente de la barra. Los gigantes se apartaron a toda prisa, moviendo sus mesas y sillas.

Thrym alargó la mano. La pared se agrietó, y un nuevo túnel se abrió a través de la tierra. El aire agrio y húmedo del interior me recordó algo que no acababa de identificar..., algo malo.

—No. —Parecía que a Sam se le estaba obstruyendo la garganta—. No, no podemos ir allí.

—¡Pero no podemos celebrar la boda sin el padre de la novia! —anunció Thrym alegremente—. ¡Vamos, amigos míos! ¡Mi novia y yo nos daremos el «Sí, quiero» en la caverna de Loki!

50

¿Un poco de veneno refrescante en la cara, señor?

No soporto los puzles. ¿Lo había dicho ya?

Sobre todo no soporto cuando me quedo mirando una pieza durante horas, preguntándome dónde va, y de repente aparece otra persona, la encaja y dice: «¡Ahí, tonto!».

Eso es lo que sentí cuando por fin descubrí el plan de Loki.

Me acordé de los mapas desplegados sobre el escritorio del tío Randolph cuando Alex y yo habíamos visitado su casa. Quizá, en lo más profundo de mi mente, me había dado cuenta de lo extraño que era en su momento. La búsqueda de la Espada del Verano ya había terminado para Randolph. ¿Por qué seguiría examinando mapas? Pero no le había preguntado a Alex —ni a mí mismo— por el asunto. Había estado demasiado distraído.

Ahora apostaría a que mi tío había estado estudiando mapas topográficos de Nueva Inglaterra, comparándolos con antiguas cartas de navegación y leyendas nórdicas. Le habían mandado que emprendiera otra búsqueda: la de las coordenadas de la cueva de Loki en relación con la fortaleza de Thrym. Si alguien podía hacerlo era mi tío. Por eso Loki lo había mantenido vivo.

No me extrañaba que ni él ni Randolph estuvieran en el bar. Estaban esperándonos en el otro extremo del túnel.

—¡Necesitamos a nuestras cabras! —grité.

Me abrí paso entre la multitud hasta que llegué a nuestro carro. Agarré la cara de Otis y pegué la frente a la suya.

—Probando —susurré—. ¿Está encendida la cabra? ¿Me oye, Thor?

—Tienes unos ojos preciosos —me dijo Otis.

—Thor —dije—, ¡alerta roja! Cambiamos de sitio. Nos llevan a la cueva de Loki. No... no sé dónde está. El túnel de la pared derecha que baja en pendiente. Usted... ¡encuéntrenos! ¿Ha recibido el mensaje, Otis?

—¿Qué mensaje? —preguntó la cabra con aire soñador.

—¡Magnus Chase! —gritó el rey gigante—. ¿Estás listo?

—¡Oh, sí! —contesté—. Tenemos que ir montados en el carro para... respetar la tradición nupcial.

Los otros gigantes se encogieron de hombros y asintieron con la cabeza como si fuera totalmente lógico para ellos. Solo Thrynga parecía desconfiar. Me temía que estaba empezando a dudar si el carro era de alquiler.

De repente, el bar se volvió demasiado pequeño, con todos los gigantes poniéndose las chaquetas, enderezando sus corbatas, apurando sus hidromieles y tratando de averiguar qué lugar ocupaban en el cortejo nupcial.

Samirah y Alex se dirigieron al carro.

—¿Qué hacemos? —susurró la falsa novia.

—¡No lo sé! —respondió su hermana—. ¿Dónde están los refuerzos?

—Vamos a cambiar de sitio —dije—. ¿Cómo nos encontrarán?

Fue lo único que nos dio tiempo a decir antes de que Thrym se acercase y cogiera las riendas de las cabras. Llevó nuestro carro al túnel, con su hermana al lado y el resto de los gigantes en fila de dos detrás de nosotros.

En cuanto los últimos gigantes estuvieron dentro del túnel, la entrada se cerró a nuestras espaldas.

—Oiga, Thrym —mi voz tenía un desafortunado parecido con la de Mickey Mouse, lo que hizo que me preguntara por los extraños gases que había en el túnel—, ¿seguro que es buena idea confiar en

Loki? ¿No fue a él a quien se le ocurrió lo de meter a Thor a escondidas en la boda de su abuelo? ¿No ayudó a Thor a matar a su familia?

El rey gigante se detuvo tan bruscamente que Marvin se chocó contra él. Yo sabía que le había hecho una pregunta desconsiderada, y más el día de su boda, pero buscaba cualquier cosa que pudiera retrasar el cortejo.

Se volvió hacia mí; sus ojos eran como diamantes rosa mojados en la penumbra.

—¿Crees que no lo sé, humano? Loki es un embustero. Es así por naturaleza. ¡Pero Thor es quien mató a mi abuelo, a mi padre, a mi madre, a toda mi familia!

—Menos a mí —murmuró Thrynga.

La giganta brillaba tenuemente en la penumbra: una fea aparición de más de dos metros de altura. No me había fijado antes. Tal vez era una capacidad que los gigantes de la tierra podían activar y desactivar.

Thrym no le hizo caso.

—Esta alianza matrimonial es la forma de pedir disculpas de Loki. ¿No lo ves? Se ha dado cuenta de que los dioses siempre han sido sus enemigos. Se arrepiente de haber traicionado a mi abuelo. ¡Aunaremos nuestras fuerzas, tomaremos Midgard y luego asaltaremos la ciudad de los dioses!

Detrás de nosotros, los gigantes soltaron una ovación ensordecedora.

—¡Muerte a los humanos!

—¡Callaos! —gritó Thrynga—. ¡Hay humanos delante!

Los gigantes murmuraron. Alguien situado al fondo dijo:

—Menos a los presentes.

—Pero, gran rey Thrym —dijo Sam—, ¿de verdad confía en Loki?

El gigantón rio. Para tratarse de un tipo tan grande, tenía unos dientes diminutos.

—Loki está preso en su cueva. ¡Indefenso! Me ha invitado a ir allí. Me ha dicho cómo llegar. ¿Por qué tendría conmigo un gesto de confianza como ese?

Su hermana resopló.

—Vaya, no sé, hermano. ¿Tal vez porque necesita que un gigante de la tierra perfore un túnel hasta su cárcel? ¿Porque quiere ser libre?

Casi deseé que Thrynga estuviera de nuestra parte, si no fuera por el hecho de que era una giganta sedienta de poder y empeñada en vengarse y destruir a todos los humanos.

—Nosotros tenemos el poder —insistió Thrym—. Loki no osaría traicionarnos. ¡Además, yo soy el que abrirá la cueva! ¡Él me lo agradecerá! Mientras cumpla su parte del trato, le dejaré libre con mucho gusto. Y la hermosa Samirah... —Miró a Alex con ojos lascivos—. Merece la pena correr el riesgo.

Bajo su velo, Alex graznó como un loro. El ruido sonó tan fuerte que Thrynga casi perdió los papeles.

—¿Qué ha sido eso? —inquirió—. ¿Se está ahogando la novia?

—¡No, no! —Sam le dio a Alex unas palmaditas en la espalda—. Solo es una risa nerviosa. Samirah se incomoda cuando la gente le echa piropos.

Thrym soltó una risita.

—Pues cuando sea mi esposa se sentirá incómoda muy a menudo.

—¡Oh, su majestad! —dijo Sam—. ¡No he oído mayor verdad!

—¡Adelante!

Thrym enfiló el sendero helado.

Me preguntaba si la demora había servido para dar algo de tiempo a nuestras tropas de apoyo. Suponiendo que hubiera tropas de apoyo. ¿Podía seguir Thor nuestros progresos a través de los ojos y los oídos de las cabras? ¿Disponía de alguna forma de transmitir un mensaje a Blitz y Hearth y mis compañeros de la planta diecinueve?

El túnel se iba cerrando detrás de nosotros a medida que descendíamos. Tuve una horrible visión de Thor en el bar de los gigantes, intentando atravesar la pared con su sacacorchos y su taladro manual.

Después de unos minutos, el túnel empezó a estrecharse. Thrym redujo la marcha. Me dio la impresión de que la propia tierra luchaba ahora contra él, tratando de hacerlo retroceder. Quizá los Aesir habían levantado algún tipo de barrera mágica alrededor de la tumba de Loki.

De ser así, no fue suficiente. Seguimos avanzando y descendiendo con dificultad, aunque el eje del carro chirriaba contra las paredes. Detrás de nosotros, los gigantes andaban en fila india. A mi lado, Sam murmuraba en voz baja un cántico en árabe que recordaba haber oído en sus oraciones.

De las profundidades brotó un olor fétido a leche agria, huevos podridos y carne quemada. Me temía que no era Thor.

—Puedo percibir su presencia —susurró Alex, lo primero que había dicho en casi una hora—. Oh, no, no, no...

El túnel se ensanchó de repente, como si por fin Thrym hubiera roto las defensas de la tierra. Nuestro cortejo entró en fila en la cueva de Loki.

Había visto el lugar en mi sueño, pero eso no me había preparado para la visión de la auténtica cueva. La caverna era aproximadamente del tamaño de una pista de tenis, con un alto techo abovedado de piedra agrietada y estalactitas rotas, cuyos restos sembraban el suelo. No había otras salidas que yo pudiera ver. Se respiraba un aire rancio y dulzón debido al hedor de la carne quemada. Enormes estalagmitas se alzaban del suelo por toda la estancia. En otras partes burbujeaban y humeaban cráteres de líquido viscoso que llenaban la cueva de gas tóxico. La temperatura era de casi cuarenta grados, y todos los gigantes de la tierra que entraron no contribuyeron a que disminuyera el calor ni el olor.

En el centro de la sala, como había visto en el sueño, Loki yacía postrado en el suelo, con los tobillos atados y sujetos a sendas estalagmitas, y los brazos abiertos y encadenados a otras dos.

A diferencia de las manifestaciones de él que había visto antes, el auténtico Loki no era ni atractivo ni elegante. Llevaba un taparrabos andrajoso por toda vestimenta. Tenía el cuerpo demacrado, sucio y lleno de cicatrices. Su pelo largo y greñudo podría haber sido alguna vez castaño rojizo, pero ahora estaba quemado y decolorado debido a los siglos de cautiverio en esa cueva tóxica. Y su cara —lo que quedaba de ella— era una máscara medio derretida de tejido cicatricial.

Enroscada alrededor de la estalactita junto a la cabeza de Loki, una enorme serpiente miraba fijamente al prisionero echando gotas de veneno amarillo por los colmillos.

Al lado de Loki se hallaba arrodillada una mujer con una túnica con capucha blanca. Sostenía una vasija metálica sobre la cara del dios para recoger el veneno. Sin embargo, la serpiente no paraba de producir más ponzoña; el veneno goteaba de su boca como una alcachofa de ducha parcialmente abierta. La vasija de la mujer era demasiado pequeña.

Mientras mirábamos, el recipiente se llenó de veneno hasta el borde, y la mujer se volvió para vaciarlo tirando el contenido a uno de los charcos burbujeantes situados detrás de ella. Se movió rápido, pero el veneno salpicó la cara de Loki de todas formas. El dios se retorció y gritó. La caverna tembló. Pensé que el techo se nos caería encima, pero resistió. Tal vez los dioses habían diseñado la cueva para que soportara los temblores, del mismo modo que habían diseñado las ataduras de Loki para que no se rompieran, la serpiente para que nunca se quedara seca y el recipiente de la mujer para que nunca fuera lo bastante grande.

Yo no era religioso, pero la escena me recordaba el crucifijo de una iglesia católica: un hombre sometido a un dolor atroz con los brazos extendidos. Claro que Loki no era lo que se entendía por un salvador. Él no era bueno. No se estaba sacrificando por algo noble. Era un inmortal malvado que estaba pagando por sus crímenes. Aun así, al verlo allí en persona —destrozado, mugriento y sufriendo—, no pude evitar sentir compasión por él. Nadie se merecía un castigo así, ni siquiera un asesino y un mentiroso.

La mujer de blanco volvió a levantar el recipiente para proteger su cara. Loki se sacudió el veneno de los ojos, respiró entrecortadamente y miró en dirección a nosotros.

—¡Bienvenido, Magnus Chase! —Me dedicó una sonrisa repugnante—. Espero que me disculpes por no levantarme.

—Dioses —murmuré.

—¡Oh, no, aquí no hay dioses! —dijo—. Nunca vienen de visita. Nos encerraron aquí y nos abandonaron. Estamos solo yo y mi preciosa esposa, Sigyn. Saluda, Sigyn.

La mujer de blanco alzó la vista. Bajo la capucha, tenía una cara tan demacrada que podría haber sido una draugr. Sus ojos eran de color rojo puro y su expresión vacía. Por su cara curtida caían lágrimas rojo sangre.

—Oh, es verdad. —La voz de Loki era todavía más ácida que el aire—. Sigyn no ha hablado en mil años: desde que los Aesir, en su infinita sabiduría, asesinaron a nuestros hijos y nos abandonaron aquí para que sufriéramos eternamente. Pero qué maleducado soy. ¡Esta es una ocasión alegre! ¿Cómo estás, Thrym, hijo de Thrym, hijo de Thrym, hijo de Thrym?

El rey no tenía muy buena cara. No hacía más que tragar saliva, como si fuera a vomitar los nachos.

—Ho... hola, Loki. En... en realidad, solo son tres Thrym. Y estoy listo para sellar nuestro pacto con mi matrimonio.

—¡Por supuesto! Magnus, has traído la espada *Skofnung*.

Era una afirmación, no una pregunta. Hablaba con tanta autoridad que tuve que resistir el deseo de descolgar la espada y mostrársela.

—La tenemos —dije—. Lo primero es lo primero. Queremos ver el martillo.

Loki rio; un sonido líquido y borboteante.

—Antes, asegurémonos de que la novia es realmente la novia. Ven aquí, querida Samirah. Déjame verte la cara.

Las dos chicas fueron tambaleándose hacia él como si tirase de ellas con unas cuerdas.

El pulso me palpitaba contra el cuello de la camisa del esmoquin. Debería haber tenido en cuenta que Loki miraría debajo de los velos de Alex y Sam. Después de todo, era el dios del engaño. Pese a habernos asegurado que podría oponer resistencia a las órdenes de Loki, Alex avanzó tambaleándose igual que su hermana.

No sabía lo rápido que podría sacar la espada ni a cuántos gigantes podría matar. No sabía si a Otis y Marvin se les daría bien pelear. Probablemente era demasiado esperar que estuvieran adiestrados en cabra fu.

—Eso es —dijo Loki—. Que la novia se levante el velo. Solo para asegurarnos de que todo el mundo juega limpio.

Alex levantó las manos de un tirón como si estuvieran sujetas por unos hilos de marioneta. Empezó a alzar el velo. En la cueva no se oía un ruido, salvo el borboteo de las fuentes termales y el constante goteo del veneno en el recipiente de Sigyn.

La joven retiró el velo por encima de su cabeza y descubrió… la cara de Samirah.

Por un segundo fui presa del pánico. ¿Se habían intercambiado de algún modo? Entonces comprendí —no sé cómo, tal vez vi algo en sus ojos— que Alex seguía siendo Alex. Había cambiado de forma para parecerse a Sam, pero si eso engañaría o no a Loki…

Cerré los dedos en torno al colgante. El silencio fue tan largo que me dio tiempo a empezar a redactar mentalmente mi testamento.

—Vaya… —dijo el dios finalmente—. Debo reconocer que estoy sorprendido. Has obedecido las órdenes. ¡Buena chica! Supongo que eso significa que tu dama de honor es…

A Sigyn se le resbaló el recipiente y se derramó veneno en la cara de Loki, que gritó y se retorció entre sus ataduras. Las chicas se retiraron rápidamente.

Sigyn enderezó la vasija y trató de limpiar el veneno de los ojos de su esposo con su manga, pero solo consiguió hacerle gritar más. Cuando la apartó, el dobladillo estaba echando humo y lleno de agujeros.

—¡Estúpida mujer! —se quejó Loki.

Por un momento pareció que Sigyn me devolviese la mirada, aunque era difícil saberlo con aquellos ojos de color rojo puro. Su expresión no se alteró. Las lágrimas siguieron corriendo. Sin embargo, me pregunté si había derramado el veneno a propósito. No sabía por qué haría algo así. Que yo supiera, había estado arrodillada fielmente a los pies de su marido durante siglos. Aun así, parecía haber elegido un extraño momento para cometer ese error.

Thrynga se aclaró la garganta; un bonito sonido, como una sierra mecánica cortando lodo.

—Ha preguntado por la dama de honor, lord Loki. Dice que se llama Prudence.

El dios rio a carcajadas, tratando de quitarse el veneno de los ojos parpadeando.

—Seguro que sí. Su verdadero nombre es Alex Fierro, y le dije que no viniera hoy, ¡pero no importa! Sigamos. Thrynga, ¿has traído al invitado especial que solicité?

La giganta frunció sus labios manchados de tinta. Sacó la castaña que había estado lanzando al aire antes.

—¿Su invitado especial es una castaña? —pregunté.

Loki rio con voz ronca.

—Se podría decir que sí. Adelante, Thrynga.

La giganta clavó la uña del pulgar en la cáscara y abrió la castaña. La lanzó al suelo, y algo pequeño y oscuro salió rodando: no era la semilla de una castaña, sino una diminuta figura humana. La forma aumentó de tamaño hasta que un anciano robusto apareció ante mí: el arrugado esmoquin negro cubierto de cascarillas, la mejilla marcada con una horrorosa quemadura con forma de mano.

Todo el optimismo al que había estado aferrándome se perdió más rápido que el pelo dorado de Sif.

—Tío Randolph.

—Hola, Magnus —dijo, con la cara crispada de dolor—. Por favor, muchacho, dame la espada *Skofnung*.

51

Hola, paranoia, mi vieja amiga

Por eso odio las reuniones familiares.

Siempre te encuentras con un tío al que no quieres ver: ya sabes, el que sale de una castaña y te pide una espada.

Una parte de mí tenía ganas de arrearle a Randolph en la cabeza con la piedra *Skofnung* y otra parte quería volver a meterlo en la castaña, guardarlo bien en mi bolsillo y arrebatárselo a Loki. Ninguna parte tenía ganas de darle la espada que podía liberar al dios del engaño.

—No puedo hacerlo, Randolph —dije.

Mi tío hizo una mueca. Todavía tenía la mano derecha vendada donde yo le había cortado dos dedos. La apretó contra su pecho y estiró la izquierda, con una mirada desesperada y ojerosa. Un sabor a cobre se extendió por mi lengua. Me di cuenta de que mi tío rico parecía ahora un mendigo más que yo durante los dos años que había vivido en la calle.

—Por favor —dijo—. Se suponía que yo la tenía que traer hoy, pero tú la cogiste. La... la necesito.

Ese era su cometido, comprendí. Además de encontrar la ubicación de la cueva, le habían encomendado que liberase a Loki empuñando la espada *Skofnung* como solo una persona de sangre noble podía hacer.

—Loki no te dará lo que quieres —le dije—. Tu familia ha muerto.

Él parpadeó como si le hubiera lanzado arena a los ojos.

—Magnus, tú no lo entiendes...

—No te daré la espada hasta que veamos el martillo de Thor —dije.

El rey gigante rio burlonamente.

—¡El martillo es el morgen-gifu, estúpido humano! ¡No será entregado hasta después de la noche de bodas!

A mi lado, Alex se estremeció. Los arcos dorados de su collar me recordaron el puente del arcoíris y la tranquilidad y la despreocupación con las que ella se había tumbado en el Bifrost, haciendo ángeles de luz. No podía permitir que la obligaran a casarse con un gigante. Ojalá supiera cómo impedirlo.

—Necesitamos el martillo para bendecir la boda —dije—. La novia tiene derecho a ello. Dejadnos verlo y usarlo en la ceremonia. Luego podréis llevároslo hasta... hasta mañana.

Loki rio.

—Me temo que no, Magnus Chase. ¡Pero buen intento! Venga, la espada...

—Un momento. —Thrynga fijó su mirada de «Estoy a punto de pegarte con un taburete» en Loki—. La chica está en su derecho. Si quiere la bendición del martillo, debería contar con ella. ¿O acaso quiere mi hermano romper nuestra tradición sagrada?

Thrym se sobresaltó. Desplazó rápidamente la mirada de su hermana a sus seguidores y luego a Loki.

—Yo... ejem... no. Es decir, sí. Mi novia, Samirah, puede recibir la bendición. En el momento oportuno de la ceremonia, sacaré a *Mjolnir*. ¿Empezamos?

Los ojos de Thrynga emitieron un brillo malicioso. No sabía a qué jugaba ni por qué quería sacar el martillo antes de tiempo, pero no iba a llevarle la contraria.

Thrym juntó las manos. No me había fijado antes, pero unos cuantos gigantes situados al fondo del cortejo habían llevado unos muebles del bar. Justo a la izquierda del lugar en el que Loki estaba atado, dejaron un sencillo banco de madera y cubrieron el asiento con pieles. A cada lado del banco, pusieron un poste como un tótem con caras de animales feroces e inscripciones rúnicas grabadas.

El rey se sentó y al hacerlo el banco crujió bajo su peso. Uno de los gigantes colocó una corona de piedra en su cabeza: una diadema labrada a partir de un solo trozo de granito oscuro.

—Tú ponte ahí, muchacha —le dijo la giganta a Alex—, entre tu padre y tu futuro marido.

La chica titubeó.

Loki chasqueó la lengua.

—Venga ya, hija. No seas tímida. Ponte a mi lado.

Alex hizo lo que le dijeron. Yo quería creer que era porque estaba siguiendo aquella farsa y no porque la estaban obligando, pero me acordé de cómo antes Loki la había sometido a sus órdenes como si la sujetase con una cuerda.

Sam se puso a mi derecha, juntando las manos con inquietud. Randolph se apartó para esperar a los pies de Loki. Se quedó allí encorvado como un mastín culpable que hubiera vuelto de cazar sin ninguna presa para su amo.

—¡La copa! —ordenó Thrym.

Uno de sus hombres colocó un cáliz incrustado de joyas en sus dedos que rebosaba un líquido rojo.

Thrym bebió un trago y a continuación ofreció la copa a Alex.

—Samirah al-Abbas bin Loki, te ofrezco de beber, y con ello la firme promesa de mi amor. A fe mía, serás mi esposa.

Alex tomó la copa entre sus dedos cubiertos de encaje. Miró a su alrededor, como buscando consejo. Caí en la cuenta de que tal vez no podría imitar la voz de Sam tan bien como su cara.

—No hace falta que hables, muchacha —dijo Thrynga—. ¡Solo bebe!

Yo, en su lugar, habría temido los restos de babas, pero ella levantó la parte de debajo de su velo y bebió un sorbo.

—Magnífico. —La giganta se volvió hacia mí, con los músculos faciales crispados de impaciencia—. Y ahora, por fin, el mundr. Dame la espada, muchacho.

—No, hermana —rugió Thrym—. No es para ti.

Thrynga se giró enfurecida.

—¿Qué? ¡Soy tu única pariente! ¡La dote debe pasar por mis manos!

—Tengo un acuerdo con Loki. —El rey de los gigantes parecía ahora más seguro, casi petulante, con Alex tan cerca. Tenía la terrible sensación de que se estaba imaginando el final de la ceremonia y la oportunidad de besar a la novia—. Dale la espada a tu tío, muchacho. Él la sostendrá.

Thrynga me lanzó una mirada asesina. Al mirar sus ojos, me di cuenta de lo que quería. Pretendía reclamar la espada *Skofnung* para sí misma, y probablemente también el martillo de Thor. No le interesaba la alianza matrimonial con Loki. Consideraba esa boda una oportunidad de arrebatarle el trono a su hermano. Mataría a cualquiera que se interpusiera en su camino. Tal vez no sabía que la espada *Skofnung* no se podía desenvainar en presencia de una mujer. Tal vez pensaba que podía utilizarla de todas formas. O tal vez se conformaba con ostentar el poder de un taburete de bar, mientras las otras dos armas estuvieran guardadas en un lugar seguro y en su posesión.

En otras circunstancias, podría haberle deseado suerte a la hora de asesinar a su hermano. Qué narices, incluso le habría dado un trofeo canjeable por primeros platos a mitad de precio en Asgard. Lamentablemente, me daba la impresión de que su plan también incluía asesinarnos a Sam, a Alex y a mí, y quizá incluso al tío Randolph.

Di un paso atrás.

—Ya se lo he dicho, Thrym. Sin martillo no hay espada.

Randolph se dirigió a mí arrastrando los pies, sosteniendo su mano vendada contra la faja.

—Entrégala, Magnus —dijo—. Es el orden de la ceremonia. Primero hay que entregar el *mundr*, y cada boda exige una espada ancestral en la que poner los anillos. La bendición del martillo viene después.

El colgante de Jack vibró contra mi clavícula. Quizá intentaba advertirme. O quizá solo quería echar otro vistazo a *Skofnung*, el bombón de las espadas. O quizá tenía envidia porque él quería ser la espada ceremonial.

—¿Qué pasa, muchacho? —gruñó Thrym—. Ya te he prometido que se respetarán los derechos tradicionales. ¿No te fías de nosotros?

Por poco me eché a reír a carcajadas.

Miré a Sam. «No hay opción —dijo por señas lo más discretamente que pudo—. Pero vigílalo.»

De repente me sentí como un tonto. Durante todo ese tiempo, podríamos haber utilizado la lengua de signos para transmitirnos mensajes.

Por otra parte, Loki podía estar controlando a Sam, obligándola a decir eso. ¿Podía meterse el dios dentro de su mente sin ni siquiera decir nada, sin ni siquiera chasquear los dedos? Me acordé de lo que mi amiga valquiria me había dicho en el atrio de Sif: «Tienes que detenerlo, Magnus. Si nosotras quedamos incapacitadas, es posible que tú seas el único que pueda hacerlo». Que yo supiera, era el único de la sala que no estaba controlado por Loki.

Qué fuerte. Hola, paranoia.

Dos docenas de gigantes me observaban. Mi tío alargó su mano buena.

Dio la casualidad de que mis ojos coincidieron con los ojos rojos y vacíos de Sigyn, que inclinó ligerísimamente la cabeza. No sé por qué eso me convenció, pero me quité la espada *Skofnung* y la puse en la mano de Randolph, con la piedra colgando pesadamente de la empuñadura.

—Sigues siendo un Chase —dije en voz baja—. Sigues teniendo una familia.

Mi tío experimentó un tic en el párpado y cogió la espada en silencio.

Luego se arrodilló ante el banco del rey y, con cierta torpeza debido a la mano vendada, sostuvo la vaina horizontalmente como una bandeja. Thrym colocó dos alianzas en el centro y mantuvo la mano sobre ellas a modo de bendición.

—Ymir, antepasado de los dioses y los gigantes, oye mis palabras —dijo—. Estos anillos representan nuestro matrimonio.

Puso un anillo en su dedo y otro en el de Alex. A continuación despachó con un gesto de la mano al tío Randolph, que retrocedió arrastrando los pies con la espada. Pero Sam y yo nos movimos para interceptarlo e impedimos que se acercara más a Loki.

Estaba a punto de insistir en que sacasen el martillo, pero Thrynga se me adelantó.

—Cumple tu promesa, hermano.

—Sí, sí —asintió Thrym—. Samirah, siéntate, por favor, querida.

Alex dio un paso adelante, como en trance, y se sentó al lado del gigante. Era difícil estar seguro, porque el velo le tapaba la cara, pero parecía que estuviera mirando el anillo de su mano como si fuera una araña peligrosa.

—Estad preparados, gigantes —dijo el rey—. Rodearéis el martillo y lo traeréis aquí. Lo sostendréis encima de la novia, con mucho cuidado, mientras pronunciamos la bendición y luego yo lo devolveré inmediatamente a la tierra... —Se volvió hacia Alex—. Hasta mañana por la mañana, cielo, cuando será oficialmente tu morgen-gifu. Después me aseguraré de guardártelo bien.

Acarició la rodilla de la chica, a quien el gesto pareció gustarle casi tanto como la alianza venenosa.

Thrym estiró la mano. Hizo un esfuerzo, y su cara se puso del color de la mermelada de mora. La cueva retumbó. A unos seis metros, el suelo se abrió, y brotaron grava y barro como si un enorme insecto estuviera haciendo un túnel. El martillo de Thor salió y se posó en un cráter de escombros.

Era idéntico al que había visto en el sueño: una enorme cabeza trapezoidal de metal con dibujos rúnicos de espirales y un mango corto y grueso envuelto en piel. Su presencia inundó la sala de olor a tormenta. Mientras los gigantes corrían a rodear el martillo, le dije a Sam por signos: «Vigila a Randolph». Acto seguido me largué en la otra dirección, hacia nuestro carro.

Cogí el hocico de Otis y pegué mi cara a la suya.

—Estamos listos —susurré—. El martillo está en la cueva. Repito: el martillo está en la cueva. Octubre Rojo. El águila se ha posado. ¡Código de Defensa Omega!

No sé de dónde saqué todas esas palabras militares en clave. Me imaginé que era la clase de mensaje al que Thor respondería. Y, eh, estaba nervioso.

—Tienes unos ojos preciosos —murmuró Otis.

—¡Traed aquí el martillo! —dijo Thrym a los gigantes—. ¡Daos prisa!

—Sí —convino Loki, sacudiéndose el pelo empapado en veneno de los ojos—. Y mientras tanto, Randolph, libérame.

Entonces Alex saltó.

52

Mi tío consigue unos coristas

Alex se arrancó el velo, se quitó el nuevo garrote dorado de la cintura de un tirón y lo pasó alrededor del cuello de Thrym. El rey gigante se levantó, rugiendo indignado, mientras ella se subía a su espalda y empezaba a asfixiarlo como había hecho con el lindworm en el Valhalla.

—¡Quiero el divorcio! —gritó.

Al gigantón se le puso la cara todavía más morada. Se le saltaron los ojos. Su garganta debería haberse cortado limpiamente, pero parecía que la piel de alrededor del garrote se estuviera convirtiendo en reluciente roca gris: los malditos gigantes de la tierra y su maldita magia de la tierra.

—¡Traición! —Los ojos de Thrynga brillaban de emoción, como si por fin ella también pudiera cometer traición—. ¡Traed el martillo!

Se lanzó a por *Mjolnir*, pero el hacha de Samirah atravesó la sala como un rayo y se clavó en el costado de la giganta, que cayó hacia delante como si fuera una jugadora de béisbol lanzándose a la segunda base.

Invoqué a Jack. El tío Randolph estaba casi al lado de Loki, pero antes de que yo pudiera alcanzarlo, los gigantes me rodearon.

Jack y yo entramos en acción y nos coordinamos de manera eficiente por una vez atravesando a un gigante de la tierra tras otro. Pero los gigantes eran mucho más numerosos que nosotros y (¡¡aviso de dato obvio!!) eran muy grandes. Con el rabillo del ojo vi a Thrynga arrastrándose por el suelo, tratando de alcanzar el martillo, que nadie vigilaba en ese momento. Thrym seguía dando traspiés por la sala, golpeándose la espalda contra la pared de la cueva tratando de desprenderse de Alex, pero cada vez que lo intentaba, la chica se transformaba en un gorila, lo que le facilitaba seguir estrangulando al rey de los gigantes, cuya lengua era del tamaño y el color de un plátano verde. Thrym estiró la mano hacia el martillo de Thor, probablemente tratando de enviarlo otra vez a la tierra, pero Alex apretó más el garrote y rompió su concentración.

Mientras tanto, Sam se arrancó el velo. Su lanza de valquiria apareció en su mano e inundó la estancia de un resplandor blanco. Dos gigantes arremetieron contra ella y me taparon la línea de visión.

Detrás de mí, Loki gritó:

—¡Ahora, idiota!

—¡No... no puedo! —dijo Randolph gimiendo—. ¡Hay mujeres presentes!

El dios gruñó. Supongo que podría haber obligado a Alex y a Sam a que se desmayaran, pero eso no habría resuelto el problema de Thrynga ni de Sigyn.

—Desenváinala de todas formas —ordenó—. ¡Al cuerno con las consecuencias!

—Pero...

—¡Hazlo!

Yo estaba demasiado ocupado esquivando porras y lanzando estocadas a gigantes para ver lo que pasó, pero oí que la espada *Skofnung* era desenvainada. El arma emitió un aullido sobrenatural: un coro indignado de doce espíritus de berserkers desatados en contra de su voluntad y que infringían su antiguo tabú.

El ruido sonó tan fuerte que empecé a ver doble. Varios gigantes tropezaron. Por desgracia, a Jack también le afectó. Se volvió pesado e inanimado en mis manos justo cuando un gigante me dio un golpe de revés y me lanzó volando a través de la caverna.

Me estrellé contra una estalagmita. Algo crujió en mi pecho. Aquello no podía ser bueno. Me levanté con dificultad, tratando de hacer caso omiso del ácido que ahora se derramaba por mi caja torácica.

Todo me daba vueltas. Randolph estaba gritando, y su voz se mezclaba con el aullido de los espíritus de la espada *Skofnung*. Una bruma brotó de la hoja como si se hubiera vuelto de hielo seco y se arremolinó alrededor de mi tío.

—¡Deprisa, tonto! —gritó Loki—. ¡Antes de que la espada se deshaga!

Randolph golpeó sollozando las ataduras de los pies de Loki. Con el sonido de un cable de alta tensión que se parte en un puente, los nudos se rompieron.

—¡No! —gritó Sam.

La valquiria se lanzó hacia delante, pero el daño ya estaba hecho. El dios flexionó las rodillas contra el pecho por primera vez en mil años y Sigyn retrocedió contra la pared del fondo y dejó que el veneno de la serpiente salpicase copiosamente la cara de su marido. Loki gritó y se retorció.

Sam blandió la lanza contra mi tío, pero el dios del engaño tuvo suficiente presencia de ánimo para chillar:

—¡No te muevas, Samirah!

La joven valquiria se quedó inmóvil, apretando los dientes del esfuerzo. Los ojos le ardían de rabia. Soltó un grito gutural, casi peor que el de la espada *Skofnung*, pero no pudo incumplir la orden de su padre.

Randolph se tambaleó mirando su espada humeante. El filo se estaba corroyendo; el pringue negro de las ataduras de Loki estaba consumiendo la hoja mágica.

—¡La piedra, idiota! —El dios intentó darle una patada sin éxito, apartando la cara del chorro de veneno—. ¡Afila la hoja y ponte manos a la obra! ¡Solo tienes unos minutos!

El humo siguió arremolinándose alrededor de Randolph. Su piel estaba empezando a ponerse azul. Me di cuenta de que no solo se estaba deshaciendo la espada. Los furiosos espíritus de *Skofnung*, que seguían aullando, estaban descargando su ira sobre mi tío.

Un gigante me atacó con un tótem ceremonial. Conseguí apartarme rodando por el suelo —noté un dolor punzante en las costillas fracturadas en señal de protesta— y lesionar al tipo lanzándole estocadas a los tobillos.

Alex seguía ahogando al rey gigante. Los dos tenían bastante mal aspecto. Thrym daba traspiés, tratando de arañar a su novia, y a Alex le salían gotas de sangre del oído que salpicaban su vestido blanco. Confiaba en que Sif no esperase que lo llevásemos a la tintorería antes de devolvérselo.

Tres gigantes que habían vuelto a rodear el martillo de Thor lo recogieron y se tambalearon debido al peso.

—¿Qué hacemos con él? —preguntó uno gimiendo—. ¿Lo metemos otra vez en la tierra?

—¡Ni se os ocurra! —gritó Thrynga. La giganta estaba ahora de pie, agarrando el hacha clavada en su costado—. ¡El martillo es mío!

De acuerdo, yo no conocía las reglas de la magia de la tierra, pero a juzgar por el esfuerzo que le había costado a Thrym recuperar el martillo, dudaba que alguno de los gigantes pudiera volver a hundirlo rápido a unos diez kilómetros bajo tierra, en medio de una batalla en la que había armas volando por los aires y espíritus aullando. Me preocupaba más la espada.

Randolph ya había vuelto a dar forma a la hoja. Mientras Sam le gritaba que se detuviera, mi tío se dirigió a la mano derecha de Loki.

—¡Thrynga! —grité.

La giganta blanca me miró echando chispas por los ojos, con sus labios negros fruncidos en una mueca.

—¿Quiere la espada para usted...? —pregunté señalando a mi tío—. Más vale que se dé prisa.

Me pareció buena idea poner a una giganta asesina contra Loki. Por desgracia, Thrynga también me odiaba a mí.

—*Skofnung* está destrozada —dijo—. Se está deshaciendo. ¡Pero puede que me quede con tu espada!

Thrynga atacó. Intenté levantar a Jack, pero seguía siendo un peso muerto en mi mano. La giganta arremetió contra mí, y los dos nos deslizamos por el suelo... y caímos de lleno en uno de los pozos burbujeantes.

Información de última hora: los pozos con líquido burbujeante están calientes.

Si hubiera sido un mortal corriente, me habría muerto en unos segundos. Al ser un einherji, calculaba que disponía de un minuto más o menos hasta que el calor me matase. Bravo.

Mi mundo se redujo a un ruido burbujeante, una sulfurosa neblina amarilla y la silueta blanca de la giganta, cuyos dedos se clavaban en mi tráquea.

Jack seguía en mi mano, pero el brazo me pesaba como si no sirviera para nada. Con la mano libre, agarré a ciegas a Thrynga, tratando de soltar sus manos de mi garganta.

Mis dedos dieron por casualidad con el mango del hacha de Sam, que seguía clavada en su costado. La saqué de un tirón y la blandí contra la cabeza de la giganta.

La presión de mi garganta disminuyó de repente. Aparté a Thrynga de un empujón y me agité hacia la superficie. Conseguí salir de las aguas termales, humeante y rojo como una langosta.

Más sonidos de batalla: espadas que se entrechocaban; rocas que se desmenuzaban; gigantes que rugían. Los espíritus de la espada *Skofnung* seguían emitiendo sus amargos aullidos. Intenté levantarme, pero tenía la piel como la de una salchicha asada y tenía miedo de que, si me movía demasiado rápido, estallase en sentido literal.

—Jack —dije con voz ronca—, vete.

Abandonó mi mano, pero se movía despacio. Tal vez seguía aturdido por los aullidos de los espíritus. Tal vez mi estado lo estaba debilitando. Apenas podía hacer algo para impedir que los gigantes me rematasen.

Lo veía todo borroso y blanco con manchas amarillas, como si mis globos oculares se hubieran convertido en huevos duros. Vi que Thrym iba tambaleándose hasta el banco nupcial, lo cogía con las dos manos y, con un último arranque de fuerza, intentaba darle a Alex con él en la cabeza. El banco se estrelló contra el cráneo de la chica, que cayó de la espalda del gigante.

Oí cerca otro chasquido de cable de alta tensión. La mano derecha de Loki estaba libre.

—¡Sí! —gritó, y rodó por el suelo a un lado, para salir fuera del alcance de la serpiente—. ¡Un golpe más, Randolph, y tu familia te será devuelta!

Sam seguía inmóvil. Se resistía a la voluntad de Loki con tal intensidad que un capilar de la frente le había reventado y le había dejado una línea de puntos roja. A la luz de su lanza, la cara de Randolph se veía más azul que nunca. Su piel se estaba volviendo translúcida, y la estructura de su cráneo se distinguía a través de ella mientras se apresuraba a afilar la hoja de *Skofnung* para asestar el último golpe.

Tres gigantes seguían tambaleándose alrededor del martillo de Thor, sin saber qué hacer con él. El rey gigante se volvió hacia Alex, quien ahora yacía atontada en el suelo. Otro gigante se acercó a Sam con cautela, observando su lanza brillante, preguntándose si estaba tan indefensa como parecía.

—Jack —murmuré; mi voz sonaba como arena mojada.

Pero no sabía qué decirle. Apenas podía moverme, una docena de gigantes seguían en condiciones de luchar, Loki casi estaba libre y yo no podía salvar a Alex y a Sam y detener a mi tío al mismo tiempo. Era el fin.

Entonces la cueva tembló. Una voluminosa grieta se abrió en el techo como las pinzas de un brazo agarrador... y soltó a un enano, un elfo y varios einherjar.

Blitz atacó primero. Justo cuando Thrym alzó la vista, momentáneamente abstraído de su deseo de matar a su novia, un enano vestido con una cota de malla con estampado de cachemir cayó sobre su cara. Blitz no pesaba, pero contaba con la ventaja de la gravedad y la sorpresa. El rey gigante se desplomó debajo de él como un montón de ladrillos.

Hearthstone cayó al suelo de la caverna con su habitual gracilidad élfica y lanzó enseguida una runa a Loki:

I

Supongo que la i significaba «iceberg». De repente, el dios del mal quedó cubierto de hielo, con los ojos muy abiertos de sorpresa y el brazo izquierdo atado aún a la última estalagmita, convertido en el helado más feo que había visto en mi vida.

Mis compañeros de la planta diecinueve se lanzaron a la batalla con regocijo.

—¡Muerte y gloria! —bramó Medionacido.

—¡Matadlos a todos! —dijo Mallory.

—¡Al ataque! —chilló T. J., que atacó con la bayoneta al gigante más cercano.

Los cuchillos de Mallory destellaron cuando eliminó a otros dos con unos golpes certeros en la entrepierna. (Consejo: no luchéis nunca contra Mallory Keen sin una coquilla de titanio.) Medionacido Gunderson, nuestra versión particular de gigante, entró en combate: sin camiseta, como siempre, con caritas sonrientes de color rojo sangre pintadas por todo el torso (supuse que Mallory se había aburrido en el viaje por el túnel). Riendo como un loco, el berserker agarró la cabeza de un gigante y se la presentó a su rodilla. Ganó la rodilla de mi amigo.

Congelado Loki, Samirah pudo escapar de su control. Enseguida hizo uso de su lanza y empaló a un gigante que avanzaba, y luego amenazó al tío Randolph.

—¡Atrás! —gruñó.

Por un momento, pareció que las tornas se habían vuelto. Caían gigantes uno tras otro. Invoqué a Jack, y a pesar de mi estado recocido, a pesar de mi agotamiento, conseguí ponerme en pie. La presencia de mis amigos me dio energías. Me acerqué a Alex tambaleándome y la ayudé a levantarse.

—Estoy bien —murmuró, aunque estaba desorientada y sangraba. No alcanzaba a entender cómo había sobrevivido al porrazo con el banco. Supongo que tenía la cabeza dura—. Él... él no me ha controlado. Loki no me ha controlado. Yo... yo estaba fingiendo.

Me cogió la mano; era evidente que le preocupaba que yo no la creyese.

—Lo sé, Alex. —Le apreté la mano—. Has estado genial.

Mientras tanto, Blitzen golpeó a Thrym repetidas veces en la cara con su pajarita de malla, sin dejar de mirarme y sonreír.

—Thor se puso en contacto con nosotros, chaval. ¡Buen trabajo! Me resultó más fácil perforar un túnel hasta aquí cuando supe la ubicación. Los dioses siguen excavando desde la guarida de este idiota. La roca ha sido endurecida mágicamente por este tío —le dio a Thrym otro puñetazo en la cara—, pero conseguirán pasar.

Los cuerpos de los gigantes abatidos yacían desperdigados por la cueva. Los tres últimos que quedaban en pie eran los que custodiaban el martillo de Thor, pero habían estado dando tumbos de un lado a otro con *Mjolnir* tanto tiempo, yendo de Thrym a Thrynga como transportistas de mudanzas con un sofá enorme, que parecían agotados. Medionacido Gunderson los despachó rápidamente con su hacha de combate y, a continuación, se alzó triunfante por encima de ellos, frotándose las manos con entusiasmo.

—¡Siempre he querido hacer esto!

Hizo un gran esfuerzo por levantar a *Mjolnir*, pero el martillo permaneció obstinadamente donde estaba.

Mallory resopló.

—Te tengo dicho que no eres tan fuerte como tres gigantes. Anda, ven aquí a ayudarme...

—¡Cuidado! —gritó Alex.

Los esfuerzos de Medionacido con el martillo habían desviado nuestra atención del tío Randolph y Loki. Me volví justo cuando el bloque de hielo se hizo añicos y nos roció de esquirlas congeladas.

Aprovechando el instante en que nos quedamos cegados, mi tío avanzó tambaleándose con *Skofnung*, asestó un espadazo al lazo que rodeaba la muñeca izquierda de Loki y partió las ataduras.

La espada se desvaneció en una nube de humo. El coro de berserkers furiosos se interrumpió. Mi tío se postró de rodillas, gritando, al mismo tiempo que su brazo empezaba a deshacerse en vapor azul.

Al fondo de la cueva, Sigyn se encogió mientras su marido se levantaba.

—Libre —dijo Loki, con el cuerpo demacrado echando humo y la cara convertida en un páramo de piel surcada de cicatrices—. Ahora empieza la diversión.

53

¡Es la hora del martillo!
(Alguien tenía que decirlo)

La puntualidad.

Los Aesir tenían que trabajar la puntualidad.

Todavía no teníamos refuerzos divinos. Teníamos un martillo, pero nadie que lo empuñara. Y Loki se hallaba libre de sus cadenas ante nosotros en todo su esplendor mutilado, con hielo pegado al pelo y veneno goteándole de la cara.

—Ah, sí. —Sonrió—. En primer lugar...

Arremetió con más fuerza y velocidad de la que debería haber sido posible para un tío que había estado encadenado mil años. Agarró la serpiente que había estado echándole veneno, la arrancó de su estalactita y la hizo restallar como un látigo.

La columna del animal emitió un crujido parecido al sonido del plástico con burbujas al explotar. Loki la soltó, como una manguera de jardín sin vida, y se volvió hacia nosotros.

—Odiaba esa serpiente con toda mi alma —confesó—. ¿Quién es el siguiente?

Jack colgaba pesadamente de mi mano, y Alex apenas se tenía en pie. Sam tenía la lanza preparada, pero parecía reacia a atacar, probablemente porque no quería que su padre volviera a inmovilizarla... o algo peor.

Mis otros amigos cerraron filas a mi alrededor: tres fuertes einherjar, Blitzen con su elegante cota de malla y Hearthstone con sus runas de madera de serbal haciendo ruido en su saco mientras sus dedos hurgaban entre ellas.

—Podemos matarlo —dijo T. J., con la bayoneta húmeda de sangre de gigante—. Todos a la vez. ¿Listos?

Loki abrió los brazos en un gesto de bienvenida al tiempo que Randolph se arrodillaba a sus pies, sufriendo en silencio mientras el vapor azul se extendía por su brazo y le corroía la carne. Sigyn permanecía muy quieta contra la pared del fondo, con sus indescifrables ojos de color rojo puro y la vasija del veneno vacía sujeta contra el pecho.

—Venga ya, guerreros de Odín —nos apremió Loki—. Estoy desarmado y débil. ¡Podéis hacerlo!

Entonces supe en lo más profundo de mi corazón que no podríamos con él. Atacaríamos y moriríamos. Acabaríamos tirados en el suelo con las columnas vertebrales partidas, igual que la serpiente.

Pero no teníamos alternativa. Teníamos que intentarlo.

Entonces sonó un crujido procedente de la pared de detrás, seguido de una voz conocida.

—¡Hemos llegado! Sí, Heimdal. Esta vez estoy seguro. Es probable que sí.

El extremo de un bastón de hierro asomó de la roca y se movió. La pared empezó a desmoronarse.

Loki bajó los brazos y suspiró; parecía más molesto que asustado.

—En fin. —Me guiñó el ojo, o tal vez fue un espasmo de la cara debido a los siglos de daños provocados por el veneno—. ¿La próxima vez?

El suelo se derrumbó debajo de él y toda la parte posterior de la cueva se desmoronó. Estalagmitas y estalactitas implosionaron. Los charcos de líquido burbujeante se convirtieron en cascadas humeantes antes de desaparecer en el vacío. Loki y Sigyn cayeron a la nada. Mi tío, que había estado de rodillas al borde de la grieta, también se precipitó a la sima.

—¡Randolph!

Corrí al borde.

A unos quince metros por debajo, mi tío se hallaba encorvado en una pendiente de roca mojada y humeante, tratando de mantener el equilibrio. Su brazo derecho había desaparecido, y el vapor azul le subía por el hombro. Me miró, con el cráneo sonriente a través de su cara translúcida.

—¡Aguanta! —dije.

—No, Magnus. —Habló en voz baja, como si no quisiera despertar a nadie—. Mi familia...

—¡Yo soy tu familia, viejo idiota!

Tal vez no fuera el comentario más entrañable del mundo. Tal vez debería haber pensado «Adiós y buen viaje» y dejar que cayese. Pero Annabeth tenía razón. Randolph era de la familia. Todo el clan Chase atraía a los dioses, pero él había padecido esa maldición más que la mayoría de nosotros. A pesar de todo, todavía quería ayudarlo.

Él negó con la cabeza; la tristeza y el dolor pugnaban por imponerse en sus ojos.

—Lo siento. Quiero verlas.

Cayó de lado en la oscuridad sin hacer un ruido.

No había tenido tiempo para llorar, ni para asimilar lo que había pasado, cuando tres dioses pertrechados con armaduras tácticas irrumpieron en la cueva.

Los tres llevaban cascos, gafas infrarrojas, botas militares y armaduras corporales de kevlar con las letras MDRI en la pechera. Podría haberlos confundido con un equipo especial de la policía de no haber sido por el excesivo vello facial y las armas no oficiales.

Thor entró el primero, empuñando su bastón de hierro como un rifle, apuntando a todas partes.

—¡Mirad en los rincones! —gritó.

El siguiente dios que salió fue Heimdal, quien sonreía como si se lo estuviera pasando en grande. Él también empuñaba su espada como si fuera un arma, con su Tabléfono del Fin del Mundo sujeto al extremo. Recorrió la estancia haciéndose fotos desde todos los ángulos.

Al tercero no lo reconocí. Entró en la cueva haciendo un gran estruendo porque tenía el pie derecho calzado en el zapato más grotesco que había visto en mi vida. Estaba hecho de trozos de tela y metal, pedazos de zapatillas de atletismo fluorescentes, tiras de velcro y hebillas viejas. Incluso tenía media docena de tacones de aguja que sobresalían de la puntera como púas de puercoespín.

Los tres dioses se pusieron a corretear buscando peligros.

En el momento menos oportuno, el rey gigante Thrym empezó a recobrar el conocimiento. El dios del zapato raro se acercó corriendo y levantó el pie derecho. Su bota aumentó hasta volverse del tamaño de una limusina; un montón de basura hecho de partes de zapatos viejos y chatarra comprimidas en un enorme zapato mortífero. A Thrym ni siquiera le dio tiempo de gritar antes de que el tío del zapato le pisara.

¡¡Plaf!! Se acabó el peligro.

—¡Muy buena, Vidar! —gritó Heimdal—. ¿Puedes volver a hacerlo para que haga una foto?

Vidar frunció el ceño y señaló los desperfectos. En perfecto idioma de signos, dijo: «Ahora está aplastado».

Al otro lado de la sala, Thor dijo con voz entrecortada:

—¡Cielito mío!

Pasó corriendo por delante de sus cabras y cogió su martillo *Mjolnir*.

—¡Por fin! ¿Estás bien, cari? ¿Te han reprogramado los canales esos gigantes malos?

Marvin hizo tintinear los cascabeles de su collar.

—Estamos bien, jefe —murmuró—. Gracias por preguntar.

Miré a Sam.

—¿Acaba de llamar a su martillo «cari»?

—¡Eh, idiotas Aesir! —gruñó Alex. Señaló el abismo recién abierto—. Loki se ha ido por ahí.

—¿Loki? —Thor se volvió—. ¿Adónde?

Un relámpago parpadeó a través de su barba, cosa que debió de inutilizar sus gafas infrarrojas.

Menos oportuna aún que Thrym, la giganta Thrynga eligió ese momento para mostrar que seguía viva. Emergió del pozo negro más cercano como una ballena saliendo a la superficie y se lanzó a los pies de Heimdal, jadeando y desprendiendo vapor.

—¡Os mataré a todos! —gritó con voz ronca, un comentario no muy inteligente cuando te enfrentabas a tres dioses con armaduras tácticas.

Thor la apuntó con su martillo con la despreocupación de quien hace *zapping*. Unos rayos como zarcillos salieron disparados de las runas grabadas en el metal y la giganta estalló en un millón de pedazos de escombros.

—¡Amiguete! —se quejó Heimdal—. ¿Qué te tengo dicho de lanzar rayos tan cerca de mi tabléfono? ¿Quieres achicharrar la placa madre?

Thor gruñó.

—¡Bueno, mortales, menos mal que hemos llegado en el momento oportuno, o esa giganta podría haber hecho daño a alguien! A ver, ¿qué decías de Loki?

Lo malo de los dioses es que no puedes darles un guantazo cuando se portan como tontos.

Porque ellos te lo pueden devolver y matarte.

Además, estaba demasiado exhausto, sorprendido, cocido y desconsolado para quejarme, aunque los Aesir habían dejado escapar a Loki.

«No —me corregí—. Nosotros hemos dejado escapar a Loki.»

Mientras Thor murmuraba palabras de amor a su martillo, Heimdal se quedó en el borde de la sima y contempló la oscuridad.

—Llega hasta Helheim. Ni rastro de Loki.

—¿Y mi tío? —pregunté.

Los iris blancos de Heimdal se giraron hacia mí. Por una vez, no sonreía.

—¿Sabes, Magnus? A veces es mejor no mirar hasta donde puedes mirar, ni escuchar todo lo que puedes oír.

Me dio una palmadita en el hombro, se fue y me dejó preguntándome qué narices quería decir.

Vidar, el dios del zapato, iba de aquí para allá buscando heridos, pero todo el mundo parecía estar más o menos bien; todo el mundo menos los gigantes, claro. Todos ellos estaban muertos. Medionacido se había hecho un desgarro en la ingle intentando levantar el martillo de Thor y a Mallory le había dado dolor de barriga riéndose de él, pero los dos problemas tenían fácil solución. T. J. no se había hecho ni un rasguño, aunque le preocupaba cómo quitar la sangre de gigante de la culata de su rifle.

Hearthstone estaba bien, pero no paraba de decir «othala» por signos, el nombre de la runa que le faltaba. Le dijo a Blitz con gestos que podría haber detenido a Loki si la hubiera tenido. Yo sospechaba que era demasiado duro consigo mismo, pero no estaba seguro. En cuanto a Blitz, se había apoyado en la pared de la cueva y bebía de una cantimplora, con cara de cansancio después de tallar piedra hasta la cueva de Loki.

Nada más llegar los dioses, Jack había vuelto a convertirse en colgante, murmurando que no quería ver a la diva de la espada de Heimdal. En verdad, creo que se sentía culpable por no habernos ayudado más y lamentaba que *Skofnung* no hubiera resultado ser la espada de sus sueños. Ahora colgaba otra vez de mi cuello y se estaba echando una cabezadita. Afortunadamente, no había sufrido ningún desperfecto, y había estado tan aturdido durante casi toda la batalla que apenas me había contagiado su fatiga. Viviría para luchar (y cantar canciones de los Cuarenta Principales) otro día.

Sam, Alex y yo estábamos sentados al borde del abismo, escuchando los ecos de la oscuridad. Vidar me vendó las costillas y luego me untó un ungüento en los brazos y la cara, y me dijo en lengua de signos que no me moriría. También vendó la oreja de Alex y dijo por señas: «Contusión sin importancia. No te duermas».

Sam tampoco tenía lesiones físicas graves, pero yo notaba el dolor emocional que irradiaba. Estaba sentada con la lanza sobre el regazo como si fuera un remo de kayak; parecía que estuviera dispuesta a navegar hasta Helheim. Creo que Alex y yo sabíamos instintivamente que no debíamos dejarla sola.

—Otra vez no he podido hacer nada —dijo con tristeza—. Él... él me ha controlado.

Su hermana le acarició la pierna.

—Eso no es del todo cierto. Estás viva.

Desplacé la mirada de una a la otra.

—¿Qué quieres decir?

El ojo oscuro de Alex estaba más dilatado que el claro, probablemente debido a la contusión. Ese detalle hacía que su mirada pareciera más vacía y aturdida.

—Cuando las cosas se pusieron feas durante la batalla, Loki... nos ordenó que nos muriésemos. Le dijo a mi corazón que dejara de latir y a mis pulmones que dejaran de respirar. Supongo que a Sam le hizo lo mismo.

La valquiria asintió con la cabeza, con los nudillos cada vez más blancos en el astil de su lanza.

—Dioses.

No sabía qué hacer con toda la ira que bullía dentro de mí. El pecho me hervía a la misma temperatura que el pozo negro. Por si no odiaba ya suficiente a Loki, ahora estaba decidido a seguirlo hasta los confines de los nueve mundos y... y hacerle algo muy malo.

«¿Como atarlo con los intestinos de sus hijos? —preguntó una vocecilla en mi cabeza—. ¿Poner una serpiente venenosa encima de su cara? ¿De qué les ha servido a los Aesir esa clase de justicia?»

—Entonces sí que os resististeis a él —les dije a las chicas—. Eso es bueno.

Alex se encogió de hombros.

—Os lo dije: no puede controlarme. Antes he actuado para que él no sospechase. Pero, Sam, sí... ha sido un buen principio. Has sobrevivido. No puedes esperar oponer una resistencia total de buenas a primeras. Podemos trabajar en ello juntas...

—¡Está libre, Alex! —le espetó Sam—. Hemos fracasado. He fracasado. Si hubiera sido más rápida, si me hubiera dado cuenta...

—¿Fracasado? —El dios del trueno se alzó por encima de nosotros—. ¡Tonterías, muchacha! ¡Habéis recuperado mi martillo! ¡Sois unos héroes, y todos recibiréis trofeos!

Me fijé en que Sam apretaba los dientes, conteniéndose para no gritar a Thor. Temí que le reventase otro capilar del esfuerzo.

—Se lo agradezco, lord Thor —dijo finalmente—. Pero a Loki

nunca le ha interesado el martillo. Todo era una cortina de humo para liberarse.

Él frunció el entrecejo y levantó a *Mjolnir*.

—Oh, no te preocupes, chica. Volveremos a encadenarlo. ¡Y te prometo que se interesará por este martillo cuando se lo meta por la garganta!

Valientes palabras, pero cuando miré a mis amigos, advertí que no habían tranquilizado a ninguno de ellos.

Me quedé mirando las letras del chaleco de kevlar de Thor.

—¿Qué quiere decir M-D-R-I?

—Se pronuncia «mdri» —me explicó—. Son las siglas de Movilización Divina de Respuesta Inmediata?

—¿Inmediata? —gruñó Alex—. ¿Está de coña? ¡Han tardado una eternidad en llegar!

—Vamos, vamos. —Heimdal intervino—. Erais un blanco móvil, ¿no? ¡Entramos en el túnel por la catarata de Bridal Veil sin ningún problema! Pero luego el cambio de escenario a la guarida de Loki nos pilló desprevenidos. Nos quedamos atrapados por los dos lados entre piedra endurecida por gigantes de la tierra. Encontraros excavando, incluso siendo tres dioses, no ha resultado fácil.

«Sobre todo cuando uno se dedica a hacer fotos y no ayuda», dijo Vidar por signos.

Los otros dos dioses no le hicieron caso, pero Hearthstone le contestó: «Nunca escuchan, ¿verdad?».

«Qué me vas a contar —dijo el dios con gestos—. Estúpida gente con audición.»

Llegué a la conclusión de que Vidar me caía bien.

—Disculpe —le dije, acompañando mis palabras de signos—. ¿Es usted el dios de los zapatos? ¿O de la curación? ¿O de...?

Vidar sonrió burlonamente. Torció sus dos dedos índices. Se puso uno debajo del ojo y a continuación tocó ese dedo con el otro engarfiado. Era la primera vez que yo veía ese signo, pero lo entendí: «Ojo por ojo. Garras y ganchos».

—Es el dios de la venganza.

Me pareció extraño porque daba la impresión de ser muy amable y era mudo. Claro que llevaba un zapato extensible que podía aplastar a reyes gigantes.

—¡Oh, Vidar es nuestro dios de confianza para emergencias! —explicó Heimdal—. ¡Ese zapato está hecho con todos los restos de zapatos que se han tirado a lo largo de la historia! Puede... bueno, ya viste lo que puede hacer. Eh, ¿podemos hacernos una foto de grupo en la que salgamos todos?

—No —contestamos todos.

Thor lanzó una mirada fulminante al centinela del puente.

—A Vidar también lo llaman el Silencioso, lo que quiere decir que no habla. Además, no se hace fotos continuamente, y por eso es una buena compañía.

Mallory Keen desenvainó sus cuchillos idénticos.

—Vaya, es fascinante. Pero ¿los Aesir no deberían estar haciendo ahora algo productivo como... buscar a Loki y volver a atarlo?

«La chica tiene razón —dijo Vidar por señas—. Estamos perdiendo el tiempo.»

—Escucha al valiente Vidar, muchacha —dijo Thor—. La captura de Loki puede esperar a otro día. ¡Ahora deberíamos estar celebrando el regreso de mi martillo!

«Yo no he dicho eso», apuntó Vidar por signos.

—Además —añadió el dios del trueno—, no necesito buscar a ese canalla. Sé exactamente adónde va.

—¿De verdad? —pregunté—. ¿Adónde?

Thor me dio un golpe en la espalda; afortunadamente, con la mano y no con el martillo.

—Ya hablaremos del tema en el Valhalla. ¡La cena corre de mi cuenta!

54

Las ardillas en las ventanas pueden ser más grandes de lo que parecen

Me encanta cuando los dioses se ofrecen a invitarte a una cena de por sí gratuita.

Casi tanto como las brigadas de asalto que aparecen después del asalto.

Sin embargo, no tuve ocasión de quejarme de ello. Cuando regresamos al Valhalla —gracias al atiborrado carro de Thor—, nos ofrecieron un banquete alocado incluso para lo que se estilaba entre los vikingos. Thor se paseó por el salón de banquetes sosteniendo a *Mjolnir* por encima de la cabeza, sonriendo mientras gritaba «¡Muerte a nuestros enemigos!» y provocando un alboroto general. Se tocaron cuernos festivos, se trasegó hidromiel, se abrieron piñatas con el poderoso *Mjolnir* y se comieron chucherías.

Solo nuestro pequeño grupo estaba taciturno, apiñado en torno a nuestra mesa y aceptando con poco entusiasmo las palmaditas en la espalda y los cumplidos de nuestros compañeros einherjar. Nos aseguraban que éramos héroes. ¡No solo habíamos recuperado el martillo de Thor, sino que también habíamos acabado con todo un cortejo nupcial formado por gigantes de la tierra perversos y mal vestidos!

Nadie se quejó de la presencia de Blitz y Hearth. Nadie se fijó mucho en nuestro nuevo amigo Vidar, a pesar de su extraño calzado. El Silencioso hizo honor a su nombre y permaneció sentado con nosotros en silencio, haciendo preguntas a Hearthstone de vez en cuando en una forma de lenguaje de signos que yo no reconocía.

Heimdal se fue antes de tiempo para volver al puente Bifrost porque tenía importantes selfis que hacer. Mientras tanto, Thor se divirtió como un loco, haciendo surf sin tabla sobre la multitud de einherjar y valquirias. Fuera lo que fuese lo que quería decirnos sobre el paradero de Loki, parecía haberse olvidado, y yo no pensaba acercarme a él en medio de la turba.

Mi único consuelo era que algunos de los lores sentados a la mesa de los thanes parecían inquietos. De vez en cuando, Helgi, el gerente del hotel, miraba con el ceño fruncido al gentío como si quisiera gritar lo que estaba pensando: «¡¡Dejad de festejar, idiotas!! ¡¡Loki está libre!!».

Tal vez los einherjar habían decidido no preocuparse. Tal vez Thor también les había asegurado que era un problema fácil de solucionar. O tal vez estaban celebrando que faltaba poco ya para el Ragnarok. Esa idea era la que más miedo me daba.

Cuando la cena terminó, Thor se fue en su carro sin ni siquiera despedirse de nosotros. Bramó a los anfitriones reunidos que tenía que irse corriendo a las fronteras de Midgard y demostrar el poder de su martillo haciendo pedazos a unos ejércitos de gigantes. Los einherjar lo vitorearon y luego empezaron a salir en fila del salón de banquetes, sin duda rumbo a fiestas más recogidas, pero todavía más alocadas.

Vidar se despidió después de una breve conversación con Hearthstone en aquel extraño idioma. No sé lo que dijo, pero el elfo decidió no compartirlo con nosotros. Mis compañeros de planta se ofrecieron a quedarse conmigo, pero los habían invitado a una fiesta después de una fiesta después de otra fiesta, y les dije que se fuesen. Se merecían divertirse tras el tedio de haberse abierto camino hasta la cueva de Loki.

Sam, Alex, Blitz y Hearth me acompañaron hasta los ascensores. Antes de que llegásemos, Helgi apareció y me agarró el brazo.

—Tú y tus amigos tenéis que venir conmigo.

El gerente habló en tono serio. Me dio la impresión de que no recibiríamos trofeos ni vales por nuestras valientes hazañas.

Nos llevó por unos pasillos que yo no había visto nunca y nos hizo subir por unas escaleras hasta los rincones más apartados del hotel. Yo sabía que el Valhalla era grande, pero cuanto más lo conocía, más me asombraba. Ese sitio no se acababa nunca, como unos grandes almacenes Costco o una clase de química.

Por fin llegamos a una gruesa puerta de madera de roble con una placa de latón donde se leía: «GERENTE».

Helgi abrió la puerta, y entramos detrás de él en un despacho.

Tres de las paredes y el techo estaban revestidos con lanzas: astiles de roble pulidos con relucientes puntas plateadas. Detrás del escritorio, había un enorme ventanal con vistas a las interminables ramas bamboleantes del Árbol de los Mundos.

Había gozado de muchas vistas diferentes desde las ventanas del Valhalla. El hotel tenía acceso a cada uno de los nueve mundos. Pero nunca había disfrutado de una vista directa del árbol. Me hacía sentir desorientado, como si estuviéramos flotando entre sus ramas; cosa que, desde el punto de vista cósmico, era cierta.

—Sentaos.

Helgi señaló un semicírculo de sillas en el lado del escritorio reservado a las visitas. Sam, Alex, Blitz, Hearth y yo nos pusimos cómodos haciendo chirriar el cuero y crujir la madera. El gerente se sentó pesadamente detrás de su gran escritorio de caoba, en el que no había nada, salvo uno de esos chismes de oficina con bolas plateadas colgando que se balancean de un lado al otro.

¡Ah!, y los cuervos. En cada una de las esquinas delanteras de la mesa se hallaba posado uno de los cuervos de Odín; los dos me miraban enfurecidos, tratando de decidir si castigarme o usarme como comida para trolls.

Helgi se reclinó y entrelazó los dedos. Habría resultado intimidante de no ser por su pelo caótico y los restos de animal de banquete que tenía en la barba.

Sam se puso a juguetear con su llavero.

—Señor, lo que pasó en la cueva de Loki... no fue culpa de mis amigos. Asumo toda la responsabilidad...

—¡Ni hablar! —le espetó Alex—. Sam no hizo nada mal. Si va a castigar a alguien...

—¡Basta! —ordenó Helgi—. Nadie va a ser castigado.

Blitzen espiró aliviado.

—Vaya, eso es bueno, porque no nos ha dado tiempo a devolverle esto a Thor, pero de verdad teníamos intención de hacerlo.

Hearthstone sacó la llave del dios y la dejó sobre la mesa.

Helgi frunció el entrecejo y la guardó en un cajón del escritorio, cosa que me hizo preguntarme cuántas más había allí.

—Estáis aquí —dijo— porque los cuervos de Odín han preguntado por vosotros.

—¿Hugin y Munin?

«Pensamiento» y «Recuerdo», recordaba haber leído en la *Hotel Valhalla. Guía de los mundos nórdicos*.

Los pájaros emitieron esos extraños graznidos que a los cuervos les encanta hacer, como si regurgitasen las almas de las ranas que se habían comido a lo largo de los siglos.

Eran mucho más grandes que los cuervos normales... y más espeluznantes. Sus ojos eran como portales al vacío y sus plumas eran de mil tonos distintos de color ébano. Cuando les daba la luz, parecía que brillasen runas en su plumaje; palabras oscuras que sobresalían de un mar de tinta negra.

Helgi dio un golpecito al juguete de su escritorio. Las bolas empezaron a balancearse y a entrechocar entre ellas con un molesto clic, clic, clic.

—Odín estaría ahora con nosotros —dijo el gerente—, pero está ocupándose de otros asuntos. Hugin y Munin lo representan. Además —se inclinó hacia delante y bajó la voz—, ellos no son aficionados a las presentaciones en PowerPoint.

Los pájaros asintieron graznando.

—Bueno, vamos a entrar en materia —dijo Helgi—. Loki ha escapado, pero sabemos dónde está. Samirah al-Abbas, tu próxima misión como valquiria de Odín encargada de las operaciones especiales será encontrar a tu padre y volver a encadenarlo.

La chica agachó la cabeza. No parecía sorprendida; más bien parecía que hubiera perdido el último recurso de apelación a una pena de muerte contra la que hubiera estado luchando toda la vida.

—Señor —dijo—, haré lo que se me ordena. Pero después de lo que ha pasado las dos veces que me he enfrentado a mi padre y la facilidad con la que me ha controlado...

—Puedes aprender a combatirlo —la interrumpió Alex—. Yo puedo ayudarte...

—¡Yo no soy como tú! Yo no puedo...

Sam señaló vagamente a su hermana, como para indicar todas las cosas que Alex era y que ella no podría ser nunca.

Helgi se quitó unos restos de comida de la barba.

—No he dicho que vaya a ser fácil, Samirah, pero los cuervos dicen que puedes hacerlo. Debes hacerlo. Y lo vas a hacer.

Sam se quedó mirando las bolas metálicas que rebotaban de un lado al otro. Clic, clic, clic.

—¿Dónde ha ido mi padre?

—Está en un lugar de las costas del este —respondió Helgi—. Como figura en las antiguas leyendas. Ahora que Loki está libre, ha ido al puerto, donde espera terminar de construir el *Naglfar*.

«El Barco de Uñas —dijo Hearthstone por señas—. Eso no es bueno.»

Sentí frío... y mareo.

Recordé haber visitado ese barco en un sueño. Había estado en la cubierta de un dragón vikingo del tamaño de un portaviones, hecho totalmente de uñas de muertos. Loki me había advertido que cuando empezara el Ragnarok, llevaría el barco a Asgard, acabaría con los dioses, les robaría las galletas rellenas y, aparte de eso, sembraría el caos general.

—Si Loki está libre, ¿es demasiado tarde? —pregunté—. ¿No es su liberación uno de los hechos que señalan el principio del Ragnarok?

—Sí y no —contestó Helgi.

Esperé.

—¿Se supone que tengo que elegir una opción?

—Efectivamente, la liberación de Loki contribuye a provocar el Ragnarok —explicó el gerente—, pero nada dice que esta huida sea su última y definitiva fuga. Cabe la posibilidad de que lo capturéis y lo detengáis, con lo que pospondríais el fin del mundo.

—Como hicimos con el lobo Fenrir —murmuró Blitz—. Fue pan comido.

—Exacto. —Helgi asintió con la cabeza, entusiasmado—. Pan comido.

—Estaba siendo sarcástico —dijo Blitz—. Supongo que en el Valhalla ya no hay sarcasmo como tampoco hay barberos decentes.

El gerente se puso colorado.

—Oye, enano...

Lo interrumpió una enorme figura marrón y naranja que se estrelló contra su ventana.

Blitzen se cayó de su silla, Alex se levantó de un brinco y se pegó al techo en forma de petauro del azúcar, Sam se levantó con el hacha en ristre, preparada para la batalla, y yo me puse valientemente a cubierto detrás del escritorio de Helgi. Hearthstone, sin embargo, se quedó sentado, mirando a la ardilla gigante con el ceño fruncido.

«¿Por qué?», preguntó por signos.

—No pasa nada —nos dijo Helgi en tono tranquilizador—. Solo es Ratatosk.

Las palabras «Solo es Ratatosk» no cuadraban. Ese roedor monstruoso me había perseguido por el Árbol de los Mundos. Había oído su voz increpadora y angustiosa. Siempre pasaba algo cuando aparecía.

—En serio —insistió el gerente—. La ventana está aislada a prueba de ruido y de ardillas. A ese bicho le gusta pasar por aquí y tocarme las narices.

Me asomé por encima de la mesa. Ratatosk ladraba y chillaba, pero solo se oía un debilísimo murmullo a través del cristal. Nos miraba haciendo rechinar los dientes y pegaba el carrillo a la ventana.

A los cuervos no parecía molestarles. La miraron como diciendo:

«Ah, eres tú», y acto seguido volvieron a arreglarse las plumas con el pico.

—¿Cómo la soporta? —preguntó Blitzen—. Esa... ¡esa cosa es letal!

La ardilla hinchó los carrillos contra el cristal y nos enseñó los dientes y las encías, y luego lamió la ventana.

—Prefiero saber dónde está a no saberlo —dijo Helgi—. A veces sé lo que pasa en los nueve mundos solo observando su nivel de agitación.

A juzgar por el estado actual de Ratatosk, deduje que estaba pasando algo gordo en los nueve mundos. Para aliviar nuestra inquietud, el gerente se levantó, bajó la persiana y volvió a sentarse.

—¿Por dónde íbamos? —dijo—. Ah, sí, pan comido y sarcasmo.

Alex cayó del techo y retomó su forma normal. Se había quitado el vestido de novia y volvía a llevar su viejo chaleco de rombos. Tiró de él despreocupadamente como diciendo: «Sí, quería transformarme en petauro del azúcar. ¿Qué pasa?».

Sam bajó el hacha.

—Helgi, con respecto a la misión, no sabría por dónde empezar. ¿Dónde está atracado el barco? Las costas del este podrían estar en cualquier mundo.

El gerente levantó las palmas de las manos.

—Yo no tengo respuesta a esa pregunta, Samirah, pero Hugin y Munin te informarán en privado. Ve con ellos a las regiones elevadas del Valhalla y deja que te muestren pensamientos y recuerdos.

A mí eso me sonó a un viaje interior con Darth Vader apareciendo en una cueva brumosa.

A Sam tampoco pareció hacerle gracia.

—Pero, Helgi...

—No hay discusión que valga —insistió él—. Odín te ha elegido. Ha elegido al grupo entero porque...

Se interrumpió bruscamente y se llevó un dedo al oído. No me había dado cuenta de que llevaba un auricular, pero era evidente que estaba escuchando algo.

Nos miró.

—Disculpad. ¿Por dónde iba? Ah, sí, los cinco estabais presentes cuando Loki escapó. Por lo tanto, los cinco desempeñaréis un papel en la captura del dios fugitivo.

—Nosotros lo rompimos, nosotros lo pagamos —murmuré.

—¡Exacto! —Helgi sonrió—. Y ahora que ya está decidido, tendréis que disculparme. Ha habido una matanza en el centro de yoga y necesitan esterillas limpias.

55

Margaritas con forma de elfo

En cuanto salimos del despacho, los cuervos llevaron a Sam por otra escalera. La chica se volvió a mirarnos con inquietud, pero Helgi había dicho muy claramente que el resto de nosotros no estábamos invitados.

Alex se giró sobre los talones y se fue con paso resuelto en la dirección contraria.

—Eh —grité—. ¿Adónde...?

Ella miró atrás con tal furia en sus ojos que fui incapaz de terminar la pregunta.

—Luego, Magnus —dijo—. Tengo que... —Hizo un gesto de estrangulamiento con las manos—. Luego.

De modo que me quedé con Blitzen y Hearthstone, que no paraban de balancearse de un lado a otro.

—¿Queréis...?

—Dormir —dijo Blitzen—. Por favor. De inmediato.

Los llevé otra vez a mi habitación. Los tres acampamos en la hierba del centro del atrio. Me recordó los viejos tiempos, cuando dormíamos en el jardín público, pero no voy a decir que sentí nostalgia de la vida en la calle. Vivir en la calle no es algo de lo que ninguna persona con dos dedos de frente debería tener nostalgia. Aun así, como ya he dicho, era mucho más fácil que ser un muerto viviente que perseguía a dioses fugitivos por los nueve mundos y mantenía conversaciones serias mientras una ardilla monstruosa hacía muecas.

Hearthstone se quedó frito primero. Se acurrucó, suspiró suavemente y se durmió enseguida. Cuando estaba quieto, a pesar de la ropa negra, parecía que se mezclase con las sombras de la hierba. Quizá se trataba del camuflaje élfico: un vestigio de una época en la que estaban estrechamente unidos a la naturaleza.

Blitz apoyó la espalda contra un árbol y miró a Hearth con preocupación.

—Mañana iremos a Lo Mejor de Blitzen —me dijo—. Reabriremos la tienda. Dedicaremos unas semanas a intentar reorganizarnos y volver a… lo que sea la normalidad. Pero antes tenemos que ir a buscar…

La perspectiva de enfrentarnos otra vez a Loki era tan desalentadora que ni siquiera pudo terminar la frase.

Me sentí culpable por no haber tenido en cuenta el dolor de Hearthstone durante los últimos días. Había estado demasiado obsesionado con el martillo televisor de Thor.

—Es una buena idea —dije—. Volver a Alfheim ha sido un mal trago para él.

Blitz juntó las manos en la zona donde la espada *Skofnung* le había atravesado.

—Sí, me preocupan los asuntos pendientes que Hearth tiene allí.

—Ojalá yo le hubiera sido de más ayuda —dije—. A él y a ti.

—Nada de eso, chaval. Hay cosas en las que nadie puede ayudar. Hearth… tiene un agujero en el corazón con la forma de su padre. Tú no puedes hacer nada.

—Su padre nunca será buena gente.

—¿No me digas? De todas formas, Hearth ya lo ha aceptado. Tarde o temprano, tendrá que volver y enfrentarse a él, y recuperar su runa de la herencia de una forma u otra. Pero ¿cuándo y cómo ocurrirá…?

Se encogió de hombros en un gesto de impotencia.

Pensé en mi tío Randolph. ¿Cómo decidías cuándo alguien no

tenía remedio, cuándo era tan malo o tan tóxico o simplemente estaba tan acostumbrado a hacer las cosas de cierta forma que tenías que aceptar el hecho de que no iba a cambiar? ¿Cuánto tiempo debías seguir intentando salvarlo, y cuándo te rendías y llorabas por él como si hubiera muerto?

Me resultaba fácil dar consejos a Hearthstone sobre su padre. Ese tipo era espantoso. Pero a mi tío, que había hecho que me matasen, había clavado una espada a mi amigo y había liberado al dios del mal, seguía siendo incapaz de darlo por perdido.

Blitzen me dio una palmadita en la mano.

—Pase lo que pase, chaval, estaremos listos cuando nos necesites. Terminaremos esto y volveremos a encadenar a Loki, aunque tenga que fabricar yo las cadenas.

—Las tuyas serían mucho más elegantes —dije.

Blitz movió levemente la comisura de la boca.

—Sí, es cierto. Y no te sientas culpable. Has actuado bien.

Yo no estaba tan seguro. ¿Qué había conseguido? Me sentía como si me hubiera pasado los seis últimos días minimizando daños, tratando de mantener a mis amigos con vida, intentando reducir al mínimo las secuelas del plan de Loki.

Me imaginé lo que diría Samirah: «Basta ya, Magnus». Probablemente ella diría que había ayudado a Amir, conseguido curar a Blitzen y llevado al equipo de asalto de Thor hasta la guarida de los gigantes para recuperar el martillo. Y que, además, había jugado una partida de bolos espectacular con mi pareja el elefante africano.

Aun así, Loki estaba libre. Había hecho daño a Sam y minado terriblemente su confianza. Y luego estaba el detallito sin importancia de que los nueve mundos ahora corrían el riesgo de sumirse en el caos.

—Me siento fatal, Blitz —reconocí—. Parece que cuanto más entreno, cuantos más poderes aprendo, más grandes se hacen los problemas, pero no mi capacidad para manejarlos. ¿Siempre va a ser así?

No contestó. Tenía la barbilla apoyada en el pecho y roncaba suavemente.

Lo tapé con una manta. Me quedé sentado un buen rato mirando las estrellas a través de las ramas del árbol y pensando en los agujeros que la gente tenía en sus corazones.

Me preguntaba qué estaría haciendo Loki en ese momento. Si yo fuera él, estaría planeando la orgía de venganza más tremenda que los nueve mundos habían presenciado jamás. Tal vez por eso Vidar, el dios de la venganza, me había parecido tan amable y callado. Él sabía que no hacía falta gran cosa para provocar una reacción en cadena de violencia y muerte. Un insulto. Un robo. Una cadena cortada. Thrym y Thrynga habían heredado el rencor de sus antepasados y Loki los había utilizado no solo una vez, sino dos. Y ahora estaban muertos.

No me acuerdo de cuándo me dormí. Cuando me desperté a la mañana siguiente, Blitz y Hearth no estaban. Un lecho de margaritas había florecido en el lugar donde el elfo había dormido; tal vez era su forma de decir «adiós», «gracias» o «hasta pronto». Aun así, me desanimé.

Me duché y me vestí. El simple hecho de cepillarme los dientes resultaba de una increíble normalidad después de los últimos días. Me disponía a ir a desayunar cuando vi una nota metida debajo de la puerta, escrita con la elegante cursiva de Samirah:

Tengo algunas ideas. ¿Thinking Cup?
Estaré allí toda la mañana.

Salí al pasillo. Me gustaba la idea de escapar un rato del Valhalla; además, me apetecía hablar con Sam, me apetecía un buen café mortal y me apetecía sentarme al sol y comerme una magdalena con semillas de amapola y fingir que no era un einherji y tenía que atrapar a un dios fugitivo.

Entonces miré al otro lado del pasillo.

Primero tenía que hacer algo más difícil y peligroso. Tenía que ir a ver a Alex Fierro.

Alex abrió la puerta y me saludó con un alegre «Piérdete».

Tenía la cara y las manos embadurnadas de arcilla. Miré dentro de la habitación y vi el trabajo que reposaba en el torno.

—Hola, tío...

Entré. Por algún motivo, Alex me dejó pasar.

Todos los cacharros de cerámica rotos habían sido limpiados. La estantería estaba llena de nuevas vasijas y cuencos, que se hallaban secándose y todavía no estaban esmaltados. En el torno había un enorme jarrón, de casi un metro de alto, con forma de trofeo.

Sonreí.

—¿Para Sif?

Se encogió de hombros.

—Sí. Si queda bien.

—¿Va con ironía o en serio?

—¿Me vas a hacer elegir? No sé. Simplemente, me pareció lo correcto. Al principio la odié. Me recordó a mi madrastra, toda quisquillosa y estirada. Pero... a lo mejor no debería ser tan dura.

Sobre la cama se hallaba el traje de novia dorado y blanco, salpicado aún de sangre, con el dobladillo cubierto de barro y lleno de manchas de ácido. Sin embargo, Alex lo había alisado con mucho cuidado, como si fuera algo que valiera la pena conservar.

—Esto..., Magnus, ¿has venido por algún motivo?

—Sí...—Me costaba concentrarme. Me quedé mirando las hileras de cacharros, todos perfectamente moldeados—. ¿Hiciste todos esos anoche?

Cogí uno.

Alex me lo quitó de las manos.

—No, no puedes tocarlo. Gracias por preguntar. Sí, casi todos son de anoche. No podía dormir. La alfarería... me hace sentir mejor. A ver, ¿ibas a decirme por qué has venido y luego a largarte rápido?

—Voy a ver a Sam a Boston. Pensé...

—¿Que querría ir contigo? No, gracias. Cuando Sam esté dispuesta a hablar, ya sabe dónde encontrarme.

Volvió al torno, cogió una espátula y empezó a alisar los lados del jarrón.

—Estás enfadada con ella.

Siguió raspando.

—Es un jarrón impresionante —comenté—. No sé cómo puedes dar forma a algo tan grande sin que se deshaga. Yo intenté usar un torno en clase de arte de quinto, más o menos, y lo único que conseguí fue un mazacote torcido.

—¿Un autorretrato, entonces?

—Ja, ja. Solo digo que ojalá supiera hacer algo tan chulo como eso.

No hubo respuesta inmediata. Tal vez porque yo no había dejado mucho margen para que me dedicara un insulto ingenioso.

Finalmente, alzó la vista con recelo.

—Tú curas a la gente, Magnus. Tu padre es en realidad un dios útil. Tienes un aura... luminosa, cálida, amistosa. ¿No te parece suficientemente chulo?

—Nunca antes me habían llamado «luminoso».

—Venga ya. Te haces el duro y el sarcástico o lo que sea, pero en realidad eres un buenazo. Y en respuesta a tu pregunta, sí, estoy cabreada con Sam. A menos que cambie de actitud, no sé si podré enseñarle.

—A... resistirse a Loki.

Cogió un pedazo de arcilla y lo estrujó.

—El secreto está en sentirte cómodo con los cambios. Todo el tiempo. Tienes que hacer tuyo el poder de Loki.

—Como tu tatuaje.

Alex se encogió de hombros.

—La arcilla se puede moldear y volver a moldear, una y otra vez, pero si se seca demasiado, si se endurece..., no puedes hacer gran cosa con ella. Cuando llega a ese punto, más te vale que tenga la forma que quieres que conserve para la posteridad.

—¿Estás diciendo que Sam no puede cambiar?

—No sé si puede ni si quiere cambiar. Pero sí que sé una cosa: si no me deja enseñarle a resistirse a Loki, si al menos no lo intenta, la próxima vez que nos enfrentemos a él, estaremos todos muertos.

Respiré entrecortadamente.

—Vale, me has levantado la moral. Te veré por la noche en la cena.

Cuando llegué a la puerta, Alex dijo:

—¿Cómo lo has sabido?

Me volví.

—¿El qué?

—Cuando has entrado has dicho: «Hola, tío». ¿Cómo sabías que era chico?

Pensé en ello. Al principio me pregunté si había sido un comentario hecho de pasada: un «tío» sin género concreto. Sin embargo, cuanto más lo consideraba, más me daba cuenta de que había detectado realmente que Alex era un chico. O, mejor dicho, que Alex había sido un chico. Ahora, después de haber estado hablando unos minutos, sin duda parecía una chica. Pero no tenía ni idea de cómo lo percibía.

—Supongo que es mi perspicacia natural.

Alex resopló.

—Claro.

—Pero ahora eres una chica.

Ella vaciló.

—Sí.

—Interesante.

—Ya puedes marcharte.

—¿Me harás un trofeo por mi perspicacia?

Ella cogió un trozo de cerámica y me lo lanzó.

Cerré la puerta justo cuando se hizo añicos en el interior.

56

Quedemos otra vez para tomar un café

A juzgar por la fila de tazas vacías, Sam iba por el tercer café.

Normalmente, la idea de abordar a una valquiria armada con tres cafés en su organismo no era recomendable, pero me acerqué despacio y me senté frente a ella. Sam no me miró. Su atención estaba centrada en las dos plumas de cuervo que tenía delante. Era una mañana de mucho viento. El hiyab verde de Sam ondeaba alrededor de su cara como olas en una playa, pero las dos plumas de cuervo no se movían.

—Hola —dije.

Era mucho más cordial que «piérdete». Sam era muy distinta de Alex, pero había algo parecido en sus ojos: una urgencia que se agitaba bajo la superficie. Costaba pensar que la herencia de Loki pervivía dentro de mis dos amigas, pugnando por hacerse con el control.

—Tienes plumas —observé.

Ella tocó la de la izquierda.

—Un recuerdo. Y esta —tocó la de la derecha—, un pensamiento. En realidad, los cuervos no hablan. Te miran fijamente y te dejan acariciarles el plumaje hasta que se les sueltan las plumas adecuadas.

—¿Y qué significan?

—Esta, el recuerdo... —Sam pasó el dedo por las barbas de la pluma—. Es ancestral. De mi antepasado lejano Ahmad ibn Fadlan ibn al–Abbas.

—¿El que viajó con los vikingos?

Sam asintió con la cabeza.

—Cuando cogí la pluma, pude ver su viaje como si estuviera allí. Me enteré de muchas cosas de las que él no escribió: cosas que mi antepasado no creía que serían bien recibidas en la corte del califa de Bagdad.

—¿Vio a dioses nórdicos? —aventuré—. ¿Valquirias? ¿Gigantes?

—Y más. También oyó leyendas sobre el barco *Naglfar*. El sitio donde está atracado, las costas del este, se encuentra en la frontera entre Jotunheim y Niflheim: la parte más salvaje y apartada de cualquiera de los dos mundos. Es totalmente inaccesible y solo hay un día durante todo el año en el que deja de estar aislada por el hielo: el de San Juan.

—Así que entonces es cuando Loki planea zarpar...

—Y es cuando tendremos que ir para detenerlo.

Me moría de ganas de tomarme un café exprés, pero el corazón me latía tan rápido que dudaba que lo necesitara.

—Y ahora, ¿qué? ¿Esperamos hasta el verano?

—Nos llevará tiempo encontrar el sitio. Y antes de que nos vayamos, tendremos que prepararnos, entrenar, asegurarnos de que podemos vencerle.

Me acordé de lo que Alex me había dicho: «No sé si podré enseñarle».

—Lo conseguiremos. —Traté de mostrarme seguro—. ¿Qué te dijo la segunda pluma?

—Era un pensamiento. Un plan para avanzar. Para llegar a las costas del este, tendremos que navegar a través de las ramas más alejadas del Árbol de los Mundos, a través de las antiguas tierras vikingas. Es donde la magia de los gigantes es más potente, y donde encontraremos el pasaje marítimo al muelle del *Naglfar*.

—Las antiguas tierras vikingas. —Noté un hormigueo en los

dedos. No estaba seguro de si era de emoción o de miedo—. ¿Escandinavia? Estoy seguro de que hay vuelos que salen del aeropuerto de Logan.

Sam negó con la cabeza.

—Tendremos que ir por mar, Magnus. Como vinieron los vikingos aquí. Del mismo modo que solo se puede entrar en Alfheim por aire, solo podemos llegar a la zona fronteriza de las costas del este por agua salada y hielo.

—Claro —dije—. Porque no hay nada fácil.

—No, así es.

Tenía un tono distraído, melancólico. Me hizo dar cuenta de que estaba siendo un poco insensible. Sam tenía muchos otros problemas en su vida, aparte de su malvado padre.

—¿Qué tal está Amir? —pregunté.

Aunque parezca mentira, sonrió. Agitado por el viento, su hiyab parecía cambiar de forma: primero asemejaba unas olas, luego unos campos llenos de hierba y después un cristal liso.

—Es muy bueno —dijo—. Me acepta. No quiere anular nuestro compromiso. Tenías razón, Magnus. Es mucho más fuerte de lo que yo creía.

—Eso es estupendo. ¿Y tus abuelos y tu padre?

Rio irónicamente.

—Bueno, no se puede tener todo. No recuerdan nada de las visitas de Loki. Saben que Amir y yo hemos hecho las paces. De momento, todo va bien. Vuelvo a inventarme excusas para justificar por qué tengo que irme corriendo en medio de clase o después del colegio. Doy muchas «clases particulares».

Encerró la palabra en unas comillas imaginarias.

Me acordé de lo cansada que parecía cuando la vi hacía seis días. Ahora parecía más cansada todavía.

—No puedes seguir así, Sam —le dije—. Te estás consumiendo.

—Ya lo sé. —Ella puso la mano sobre la pluma del pensamiento—. Le he prometido a Amir... que cuando atrapemos a Loki, cuando esté segura de que hemos impedido el Ragnarok, al menos por un tiempo, lo dejaré.

—¿Lo dejarás?

—Me retiraré de las valquirias. Me dedicaré a la universidad, a terminar la instrucción de vuelo y... al matrimonio, claro. Cuando cumpla los dieciocho, como hemos planeado.

Se estaba ruborizando como... como una novia.

Traté de pasar por alto la sensación de vacío que experimenté en el pecho.

—¿Es lo que quieres?

—Lo he decidido yo y solo yo. Amir me respalda.

—¿Las valquirias pueden dimitir?

—Por supuesto. No es como ser... Bueno, ya sabes...

«Un einherji», quería decir. Yo era un renacido. Podía viajar por los mundos. Tenía una fuerza y una resistencia increíbles. Pero nunca volvería a ser un humano normal. Me quedaría como estaba, con la misma edad para siempre..., o hasta el Ragnarok, lo que llegase primero. (Puede haber ciertas restricciones. Para más detalles, leed el contrato de servicio.)

—Magnus, sé que yo te llevé al más allá —dijo—. No es justo que te deje, pero...

—Eh. —Le toqué la mano un instante. Sabía que a Sam no le gustaba, pero ella y mi prima Annabeth eran lo más parecido que tendría a unas hermanas—. Samirah, solo quiero que seas feliz. Y si podemos impedir que los nueve mundos se incendien antes de que te vayas, pues estupendo.

Ella rio.

—De acuerdo, Magnus. Trato hecho. Necesitaremos un barco. Necesitaremos muchas cosas, de hecho.

—Sí.

Parecía que la sal y el hielo ya estaban instalándose en mi garganta. Me acordé del encuentro que habíamos tenido en enero con la diosa del mar Ran: su advertencia de que tendría problemas si volvía a navegar por mar.

Y entonces comenté:

—Primero necesitaremos asesoramiento. Sobre cómo navegar por aguas mágicas, luchar contra extraños monstruos marinos y no morir a manos de un montón de dioses acuáticos cabreados. Por extraño que parezca, conozco a la persona indicada.

—Tu prima —aventuró Sam.

—Sí —dije—. Annabeth.

57

Pido unos favores

Los mensajes de texto y las llamadas no dieron resultado, de modo que envié un cuervo.

Cuando le dije a T. J. que tenía problemas para ponerme en contacto con mi prima, me miró como si fuera idiota.

—Mándale un pájaro, Magnus.

Había pasado meses en el Valhalla y, tonto de mí, no me había dado cuenta de que podía alquilar un cuervo, atarle un mensaje a la pata y enviarlo en busca de cualquiera que estuviera en los nueve mundos. Me recordaba demasiado a *Juego de Tronos*, pero, en fin... Funcionó.

El cuervo volvió rápidamente con una respuesta de Annabeth.

Coordinamos viajes en tren y nos citamos a medio camino entre Boston y Manhattan, en New London, Connecticut. Cuando llegué, ella me estaba esperando en el andén con unos tejanos, unas sandalias y una camiseta de manga larga morada con un dibujo de una corona de laurel y las letras «SPQR: UNR».

Me abrazó hasta que los globos oculares me saltaron como los de Thrynga.

—Qué alivio —dijo—. No creía que me alegraría de ver un cuervo en mi ventana, pero... ¿Estás bien?

—Sí, sí.

Tuve que contener la risa nerviosa porque «bien» era una palabra ridícula para describir cómo me sentía. Además, saltaba a la vista que Annabeth tampoco estaba bien. Parecía que le pesaran los párpados y que sus ojos grises estuvieran cansados; hoy no recordaban tanto a unos nubarrones como a unos bancos de niebla que no acabaran de despejarse.

—Tenemos mucho de que hablar —dije—. Vamos a comer algo.

Elegimos una mesa en la terraza del café Muddy Waters. Supuse que el local se llamaba así por el músico de blues, pero no me pareció un buen presagio que en inglés significara «Aguas Turbias», considerando las aguas que me preparaba para surcar. Nos sentamos al sol, pedimos Coca-Cola y hamburguesas con queso, y observamos los veleros que zarpaban al estrecho de Long Island.

—En Nueva York han sido unos días de locos —dijo Annabeth—. Creía que solo se habían caído las comunicaciones entre semidioses..., o sea, los semidioses como yo, los griegos y romanos, pero entonces me di cuenta de que tampoco había tenido noticias tuyas. Perdona por no haberme percatado antes.

—Un momento. ¿Por qué se han caído las comunicaciones?

Clavó los dientes de su tenedor en la mesa. Hoy llevaba el cabello rubio suelto sobre los hombros. Parecía que se lo estaba dejando largo. Su pelo reflejaba la luz del sol de una forma que me recordó a Sif, pero intenté quitarme la idea de la cabeza. Sabía que mi prima acabaría con cualquiera que se atreviera a llamarla «trofeo».

—Se ha producido una crisis —me explicó—. Un dios ha vuelto a la Tierra como humano y los malvados emperadores romanos han regresado y están dando problemas.

—Ah, lo de siempre, entonces.

Ella rio.

—Sí. Esos romanos han encontrado una forma de cortar la comunicación entre los semidioses. No solo los medios mágicos de conversación, sino también los móviles, el wifi, todo. Me sorprende que tu cuervo llegara hasta mí. Habría ido a Boston a verte tarde o temprano, pero... —Se encogió de hombros en un gesto de impotencia—. He estado muy liada.

—Lo entiendo perfectamente —dije—. No debería estar distrayéndote. Ya tienes bastantes preocupaciones...

Ella estiró el brazo por encima de la mesa y me apretó la mano.

—¿Estás de coña? Quiero ayudarte. ¿Qué pasa?

Daba gusto poder contárselo todo. Me acordaba de lo rara que había sido la primera vez que habíamos intercambiado impresiones: ella sobre los dioses griegos y yo sobre los nórdicos. Ese día los dos nos habíamos ido como si hubiéramos sobrecargado nuestras baterías y nuestros cerebros se estuvieran derritiendo.

Ahora, por lo menos, teníamos una base de la que partir. Sí, todo seguía siendo terriblemente absurdo. Si me parase a pensar en ello, me pondría a reír como un loco. Pero podía contarle a Annabeth mis problemas sin preocuparme por si no me creía. Eso me hizo darme cuenta de lo mucho que Sam debía de apreciar poder ser totalmente sincera con Amir.

Le relaté la huida de Loki y la idea de Sam para localizarlo: un puerto helado en la frontera más remota de Jotunheim y Niflheim (o Escandinavia, lo que fuese primero).

—Un viaje en barco —dijo—. Vaya. Me trae malos recuerdos.

—Ya. Recuerdo lo que me dijiste de cierta travesía en barco a Grecia y... sí.

No quería sacar a colación todos aquellos horribles episodios. Ella había llorado al contarme lo que le había pasado durante ese viaje, sobre todo cuando ella y su novio, Percy, habían caído a un inframundo llamado Tártaro.

—Mira —dije—, no quiero presionarte. Solo pensé... no sé... que a lo mejor tenías alguna idea, algún consejo.

Un tren pasó por la estación con estruendo. Mi vista de la bahía parpadeó entre los vagones de ferrocarril como una vieja película de bobina torcida.

—Dices que tienes problemas con los dioses marinos —dijo Annabeth.

—Sí, Ran, la vagabunda de la red. Y supongo que ahora su marido también me odia. Se llama Aegir.

Annabeth se dio unos golpecitos en la frente.

—Necesito más espacio en la memoria para todos esos nombres. No sé cómo se lo montan todos los dioses marinos. ¿Están los nórdicos en el norte y Poseidón en el sur, o se van turnando...?

Me acordé de unos viejos dibujos animados en los que aparecían unos perros pastores que fichaban al empezar sus distintos turnos para evitar que los lobos se acercasen a los rebaños. Me preguntaba si los dioses tenían tarjetas perforadas parecidas o si quizá trabajaban desde casa. ¿Podían teletrabajar los dioses marinos?

—No lo sé —reconocí—. Pero me gustaría evitar que todos mis amigos se ahoguen en un tsunami cuando zarpemos de Boston.

—Pero ¿tenéis tiempo?

—Hasta el verano —dije—. No podemos partir mientras el mar está helado.

—Bien. Para entonces ya habremos acabado las clases y nos habremos graduado.

—Yo no voy a la escuela. Ah, ¿te refieres a ti y a tu novio?

—Exacto. Suponiendo que apruebe este semestre y pase los exámenes obligatorios, suponiendo que esos malvados emperadores romanos no nos maten a todos y destruyan el mundo...

—Sí. Loki pillaría un buen rebote si los emperadores romanos destruyeran el mundo antes de que él pueda empezar el Ragnarok.

—Deberíamos tener tiempo suficiente para ayudarte; al menos, para intercambiar impresiones y pedir algunos favores.

—¿Qué favores?

Sonrió.

—Yo no conozco muy bien el mar, pero mi novio sí. Creo que ha llegado la hora de que conozcas a Percy.

Glosario

AEGIR: señor de las olas.

AESIR: dioses de la guerra, próximos a los humanos.

ALICARL: «gordo», en nórdico.

ARGR: «poco viril», en nórdico.

BERSERKER: guerrero nórdico desenfrenado en la batalla y considerado invulnerable.

BIFROST: puente de arcoíris que une Asgard con Midgard.

BILSKIRNIR: la Grieta Brillante; palacio de Thor y Sif.

BINT: «hija», en árabe.

BRUNNMIGI: ser que orina en pozos.

DRAUGR: zombis nórdicos.

EINHERJAR (einherji, sing.): grandes héroes que han muerto valientemente en la Tierra; soldados del ejército eterno de Odín; se preparan en el Valhalla para el Ragnarok, cuando los más valientes se unirán a Odín contra Loki y los gigantes en la batalla librada al final del mundo.

FÓLKVANGR: el más allá Vanir de los héroes muertos, gobernado por la diosa Freya.

FREY: dios de la primavera y el verano, el sol, la lluvia y las cosechas, la abundancia y la fertilidad, el crecimiento y la vitalidad. Frey es el hermano gemelo de Freya y, al igual que su hermana, se asocia con una gran belleza. Es el señor de Alfheim.

FREYA: diosa del amor; hermana gemela de Frey; gobernanta de Fólkvangr.

FRIGG: diosa del matrimonio y la maternidad; esposa de Odín y reina de Asgard; madre de Balder y Hod.

GAMALOST: queso añejo.

GINNUNGAGAP: vacío primordial; niebla que oculta las apariencias.

GJALLAR: cuerno de Heimdal.

GOLA: velo de malla situado alrededor de la base de un yelmo, diseñado para proteger el cuello.

HEIMDAL: dios de la vigilancia y guardián del Bifrost, la entrada de Asgard.

HEL: diosa de los muertos deshonrosos; fruto de la aventura de Loki con una giganta.

HELHEIM: inframundo, gobernado por Hel y habitado por aquellos que murieron de debilidad, vejez o enfermedad.

HUGIN Y MUNIN: cuervos de Odín, cuyos nombres significan «pensamiento» y «recuerdo», respectivamente.

HULDRA: duendecilla del bosque domesticada.

HUSVAETTR: espectro doméstico.

JORMUNGANDR: Serpiente del Mundo, fruto de la aventura de Loki con una giganta; su cuerpo es tan largo que envuelve la Tierra.

JOTUN: gigante.

KENNING: apodo vikingo.

LAERADR: árbol situado en el centro del Salón de Banquetes de los Muertos, en el Valhalla, que contiene animales inmortales que desempeñan tareas concretas.

LINDWORM: temible dragón del tamaño y la longitud de un tráiler de dieciocho ruedas, con solo dos patas delanteras y unas alas marrones curtidas similares a las de un murciélago que son demasiado pequeñas para volar.

LOBO FENRIR: lobo invulnerable producto de la aventura de Loki con una giganta; su poderosa fuerza infunde miedo incluso a los dioses, quienes lo mantienen atado a una roca en una isla. Está destinado a liberarse el día del Ragnarok.

LOKI: dios de las travesuras, la magia y el artificio; hijo de dos gigantes; experto en magia y transformismo. Se comporta de forma maliciosa o heroica con los dioses asgardianos y la humanidad. Debido al papel que desempeñó en la muerte de Balder, Loki fue encadenado por Odín a tres rocas gigantescas con una serpiente venenosa enroscada sobre su cabeza. El veneno de la serpiente irrita de vez en cuando la cara de Loki, y sus retorcimientos provocan terremotos.

MAGNI Y MODI: hijos favoritos de Thor, destinados a sobrevivir al Ragnarok.

MEINFRETR: pedoapestoso.

MIMIR: dios Aesir que, junto con Honir, se cambió por los dioses Vanir Frey y Njord al final de la guerra entre los Aesir y los Vanir. Cuando a los Vanir dejaron de gustarles sus consejos, le cortaron la cabeza y se la enviaron a Odín. Este colocó la cabeza en una fuente mágica cuya agua le devolvió la vida, y Mimir absorbió todos los conocimientos del Árbol de los Mundos.

MJOLNIR: martillo de Thor.

MORGEN–GIFU: «regalo de la mañana después»; presente del novio a la novia, entregado a la mañana siguiente de la consumación del matrimonio. Pertenece a la novia, pero la familia del novio lo mantiene en fideicomiso.

MUNDR: «dote»; regalo del novio al padre de la novia.

MUSPEL: fuego.

NAGLFAR: Barco de Uñas.

NØKK: nixie, o espíritu del agua.

NORNAS: tres hermanas que controlan el destino de los dioses y los humanos.

ODÍN: el «Padre de Todos» y rey de los dioses; dios de la guerra y la muerte, pero también de la poesía y la sabiduría. Al cambiar un ojo por un trago de la Fuente de la Sabiduría, Odín adquirió unos conocimientos sin igual. Posee la capacidad de observar los nueve mundos desde su trono en Asgard; además de su gran palacio, también reside en el Valhalla con los más valientes de los muertos en combate.

ORO ROJO: moneda de Asgard y el Valhalla.

OSTARA: primer día de la primavera.

OTHALA: herencia.

RAGNAROK: el día del Juicio Final, cuando los einherjar más valientes se unirán a Odín contra Loki y los gigantes en la batalla librada del fin del mundo.

RAN: diosa del mar; esposa de Aegir.

RATATOSK: ardilla invulnerable que corre continuamente arriba y abajo por el Árbol de los Mundos transmitiendo los insultos que el águila que vive en la copa y Nidhogg, el dragón que habita en las raíces, se lanzan el uno al otro.

SAEHRIMNIR: animal mágico del Valhalla; cada día es sacrificado y cocinado para cenar y cada mañana resucita; sabe a lo que desee el comensal.

SIF: diosa de la tierra; madre de Uller, al que tuvo con su primer marido; Thor es su segundo marido; el serbal es su árbol sagrado.

SLEIPNIR: corcel de ocho patas de Odín; solo Odín puede invocarlo; uno de los hijos de Loki.

SUMARBRANDER: la Espada del Verano.

THANE: señor del Valhalla.

THINGVELLIR: campo de asamblea.

THOR: dios del trueno; hijo de Odín. Las tormentas son los efectos terrenales de los viajes del poderoso carro de Thor por el cielo, y los relámpagos están provocados por el lanzamiento de su gran martillo, Mjolnir.

THRYM: rey de los jotuns.

TUMULARIO: poderosa criatura no muerta a la que le gusta coleccionar armas.

TÚMULO: tumba de un tumulario.

TYR: dios del valor, la ley y el duelo judicial; perdió la mano de un mordisco de Fenrir cuando el lobo fue dominado por los dioses.

ULLER: dios de las raquetas de nieve y el tiro con arco.

URNES: símbolo compuesto por dos serpientes entrelazadas que representa cambio y flexibilidad; a veces es un símbolo de Loki.

UTGARD-LOKI: el hechicero más poderoso de Jotunheim; rey de los gigantes de las montañas.

VALA: vidente.

VALHALLA: paraíso de los guerreros al servicio de Odín.

VALQUIRIA: sierva de Odín que escoge a héroes muertos para llevarlos al Valhalla.

VANIR: dioses de la naturaleza; próximos a los elfos.

VIDAR: dios de la venganza; también llamado el Silencioso.

WERGILD: deuda de sangre.

YGGDRASIL: el Árbol de los Mundos.

ZUHR: «oración de mediodía», en árabe.

Los nueve mundos

ASGARD: hogar de los Aesir.

VANAHEIM: hogar de los Vanir.

ALFHEIM: hogar de los elfos de la luz.

MIDGARD: hogar de los humanos.

JOTUNHEIM: hogar de los gigantes.

NIDAVELLIR: hogar de los enanos.

NIFLHEIM: mundo del hielo, la niebla y la bruma.

MUSPELHEIM: hogar de los gigantes de fuego y los demonios.

HELHEIM: hogar de Hel y los muertos deshonrosos.

Runas
(por orden de aparición)

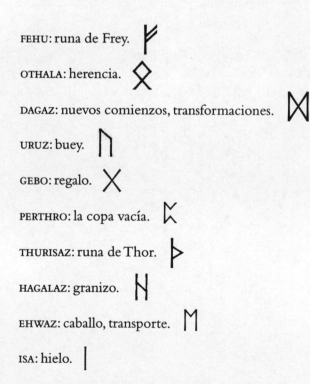

FEHU: runa de Frey.

OTHALA: herencia.

DAGAZ: nuevos comienzos, transformaciones.

URUZ: buey.

GEBO: regalo.

PERTHRO: la copa vacía.

THURISAZ: runa de Thor.

HAGALAZ: granizo.

EHWAZ: caballo, transporte.

ISA: hielo.

Índice

¿A qué juegan los dioses del Olimpo? Gaia, la Madre Tierra, está despertando a un ejército de monstruos para acabar con la humanidad... y ellos se entretienen mareando a los semidioses, los únicos que pueden derrotar sus perversos planes. Ahora han mandado a Percy al Campamento Júpiter casi sin recuerdos y con la inquietante sensación de que él, el griego, es el enemigo. Por suerte, contará con el apoyo de Hazel, una chica nacida hace más de ochenta años, y de Frank, un muchacho torpe que todavía no sabe muy bien cuáles son sus poderes (ni si los tiene). Juntos deberán emprender una peligrosa expedición para liberar a Tánatos, el dios de la muerte, de las garras de un gigante...

Ficción/Juvenil

LA MARCA DE ATENEA

El destino de la humanidad pende de un hilo: Gaia ha abierto de par en par las Puertas de la Muerte para liberar a sus despiadados monstruos. Los únicos que pueden cerrarlas son Percy, Jason, Piper, Hazel, Frank, Leo y Annabeth, el equipo de semidioses griegos y romanos elegidos por una antigua profecía. Pero su misión es todavía más difícil de lo que parece: sospechan que para encontrar las puertas deberán cruzar el océano, tienen sólo seis días para conseguirlo y, por si fuera poco, acaba de estallar la guerra entre sus dos campamentos y ahora ellos son un objetivo... ¿Lograrán ganar esta carrera de obstáculos contrarreloj?

Ficción/Juvenil

Gaia se ha propuesto destruir el mundo de los mortales con sus tropas de monstruos y gigantes, y solo hay un modo de impedirlo: cerrar las Puertas de la Muerte, por donde estas criaturas están escapando de los infiernos. Y, lo más importante, hay que hacerlo desde fuera... y desde dentro. Hazel, Nico, Piper, Leo, Frank y Jason han descubierto que la parte exterior se halla en Grecia, en el templo de Hades, aunque tienen un largo viaje hasta allí e ignoran a qué deberán enfrentarse cuando lleguen. Mientras, Percy y Annabeth se encuentran en algún lugar al otro lado, luchando por su supervivencia, por encontrar las puertas... y por salir antes de que sea demasiado tarde.

Ficción/Juvenil

LA SANGRE DEL OLIMPO

Los tripulantes del *Argo II* han salido victoriosos de sus misiones, pero están lejos de derrotar a Gaia, la Madre Tierra. Ella ha conseguido alzar a todos sus gigantes y planea sacrificar a dos semidioses en la festividad de Spes: necesita su sangre, la sangre del Olimpo, para despertar. Por otro lado, la legión romana del Campamento Júpiter, liderada por Octavio, está cada día más cerca del Campamento Mestizo. La Atenea Partenos deberá dirigirse al oeste para impedir la guerra entre los campamentos, mientras el *Argos II* navega hacia Atenas... ¿Cómo podrán los jóvenes semidioses derrotar a los gigantes de Gaia? Ya han sacrificado demasiado, pero si Gaia despierta... será el final.

Ficción/Juvenil

VINTAGE ESPAÑOL
Disponibles en su librería favorita.
www.vintageespanol.com